"20世纪欧美文学史"自学指导

蔡红亮 主编 ｜ 师探文化传媒 组编

苏州大学出版社
Soochow University Press

图书在版编目(CIP)数据

"20世纪欧美文学史"自学指导 / 蔡红亮主编；师探文化传媒组编. —苏州：苏州大学出版社，2022.1
ISBN 978-7-5672-3704-9

Ⅰ.①2… Ⅱ.①蔡… ②师… Ⅲ.①欧洲文学－文学史－20世纪－成人高等教育－升学参考资料②文学史－美洲－20世纪－高等学校－升学参考资料 Ⅳ.①I109.5

中国版本图书馆CIP数据核字(2021)第233857号

书　　名：	"20世纪欧美文学史"自学指导
	"20SHIJI OUMEI WENXUESHI" ZIXUE ZHIDAO
主　　编：	蔡红亮
组　　编：	师探文化传媒
责任编辑：	周凯婷
出版发行：	苏州大学出版社（Soochow University Press）
社　　址：	苏州市十梓街1号　邮编：215006
印　　装：	苏州工业园区美柯乐制版印务有限责任公司
网　　址：	http://www.sudapress.com
邮　　箱：	sdcbs@suda.edu.cn
邮购热线：	0512-67480030
销售热线：	0512-65225020
开　　本：	787 mm×1 092 mm　1/16　印张：18.25　字数：389千
版　　次：	2022年1月第1版
印　　次：	2022年1月第1次印刷
书　　号：	ISBN 978-7-5672-3704-9
定　　价：	58.00元

若有印装错误，本社负责调换
苏州大学出版社营销部　电话：0512-67481020
苏州大学出版社网址　http://www.sudapress.com
苏州大学出版社邮箱　sdcbs@suda.edu.cn

目 录

一、20世纪欧美重点作家作品内容概述汇总 / 001

康拉德《吉姆爷》/ 003

伍尔夫《达洛卫夫人》/ 004

薇拉·凯瑟《啊，拓荒者！》和《我的安东妮亚》/ 006

菲茨杰拉德《了不起的盖茨比》/ 007

海明威《永别了，武器》/ 008

福克纳《喧哗与骚动》/ 009

高尔基《克里姆·萨姆金的一生》/ 010

托马斯·曼《布登勃洛克一家》/ 011

卡夫卡《诉讼》和《城堡》/ 012

多丽丝·莱辛《金色笔记》/ 013

朱利安·巴恩斯《福楼拜的鹦鹉》/ 014

索尔·贝娄《赫索格》/ 015

海勒《第二十二条军规》/ 016

纳博科夫《洛丽塔》/ 017

肖洛霍夫《静静的顿河》/ 018

博尔赫斯《小径分岔的花园》/ 019

马尔克斯《百年孤独》/ 020

二、考纲梳理与考点解读 / 021

上编：20世纪上半叶的欧美文学 / 023

第一章 导论 / 023

　　考点一 20世纪欧美现实主义文学 / 023

　　考点二 20世纪欧美现代主义文学 / 024

考点三　象征主义 / 025
考点四　未来主义 / 027
考点五　超现实主义 / 028
考点六　意识流文学 / 029
考点七　表现主义 / 031

第二章　英国文学 / 034
考点八　英国文学概况 / 034
考点九　康拉德 / 039
考点十　劳伦斯 / 041
考点十一　乔伊斯 / 044
考点十二　弗吉尼亚·伍尔夫 / 046
考点十三　叶芝 / 049
考点十四　T. S. 艾略特 / 051

第三章　法国文学 / 055
考点十五　法国文学概况 / 055
考点十六　纪德 / 056
考点十七　莫里亚克 / 058
考点十八　普鲁斯特 / 059

第四章　美国文学 / 063
考点十九　美国文学概况 / 063
考点二十　薇拉·凯瑟 / 067
考点二十一　赛珍珠 / 068
考点二十二　菲茨杰拉德 / 071
考点二十三　海明威 / 073
考点二十四　福克纳 / 075

第五章　俄罗斯文学 / 079
考点二十五　俄罗斯文学概况 / 079
考点二十六　高尔基 / 084
考点二十七　布宁 / 088

第六章　德语文学 / 094
考点二十八　德语文学概况 / 094
考点二十九　托马斯·曼 / 097
考点三十　里尔克 / 099
考点三十一　黑塞 / 102
考点三十二　卡夫卡 / 103

下编：20 世纪下半叶的欧美文学 / 107

  第一章 导论 / 107
      考点三十三 存在主义文学 / 107
      考点三十四 荒诞派戏剧 / 108
      考点三十五 新小说派 / 110
      考点三十六 "黑色幽默"派 / 111
      考点三十七 后现代主义文学 / 112
      考点三十八 现实主义文学 / 113

  第二章 英国文学 / 118
      考点三十九 英国文学概况 / 118
      考点四十 多丽丝·莱辛 / 122
      考点四十一 艾丽丝·默多克 / 125
      考点四十二 玛格丽特·德拉布尔 / 126
      考点四十三 简·里斯、A. S. 拜厄特和安吉拉·卡特 / 128
      考点四十四 朱利安·巴恩斯 / 132

  第三章 法国文学 / 135
      考点四十五 法国文学概况 / 135
      考点四十六 勒·克莱齐奥 / 136
      考点四十七 戏剧家 / 138

  第四章 美国文学 / 140
      考点四十八 美国文学概况 / 140
      考点四十九 索尔·贝娄 / 143
      考点五十 约翰·厄普代克 / 146
      考点五十一 约瑟夫·海勒 / 147
      考点五十二 纳博科夫 / 150
      考点五十三 托妮·莫里森 / 151
      考点五十四 汤亭亭与谭恩美 / 153

  第五章 俄罗斯文学 / 156
      考点五十五 俄罗斯文学概况 / 156
      考点五十六 帕斯捷尔纳克 / 158
      考点五十七 肖洛霍夫 / 161

  第六章 拉丁美洲文学 / 165
      考点五十八 拉丁美洲文学概况 / 165
      考点五十九 博尔赫斯 / 167
      考点六十 加西亚·马尔克斯 / 169

三、全真模拟演练 / 173

"20世纪欧美文学史"全真模拟演练（一）/ 175
"20世纪欧美文学史"全真模拟演练（二）/ 180
"20世纪欧美文学史"全真模拟演练（三）/ 185
"20世纪欧美文学史"全真模拟演练（四）/ 190
"20世纪欧美文学史"全真模拟演练（五）/ 195
"20世纪欧美文学史"全真模拟演练（六）/ 200

四、考前实战冲刺 / 205

"20世纪欧美文学史"考前实战冲刺（一）/ 207
"20世纪欧美文学史"考前实战冲刺（二）/ 212
"20世纪欧美文学史"考前实战冲刺（三）/ 217
"20世纪欧美文学史"考前实战冲刺（四）/ 222

五、参考答案和解析 / 227

"20世纪欧美文学史"全真模拟演练（一）答案 / 227
"20世纪欧美文学史"全真模拟演练（二）答案 / 232
"20世纪欧美文学史"全真模拟演练（三）答案 / 238
"20世纪欧美文学史"全真模拟演练（四）答案 / 244
"20世纪欧美文学史"全真模拟演练（五）答案 / 249
"20世纪欧美文学史"全真模拟演练（六）答案 / 255
"20世纪欧美文学史"考前实战冲刺（一）答案 / 261
"20世纪欧美文学史"考前实战冲刺（二）答案 / 268
"20世纪欧美文学史"考前实战冲刺（三）答案 / 273
"20世纪欧美文学史"考前实战冲刺（四）答案 / 279

一、20世纪欧美重点作家作品内容概述汇总

康拉德《吉姆爷》

小说主人公吉姆出身于一个牧师家庭，家中有四个兄弟，因受文学作品启迪，他决定以航海为业。吉姆身上富有浪漫主义的冒险精神，他常常将自己幻想成为英雄，正是凭着英雄的精神，他当上了"帕特纳号"船上的大副。然而，在"帕特纳号"船发生事故的那个夜晚，他的纵身一跳，成了他以后所有不幸的来源。吉姆与船长一行人逃离后，"帕特纳号"船得到了法国军舰的援救，吉姆因为违背海员的行为准则而遭到了法律的裁决，他因此失去了海事执照和好名声。此后，他辗转于各地谋生，因为"帕特纳号"船传言的出现，他一次次逃离，最终到了与世隔绝的帕图森岛。他运用西方文明的智慧，帮助当地的百姓摆脱了两股邪恶势力古·阿郎酋长和阿里警长的控制，成为帕图森岛的保护神。然而，过去的回忆始终像一把达摩克利斯之剑悬在他的头顶。海盗头子布朗的到来打破了吉姆的幸福生活，布朗的话语唤醒了吉姆内心中沉睡的恐惧，他错过了歼敌的良机，致使酋长的儿子被杀。吉姆最终没能逃脱命运的诘责，为了赎罪，他在多拉明的枪下结束了生命。

伍尔夫《达洛卫夫人》

小说开篇，6月清新的空气使步出家门的达洛卫夫人很自然地联想到了30多年前她还在老家伯尔顿时的一个同样清新明媚的早晨，进而她又想起了自己少女时代热恋的男友彼得·沃尔什，以及放浪不羁、思想独立的女友萨利·塞顿。就在达洛卫夫人进入花店挑选鲜花的过程中，窗外突然传来了一声巨响，一辆小轿车的抛锚声吸引了一众路人的猜测，出现了暂时的交通堵塞。汽车抛锚声不仅惊动了达洛卫夫人，也惊动了附近的第一次世界大战退伍老兵史密斯夫妇。丈夫赛普蒂默斯·史密斯曾出于保卫祖国、保卫莎士比亚的英格兰信念参加了第一次世界大战，在战场上目睹了战友埃文斯上尉被炮弹击中、血肉横飞身亡的惨象，从此便沉浸在对死者的记忆和负罪感之中。战争给他造成的创伤使他产生了愤世嫉俗的人生观，精神陷入错乱之中，无法面对周围真实的和平世界，不愿和别人甚至自己的妻子进行交流。而他的妻子卢克丽西娅曾因对这位沉静的英国军人一见钟情而嫁给了他，并自愿跟随他从意大利来到陌生的英国。但赛普蒂默斯的疯狂和举目无亲的状态使她陷入孤独与绝望。随着小轿车迅速向白金汉宫驶去，众人的注意力又被天上一架施放烟雾做广告的飞机吸引。

达洛卫夫人回到家中后，因贵妇布鲁顿夫人邀请了达洛卫先生共进午餐却未邀请她而感到不快。这时彼得意外造访，原来他刚刚从印度返回伦敦。小说随即在当年分手的这一对恋人的意识流之间不断往返穿梭。彼得当年在爱情失意后前往印度谋职，是一个具有流浪艺术家气质、感性冲动、离经叛道的人，人到中年还孑然一身，内心依然不能忘情于克拉丽莎·达洛卫。他从达洛卫家来到摄政公园整理心绪，伤感地回忆了当年对克拉丽莎疯狂而绝望的爱恋：两人之间曾有过的幸福时光、达洛卫先生对克拉丽莎的追求、克拉丽莎对自己的狠心拒绝，以及自己的不辞而别。

与此同时，史密斯夫妇也坐在摄政公园里。丈夫赛普蒂默斯始终沉浸在幻听、幻觉和幻视之中。他觉得埃文斯就在对面的草丛深处，正向他走来，并与他说话。他苦恼、惊恐，对着空气喃喃自语的样子使得妻子卢克丽西娅陷入痛苦、羞耻与绝望之中。

在家庭医生霍姆斯的建议下，史密斯夫妇慕名拜访了名医布雷德肖爵士。一心追求"均衡感"的爵士不由分说，断言赛普蒂默斯的情况已十分严重，决定将其送至自己在乡下开设的一家疗养院去进行隔离治疗，这让卢克丽西娅伤心不已，也让赛普蒂默斯十分愤怒。

从诊所回家之后，卢克丽西娅沉浸在制帽的宁静与快乐之中。赛普蒂默斯受到妻子情绪的感染，思维变得正常，并开始讲起了笑话。就在夫妇俩十分默契，沉浸在多时未有的满足和快乐之中时，霍姆斯医生再度前来，并不顾卢克丽西娅的阻挡，强行要闯进赛普蒂默斯所在的房间。面对自己即将被迫与妻子分开、进入疗养院隔离的处境，赛普蒂默斯决心誓死捍卫自己的意志和尊严，情急之中从窗口纵身一跃，采取了惨烈的方式自杀身亡。

就在载着赛普蒂默斯的救护车呼啸着向医院驶去的同时，彼得正前往餐馆用晚餐。这里，以伦敦议会大厦大本钟的报时声为连接点与叙述转换的契机，小说再度回到了彼得的意识流之中，克拉丽莎、当年两人在伯尔顿相处与吵架的情景、自己目下的颓唐处境，以及与一位有夫之妇的尴尬关系依然处于彼得的意识中心。当夜，彼得前去参加克拉丽莎家的晚宴，意外地见到了当年克拉丽莎在伯尔顿时的闺蜜、如今已结婚生子的萨利。如彼得和萨利当年所预言与嘲笑的那样，多年后的克拉丽莎果然身着华丽的绿色晚礼服，扮演着"完美的女主人"的形象，正站在楼梯口欢迎贵宾。在衣香鬓影、觥筹交错之中，首相也亲自到场，达洛卫夫人的晚宴取得了巨大的成功。

布雷德肖爵士夫妇为姗姗来迟而道歉，并解释说是因为要处理一位年轻人的自杀事件所致。"死神闯进来了"，这给了正沾沾自喜的达洛卫夫人当头一棒。震惊之余，她悄悄走进一间小屋以整理自己纷乱的思绪。在意识中，达洛卫夫人还原了赛普蒂默斯自杀时黑暗而恐怖的感受，觉得那位从未谋面的年轻人仿佛与自己心灵相通。她感觉自己完全理解这位年轻人，理解他为何要自杀，并本能地判断出他是被布雷德肖爵士这样的医学权威逼迫致死的。至此，小说中两条主要的意识流线索终于汇合到一起。

薇拉·凯瑟《啊，拓荒者！》和《我的安东妮亚》

《啊，拓荒者！》伊始，约翰·柏格森在与荒野的搏斗中落败，临终前将家庭的重担托付给长女亚历山德拉。亚历山德拉不负所托，以坚忍不拔的毅力和非凡的经营才能带领母亲与三个弟弟成功度过灾荒并发家致富。但两位弟弟觊觎姐姐的财产，千方百计阻挠她与恋人卡尔结合，导致姐弟反目。最小的弟弟艾米爱上邻居有夫之妇麦丽，两人在一次幽会中被麦丽的丈夫弗兰克双双击毙。亚历山德拉痛不欲生，然而她最终原谅了弗兰克。卡尔从报纸上看到这出悲剧后，再次回到亚历山德拉的身边，两人终成眷属。

《我的安东妮亚》是由叙述者吉姆·伯丹以第一人称回忆邻居安东妮亚的成长故事。波希米亚姑娘安东妮亚·雪默尔达从小随父母移民到美国中西部地区。父亲因为适应不了当地的生活而自杀，安东妮亚与家人在邻居的帮衬下艰难度日。"我"后来随祖父母搬到黑鹰镇定居，祖母为安东妮亚在镇上谋到一份女佣的工作。与此同时，一批农场少女步入黑鹰镇打工，开启了各自的人生。安东妮亚、莉娜·林加德、蒂妮·索特鲍尔是其中的翘楚。这些帮工少女健康美丽、朝气蓬勃，但也受到各种流言蜚语的困扰。安东妮亚因热爱跳舞而与东家起了龃龉，跳槽到声名狼藉的卡特家当管家，险些遭受侵犯，"我"与祖母及时保护了她。

"我"从黑鹰镇到林肯市读大学，与安东妮亚失去了联系。莉娜凭借出色的裁缝手艺也在林肯市站稳了脚跟，并对"我"产生了暧昧的情愫。"我"为了学业离开林肯市。从哈佛大学毕业后，"我"回到黑鹰镇度假，听说了女拓荒者们的传奇故事。蒂妮远赴阿拉斯加淘金，历经凶险后获得一笔可观的财富，如今定居旧金山。莉娜也从林肯市搬到旧金山与蒂妮相伴，她的裁缝店经营得风生水起。安东妮亚谈过一次伤筋动骨的恋爱，眼下正在农场独自抚养私生女。"我"前去看望安东妮亚，与她一起回忆了两人的金色童年。小说最后，时隔20年后"我"又一次拜访安东妮亚，她组建了幸福的大家庭，丈夫温和敦厚，子女成群。虽然时光流逝，但安东妮亚仍旧富有旺盛的生命力。

菲茨杰拉德《了不起的盖茨比》

一个默默无闻的、出身于美国中西部农村的青年少尉盖茨比，爱上了一位名媛黛西。两个人情投意合，不久黛西便委身于盖茨比。而后盖茨比被调往法国，离开了黛西。已经过惯了奢华生活的黛西，不愿意等待一个看来没有经济基础的青年回来，就嫁给了一个芝加哥的大富翁、耶鲁大学出身的汤姆·布坎南。黛西婚后极不幸福，因为汤姆·布坎南非常专横苛刻、自以为是，而且有外遇。而盖茨比后来则结识了一个大亨，在他的帮助下，默默奋斗，成了一个有钱的大富翁。他听说黛西另嫁，但是仍不死心，认为黛西爱的是自己，一定要把她夺回来。于是他就在能远远望见黛西家附近港口绿灯的西部购置了豪华的别墅，一直等待机会接近黛西，他等了足足有五年。等他终于有机会见到黛西，两人旧梦重温后，黛西却并不愿意离开自己的丈夫。盖茨比和布坎南当面发生了冲突，随后黛西和盖茨比驾车回家，黛西撞死了人，而盖茨比被误当成肇事凶手，作为替罪羊被死者丈夫暗杀。在盖茨比冷冷清清的葬礼上，黛西和布坎南连来都没有来。

海明威《永别了，武器》

美国青年"我"——弗雷德里克·亨利，志愿参加第一次世界大战时意大利军队的救护队。然而，整个军队风气败坏，霍乱流行。大家酗酒、嫖娼，亵渎神圣宗教，被战争齿轮挤压得精神濒临崩溃，个个昏昏沉沉，甚至不知是进是退，辨不清是敌是友。"我"在吃面条的时候被炮弹击中负伤，战友帕西尼的两条腿活生生给炸烂，他高喊着要人打死自己。战争似乎处于无休止的僵持状态。冒雨撤退过程中，士兵又吃不饱肚子。这时的"我"，每逢听到神圣、光荣、牺牲等字眼和徒劳这一说法，总觉得局促不安。这些字眼"我"早已听过，有时还是站在雨中听，只听到一些大声喊出来的字眼；况且，"我"也读过这些字眼，从人们贴在陈旧公告上的新公告上读到过。但是到了现在，"我"观察了好久，可没看到什么神圣的事，而那些所谓光荣的事，并没有什么光荣；而所谓牺牲，那就像芝加哥的屠场，只不过这里屠宰好的肉不是装进罐头，而是掩埋掉罢了。撤退途中，"我"差点被当成德国奸细而被自己为之服役的意大利人枪毙掉，这是何等荒唐的事。发现战争只不过是严肃的滑稽和神圣的闹剧后，"我"跳河逃走，找到女友去瑞士山区同居、钓鱼、嬉戏，连报纸都拒绝看。即便如此，"我"还是躲不开苦难，女友怀孕，孩子难产，结果居然是死胎。"我"坐在医院的走廊上想：人就像是火中木柴尾段聚集的蚂蚁，只不过或迟或早给烧死罢了。在医院外面吃饭的时候，"我"看对座客人的报纸，那人发觉我在读那份报纸的反面，就把报纸折了起来。小说中的女主人公凯瑟琳的结局还是死亡。世界上没有什么侥幸的事，绝对没有！"我"把护士们从她的房间赶了出去，单独和她在一起。但是"我"赶出了她们，关了门，灭了灯，也没有什么好处。那简直像是在跟石像告别。过了一会儿，"我"走出去，离开医院，在雨中走回旅馆。

福克纳《喧哗与骚动》

小说分成四个部分，讲述了旧种植园主康普生家的衰败。第一部分的叙述者是白痴班吉，他是康普生家的小弟弟，他混乱的意识流折射出家人间的冷漠和他对姐姐凯蒂离去的不舍。第二部分是大哥昆丁自杀前的独白，他在经济衰朽的环境中难以保持敏感的尊严，最终投水自尽。居于其思绪核心的，是他对妹妹带有乱伦色彩的珍视。第三部分是老三杰生的自白，其中充斥着对凯蒂刻薄的愤怒。因凯蒂跟前男友怀孕，导致他失去了姐夫许诺的银行职务，所以他一直想尽办法折磨漂泊在外的凯蒂。第四部分则以传统小说的全知视角讲述了黑人老保姆迪尔西温和而坚韧地照料着班吉，陪伴这个注定要灭亡的家族走过最后一段岁月。

高尔基《克里姆·萨姆金的一生》

克里姆·萨姆金,19世纪70年代出身于俄国外省某城市的一个"中等"家庭,其父是一个曾被逮捕和监禁的民粹派知识分子。萨姆金在家乡读完中学后,便到彼得堡某大学的法律专业学习,不久即因躲避学潮而休学回家,曾做过一家报馆的编辑。这期间,由于同革命党人接近,他曾被宪兵队传讯。后来,他又到莫斯科续读法律专业,在那里也由于同样的原因两次受到宪兵队审讯。大学毕业后,他与一位名叫瓦尔瓦拉的女子正式结婚,并开始给一名律师当助手。在1905年革命期间,他曾目睹一些重要事件和场面,也一度"被推进"起义者的行列,又"无意中"当过告密者。在革命高潮中,他曾避居故乡,却再次被捕,旋又获释。革命失败后,萨姆金与瓦尔瓦拉离婚,迁居下诺夫戈罗德,并短期旅居德国、瑞士和法国,回国后不久即迁往彼得堡。他曾设想自己在文学界与新闻界取得成功的可能性,也尝试过以自己的某些"不平凡"的见解引起人们的注意。第一次世界大战期间,他曾作为"地方与城市自治联合会"的成员前往里加了解难民情况,又到前线调查过军队给养遗失之事。二月革命时期,萨姆金曾希望有所行动,但始终只是作为一名旁观者存在。1917年4月,列宁返回彼得堡时,他被密集的游行群众挤倒后被踩踏而死。

托马斯·曼《布登勃洛克一家》

小说叙述了1835年到1877年间德国商业城市吕贝克的布登勃洛克家族四代人的兴衰变迁。第一代老约翰·布登勃洛克靠在拿破仑战争中赶着马车为普鲁士军队提供粮食起家，凭借自己的商业头脑和锐意进取的意志一步步把买卖做大，建立起一个颇具规模的商贸公司，成为吕贝克市顶尖的名门望族。小说开篇，布登勃洛克家刚刚购进一栋精美古朴的大宅，家中宾客往来不断，门庭若市，盛极一时。老约翰去世后，家族的第二代当家小约翰并未继承父亲白手起家时的冒险和进取精神，转而奉行保守的、小心谨慎的经营策略，故步自封，优柔寡断，错失了许多让公司发展的良机，公司业务平稳得几乎停滞不前，为后面的经营危机埋下了隐患。小约翰不但在生意上缺乏远见卓识，在政治和社会观念上也保守、落伍，丝毫未察觉时代的潮流正在发生变化。小约翰去世后，他的长子托马斯成为家族的第三代当家，一开始的时候，托马斯踌躇满志，表现出非凡的才干和胆量，一反父亲的保守，采取了一些大胆的行动。在他的努力下，布登勃洛克家的生意再次蒸蒸日上，托马斯当选议员，儿子汉诺出生，乔迁新宅，布登勃洛克一家又恢复了往日的兴盛，甚至更胜一筹。但这种盛况只是表面现象，衰亡的危机正在这个家族的内外酝酿。在外，公司经营上有强劲的对手，托马斯应对起来已经力不从心；在家庭内部，有弟弟妹妹生活、情感、财务上的诸种问题，托马斯本人牺牲少年时的恋爱所换取的婚姻也不美满，与妻子充满隔阂，与儿子关系疏离，他自身精神上的衰退也逐渐显露，开始沉迷于叔本华的哲学，对一切事物失去兴趣。这个家庭另一个不可忽视的危机还体现在第四代身上。托马斯的儿子汉诺生来柔弱纤细，热衷于音乐，对经商毫无兴趣和热情，更没有任何继承和重振家业的能力。托马斯去世不久之后，年仅15岁的汉诺就被一场伤寒夺去了生命。最后，公司清算停业，家宅拍卖，这个一度鼎盛、延续四代的布登勃洛克家族到底还是迎来了无可逃避的没落和终结。

卡夫卡《诉讼》和《城堡》

《诉讼》中,在主人公约瑟夫·K 30岁生日那天的早晨,两个陌生人闯入他的卧室,对刚从睡梦中醒来的K宣布他被捕了。这两名看守无法说出他的罪名,也没有任何证据,K依然行动自由,照常去银行上班。为证明自己无罪,K四处奔走,但根本找不到地方受理自己的申诉。后来,K从一个画家那里得知关于无罪判决的形式有三种:第一种是真正宣判无罪,第二种是表面宣判无罪,第三种是无限期延期审判。只有最高法院有权做出彻底无罪的判决。然而,虽然法院的办公室无处不在,但能决定K的案子的审判结果的最高法院仿佛一个无形的存在,让他无法企及。最后,在K 31岁生日的前一天晚上,两名穿着礼服的刽子手突然来到他的房间,将他带到一个荒无人烟的采石场执行了死刑。

《城堡》的故事从一个黑暗阴冷的冬夜开始,主人公K长途跋涉来到城堡下的村子里,声称自己是被聘请的土地测量员,却被告知好像并没有这么一回事。之后,K极力证实自己是被聘请的,想尽一切办法接近城堡,但始终没能成功。城堡高高在上,神秘莫测,总是可望而不可即。在K试图接近城堡的过程中,一个反常的、噩梦般摇摆不定的小说世界在我们面前铺开:阴沉压抑的村子,庞大冗余而又森严的官僚体系,行为怪诞的大小官员,群众演员和布景般的村民,小丑般如影随形的助手和监视者,流逝得极快、只有一两个小时的白天……而关于K的最终结局,尽管小说没完成,我们还是有幸从其好友布罗德那里得知:那个名义上的土地测量员至少得到部分满足。他不放松斗争,却终因心力衰竭而死去。在弥留之际,村民们聚集在他周围,这时城堡总算下达了决定,这决定虽然没有给予K在村中居住的合法权利,但考虑到某些其他情况,准许他在村里生活和工作。

多丽丝·莱辛《金色笔记》

　　安娜摆脱了婚姻的羁绊，但依然处于对情感、身份和写作的焦虑中。她用不同颜色的笔记分别记录了自己在不同时期的生活经历和情感变化。"黑色笔记"记录了安娜对非洲生活的回忆，也包含了她对自己的小说《战争边缘》在当下的阅读审视；"红色笔记"是安娜对政治生活的记录，讲述了她由一名思想坚定的共产党员到最后因失望而退党的过程；"黄色笔记"包含了安娜撰写的一部短篇小说《第三者的影子》，女主人公爱拉的感情经历影射了安娜自己的恋情；"蓝色笔记"是对安娜不同心理状态的描述、相应的心理分析和精神治疗的记录。

　　全书一共分为六章，前四章皆由"自由女性"的故事片段和四本"笔记"组成；第五章"金色笔记"是前四本"笔记"在形式上的汇总，同时做出交代，安娜克服了精神危机，准备写作一本名为《自由女性》的小说，主人公也叫安娜。小说最后一章则是"自由女性"的故事结局。

朱利安·巴恩斯《福楼拜的鹦鹉》

主人公杰弗里·布雷斯韦特是一名来自英国的退休医生,业余时间研究法国作家福楼拜。他在鲁昂参观主宫医院和福楼拜故居时发现了两只相似的鹦鹉标本。福楼拜生前为创作短篇小说《一颗质朴的心》,曾从鲁昂博物馆借用了一只鹦鹉标本。两处故居的管理人员都声称自己这边的标本才是福楼拜真正使用过的。布雷斯韦特为了弄清这桩悬案,展开了一系列的查证工作,包括整理作家的年表、动物寓言故事集,研究福楼拜与母亲、妹妹、外甥女、友人及情人之间的关系,并厘清了作家的艺术观念、政治立场等,但真相始终未能浮出水面。除了这条主要线索之外,小说还存在另外几条线索:短篇小说《一颗质朴的心》的情节编织在其中;叙述者布雷斯韦特的妻子埃伦多次出轨并自杀的故事与《包法利夫人》的同名女主人公经历类似,两者形成互文对话的关系;布雷斯韦特对妻子的复杂情感,对生活复杂的认知过程都交织在其中。

索尔·贝娄《赫索格》

赫索格是一位学识广博、心地善良的大学教授,两次失败的婚姻让他的生活一度陷入动荡之中。他的第二次婚姻尤其失败与不幸,因为妻子马德琳和他的好友格斯贝奇私通,不仅夺去了赫索格对女儿的抚养权,还将他扫地出门。家庭的重大变故、妻子和朋友的双重背叛沉重地打击了赫索格,令他的精神处于崩溃的边缘。紧绷的神经、落寞的生活和绝望的情绪使赫索格开始着迷于写信。他在信件中向亲友、报纸杂志、政治家、活着的或死去的人、上帝、自己等对象倾吐自己的不幸与痛苦,表达对当代社会、生存本质和人类命运的哲学思考。离婚后,赫索格一度在愤怒的情绪中想要枪杀马德琳和格斯贝奇,但当目睹格斯贝奇细心地为他的女儿洗澡的场景后,他又在行凶之前打消了这个可怕的念头。当赫索格经历车祸与拘留这一系列事件之后,他最终决定离开喧闹嘈杂的伤心之地,回到静谧的乡下村庄,想要在自然的熏陶与抚慰下重新拥抱生活的美好。小说的结尾有着短暂的宁静,村庄里那像海洋一样广袤的山峦、娇嫩的蔷薇和萱草、歌唱的小鸟让赫索格感受到久违的轻松。另一边,花店女店主雷蒙娜正在匆匆赶来,她是小说中另一个重要的女性形象,她同情赫索格的遭遇并希望与他一同宁静地生活。经受重重磨难的赫索格在略微不安的等待中发觉自己不再有写信倾诉的冲动了。

海勒《第二十二条军规》

小说通过对一支驻扎在地中海皮亚诺萨岛上的美国空军轰炸机中队内部生活的描写，揭示了一个光怪陆离的荒诞世界。主人公约翰·约塞连在参战之初，满怀拯救正义的热忱投入战争，立下战功，被提升为上尉，甚至获得了飞行优异十字勋章。但他逐渐发现军中的高层将官只顾升官发财，在他们心中士兵们的牺牲毫无价值，更没有丝毫崇高感。约塞连在目睹了种种荒诞残酷的现实后，终于明白自己只是一个被愚弄的受骗者，于是变得玩世不恭，厌恶战争。看到同伴们一批批战死，他内心感到十分恐惧，又害怕上司和周围的人暗算他、置他于死地。他不想升官发财，也不愿意做无谓的牺牲，只希望能够活着回家，一再要求被遣送回国。第二十二条军规规定：凡是精神病患者就可以被遣送回国，约塞连认为这有机可乘。但该军规又规定：凡是想回国者必须由本人提出申请，说明自己不能再飞行，而能提出申请者，就不会是精神病人，因此还得飞行。约塞连又寄希望于执行完规定的作战任务后停止飞行，因为第二十二条军规规定：飞满32次的飞行员即可不再执行飞行任务。可约塞连已经执行了48次轰炸任务，仍不能离开。因为军规还有一个附加条件：飞行员必须执行长官的命令，而卡思卡特上校的命令就是他必须继续飞行。约塞连一直飞行了50次，最后终于彻悟：第二十二条军规不过是一个精心策划的圈套，自己根本就无法摆脱。小说结尾，约瑟连在做了一切合法的努力都未能如愿终止服役后，最终还是选择了"潜逃"这样一种私人的、消极的，甚至是不合法的对抗手段。然而，约瑟连的逃跑，可能是这部小说给人们留下的唯一的希望。

纳博科夫《洛丽塔》

主人公亨伯特是一位来自欧洲的绅士、学者，13 岁时与同龄的安娜贝尔恋爱，但安娜贝尔不幸夭折，亨伯特成年后仍沉浸在对性感少女的欲望中。来到美国后他遇到了房东家 12 岁的洛丽塔，陷入痴迷，假意亲近她的寡居母亲并与之结婚，以图伺机占有洛丽塔。事情暴露后愤怒的妻子尚未发出揭露信件便遭遇车祸死亡，亨伯特乘机诱奸了沦为孤儿的洛丽塔。为避免有人发现真相，亨伯特开车带着洛丽塔在美国四处游走，使得洛丽塔在小小年纪就失亲、失学，陷入不正常的生活之中。亨伯特的欲望没有穷尽，对洛丽塔的掌控也越来越严厉，最终洛丽塔借机逃走，陷入有性怪癖的戏剧家奎尔第之手，得知真相后的亨伯特枪杀了奎尔第，在监狱中写下了这本忏悔录式的《洛丽塔》。

肖洛霍夫《静静的顿河》

　　小说的中心主人公葛利高里本是个勤劳能干、热情、坦率和富有同情心的青年。第一次世界大战时他入伍到前线，看不惯沙皇军官的专横跋扈和兵痞的奸淫掠夺，对人们在战争中的互相残杀感到愤恨。他曾为杀死一个奥地利士兵而经受着痛苦的折磨。进步士兵贾兰沙向他揭露战争的本质和专制政体的腐败，使他关于沙皇、关于哥萨克军人的概念一下子化为灰烬。但从前线回到家乡鞑靼村养伤后，作为鞑靼村第一个获得十字勋章的人，他处处受到人们的谄媚与敬重，根深蒂固的哥萨克意识渐渐地把贾兰沙在他心里种下的真理的种子给毁灭掉了。于是，他又以一个出色的哥萨克人的身份重新回到前线，在战场上连连立功受奖，并晋升为少尉排长。十月革命年代，葛利高里先是拥护哥萨克脱离俄国而独立，后又结识了顿河地区革命军事委员会主席波得捷尔珂夫，参加了红军，担任连长，英勇地与白军作战。但是在看到波得捷尔珂夫枪杀白军俘虏之后他又离开了红军队伍。1918年春，葛利高里在父兄的影响下，参加了哥萨克叛军队伍。在同红军作战的过程中，他的双手沾满了革命者的鲜血，但他在感情上仍和白军格格不入，因此，又借故离开了白军，回到故乡。此时红军已占领鞑靼村，葛利高里公开咒骂苏维埃政权，在得知自己要被当作"危险的敌人"逮捕法办后，不得不仓促潜逃。这时顿河流域又发生第二次哥萨克叛乱，葛利高里再次投身到暴乱的狂潮中去。特别是在他的哥哥彼得罗被红军枪杀后，他更怀着强烈的报复心理，残杀大批红军战士。他由叛军连长逐步升为师长，但在白军军官那里，他仍受到歧视和排挤，这使他感到委屈。当白军乘船向克里米亚溃逃时，葛利高里被抛弃，于是他又怀着赎罪的愿望，参加了红军骑兵队。他英勇地同白军作战，立功受奖，晋升为副团长。由于严重的"历史问题"，葛利高里在红军队伍中也得不到信任，终于被彻底复员，回到家乡。他的妹夫、村革命军事委员会主席珂晒沃依宣布要追究他的罪行，强令他到肃反委员会登记自首。为了逃避惩罚，葛利高里再次出逃，加入佛明匪帮，但这一群乌合之众的覆灭已为时不远。葛利高里看清形势，与佛明不辞而别，带着情人阿克西妮亚远走他乡。途中，他们与苏维埃征粮队遭遇，阿克西妮亚被打死，葛利高里孤身一人在野外游荡，最后在痛苦和绝望中回到鞑靼村。

博尔赫斯《小径分叉的花园》

主人公余准博士是一个华裔间谍,第一次世界大战时他为德军搜集情报,但是他的身份和踪迹被暴露,遭到英国军官理查德·马登上尉的追捕。余准仓促中逃到汉学家斯蒂芬·艾伯特博士的家中。艾伯特的住宅坐落在一个花园"迷宫"的中间,余准见到艾伯特后与他进行了一场密切而深入的交谈,随后马登上尉赶到,余准用手枪打死艾伯特,自己也被马登抓捕。在余准临死前,情报已传递到德国人手中,原来博士的名字与英军炮兵驻扎的地名一样都叫艾伯特,余准的上司看到艾伯特被杀的新闻后,分析出暗藏其中的秘密,组织德军对艾伯特市进行了大轰炸。

马尔克斯《百年孤独》

　　小说叙述的是一个叫马孔多的小镇从诞生到消亡一百多年的历史,从小镇在蛮荒之地建立,到人们对科学和实验的崇拜,小镇商业的繁荣,再到内战爆发,小镇在全国开始起着举足轻重的作用。从保守党和自由党的轮流独裁再到保守党的专政,小镇政权几次易手,翻云覆雨。在此过程中,外来文化不断冲击小镇。尤其是美国人来小镇开辟香蕉园,带来经济的畸形繁荣。香蕉工人大罢工,政府和香蕉园主勾结在一起镇压工人,用机枪扫射,杀死工人三千多名,装了近两百节车厢的尸体。毁尸灭迹之后,竟没有人再相信这里曾经发生过大屠杀。之后是长达四年零十一个月又两天的雨季,马孔多成了废墟。最后飓风刮来,把小镇卷走了。至此,一百多年的小镇彻底从地球上消失了。

二、考纲梳理与考点解读

上编：20 世纪上半叶的欧美文学

第一章 导论

考点一 20 世纪欧美现实主义文学

1. 20 世纪欧美现实主义文学呈现的新特征：

19 世纪的现实主义文学在自然科学发展与唯物主义哲学的影响下，明显地呈现出自然科学式的实证主义和科学主义倾向。

到了 20 世纪，作家们越来越自觉地意识到文学与科学之间的巨大差别，意识到绝对逼真地再现历史是不可能和不必要的。在普遍转向内省的文化与心理背景下，作家们更强调主体对世界的体验、发现和艺术表达，世界呈现为"我"所体验的那个东西，他们更关注心理的现实，体现出对现实认识的进一步深化。

因此，在对心理真实的深刻挖掘成为一种普遍倾向的背景下，客观事物和外部事物的重要性降低了，除了能被上升到象征的高度以外，显然已让位于展示人物意识活动，或用作意识活动发生的背景。

当然，这只是一个总体趋势。在不同国家及处于不同具体环境与拥有不同文学观念的作家身上，表现出来的特点又各不相同。

2. 东欧、南欧、北欧与拉丁美洲的代表作家和作品：

国别	作家	代表作品	作品思想内容
波兰	亨里克·显克维奇	《你往何处去?》《十字军骑士》	通过对古代侠义精神的颂扬，表现对异族侵略者不屈的斗争精神。
捷克	雅罗斯拉夫·哈谢克	《好兵帅克》	抨击奥匈帝国穷兵黩武的行径，塑造了帅克这个善良乐观而又威武不屈的、表现出捷克民族精神的普通人形象。
挪威	克努特·哈姆生	《大地硕果》	反映了广阔的历史背景下民族的生活和斗争历程。
	西格里德·温赛特	《克里斯丁》	

续表

国别	作家	代表作品	作品思想内容
意大利	路易吉·皮兰德娄	《六个寻找剧作家的角色》《寻找自我》	以离奇怪诞的情节、夸张的手法和悲喜剧的形式，表现人的异化和寻找自我无望的主题，深刻揭示了现代人的可悲处境。
智利	巴勃罗·聂鲁达	《20首情诗和1支绝望的歌》	对自然、爱情的讴歌和对人生的探索。

注：代表作家另有丹麦文学批评家和文学史家勃兰兑斯、挪威社会问题剧作家易卜生、瑞典戏剧家斯特林堡等。

师探小测

1.（填空题）捷克作家雅罗斯拉夫·哈谢克的（　　　）抨击奥匈帝国穷兵黩武的行径，塑造了帅克这个善良乐观而又威武不屈的、表现出捷克民族精神的普通人形象。

考点二　20世纪欧美现代主义文学

1. 现代主义是一种以非理性主义哲学为理论基础，主张与传统彻底决裂，在文学观念、表现形式和艺术上风格上追求新奇，具有先锋性和实验性的文学倾向与潮流。

2. 西方现代主义文学的共同特征：

在思想上，现代主义文学具有反理性的总体特征。

在形象塑造上，人物是逐渐非人化的。西方现代文明带来了物质方面的巨大进步，但是物质消磨、压倒、吞噬和支配了人，现代主义文学反映了人被异化也就是非人化的处境。

在艺术形式上，现代主义文学注重表现形式。现代主义是有机形式论的，是表现而非再现的，是想象而非写实的，是创新而非传统的。

总体上来说，现代主义文学的风格是具有悲观主义色彩的。

师探小测

1.（选择题）西方现代主义文学的风格，从总体上看是（　　）。
A. 严肃郑重的　　B. 幽默诙谐的　　C. 悲观主义的　　D. 乐观主义的

考点三　象征主义

1. 基本内涵：

（1）象征主义是一场针对传统的、有独创性的、自觉的文学反叛运动，同时也是欧美现代主义文学中持续时间最久、影响最为广泛的文学流派。象征主义思潮从19世纪中叶的法国诗坛开始涌动，以第一次世界大战为界，先后形成早期象征派和后期象征主义两次创作高潮，产生了重大影响。

（2）象征主义的产生可以追溯到19世纪中叶的美国作家埃德加·爱伦·坡和法国诗人夏尔·皮埃尔·波德莱尔。

爱伦·坡的《诗歌原理》对波德莱尔的美学观念产生了深刻的影响。

（3）1886年左右，诗人勒内·吉尔发表《言词研究》，诗人马拉美为其写了前言。这部论著试图系统地肯定从波德莱尔以来法国诗歌艺术的新倾向和新成就。

（4）象征主义流派产生的标志：

1886年，一位原籍希腊、笔名让·莫利亚斯的年轻诗人在《费加罗报》上发表了一篇文章《宣言》，主张用"象征主义者"这个名称去称呼早已出现的反传统的诗人们，同时阐述了象征主义的基本原则，得到了广泛热烈的响应。文学史通常认为这一宣言标志了象征主义文学流派的产生。

2. 艺术特征：

象征主义者认为一切都可以作为素材。因为美并不来自素材，而来自对素材的组织，象征主义者认为神秘的美是不能用明晰的形象和语言再现的，所以主张朦胧与神秘感。但象征主义作品并不追求晦涩，而是要在色调的搭配、旋律的组合中达到半明半暗、扑朔迷离的美的效果。象征主义诗歌还特别强调音乐的效果，力求通过语言的节奏和旋律来增强诗歌的音乐美。

象征主义者反对直述，强调含蓄，所以在语言文字上尽量避开词汇的日常生活意义，尽力去发掘词汇神奇的暗示性；调动语言的潜在表现力，以求别出心裁，达到出人意料的效果，唤起人们神秘的美感反应。它强调的是通过象征、隐喻、联想和暗示，以及语言的音响效果去创造深远的意境。

象征主义者对于象征有自己独特的观点。他们认为象征不仅仅是一种加强作品感染力和使之生动化的手法，诗人们并不是象征的创造者，而只是象征的翻译者。他们认为现象世界本身是一个巨大的象征，诗人的使命是忠实地翻译和找到这些象征，通过各种客体事物的暗示、各种意象的联想、各种感官的共鸣，传达象征与美的境界。这个境界是不可言传，只能意会的。

3. 波德莱尔及《恶之花》：

（1）波德莱尔首次运用象征手法，被象征主义者奉为先驱。

《恶之花》在理论和创作上都奠定了象征主义的基本模式，被公认为欧洲文学的转折点。

（2）《恶之花》以一个无所归依的心灵对于客观世界和自身存在意义的探索为线索，以城市生活中形形色色的病态为描写的素材，来创造一种独特的美感。将城市生活引入诗歌园地，鲜明地展示了一个大城市灵魂的赤裸裸的图像，艺术地表达了一个颓废的社会与诗人"世纪病"的感受。

4. 象征主义文学的代表作家和作品：

分期	国别	作家		代表作品
前期	法国	前期象征派"三杰"	兰波	《通灵者的信》《醉舟》
			魏尔兰	《今与往》
			马拉美	《牧神的午后》
		拉弗格		《善意之花》
		雷尼耶		《插曲》
后期	法国	保尔·瓦莱里		《海滨墓园》《幻美集》
	德国	里尔克		《杜伊诺哀歌》《致奥尔弗斯的十四行诗》
	比利时	梅特林克		《青鸟》
		维尔哈伦		《佛兰芒女人》《整个佛兰德》
	英国	阿瑟·西蒙斯		《你为什么温柔》
		T. S. 艾略特		《荒原》
		威廉·叶芝		《钟楼》《驶向拜占庭》《盘旋的楼梯》
		约翰·沁孤		《骑马下海的人》

5. 后期象征主义文学对前期象征主义的继承和发展：

由于经历了第一次世界大战及战后国际形势和思想哲学上的冲击，后期象征主义在声势、规模上都更大。同时由于在不同国家，与不同传统相结合，后期象征主义呈现出多姿多彩的面貌，象征更为多层次和复杂。

后期象征主义在体裁上越过了诗的疆界，同时也摆脱了早期象征派诗歌沉醉于"象牙之塔"中的嫌疑，直接而深刻地反映了第一次世界大战后西方世界的精神危机。

后期象征主义运动的参加者包括世界各个国家的诗人和戏剧家，从欧洲范围来看，后期象征主义文学是以相当分散的形势发展的。

师探小测

1. （选择题）象征主义的产生可以追溯到19世纪中叶的美国作家爱伦·坡和

法国诗人（　　）。

A. 马拉美　　　　B. 魏尔伦　　　　C. 波德莱尔　　　　D. 兰波

2.（填空题）爱伦·坡的（　　）对波德莱尔的美学观念产生了深刻的影响。

考点四　未来主义

1. 基本内涵：

（1）未来主义产生于20世纪初的意大利，波及俄国和其他欧洲各国，与法国超现实主义交融，对德国表现主义的产生有直接影响。1909年2月20日，意大利艺术家菲利普·托马佐·马里内蒂在法国《费加罗报》上发表《未来主义的创立和宣言》，提出了未来主义的"十一条纲领"，概括起来有两个方面：反叛一切传统，歌颂工业文明。

（2）马里内蒂是意大利小说家、诗人和戏剧家，未来主义创始人。

2. 艺术特征：

在《未来主义文学技巧宣言》一文中，马里内蒂要求消灭形容词、副词，甚至标点符号，主张使用名词和动词不定式，把名词成双重叠进行类比。他要在文学中引入被忽视的三个要素：声响（物体运动的表现）、重量（物体飞动的重力）和气味（物体分裂的能力）。这样的做法就是要突出物及物的感性特征，归根结底还是未来主义的拜物教。

3. 代表作家和作品：

国别	作家	代表作品
意大利	马里内蒂	《他们来了》
俄国	弗拉基米尔·弗拉基米罗维奇·马雅可夫斯基	诗剧《宗教滑稽剧》、长诗《一亿五千万》、诗歌《开会迷》、讽刺喜剧《臭虫》《澡堂》

师探小测

1.（选择题）意大利未来主义的创始人、《未来主义文学技巧宣言》的发表者是（　　）。

A. 罗伯-格里耶　　　　　　　　B. 阿尔弗雷德·扎利

C. 马里内蒂　　　　　　　　　　D. 马雅可夫斯基

2.（选择题）在（　　）一文中，马里内蒂要求消灭形容词、副词，甚至标点符号，主张使用名词和动词不定式，把名词成双重叠进行类比。

A.《第一次超现实主义宣言》　　　B.《未来主义文学技巧宣言》

C.《月桂树被砍掉了》　　　　　D.《小说面面观》

考点五　超现实主义

1. 基本内涵：

（1）超现实主义就是精神自动性的记录，它的思想和艺术特征都与精神自动性密切相关。它是一场影响广阔的艺术运动，它的前驱是达达主义。

（2）1920年，安德烈·布勒东和菲利普·苏波发表了第一部"纯粹的"超现实主义作品《磁场》；

1924年11月，布勒东发表的《第一次超现实主义宣言》为这个运动下了定义；

1969年10月4日，法国《世界报》发表了超现实主义最后一个宣言《第四章》，宣告了超现实主义文学团体的最终解散。

2. 艺术特征：

超现实主义就是精神自动性的记录，它的思想和艺术特征都与精神自动性密切相关，而所谓精神自动性主要是指人不受理性控制的精神活动状态。

在内容上，精神自动性主要表现为潜意识；

在形式上，精神自动性努力追求潜意识的结构，摆脱理性束缚，打破传统规则，做无常法，随心所欲；

在创作中，超现实主义常常使用无意识写作和集体游戏两种方法。

总的来说，超现实主义戏剧反对物质对精神、社会对个人、现实对想象、理性对本能、传统对创新的压制，它企图通过超现实主义的艺术来获取自由。

3. 代表作家和作品

国别	作家	代表作品	备注
法国	阿尔弗雷德·雅里	《愚比王》	《愚比王》可以看作超现实主义和各种先锋派开场的发令枪。 是对莎士比亚戏剧《麦克白》的戏仿。 在《愚比王》中一切都以喜剧性的方式展开，没有对消极因素的正面批评，也没有肯定任何东西，这是一种"黑色幽默"手法。
	纪尧姆·阿波利奈尔	《蒂蕾西亚的乳房》	超现实主义的奠基之作。
		《图画诗》	有些诗歌以作品所要表达的主题的形象来排列诗句，被称为"立体诗"。
		《醇酒集》	作品努力突破诗歌传统。

师探小测

1.（选择题）超现实主义就是精神自动性的记录，它的思想和艺术特征都与精神自动性密切相关。它是一场影响广阔的艺术运动，它的前驱是（　　）。

A. 自然主义　　　B. 达达主义　　　C. 人文主义　　　D. 理性主义

2.（填空题）阿尔弗雷德·雅里的（　　）是对莎士比亚戏剧《麦克白》的戏仿。

考点六　意识流文学

1. 基本内涵：

（1）意识流文学兴起于20世纪初，活跃于英法美等国文坛，并于20世纪20年代达到鼎盛，主要成就体现为小说的创作，并未形成一个统一的流派。

（2）1888年，法国诗人艾杜阿·杜夏丹出版小说《月桂树被砍掉了》，首次运用了内心独白的写法。文学史家将该作品的出现作为意识流文学真正的开端。

（3）意识流作家抛弃了传统写实主义将文学作为历史的副本的基本观念，拒绝外部世界纷繁表相的真实，而自觉将探索的焦点转向对现代人心理真实的挖掘。具体来说，就是表现在机械文明戕害人性，传统价值观失落，战争与暴力摧毁了人们对未来理想的信念的背景下，现代西方人精神上的惶惑孤独、焦虑与恐惧，反映他们日趋严重的与社会、与文明之间的疏离感、无力感。与此同时，在冷若冰霜的商品法则面前，在人性受到严重压抑、人与人之间隔着一道无法逾越的精神壁垒的环境中，意识流作家不仅展示了人物的孤独感和异化感，还从他们身上揭示出某些现代社会中最欠缺、最可贵的东西，即同情、谅解、人道主义和博爱精神。

2. 艺术特征：

首先，意识流文学推翻了传统文学中对时空关系的处理方式，根据再现人物心理真实的需要组建了新的时空秩序。作家们遵循柏格森的"心理时间"原则，在小说的谋篇布局上打破了以物理时间的先后顺序为基础的框架结构，跨越物理空间的界限，用有限的时间展示无限的空间，或在有限的空间内扩展心理时间的表现力，因此，时间、空间往往跳跃、多变，前后两个场景之间缺乏时间、空间上的逻辑联系，时间上常常是过去、现在、未来交叉重叠。作家往往以当时正在进行的活动或某种感觉、印象为中心，通过触发物的引发，追踪人物意识活动循环往复并向四面八方发散的流程，从而使小说具有了一种复杂的立体结构。

其次，意识流小说频繁调整、转换叙事视角，使多位人物的意识杂然并陈，透过不同人物的眼光和思维的"滤镜"看待世界，突出被感受、被再现的图景中所包含的观察者的主观干预，同时也体现出每一个主观角度的局限性。

再次，意识流文学中人物的意识活动具有鲜明的流动性、非逻辑性与纷乱无序性。作家们自觉遵从人类意识活动的规律而退出小说，让小说里的人物越过小说家这位无所不知的叙述者与评论者，直接地、不受阻碍地向读者展示他（她）的全部精神世界，努力将主观世界的原初状态原原本本地呈现在读者面前，拒绝理性与逻辑的过滤、编排与整理，让读者直接深入角色的灵魂内部。因此，作家们常常表现人物的内心独白、自由联想、回忆、梦境与幻觉。

最后，意识流作家亦常常采取象征、暗示、比喻等艺术手段，表现人物微妙的感受，以及由某一事件触发而产生的独特印象，并使作品产生浓郁的诗意。

3. 代表作家和作品：

国别	作家	代表作品	备注
法国	马赛尔·普鲁斯特	《追忆似水年华》	
爱尔兰	詹姆斯·乔伊斯	《尤利西斯》	小说中主人公布卢姆的出现"标志着20世纪文学中非英雄的'现代人'的诞生，反映了现代小说有关'人'的观念的变化"。
英国	弗吉尼亚·伍尔夫	《达洛卫夫人》《到灯塔去》《海浪》	《到灯塔去》《海浪》被誉为诗化的小说。
美国	威廉·福克纳	《喧哗与骚动》	被誉为视角转换的经典之作。

师探小测

1.（选择题）文学史家们一般认为，意识流文学的开端之作，是19世纪晚期出现的作品（　　）。

　　A.《梦的戏剧》　　　　　　B.《通向大马士革之路》
　　C.《追忆似水年华》　　　　D.《月桂树被砍掉了》

2.（选择题）"标志着20世纪文学中非英雄的'现代人'的诞生，反映了现代小说有关'人'的观念的变化"的是小说人物（　　）。

　　A. 盖茨比　　　　　　　　B. 温斯顿·史密斯
　　C. 布卢姆　　　　　　　　D. 萨拉

考点七　表现主义

1. 基本内涵：

（1）表现主义是现代主义文学中的重要流派，产生于20世纪初的德国，盛行于1910年至20年代中期的德语国家、北欧和美国。表现主义最早出现在绘画领域。

（2）表现主义画家主张艺术要表现内在的灵魂，以夸张变形的手法揭示事物的本质。这一倾向引入文学界之后，瑞典作家奥古斯特·斯特林堡率先写出了欧洲最早的表现主义三部曲戏剧《到大马士革去》，并因此成为该流派的先驱。

（3）1910年和1911年，德国一些年轻的文学家先后创办了两家刊物——《冲击》（又名《狂飙》）和《行动》，推动了德国表现主义文学的发展。

1911年，评论家威廉·沃林格尔在柏林的《冲击》杂志第2期上发表了一篇评论，就塞尚、凡·高和法国画家亨利·马蒂斯的画作给表现主义下了一个定义，"表现主义"作为一个文学艺术流派的名称遂正式被人们广泛采用。

（4）口号："艺术是表现，而不是再现。"

（5）表现主义文学家反对把文学看成是自然和印象的再现，认为创作并不只是为了描写或安排现实，而应当解释现实，揭示人的本质和灵魂；由于将创作视为艺术家先于经验的自我表现和潜意识的表达，因而要求完全自由地描写不可见的事物，表现人的主观情绪，展示人的内心世界。

2. 艺术特征：

在艺术形式上，表现主义通过夸张、变形和怪诞的手法来强化或外化作家的主观思想感情，或用象征的手法去表现某种抽象的观念，因而并不强调刻画形象、塑造人物，而只把人物作为某种思想和观念的类型或象征，在戏剧中尤其如此。因此，表现主义作家笔下的人物往往只是某些共性的象征和符号，他们通过内心独白、梦幻、假面具、潜台词等艺术手法来表现人物的内心世界。

表现主义作品还常常充满狂热的激情和极度的夸张。

3. 代表作家：

德国女诗人埃尔泽·拉斯克-许勒；

瑞典剧作家斯特林堡；

德国戏剧家格奥尔格·凯泽；

奥地利小说家弗兰茨·卡夫卡；

美国剧作家尤金·奥尼尔。

师探小测

1. （填空题）"艺术是表现，而不是再现。"是（　　　）的口号。
2. （名词解释）表现主义

师探小测·参考答案

考点一　20世纪欧美现实主义文学

1. 《好兵帅克》

考点二　20世纪欧美现代主义文学

1. C

考点三　象征主义

1. C　　2.《诗歌原理》

考点四　未来主义

1. C　　2. B

考点五　超现实主义

1. B　　2.《愚比王》

考点六　意识流文学

1. D　　2. C

考点七　表现主义

1. 表现主义
2. 表现主义是现代主义文学中的重要流派，产生于20世纪初的德国，盛行于1910年至20年代中期的德语国家、北欧和美国。1910年和1911年，德国一些年轻的文学家先后创办了两家刊物——《冲击》和《行动》，推动了德国表现主义文学的发展。表现主义的口号："艺术是表现，而不是再现。"表现主义文学家反对把文学看成是自然和印象的再现，认为创作并不只是为了描写或安排现实，而应当解释现实，揭示人的本质和灵魂；由于将创作视为艺术家先于经验的自我表现和潜意识的表达，因而要求完全自由地描写不可见的事物，表现人的主观情绪，展示人的内心世界。表现主义的代表作家有瑞典剧作家斯特林堡；德国戏剧家格奥尔格·凯泽；奥地利小说家弗兰茨.卡夫卡；美国剧作家尤金·奥尼尔；等等。

第二章 英国文学

考点八 英国文学概况

1. 戏剧创作：

萧伯纳：

（1）受易卜生影响，萧伯纳用社会问题剧向当时充斥英国舞台的色情剧、颓废剧发起了挑战，主张艺术应当反映迫切的社会问题。他的作品辛辣地讽刺了伪善的英国资产阶级，特别对垄断资产阶级和帝国主义政府的侵略本质进行了无情鞭挞。

（2）由于萧伯纳曾加入英国改良主义组织的"费边社"，所以改良主义思想在其作品中也表现得相当突出。

（3）萧伯纳以对机智幽默的语言、夸张的讽刺手法的娴熟运用而成为英国现代社会最辛辣的讽刺作家之一。

（4）代表作品：

前期：剧本《鳏夫的房产》（1892）、《华伦夫人的职业》（1894）。两部戏剧揭露了资产阶级的虚伪，嘲讽了"体面"的资产者肮脏的财富来源。

后期：《约翰牛的另一个岛屿》（1904）、《巴巴拉少校》（1905）、《伤心之家》（1919）、《圣女贞德》（1923）和《苹果车》（1929）等。

2. 小说领域：

（1）"爱德华时代的作家"：赫伯特·乔治·威尔斯、阿诺德·本涅特、约翰·高尔斯华绥。

① 赫伯特·乔治·威尔斯：

a. 小说家、政治家和社会活动家。

b. 以创作科学幻想小说和描写城市小人物的小说著称——

在科学幻想小说中，他通过离奇怪诞的情节，预言了科技的发展与滥用将会造成的可怕后果，对现代社会的弊病进行了辛辣的讽刺。《时间机器》（1895）是他第一部成功的科学幻想小说，另有小说《莫洛医生的岛屿》（1896）、《隐身人》（1897）、《最先登上月球的人》（1901）等。

他的小说描摹城市小人物既可笑又可悲的性格，显示出他对以萨克雷、狄更斯为代表的幽默讽刺的现实主义文学传统的继承。这类小说大多以日常生活为题材，摹写小职员、店员或学徒的喜怒哀乐。他笔下的主人公往往由于贫困乏味的生活而具有锱铢必较的性格特征，体现出现代社会中小人物的庸俗气质。作家借此表达了对维多利亚末世及其后社会道德与伦理的批判，这方面的代表作有《托诺-邦盖》（1909）等。

② 阿诺德·本涅特：

a. 主张艺术家要不偏不倚、精确而真实地描写生活，因而其创作更接近于法国自然主义文学创作风格。

b. 由于他逼真记录、以文学作为历史的副本的艺术追求与创作特征，他受到了以弗吉尼亚·伍尔夫等为代表的年轻一代小说家的严厉批评，被斥为体现出"物质主义"的倾向。

c. 本涅特以描写英国工业小城镇的市民生活而闻名，创作了一系列脍炙人口的小说，反映了他的故乡斯塔福德郡五个盛产陶瓷器皿的小镇的中产阶级市民生活，因此被誉为"五镇"小说家。

代表作：《老妇人的故事》（又译为《老妇谭》，1908），描写了伯斯利镇上布店老板巴恩斯的两个曾经充满青春憧憬的女儿从年轻的少女变成肥胖的老妇人的悲剧。

本涅特的创作在平凡中见真实，受巴尔扎克和左拉的影响较深，善于选择日常生活中并不引人注目的、平淡无奇的琐事，令人信服地表现出五镇居民既保守、自私、狭隘、固执，又有强烈的自尊和坚忍不拔的毅力的鲜明性格特征。

③ 约翰·高尔斯华绥：

a. 代表作：巨著《福赛特家史》（1906—1921）三部曲，荣获1932年的诺贝尔文学奖；

《现代喜剧》，构成《福赛特家史》的续篇。

b. 《福赛特家史》和《现代喜剧》这两组三部曲，通过对19世纪80年代维多利亚王朝后期至20世纪20年代乔治五世统治时期这段漫长岁月里，福赛特家族四代人变迁的描写，抒写了一部英国资产阶级从产生、发展到逐步走向没落的艺术编年史，展现了英国资产阶级社会与家庭生活的广阔图景，生动地塑造出了一系列被"财产意识"浸透了全部存在的"福赛特人"的典型形象。

c. 《福赛特家史》包括三部小说及两部插曲：《有产业的人》（1906）、《一个福尔赛人的暮秋》（1917，插曲）、《骑虎》（1920）、《觉醒》（1920，插曲）和《出租》（1921）。其中，《有产业的人》是其最优秀的作品。高尔斯华绥本人曾指出，小说的基本主题是表现对财产的占有欲与对艺术的美感之间的对立和冲突，揭露私有财产对人的感情的腐蚀作用。在小说前言中，作家这样写道："《福塞特家史》的原旨是美对私有世界的扰乱和自由对私有世界的控诉。"小说的主人公之一是作为"财产意识"的化身的索米斯。他是福赛特家族的第四代人、房地产经纪人，他的身上典型地体现了福赛特家族自私、贪婪、虚伪与暴虐的基本特征。

（2）威廉·萨默塞特·毛姆：

① 他的作品中常常弥漫着旖旎的热带风情和浓郁的异域情调，而学医的生涯又使他能以客观冷静的科学精神去观察与表现人生，其作品从本质上更加接近自然主义的文学传统。

② 代表作品：自传性质的《人生的枷锁》（1915）、《月亮和六便士》（1919）、《刀锋》（1944）。

（3）拉迪亚德·吉卜林：

① 生于印度，六岁回到英国接受教育。

② 代表作品：

在美国出版：《丛林故事》（1894）、《丛林故事续集》（1895）、《勇敢的船长》（1897）。

在英国出版：《日常作品》（1898）和《吉姆》（1901）。长篇小说《吉姆》是其最著名的作品，集中体现了帝国主义和东方元素对吉卜林创作的双重影响。作家通过描写西藏喇嘛和吉姆师徒两人为追寻各自的理想横穿南亚次大陆的跋涉，将英属殖民地印度的风情与人物带入了小说，表现了佛教、基督教、伊斯兰教等各种教派之间的融合和冲突。

③ 1907年，吉卜林获得诺贝尔文学奖，成为第一位获此殊荣的英语作家。

3. 现代主义文学：

（1）两次世界大战期间是英国现代主义文学的鼎盛时期，尤以20世纪20年代为现代主义小说的黄金时代。

（2）20年代的现代主义潮流深受弗洛伊德心理学说的影响，作家们纷纷在创作中运用精神分析的方法，挖掘人类精神中潜意识与无意识的广大领域。这股潮流在英国小说中主要体现为两种倾向：

一种以劳伦斯的创作为代表，注重心理描写，揭示人的性心理活动，同时以性作为人的本能的象征来反抗机器文明对人性和自然的压抑，体现出融社会批判与心理探索于一体的思想特征；

另一种是以乔伊斯和伍尔夫的创作为代表的意识流小说。

（3）熔现实主义与现代主义特征于一炉，体现出从现实主义向现代主义过渡性特征的作家还包括康拉德、E. M. 福斯特和曼斯菲尔德等。

（4）E. M. 福斯特：

① 1901年大学毕业后去希腊和意大利旅行。地中海沿岸国家农民自然淳朴的生活与英国中产阶级压抑狭小的生活形成鲜明对照，给他留下了深刻印象。

② 代表作品：

早期作品《天使不敢涉足的地方》（1905）、《一间可以看到风景的房间》（1908），均表现了令人窒息的英国中产阶级社会与意大利生气勃勃的生活的对立。

《霍华兹别墅》（1910）为福斯特战前最重要的作品。作家在其扉页上题写的警句"只有联结……"成为众多研究者考察福斯特试图在不同国家、种族、宗教、文化、阶级与性别之间建立"联结"的思想的依据。

最后一部长篇小说《印度之行》（1924）通常被公认为作家最杰出的作品，他以丰富而含混的象征艺术表现了大英帝国殖民当局在印度的骄横跋扈与仗势欺人，反映了英国殖民政策和印度人民之间难以化解的矛盾。

③ 福斯特的《小说面面观》（1927）是他为剑桥大学"克拉克讲座"所写的讲稿，含导言、故事、人物（上）、人物（下）、情节、幻想、预言、模式与节奏、结语九个部分，被誉为"20世纪世界文坛难得的一部小说评论著作"，其中关于"圆形人物"与"扁平人物"的定义，已成为20世纪文学评论的著名论断。

（5）凯瑟琳·曼斯菲尔德：

① 深受俄国作家契诃夫的创作风格影响。其作品不以情节曲折见长，注重从看似平凡的小处发掘人物情绪的幽微变化，尤其着力捕捉孩童与女性的内心悸动，表现人物在对自我及人生的发现中获得的心灵成长。她的文笔简洁流畅，风格冷峻而富于诗意，代表了英国现代主义文学在短篇小说领域的主要成就。

② 代表作品：《在德国公寓里》（1911）、《幸福》（1920）、《园会集》（1922），死后出版的《鸽巢》（1923）和《幼稚》（1924）。

（6）多萝西·理查森：

① 多萝西·理查森是意识流小说在英国的重要先驱。

② 代表作品：

1915年，她推出了长达十二卷的意识流小说《人生历程》的第一卷《尖尖的屋顶》，至1938年出版完成最后一卷。作品以作家本人的生活经历与心理体验为基础，逼真地再现了女主人公米丽安·亨特森在漫长岁月中的内心世界，尤其是她在德国当女教师时的所见所闻及返回英国后的种种经历。作家摆脱了对传统意义上的故事情节的追求，着意表现主人公每天在各种生活事件的触发下纷至沓来的感触、对外部世界及周围人物的种种印象。在她的笔下，外部世界只是为人物的精神流程提供诱因的源泉，读者看到的完全是以第三人称的叙述口吻表现出来的一位知识女性的内心独白。

③《人生历程》在英语意识流小说史上具有重要意义，它标志着现代英语小说创作的一个重大转折，为意识流小说进入鼎盛期铺平了道路。

4. 诗歌领域：

"奥登一代"诗人：

（1）20世纪30年代，英国诗坛出现了以 W. H. 奥登为代表的"奥登一代"诗人，他们用诗歌反映社会和政治问题，并积极参加左翼运动，在青年中影响较大。代表作家除奥登外，还有塞西尔·戴-刘易斯、斯蒂芬·斯本德和路易斯·麦克尼斯等。

（2）奥登的创作：

1928年，奥登发表了第一部作品《诗集》。

20世纪30年代的重要诗集有《雄辩家》（1932）和《看吧，陌生人》（1936）等。奥登的早期创作表现出鲜明的反法西斯倾向。在西班牙内战中，他写下长诗《西班牙》（1937），以此激励西班牙人民为自由和正义而战。根据访问中国、日本的经历，他与另一位诗人克里斯托弗·衣修伍德合作，写下了游记《战地行》（1939），表达了对中国人民抗日战争的理解与同情。

30年代后期，奥登放弃了自己的左翼立场。1939年定居美国，思想上逐渐转向信仰基督教，诗风也发生了很大变化。这类作品包括诗集《另一次》（1940）、《双重人》（1941）和《暂时》（1945）等。

1948年的《忧虑的年代》为他赢得了普利策文学奖。

晚期诗歌作品还有《阿喀琉斯的盾牌》（1955）、《无墙之城》（1969）等。

60年代末，奥登修订了自己的诗作，出版了《1927—1957年短诗诗集》（1967）和《长诗诗集》（1969）。

5. 乔治·奥威尔：

（1）体现出鲜明的政治色彩和社会批判倾向的著名小说家与散文家。

（2）奥威尔敏锐的洞察力、犀利的文笔和深厚的人文关怀，被著名批评家欧文·豪誉为"在过去几十年中英语文学中最伟大的道德力量"，其传记作者杰弗里·迈耶斯也称赞奥威尔"在一个人心浮动、信仰不再的时代写作，为社会正义斗争过，并且相信最根本的，是要拥有个人及政治上的正直品质"。奥威尔终其一生都在追求自由与民主，被称为"一代人的冷峻良心"。

（3）代表作品：

三部纪实文学：《巴黎伦敦落魄记》（1933）、《通往维冈码头之路》（1937）、《向加泰隆尼亚致敬》（1938）；

两部评论集：《鲸腹之家》（1940）、《狮子与独角兽》（1941）；

六部小说：反思英国殖民主义制度的《缅甸岁月》（1934）；

反映私立学校教师生活的《教士的女儿》（1935）；

反映书店店员及流浪人生活体验的《让叶兰在风中飞舞》（1936）；

描写战争前夕英国社会混乱局势的《上来透口气》（1939）；

借助动物寓言展现人类极权统治的《动物农场》；

呈现令人触目惊心的极权恐怖的《一九八四》等。

（4）《一九八四》描写了未来社会处于恐怖的极权主义统治之下的伦敦。小说中战后大洋国的现状与经历了两次世界大战后的英国非常相似。小说的主人公温斯顿·史密斯即处于这样的环境中并秘密地进行了抵抗。

作品因对极权统治鞭辟入里的洞见而与苏联作家扎米亚京的《我们》（1924）、赫胥黎的《美丽新世界》（1932）并称为"反乌托邦"三部曲。

师探小测

1. （填空题）受易卜生影响，萧伯纳用（　　　）向当时充斥英国舞台的色情剧、颓废剧发起了挑战，主张艺术应当反映迫切的社会问题。

2. （选择题）20世纪初活跃于英国文坛的赫伯特·乔治·威尔斯、阿诺德·本涅特和约翰·高尔斯华绥这三位作家，通常被称为（　　）。
   A. 维多利亚时代的作家　　　　B. 伊丽莎白时代的作家
   C. 詹姆士时代的作家　　　　　D. 爱德华时代的作家

3. （选择题）E. M. 福斯特对当代西方现实主义小说进行评价与鉴赏的文论著作是（　　）。
   A.《小说的艺术》　　　　　　B.《小说修辞学》
   C.《小说的兴起》　　　　　　D.《小说面面观》

4. （选择题）出生于新西兰的英国籍女作家凯瑟琳·曼斯菲尔德以短篇小说创作著称，对她的风格产生过明显影响的作家是（　　）。
   A. 契诃夫　　　B. 莫泊桑　　　C. 欧·亨利　　　D. 伍尔夫

考点九　康拉德

1. 约瑟夫·康拉德，出生于沙俄统治下的波兰，因父亲参加争取民族独立的秘密组织，全家被流放到俄国，后移居法国马赛，去往英国并找到了归属感。

2. 康拉德的主要作品：

从题材来看，其作品大致可以分为三类：

（1）航海小说：

航海小说以海洋为故事背景，描写海员们在自然风暴下经历的道德和意志的考验，代表作品有《"水仙号"的黑水手》（1897）、《青春》（1902）、《台风》（1902）、《阴影线》（1917）等。在航海小说中，海洋作为一个主要的意象在康拉德的笔下变幻出无穷的模样，小说中每一幕海洋的场景都是瑰丽雄壮的，海洋、船只、风浪和水手动感地连接在一起，形成了一幅幅美丽的海上画卷。

（2）海外丛林小说：

海外丛林小说主要以亚非拉殖民地区为背景，反映了白人在殖民地区的攫取掠夺，以及白人在权力和财富的诱惑下所经历的精神危机与道德幻灭，代表作品有《阿耳迈耶的愚蠢》（1895）、《海岛的放谈者》（1896）、《黑暗的心》（1899）、《吉姆爷》（1900）等。基于多种文化的影响，作家在表现工业文明和殖民罪恶时始终是矛盾的。

（3）社会政治小说：

社会政治小说集中展示了作家对欧洲社会的思考，并且寄寓了自己的爱国热情，代表作品有《诺斯特罗莫》（1904）、《特务》（1907）、《在西方的眼睛下》（1911）等。在社会政治小说中，作家的创作技巧已非常纯熟，作品涉及的问题也更加深入，其中以《诺斯特罗莫》最为著名。著名评论家F. R. 利维斯在著作《伟大的传统》中曾高度评价《诺斯特罗莫》"是康拉德最重要的著作，也是英语史上最伟大的小说之一"。

3. 《吉姆爷》：

（1）主题思想：

① 展现白人在殖民地的奋斗及殖民地人民的遭遇，同时表达了对工业文明的哀思和对文明扩张的赞赏，既丑化殖民地人民，也对他们表示同情。

② 原罪主题。

（2）主人公吉姆的艺术形象：

吉姆出生在一个牧师家庭，身上富有浪漫主义的冒险精神，也具有海员的忠诚和责任感，他对荣誉心驰神往，面临困难同样勇于拼搏，但他也是芸芸众生中的一员，有着人性深处对死亡的恐惧和怯弱。吉姆在某种程度上，是作家道德理想的表现。

4. 康拉德小说的主要成就和艺术贡献：

康拉德在近30年的文学创作生涯中，一共出版了31部中长篇小说及短篇小说集和散文集。他的创作与其个人经历是分不开的，因为他的特殊经历和独特感受，他的作品突破了现实主义的桎梏，把传统小说对环境和人物的关注转移到人物的心理上，并拓展了传统小说的叙述技巧，采用多种叙事角度进行叙事，推动了现代主义文学的革新。除此之外，康拉德的小说还具有浓重的道德氛围，小说中的人物大多具有极强的道德感。

总之，康拉德的一生辗转于世界各地，获得了多种文化的滋养，形成了独特的创作风格。他着力推进小说创作技巧的革新，探索隐秘心理的书写，开辟了多种角度的叙事风格，为20世纪现代主义小说的发展和繁荣做出了贡献。

师探小测

1.（选择题）著名评论家 F. R. 利维斯在著作《伟大的传统》中曾高度评价（　　）"是康拉德最重要的著作，也是英语史上最伟大的小说之一"。

　　A.《诺斯特罗莫》　　　　　　B.《海岛的放谈者》
　　C.《黑暗的心》　　　　　　　D.《吉姆爷》

2.（选择题）康拉德的作品从题材来看，大致可以分为三类：航海小说、海外丛林小说和（　　）。

　　A. 科幻小说　　B. 流浪汉小说　　C. 历史小说　　D. 社会政治小说

考点十　劳伦斯

1. 劳伦斯的主要作品：

（1）第一部长篇小说《白孔雀》（1911）：以英格兰中部农村为背景，讲述了两对青年男女的爱情故事，田园生活与工业文明的对立主题已在小说中有所展现。

（2）《儿子与情人》（1913）：小说围绕煤矿工人毛瑞尔一家的痛苦，通过主人公保罗的成长过程反映深刻的社会问题和心理问题。

（3）《虹》（1915）、《恋爱中的女人》（1920）：一般认为，这两部小说代表了劳伦斯的最高成就。

其中，《恋爱中的女人》是《虹》的续篇，展现出了作者对西方文明深深的失望情绪及战争背景之下人们心中的绝望、孤独和破坏等负面情绪。

（4）第一次世界大战以后，《袋鼠》（1923）、《羽蛇》（1926）等：富有异域色彩，充满对领袖原则、原始宗教的浓厚兴趣，反映了对西方民主制度的失望情绪。

（5）1928 年劳伦斯自费出版、1960 年正式出版的《查泰莱夫人的情人》：以充满象征的笔调倡导恢复真爱、恢复自然本能，从而挽救西方业已堕落的文明。

（6）短篇小说：

《菊馨》（1910 年原版、1911 年发表版、1914 年最终版）：英国文学史上，英国矿工第一次作为独立而有尊严的形象出现；

《英格兰，我的英格兰》（1922）：涉及战争；

《马贩子的女儿》（1916）：表现两性关系；

《小甲虫》（1923）：表现情感纠葛；

《烈马圣莫尔》（1925）、《骑马出走的女人》（1928）：表现劳伦斯试图用一种原始宗教来代替堕落的欧洲文明的思想；

以及《干草堆里的爱情》（1930）、《木马赢家》（1933）等。

2. 劳伦斯小说创作的两大基本主题：

（1）劳伦斯的创作首先表达了对工业化现实的不满和憎恶。19世纪中期以后，英国工业发展进程加快，实现了全国规模的工业化，连劳伦斯的家乡小镇也发生了变化。劳伦斯生来热爱自然，热爱英格兰乡村，为田园式古老英国的消失而叹息。工业化的英国和田园式的英国在劳伦斯的全部创作之中几乎都处于对立冲突的地位。

（2）对两性关系的探索是劳伦斯创作的另一个重要主题。他认为遭到压抑的欲望与本能并非罪恶，压抑行为本身才是罪恶的。他反对对性做任何建立在恐惧基础上的压抑，无论这种压抑是宗教的、道德的，还是社会的。他认为哲学中的精神至上、宗教里的禁欲主义、传统道德的偏见都鼓吹压抑人的自然力量，他提倡建立一种新的、健康和谐的两性关系以摆脱现代工业化社会对人的压抑。

3. 《虹》：

（1）思想内容：

《虹》的主题是布兰文家族三代人的爱情生活。它以史诗般的格局，通过一家三代人的生活和心灵历程追述了英国从传统的乡村社会到工业社会的历史变迁，揭示了19世纪后半期巨大而深刻的社会变化；以英国小说史无前例的热情和深度探讨了有关建立新的两性关系的问题；此外，《虹》还对英国社会生活进行了多方面的深刻批判。

（2）人物形象：

a. 汤姆·布兰文：

是布兰文家族的第一代，是个忠厚诚实的农民，他与一位波兰流亡贵族后裔、波兰爱国者的遗孀莉迪娅结合，两颗不同世界的心经过激烈的冲突磨合，最终进入宁静、和谐、幸福的理想状态。但是不久，汤姆就被一场洪水冲走了。这象征着农业社会的消亡和工业社会到来的必然。

b. 莉迪娅的女儿安娜和汤姆的侄子威尔：

是布兰文家族的第二代。第二代人的婚姻生活是现代社会婚姻生活的缩影，是一场充满痛苦的失败婚姻。在工业社会中，人们丧失了与自然的和谐关系，失去了宗法制社会中宽容美好的人性而变得自私封闭，以自我为中心，这样的两性是无法建立和谐的关系的。于是，安娜在养儿育女中获得满足，威尔则在工作中逃避。

c. 厄秀拉：

是布兰文家族的第三代。

厄秀拉的第一位恋人是一名英国军官，两人终因缺乏精神上的理解而分手。

结尾处，对爱情深感失望的厄秀拉回到家里，不幸流产，大病一场。病后初愈的一天，她打开窗户，看见天空中悬挂着一轮美丽的彩虹。作为劳伦斯理想的实践者，她的探索过程不仅充满了与外在环境的剧烈冲突，而且经历着灵魂的自我煎熬和痛苦的抉择。和前两代人相比，厄秀拉的精神境界和追求远远超过了她的祖辈与父辈。她不仅在生活空间上不断向外扩展，在思想认识上也不断走向成熟，对自我有着清醒的认识。她的生命与自然精神共存，身上保存着更多的自然本能。<u>为了追求个性得到充分自由的发展，她不屈不挠地与束缚、压制她的一切外部环境抗争。对自我价值的不断追求使厄秀拉成为劳伦斯作品中最理想的女性形象之一</u>。她的成长经历就是一段段走出狭隘、平庸的生活空间的斗争史。

d. 斯克里本斯基：

年轻英俊的军官，刚开始使厄秀拉迷醉，后来便陷入痛苦之中。斯克里本斯基从根本上属于厄秀拉眼里那个腐败、堕落的统治阶层中的一员。他表面上看起来风度翩翩，富有魅力，但内心是一片荒芜。他心甘情愿地服从所谓的国家利益，没有独立的自我意识。面对厄秀拉，他常常感到难以把握和理解。因此，两人关系的最后破裂实际上是不可避免的。

（3）"虹"的意象：

虹是小说中最重要的意象，它美丽灿烂，横跨天空的两端。在《圣经》中，虹象征洪水后上帝和所有生命的神圣契约。在劳伦斯看来，虹的这端是我们的尘欲世界，那端是天人合一的神圣境界，一个完美的婚姻就像一座虹，可以带领世俗男女跨越混乱的尘世，到达更高的境界，以感受生命的真正源泉和人与万物之间的神圣纽带。

师探小测

1.（选择题）劳伦斯的短篇小说（　　）中，英国矿工在英国文学史上第一次作为独立而有尊严的形象出现。

A.《儿子与情人》　　　　　　B.《查泰莱夫人的情人》

C.《菊馨》　　　　　　　　　D.《狐》

2.（选择题）下列不属于劳伦斯《虹》这部小说中人物角色的是（　　）。

A. 厄秀拉　　　　　　　　　B. 斯克里本斯基

C. 汤姆·布兰文　　　　　　D. 康妮

3.（选择题）许多评论家都认为《儿子与情人》这部作品为俄狄浦斯情结提供了一个经典范例，这部小说的作者是（　　）。

A. E. M. 福斯特　　　　　　B. 威康·戈尔丁

C. D. H. 劳伦斯　　　　　　D. 高尔斯华绥

考点十一 乔伊斯

1. 詹姆斯·乔伊斯的主要作品：
（1）短篇小说集：《都柏林人》——1904年开始创作，1914年出版，描写乔伊斯从儿时开始就观察和倾听的都柏林人，各短篇安排如下：

《姐妹》《偶遇》《阿拉比》：关于童年的故事；

《伊芙琳》《车赛之后》《两个浪子》《寄宿公寓》：关于青年的故事；

《一小片云》《无独有偶》《泥土》《一桩惨案》：关于成年的故事；

《常春藤日的委员会办公室》《母亲》《圣恩》：关于都柏林社会生活的故事；

最后一篇《死者》：对生命和死亡的思考。

（2）小说《一个青年艺术家的画像》（1916）：

将主人公斯蒂芬·代达勒斯成长为作家的过程作为小说描写的焦点，集中描写了一个年轻人如何逐渐成长为作家的历程。

（3）现代史诗式小说《尤利西斯》（1914—1921）：

见本考点中知识点4。

2. 乔伊斯小说创作的两大基本主题：

以《都柏林人》为代表的都柏林普通市民生活和以《一个青年艺术家的画像》为代表的艺术家的成长经历的创作完成之后，艺术家和市民的关系与艺术家和生活的关系成为其小说创作的两大举足轻重的主题。

3. 《都柏林人》的主题思想：

（1）"瘫痪的中心"：这是乔伊斯形容都柏林的关键词，在《都柏林人》的每篇小说里，乔伊斯表现了都柏林人如何受到与爱尔兰历史命运相似的折磨，以及社会、宗教和政治的萎缩如何使人的灵魂变得麻痹和瘫痪。在他笔下，爱尔兰是一个背叛自我的民族，一个不断重复着失败命运的国家。面对大英帝国的统治，爱尔兰真正的民族精神和自信心处于瘫痪状态。

（2）尽管乔伊斯对都柏林人的生活和精神状况进行了批判和讽刺，但是并不是严厉的批评，而是饱含同情和理解，对软弱和庸俗是包容的。

4. 《尤利西斯》和《奥德修纪》在人物和结构设置上的对应关系：

（1）在人物设置上：

乔伊斯喜欢用内涵丰富、角色多元的人物和自己创作的小说中的人物形成类比，选择尤利西斯的故事做小说的类比物也是出于这个原因。"尤利西斯"是"奥德修斯"的拉丁文拼写名称。荷马史诗里，尤利西斯是莱耳忒斯的儿子，同时他也是忒勒马科斯的父亲、佩内洛普的丈夫、卡吕普索的情人、围攻特洛伊城的希腊战士们的战友、伊塔刻的国王。他在战争和归途中受过许多磨难，但每次都靠他的机智勇敢渡过了难关。并且《奥德修纪》中尤利西斯是一位现代意义上的主人公,而不是传统意义上靠武力取胜的英雄。阿喀琉斯、埃阿斯等武夫都是依靠自己的膂力,尤利西斯则是一个依靠智慧和言语力量取胜的人。他知道发动特洛伊战争的官方借口是捏造的,其实只是为了获取新的原料和市场。因此,尤利西斯曾试图躲避征兵,拒绝充当一个热衷军事和武力的英雄,即摆脱《伊利亚特》中英雄主义的主流价值观。在乔伊斯看来,《奥德修纪》是在教导人们如何以平常人而非战士的身份去赢得最终的胜利。乔伊斯创作《尤利西斯》期间,正是令人战栗的战争阴影笼罩着世界局势之时,乔伊斯看清并利用了《奥德修纪》的反战元素,尝试破除当时一代人所崇拜的战争神话。这就是为什么《尤利西斯》是一部和平的现代史诗——与尤利西斯相似,乔伊斯把《尤利西斯》主人公布卢姆塑造为一个依靠智慧和言语获胜的英雄,而非热衷武力行动的英雄。

(2) 在结构设置上:

乔伊斯原计划给《尤利西斯》每一章都配以一个荷马史诗式的标题,对《奥德修纪》的指涉也遍布整部小说,比如奈斯托化身为小学校长,独眼巨人以民族主义者的面貌出现,喀耳刻以妓院老板娘的身份出现,最后一章的莫莉暗示着佩内洛普,等等。诸如此类的许多影射,都使人感到《尤利西斯》似乎是和荷马开的一个玩笑。

乔伊斯在《尤利西斯》和《奥德修纪》等一系列经典的情节之间人为地建立起一种平行关系,除了作为结构框架之外,神话方法背后隐藏的是乔伊斯独特的世界观。他认为每个人的生活实际上都是对许多普世情节——离别、漂泊、背叛和回归的重复。由于无论人们如何去设法操纵现实,现实终究只能以若干形态出现。如同轮盘赌的转盘,反反复复转出来的总是那些数字。按这种观点来看的话,意想不到的偶然巧合其实才是必然结果。在《尤利西斯》里,乔伊斯就刻意揭示了这种现在和过去之间的巧合。

师探小测

1. (选择题)《一个青年艺术家的画像》反映了一个爱尔兰青年艺术家的坎坷经历,这部小说的作者是( )。

   A. 乔伊斯　　　B. 叶芝　　　C. 肖伯纳　　　D. 赫胥黎

2. (选择题)乔伊斯精心采纳了古希腊神话英雄奥德修斯的冒险故事模式来叙写的作品是( )。

   A.《尤利西斯》　　　　　　B.《都柏林人》
   C.《芬尼根的守灵夜》　　　D.《一个青年艺术家的画像》

3. (填空题)詹姆斯·乔伊斯在长篇小说《一个青年艺术家的画像》中,塑造了具有自传色彩的主人公(   )的形象。

考点十二 弗吉尼亚·伍尔夫

1. 弗吉尼亚·伍尔夫是 20 世纪英国现代主义文学的重要代表，与詹姆斯·乔伊斯、威廉·福克纳和马赛尔·普鲁斯特齐名的意识流小说大师、文学评论家、"现代小说"理论的倡导者，以及西方女性主义文化与文学思潮的先驱。

2. 布卢姆斯伯里团体：

母亲、父亲相继去世后，弗吉尼亚姐弟迁居伦敦东部的布卢姆斯伯里，家中逐渐聚集了一批才情卓越、具有自由精神的青年知识分子，形成了著名的"布卢姆斯伯里团体"。这个文学艺术团体以弗吉尼亚和她的画家姐姐文尼莎为中心，成员和座上客主要由剑桥大学的精英知识分子组成，在 20 世纪西方思想界产生过重要影响。

3. 霍加斯出版社：

1917 年，伍尔夫夫妇共同创办了霍加斯出版社。该出版社不仅对伍尔夫文学事业的发展起到了关键的作用，而且它还分别出版过 E. M. 福斯特、T. S. 艾略特、托尔斯泰、契诃夫、高尔基、弗洛伊德等作家的作品，为传播现代文化、推动现代主义文学的发展做出了重要贡献。

4. 伍尔夫的主要作品：

《出航》：1915 年出版的第一部长篇小说；

《墙上的斑点》（1917）：短篇小说，是一篇非常典型、通篇采用第一人称、以内心独白的意识流手法创作出来的作品；

"生命三部曲"：《达洛卫夫人》（原题为《时光》）（1925）；《到灯塔去》（1927）；《海浪》（1931）（是"生命三部曲"中情节最为淡化同时又最富有诗意的，小说由 9 个章节或片段构成，每一段的抒情引子的第一句均与太阳有关）。

另有：中篇小说《弗拉西》（1933），长篇小说《雅各的房间》（1922）、《奥兰多：一部传记》（1928）、《岁月》（1937）和《幕间》（1941）等，以及女性主义文化与文学研究论著《一间自己的房间》（1929）。

5. 伍尔夫的现代小说观：

伍尔夫一生致力于对维多利亚时代陈腐的文学观念与技巧的挑战。1910 年，她发表《论现代小说》一文，尖锐地抨击了当时英国现实主义文学的代表人物威尔斯、高尔斯华绥、本涅特等人，认为他们编织坚实可靠与酷似生活的故事的做法只是模拟了生活表象的真实，主张要表现人物心理的幽暗区域从而达到对生命本质真实的把握。所以她崇尚乔伊斯等代表的"精神主义"而反对威尔斯等代表的"物质主义"。在《论现代小说》中，她对创作小说的目的有过一段著名的论断："生活不是一系列对称的车灯，而是一圈光晕，一个半透明的罩子，它包围着我们，从意识开始到意识结束。表达这种变化多端的、未知的、不受限制的精神（无论它表现出何种反常或复杂性），尽可能少混杂外部的东西，这难道不是小说家的任务吗？"正是由于对表现变幻、未知和未加界定的精神状态的崇尚，伍尔夫写下了一篇篇、一部部精美的"现代小说"。

6.《到灯塔去》的"奏鸣曲"式结构：

《到灯塔去》采用了被小说家 E. M. 福斯特所称道的"奏鸣曲"式结构。

小说写作的直接动因是伍尔夫对去世的父母难以消解的情结。它以女作家回忆童年时代与父母、家人在康沃尔海边的度假生活为基础，对父母、家庭和早年的生活体验进行了重新审视与反思，中心情节是迁延 10 年之久才得以实现的到灯塔去的航程。

小说叙述时间跨度长达 10 年，被伍尔夫安排为 3 个部分展开：第一部《窗》占全书近五分之三的篇幅，时间跨度从黄昏到夜晚；第三部《灯塔》篇幅为全书的三分之一，表现一个上午发生的事件，按两条线索安排时间：帆船驶向灯塔是向未来发展，而莉丽作画追忆拉姆齐夫人是向过去回溯；第二部《时光流逝》篇幅则不足全书的十分之一，但叙述了长达 10 年的事件，以长夜为意象，将相距 10 年的首尾连接而获得了延续性与统一性。这恰好符合三段曲式奏鸣曲的"第一主题—第二主题—第一主题的变奏式再现"的结构。同时，小说第一部分是伍尔夫建立在童年时代全家在圣艾维斯度夏的美好记忆基础上，对拉姆齐一家及其宾客在海滨度假生活的写照，可谓第一层次的叙述。第三部分则围绕女画家莉丽·布里斯科接续已迁延 10 年之久的为拉姆齐夫人和小儿子詹姆斯所画的肖像画，在她的回忆中重现了当年的生活情景，并以莉丽完成画作实现了从现实转化为艺术的过程。这一部分可说是对第一部分的复沓呈现，一种诗意的变奏，可谓第二层次的叙述，或是有关小说的小说。

所以 E. M. 福斯特感叹："阅读这部作品时，我们感到一种同时居住在两个世界里的稀有的乐趣。"

7.《达洛卫夫人》的艺术特色：

作为一部意识流小说，作品分别以克拉丽莎与赛普蒂默斯这两个从未谋面的人物的意识流作为结构的中心，构成了两条平行而又相互交错的意识流线索。作家自觉地以外部世界的声、光、色、味，以及人与事作为激发主人公联想、回忆、感触与想象的媒介，并巧妙地以大本钟定时敲响所代表的物理时间，来提醒读者注意其与人物心理时间之间的巨大差异，同时以大本钟报响的时间为契机，巧妙地实现了不同人物之间意识流叙述的自然转换，仿佛电影艺术中蒙太奇技巧的运用，使得作品在短暂有限的物理时空中，蕴含了人物纷纭繁复的人生体验，表达了深厚的精神内涵。

8. 《达洛卫夫人》的人物形象内涵：

（1）达洛卫夫人：

主人公达洛卫夫人是一位光彩耀人的上流社会中年贵妇。在她一如既往地为丈夫筹备晚宴的一天里，自印度归来的她的昔日情人，她少女时代仰慕的好友，得了炮弹震呆症的战争幸存者赛普蒂默斯，以及伦敦社交圈里形形色色的人物相继穿梭在她的思绪里，引发了她对过往青春岁月的无限怀恋和老年将至的种种恐慌。她突然感到自己内心深处的某些东西正在每天的腐败、谎言、闲聊中逐渐失去。她已成长为一位左右逢源、光彩耀人的政治宴会女主人，却为此牺牲了体验生活本质意义的真实权利。达洛卫夫人也曾经是一位如花的少女，对未来有着许多美好的追求，而现在自己只不过是伦敦上流社会的一个装饰品罢了。在这些矛盾的对峙中，达洛卫夫人渴望自由的心与传统的束缚、环境的要求时刻进行着斗争。是坚持抗争还是妥协屈从？在生存与情感的十字路口，达洛卫夫人痛苦、彷徨，当然，最终还是选择妥协。可以说，从少女克拉丽莎到达洛卫夫人几十年的生活，就是挣扎与妥协交织进行的人生奏鸣曲。

（2）赛普蒂默斯：

他作为一名志愿兵参加战争，但残酷的阵地战使他患上了弹震性精神病。战后的一天晚上，他突然失去了感觉，便用婚姻作为避难所，他并不爱妻子，却跟她结了婚，他只想在她那寻求一种安全感。但在战争中死去的好友的亡灵不断地折磨着他，加上当时社会的冷漠及对人性的压抑，他不得不以跳楼自杀来寻求解脱。

9. 《达洛卫夫人》中男女主人公形象的对应关系和意义关联：

约翰·霍莱·罗伯茨在其专门研究伍尔夫小说中的"视觉""设计"即弗莱对她的影响的文章中，将弗莱对"关系"的重视运用到对《达洛卫夫人》中人物关系的分析上，即将达洛卫夫人和赛普蒂默斯视为构成形式的要素，而将他们之间的相互关系视为绘画艺术中的形式关系。

具体说来，达洛卫夫人和赛普蒂默斯之间构成一种对立统一的关系，也即克拉丽莎热爱生活的倾向和疯狂的退伍老兵对它的弃绝彼此对立，两种情感相互补充，从而形成一个整体。这种整体性通过多处细节、暗示与呼应在文本中体现出来。如在小说开始不久，达洛卫夫人首先想起了莎士比亚"再不怕太阳的炎热，也不怕寒冬的风暴"的诗句。而在被逼自杀前，赛普蒂默斯同样想到了这些诗句。对此，罗伯茨认为，应理解克拉丽莎与赛普蒂默斯的关系，因为这一关系本身正是小说的意义所在。小说中这种由对立、对比之间的张力构成的稳固和平衡感，还可从彼得与达洛卫先生之间、克拉丽莎与萨利之间、霍姆斯医生与布雷德肖爵士之间，甚至布雷德肖爵士夫妇之间的关系中得以实现。由此，在总体的"网状结构"之中，各细部之间也实现了彼此呼应的联系。

师探小测

1.（选择题）伍尔夫一生致力于对维多利亚时代陈腐的文学观念与技巧的挑战。1910年，她发表（　　）一文，尖锐地抨击了当时英国现实主义文学的代表人物威尔斯、高尔斯华绥、本涅特等人。

A.《小说面面观》　　　　　　B.《到灯塔去》
C.《论现代小说》　　　　　　D.《墙上的斑点》

2.（选择题）"生活不是一系列对称的车灯，而是一圈光晕，一个半透明的罩子，它包围着我们，从意识开始直到意识终结。"这是（　　）对小说创作的著名论断。

A. 伍尔夫　　　B. 艾略特　　　C. 海明威　　　D. 马里内蒂

3.（选择题）伍尔夫的三部意识流长篇小说《达罗卫夫人》《到灯塔去》《海浪》被称为（　　）。

A. 帝国三部曲　　B. 生命三部曲　　C. 奥库罗夫三部曲　　D. 欲望三部曲

考点十三　叶芝

1. 叶芝的诗歌作品：

早期：《失窃的孩子》（1886）；

《十字路口》《乌辛的漫游记及其他》（1889）诗集；

<u>诗集《苇间风》（1899）确立了叶芝成为爱尔兰一流诗人的地位。</u>

中期：《一位爱尔兰飞行员预见自己之死》《面具》《渔夫》。

晚期：《丽达与天鹅》（1923）、《塔堡》（1926）、《驶向拜占庭》（1928）、《库勒和巴里利，1931》（1931）、《天青石雕》（1936）、《布尔本山下》（1938）。

2. 拉斐尔前派：

19世纪后半叶，拉斐尔前派掀起了一股艺术界的新风，以神秘唯美的气息，契合了困于19世纪工业文明的人们的精神需求，在早期浪漫主义与后期浪漫主义之间承上启下，引导了世纪末唯美主义运动，在促成独具特色的维多利亚时代文化乃至推动文艺精神向现代发展方面均有贡献。

3. 叶芝诗歌中对爱尔兰主题的探索和表达：

叶芝对爱尔兰主题的探索，是在深受拉斐尔前派这类英国文学传统影响的前提下展开的。他以浪漫主义诗人的敏锐，捕捉到故乡的独特美感。他强调爱尔兰的质朴和灵性，将之描绘为一个山水静穆、仙歌缭绕，充盈着亘古不变的质朴神秘之美的仙境，截然不同于乏味无趣、功利主义的英格兰。他笔下的爱尔兰人作为一个族群，则信仰着万物有灵论，与低等生物交流密切，质朴恬静、超凡脱俗，别的民族都无法与之媲美。这类渲染爱尔兰特色的努力，让叶芝在依赖英语思考和写作时找到了属于自己的话题，也让他为爱尔兰树立起身份标志，强调它的文化独立，为族人抵抗英国殖民的斗争寻找到合法性。《失窃的孩子》（1886）就是这一时期的代表作，这是一首满溢着神秘主义、浪漫唯美色彩的名诗。

　　大约在1899年，他兴致勃勃地投入了爱尔兰文化复兴运动，大力推广富有爱尔兰特色的、遥远的、灵性的、理想的戏剧，还成立出版社，专门出版促进爱尔兰文学复兴的作品，寻找创造着美的事物的爱尔兰人的双手。他希望借助这些努力，在爱尔兰民族复兴大业中充当一位"真兄弟"。当然，这类温和的文化推动不足以促成真正的政治改变，爱尔兰人显然也并非与叶芝在诗歌中反复吟诵的唯美纯真、神游天外的质朴大众全然一致，而是难免时有愚昧与狭隘之举，因此，叶芝的内心不时有受挫之感。由于理想的屡屡破灭，他逐渐认识到现实的真相和压力：是直面现实，为此抛弃对唯美之境的信仰，抑或是投奔想象，一劳永逸地隐入神秘的仙人世界？这两组彼此对峙的拉力构成一对矛盾，横亘于叶芝的诗歌创作中，既令他烦恼丛生，却也非常有效地拓展了他的诗作内容和深度。但是叶芝对现实的态度是颇为特别的，在关注现实的同时，他并不曾放弃对唯美浪漫的审美理想的苦苦坚守，比如《一位爱尔兰飞行员预见自己之死》就表明了他对"贵族"的强调与偏爱。

　　1916年4月24日，"复活节起义"爆发。无可回避的血腥现实，深深触动了叶芝。《1916年复活节》中，"可怕的美"概念的提出，便反映出叶芝反思对现实的态度的真诚努力。然而，无论怎样设法认可"可怕的美"，现实世界对叶芝来说，依旧是压力重重。作为对现实的一种应对，叶芝重拾早年曾考虑过的概念：面具。《面具》清晰地表明了叶芝对这个概念的定义：对话双方一个要求对方摘下面具，另一个坚持不摘，表示只要面具激发了双方心头的火焰，那么面具之下是什么并不重要。

　　1922年，爱尔兰自由邦成立。此时叶芝年近60岁，进入人生和创作的晚期阶段，这也是他的思想和诗艺全面升华的时期。与早期和中期阶段相比，此阶段从外部政治大环境到叶芝内心对生命的思考和领悟都发生了变化。曾经颠沛混乱、争斗不休的革命年代，随着爱尔兰在一定意义上获取独立而暂告一段落。对叶芝而言，抗争的压力、血腥的杀戮都已成为历史。从《塔堡》等诗集开始，叶芝表现出对想象世界的坦然回归。比如名诗《勒达与天鹅》，可以视为叶芝利用象征手法，清算令他纠结一生的现实和想象问题的诗作。

　　4. 1939年叶芝病逝于法国，1948年，遵照他的遗愿，他被移葬于故乡爱尔兰斯莱戈，墓志铭取自《布尔本山下》：冷眼一瞥，生与死，骑者，且赶路！

5. 评价：

（1）叶芝可谓延续早期浪漫主义传统的英语诗人，也就是他自己所谓的"最后的浪漫主义者"。

（2）T. S. 艾略特评价叶芝："生在一个普遍接受了'为艺术而艺术'的世界，即便赶上艺术被要求服务于社会目的的年代，他坚定地坚持了介于这二者之间的观点，同时又绝非在此二者之间妥协。他表明了，一位艺术家，如果能够一心一意地为他的艺术服务，那他同时就是在为他的民族和全世界做出最大贡献。"

师探小测

1.（选择题）"生在一个普遍接受了'为艺术而艺术'的世界，即便赶上艺术被要求服务于社会目的的年代，他坚定地坚持了介于这二者之间的观点，同时又绝非在此二者之间妥协。他表明了，一位艺术家，如果能够一心一意地为他的艺术服务，那他同时就是在为他的民族和全世界做出最大贡献。"这是 T. S. 艾略特对（　　）的评价。

A. 叶芝　　　　B. 拜伦　　　　C. 萧伯纳　　　　D. 品特

2.（选择题）1899 年，诗集（　　）确立了叶芝成为爱尔兰一流诗人的地位。

A.《塔堡》　　B.《十字路口》　　C.《驶向拜占庭》　　D.《苇间风》

考点十四　T. S. 艾略特

1. T. S. 艾略特是 20 世纪英语文学中最为重要的诗人和评论家之一。在诗歌方面，他是 20 世纪杰出的象征主义诗人，在理论和批评方面，他是<u>英美新批评派的奠基人</u>。

2. T. S. 艾略特的主要作品：

早期：1917 年担任先锋派杂志《自我中心者》的副主编，发表<u>第一部诗集《普鲁弗洛克及其他》，其中《鲁鲁弗洛克的情歌》是他早期最重要的作品</u>；

1919 年出版《诗集》；

1917 年他撰写了重要的评论文章《传统与个人才能》；

1920 年发表论文集《圣林》；

1922 年创办了文学评论刊物《准则》，并担任该杂志的主编。

第二个重要阶段：<u>1922 年发表《荒原》</u>；

发表《诗集》（1909—1925）、《空心人》（1925）等重要作品。

作品突出表现了荒原意识和绝望的情绪。

20世纪30年代后：《圣灰星期三》（1930）、《诗集》（1909—1935）、《四个四重奏》（1944）、《诗集》（1909—1962）等。另有诗剧《大教堂谋杀案》（1935）、《全家重聚》（1939）、《机要秘书》（1954）等。作品中的悲观情绪和宗教意识明显加强。

3. 《四个四重奏》：

（1）由于《四个四重奏》的出版，1948年他"作为现代派的一个披荆斩棘的先驱者"而获得诺贝尔文学奖。

（2）《四个四重奏》的主题：

《四个四重奏》由四首各自独立又紧密相关的长诗组成：《烧毁了的诺顿》《东艾克》《干燥的萨尔维奇斯》《小吉丁》，这四个部分分别借用与诗人祖先及本人生活有关的地点，通过对历史事迹、个人经历的追忆，对往昔时光的无望的追怀，思索时间与永恒的关系，表达对现实世界的失望，深思来世和自己的诗歌对现代世界的作用，这些思想在四首诗篇中反复呈现、发展、深化。

4. 《荒原》：

（1）《荒原》被认为是20世纪诗坛的里程碑。

（2）《荒原》内容上共分为五章：第一章《死者葬仪》；第二章《对弈》；第三章《火诫》；第四章《水里的死亡》；第五章《雷霆的话》。

（3）《荒原》的主题：

《荒原》的五章内容，在思想感情上都有内在的联系。例如《死者葬仪》中提到的被溺死的腓尼基水手，就是第四章《水里的死亡》的主题。全诗内容丰富，题材来源众多，作者广征博引，作品涉及五种语言及56部前人典籍，但其主题明确。《荒原》象征了现代文明崩溃的情景，概括了第一次世界大战时期的时代特征。诗人将以伦敦为代表的现代文明视为荒原，在这个荒原上，信仰泯灭，理性崩溃，爱情堕落为兽欲，诗情画意荡然无存，人们虽生犹死。荒原的形象反映了普遍的幻灭感，成为一个经典的象征。

（3）《荒原》的艺术独创性：

《荒原》在艺术上也实践了艾略特的诗歌理论。很显然，艾略特似乎将前人的许多作品进行了重新组合，许多直接引用使人议论纷纷，完全不同于一般的诗歌创作。他的独创性就表现在这种大胆的引用与组合中。这一点也正好体现了后期象征主义"非人格化"与理智的特征。这些引用还同时达到了"思想知觉化"和"客观对应物"的效果。

另外，艾略特大量运用内心独白及戏剧手法，使得这部作品成为象征主义各种艺术技巧的集大成之作，也使得诗歌具有绘画和音乐的特征。

所以，自《荒原》后，西方诗歌的面貌发生了根本的变化。艾略特的创作成为象征主义诗歌一个不可企及的丰碑，也给了象征主义一个完美的终结。

5. 艾略特的文学批评理论：

在审美的范畴内，艾略特将古典的美感与现代的形式相融合，独创性地提出了自己的文艺主张。在文学批评理论方面，他是英美"新批评派"的奠基人。他的《传统与个人才能》（1919）、《批评的功能》（1923）、《诗歌的功能和批评的功能》（1933）等论著，为"新批评"奠定了基础。

他的所谓新古典主义理论，旨在反对浪漫主义。他提出"非人格化"的主张，针对浪漫主义认为诗歌是诗人情感的表现，提出生活与艺术之间有绝对不可逾越的鸿沟，诗人的感情只是素材，要进入作品首先要经过"非人格化"，将个人的情绪转化为普遍性的艺术情绪。

他认为，诗歌并不是放纵感情，而是逃避感情；不是表现个性，而是逃避个性。针对浪漫主义的直接抒情，他提出了"思想知觉化"和"客观对应物"的理论。

他认为，18世纪以后的诗歌趋于概念化，思想与形象脱节，浪漫主义诗歌则感情泛滥，思想模糊。他强调应当借鉴英国17世纪玄学派诗人的技巧，用"知觉来表现思想"，"把思想还原为知觉"，以及"像你闻到玫瑰香味那样地感知思想"。

他认为，特定的事物、情景、事件的组合造成特定的感性经验，可以唤起特定的情绪，因此，他主张寻找并描写这些能唤起情感体验的事物和经验，以这些"客观对应物"的象征意义来暗示和传达，从而避免直接的叙述和描写。

这些主张基本上表达了后期象征主义的特征，对20世纪现代诗派影响巨大。

师探小测

1. （选择题）诗人T. S.艾略特创作了一系列理论批评著作，从而成为（　　）。
A. 英美"新批评派"的奠基人　　B. 新人文主义的开拓者
C. 结构主义理论的先驱　　D. 后期象征主义理论的阐述者

师探小测·参考答案

考点八　英国文学概况

1. 社会问题剧　　2. D　　3. D　　4. A

考点九　康拉德

1. A　　2. D

考点十　劳伦斯

1. C　　2. D　　3. C

考点十一　乔伊斯

1. A　　2. A　　3. 斯蒂芬·代达勒斯

考点十二　伍尔夫

1. C　　2. A　　3. B

考点十三　叶芝

1. A　　2. D

考点十四　T.S. 艾略特

1. A

第三章　法国文学

考点十五　法国文学概况

1. 代表作家和作品梳理：

派别	代表作家	代表作品	备注
现实主义（更多的是一种写实技巧的存在）	赛利纳	《长夜行》	以结构性的语言、看似散乱实则有着内部紧密关联性的情节，以及对人生虚无和绝望的展示，影响了几乎所有20世纪下半叶法国重要作家的写作。
	莫里亚克	《给麻风病人的吻》	在语言、情节和人物刻画上并未远离现实主义写作方式，但是并没有将自己限定在现实主义的框架中。
		《爱的荒漠》	
	罗曼·罗兰	《约翰·克利斯朵夫》	以心理分析和现实主义相结合的方式描写了天才音乐家约翰·克利斯朵夫与命运奋斗的一生，并将音乐引入写作，因此，该小说也被称为"音乐小说"。
现代主义	普鲁斯特	《追忆似水年华》	详见考点十八
	布勒东（超现实主义运动的创始人）	第一次《超现实主义宣言》	模仿百科全书的方式将超现实主义归在哲学条目下，并下了定义，使超现实主义有了明确的理论基础。
		《磁场》（与菲利普·苏波合作）	"自动写作法"作品的代表。
		自传体作品《嘉娜》	
	阿波利奈尔	《蒂蕾西亚的乳房》	
	萨特	哲学作品《存在与虚无》	引发了持续20多年的法国存在主义哲学和文学的热潮。
		《恶心》	
		《墙》	
		戏剧《苍蝇》	
		戏剧《禁闭》	名言"他人即地狱"出自《禁闭》。

续表

派别	代表作家	代表作品	备注
现代主义	加缪	《局外人》	
		文论《西西弗的神话》	
	波伏娃	《女宾》	
		理论《第二性》	
		理论《为了一种模糊的道德》	

2. "自动写作法":指的是驱逐理性的逻辑的介入,放松身体和放空大脑,在最接近梦境的状态下写出连作者自己也无意去追求的意义,但有连续性的文字,后来成为超现实主义文学的重要创作方法。

3.《局外人》默尔索的艺术形象:

局外人默尔索对什么都无所谓,也从没主动做选择,恰恰是一次下意识的行动造成了他人的死亡,也判决了自己的死亡。他和身边世界的脱节没有原因,也不期待某个结果,只是以一种极其清醒理智的态度审视自己所处的荒谬之境。因此,死亡对他来说反而是一种解脱,他早已不期待明天,不存有幻想,也不想逃避。默尔索是另一种反英雄式人物,也是另一种对存在荒谬性的观察和表达。

师探小测

1. (选择题)作为超现实主义运动的创始人,在第一次《超现实主义宣言》中模仿百科全书的方式将超现实主义归在哲学条目下,并下了定义,使超现实主义有了明确的理论基础的是( )。

A. 马里内蒂　　B. 显克维奇　　C. 布勒东　　D. 波伏娃

2. (名词解释)"自动写作法"

考点十六　纪德

1. 纪德的主要作品:

(1) 在20岁出头时,纪德结识了象征主义大师马拉美和保尔·瓦莱里等诗人,并受他们影响,发表了阐述象征主义文学理论的专论《论纳喀索斯》(1892)、诗集《安德烈·瓦尔特诗抄》(1892) 和幻想小说《乌连之旅》(1893)。

（2）1891 年，他自费出版处女作《安德烈·瓦尔特手记》，表达了对表姐的爱慕之情，但其时写作技法尚未成熟。

（3）《帕吕德》，暗讽 19 世纪末象征沙龙和文学界百态。这部"反小说"开启了纪德所谓的"傻剧"。打开了传统小说所不允许的自由和喜剧空间，逃脱了决定论和无法改变的因果关系，被法国小说派奉为现代派文学的开山之作。

（4）1897 年，散文诗《人间食粮》问世。这部作品承袭了 16 世纪人文主义传统，讴歌自由的生命状态和理想的人，其昂扬饱满的激情受到青少年读者的狂热追捧，被誉为"不安的一代人的《圣经》"。

（5）1935 年，《新粮食》，其中有名句："朋友，你再也不肯从这传统的、由人提纯过滤的奶水中吸取营养了。你已经长出牙齿，能咬食并咀嚼了，就应当到现实生活中去寻求食粮。你勇敢点儿，赤条条地挺立起来，冲破外壳，推开你的保护者；你只需自身汁液的冲腾和阳光的召唤，就能挺直地生长。"

（6）1902 年，《背德者》，有相当的自传色彩。

（7）1907 年，《浪子归来》。

（8）1908 年，纪德和雅克·科波等几位朋友一起创建了《新法兰西评论》杂志。1909 年 2 月发行了创刊号。该杂志在 20 世纪法国文学史上占据重要地位。

（9）1909 年，《窄门》，讲述一个年轻女子因为虔诚的信仰而放弃尘世爱情的故事。这是纪德第一部世俗意义上的成功之作，得到评论家和读者的喜爱。阿莉莎的形象与"背德者"米歇尔截然相反，反映了作者矛盾的内心。

（10）1919 年，日记体小说《田园交响曲》，是纪德与一名少年旅居英国时写成的，内容与这一时期作者的日记有相似之处。

（11）1914 年，《梵蒂冈的地窖》，纪德称之为"傻剧"，是一部讽刺之作，以虚构的形式实践了"无动机行为"理论。情节相当复杂，核心是一桩毫无犯罪动机的谋杀案。

（12）1925 年，《伪币制造者》，突破传统小说技法，采取了多线条多视角叙事、多层次空间、"纹心"结构，不啻为一场小说创作的革命，并因此跻身"反小说"行列。

（13）1924 年，《柯里东》，采用纯文学的对话形式阐述他的同性恋理论，激起强烈反响。

（14）1926 年，自传《如果种子不死》，书名出自《新约全书·约翰福音》。残酷的第一次世界大战震动了纪德的内心，他寻求信仰，最终决定抛开内疚，成为真正的自我，彻底清算过去，因此写下该书。回忆录以第一人称记叙如何发现自己的同性恋癖，这在法国文学史上前无古人，并且作为视文学为最高价值的纯粹的人，叙述了他成为作家的使命和学习过程。

(15) 二三十年代，纪德逐渐从追求个人自由和快乐过渡到关心社会政治问题：

1927年，《刚果之行》；

1928年，《乍得归来》；

1936年，《访苏联归来》。

(16) 1946年，《忒修斯》，是作家一生的自我总结，遗嘱式的作品。

2. 《伪币制造者》题名的象征含义：

《伪币制造者》的书名极具象征意味，它不仅实指小说中贩卖伪币的犯罪团伙，还扩展至虚伪专横的资产阶级新教家庭和"人人欺蒙的社会"。寄宿学校的创始人雅善斯老人和女婿浮台尔牧师是新教家庭的代表人物，灵魂深陷在虔诚的信仰中，逐渐失去了对现实的意义、趣味、需要和爱好，他们自认为信仰坚定、德行高尚，终生向他人灌输信仰和德行，逼得别人在他们面前演戏；文学也变成了"伪币"制造厂，以巴萨房为代表的卑鄙文人剽窃他人的思想，趋炎附势，使词语变成"伪币"。小说中各色人物或多或少都在使用"伪币"。纪德认为家庭阻挠个人自由，使人变得虚伪，因而前途是属于私生子……只有私生子是自然的产物。作为私生子的裴奈尔本能地反抗家庭和社会，以真诚对抗虚伪。然而，以裴奈尔为代表的青年人的挣扎和反抗终究是徒劳。人与人之间的虚假关系如同瘟疫般蔓延，家庭、学校、社会、宗教、道德、艺术，一一沦陷，资本主义理性和社会价值贬值为"伪币"，折射出纪德对西方价值观的深刻反思。

师探小测

1. （选择题）（　　）是纪德作为一生的自我总结、遗嘱式的作品。

A. 《浪子归来》　　　　　　　　B. 《忒修斯》

C. 《背德者》　　　　　　　　　D. 《如果种子不死》

2. （填空题）纪德最重要的长篇小说（　　）是一部内容与形式都很复杂的作品，作品中的"伪币"象征着人与人之间的虚假关系。

考点十七　莫里亚克

1. 莫里亚克的主要作品：

(1) 1909年，他自费出版第一部诗集《双手合十》，获得著名作家、评论家莫里·巴莱斯的赞许。

(2) 1913年，他出版了第一部小说《身戴镣铐的孩子》。

（3）1922年，《给麻风病人的吻》。小说以细腻的心理分析和诗意的语言赢得普遍赞誉。

（4）1925年，出版《爱的荒漠》，获法兰西学院小说大奖。

（4）"苔蕾丝"系列：

1927年，《苔蕾丝·德斯盖鲁》，取材于真实事件；

1933年，短篇小说《苔蕾丝在诊所》和《苔蕾丝在旅馆》；

1935年，长篇小说《黑夜的终止》。

这几部小说的主人公是同一个人，情节既有联系又各自独立。

（6）1932年，长篇小说《蝮蛇结》，代表作，也是他本人最满意的作品。

（7）自40年代起发表的小说渐少，更多投身新闻事业，写了不少政论、杂文；《备忘录》是对第二次世界大战之后法国社会的忠实记录和思考。

（8）莫里亚克一直探索小说的本质和创作手法，发表了《论小说》（1928）和《小说家及其人物》（1933），提出"创造物的自由和创造者的自由"，他认为小说家是"上帝拙劣的模仿者"，不能决定人物的命运。

2. 莫里亚克的创作成就：

莫里亚克是20世纪法国杰出的社会小说家和心理小说家。他超越了传统的心理分析，用诗一般的语言揭示人物心灵中最隐秘的底蕴，形成了独特的风格。

从1909年的第一部诗集，到1969年具有自传色彩的小说《昔日一少年》，莫里亚克的创作生涯长达60多年，其间发表了26部小说、5部诗集、4部剧本，以及散文、评论、回忆录、书信、日记，共上百卷。1933年，莫里亚克当选为法兰西学院院士，成为"不朽者"。1952年，他因"深入刻画人类生活的戏剧时所展示的精神洞察力和艺术激情"获诺贝尔文学奖。

师探小测

1.（选择题）《给麻风病人的吻》的作者是（　　　）。
A. 莫里亚克　　　B. 马里内蒂　　　C. 康拉德　　　D. 纪德

考点十八　普鲁斯特

1. 马赛尔·普鲁斯特的主要作品：

（1）1892年，《暴力或贪恋名利》，后被收录于《欢乐与时日》中；并在高中同学创办的杂志《宴会》上发表了多篇文章。

（2）1896年，出版《欢乐与时日》，这部作品的调子属于颓废派，风格极为精致。早期的普鲁斯特完全符合世纪末流行的美学风格：承自象征主义的颓废美学。

（3）直到1899年，普鲁斯特都在写他的第一部小说，就是最终并未完成、长达千页的《让·桑德伊》。

（4）普鲁斯特对英国艺术史学家约翰·拉斯金的作品很感兴趣：

1904年，翻译、作序并注解了拉斯金的《亚眠的圣经》；

1906年，翻译拉斯金的《芝麻与百合》。

2.《追忆似水年华》：

（1）小说共七卷：

第一卷《在斯万家那边》：第一部分《贡布雷》、第二部分《斯万之恋》、第三部分《地名：那个姓氏》；

第二卷《在少女们身旁》：第一部分《斯万夫人周围》、第二部分《地名：地方》；

第三卷《盖尔芒特家那边》；

第四卷《索多姆和戈摩尔》：这一卷名隐喻着《圣经·创世纪》中索多姆和戈摩尔两座淫腐的城市；

第五卷《女囚》；

第六卷《女逃亡者》；

第七卷《重现的时光》。

（2）思想内容：

首先，这部意识流小说巨著展现了主人公和作者本人对人类命运的关注。作为人类的观察家和回忆录作者，普鲁斯特呈现了社会的多样性，尤为着力刻画了他眼中的艺术家，对他而言，不仅作家是艺术家，画师或演奏者，贵妇或女佣，施虐者或受虐者都可以是艺术家，因为他们的欲望、激情或怪癖使他们的生活不至于沦为沉闷的日常，就好像一抹颜色，不仅使画作变得更为夺目，还改变了画作的意义。他们使生活更加精彩，跨越了过去与现在的差距，或者至少征服了现在：这正是普鲁斯特最重视的。

其次，小说在向前推进，同时也在朝过去折返。时间的进程通过叙述者的意识，犹如翻阅一卷漫长的回忆史，在意识深处挖掘出愈加丰富的双重空间：先是梦境，然后是回忆。《追忆似水年华》不仅可以看作教育式小说，同时也是启蒙式小说。作者一方面探寻世界的语义层次与可塑性，另一方面也在寻找自我身份。只是这一过程没能使他发现时间循环的形式，反而让他进入永恒连绵的人类时间，而时间又通过意识剥离了原本的悲剧性。小说的整体性不仅源自叙事与风格的一致，还在于循环所带来的效果，更得益于多个主题共处的和谐。人类时间在此留下了如此多记忆的烙印：欲望、不安、喜悦、嫉妒、分离、消逝。

再次，人物所开展的探寻是《追忆似水年华》的关键之一。通过细小、专注而缓慢的操练，表面的破碎便具有了真实性：借着无法预期的各类体验，又衍生出其他含义，即这一过程既产生出导向，又带出意义。每个意识的状态只能从摄取的感知那里寻找源头，或显或潜在地从中获得真实的片段。看似不连续的片段中，隐藏着内部绵密的统一体，唯有以内省的方式才能将之显露。世界是等待被阅读和被破解的自身：通过模糊的记忆、通感、隐喻与象征，人的思想渐渐被勾勒出来。

最后，人类赋予时间精确严格性，而事实上时间是和人一样有"人性"的：人是种没有固定年龄的生物，他具有在几秒钟内突然年轻好多岁的功能，他被围在他经历过的时间所筑成的四壁之内，并在其间漂浮，如同漂浮在一个水池里，池里的水位会不断变化，一会儿把他托到这个时代，一会儿又把他托到另一个时代。普鲁斯特并非把"过去"视为会逐渐蚀化最终消失的，而认为"过去"被我们的内部体验充满，只是等待被揭示。这成功抵抗住了遗忘的侵蚀，实现了在艺术中对过去的召唤。因此，《追忆似水年华》所抵达的不是宗教的救赎而是诗意的救赎。

（3）艺术特色：

《追忆似水年华》的独特性，首先体现在小说仅着眼于无名叙述者"我"一人的命运；其次，以"我"的亲密关系为线索，以时间空间为脉络，聚焦了一代人的生活；再次，具有极高的内在互文性。

小说通过重组事件和大幅度虚构人物生活的方式，甚至重构了作者的真实生活。小说中的世界具有二重性，一方面它忠实地反映了现实，书中种种好似确有其事；另一方面它又是完全虚构的，是对现实的艺术升华。书中的人物给自身赋予价值，拥有独立的身份，并非为了小说的内容而戴上面具。作品塑造了形形色色的人物，他们随着情节的发展出现或消失，丰富了作品的内涵。人物的身体、心灵、性格随着时间的流逝而发生变化，令人震惊地立体化，也赋予整部作品深刻的内在统一性。有些人物仅仅是在叙述者的回忆或幻想里生活、离去又回返；有些又会像真人一般生老病死。而且物总是在不断变动，互相呼应：在阿尔贝蒂娜的背后，是吉尔贝蒂，而在她们身上折射的是斯万所爱的奥黛特的影子。

同时《追忆似水年华》的叙述设置非常奇妙，主人公即叙述者无处不在而又仿佛从不存在，因为他无影也无形。"我"既在讲述故事又在躲避读者，这种隐匿反而激起了读者更深的兴趣。普鲁斯特希望透过《追忆似水年华》呈现自己与世界的关系，通过表象来呈现深层现实。

师探小测

1.（选择题）普鲁斯特的七卷本意识流小说巨著是（　　）。

A.《驳圣伯夫》　　　　　　　　　　B.《让·桑德伊》

C. 《欢乐与时日》　　　　　D. 《追忆似水年华》

2. （选择题）普鲁斯特对英国艺术史学家（　　）的作品很感兴趣，翻译了他的《亚眠的圣经》和《芝麻与百合》。

A. 约翰·拉斯金　　　　　　B. 阿尔弗雷德·扎利

C. 杰克·伦敦　　　　　　　D. 阿诺德·本涅特

师探小测·参考答案

考点十五　法国文学概况

1. C

2. 指的是驱逐理性的逻辑的介入，放松身体和放空大脑，在最接近梦境的状态下写出连作者自己也无意去追求的意义，但有连续性的文字，后来成为超现实主义文学的重要创作方法。

考点十六　纪德

1. B　　2. 《伪币制造者》

考点十七　莫里亚克

1. A

考点十八　普鲁斯特

1. D　　2. A

第四章 美国文学

考点十九 美国文学概况

1. 20世纪初，美国现实主义文学增加了反映社会层面的广度和批判的力度，开始从高雅精致向豪放质朴过渡，甚至产生了大量表达抗议、揭露社会丑恶、带有自然主义倾向的"暴露文学"。

（1）弗兰克·诺里斯：

a. "美国自然主义文学之父"，他自觉将左拉的技巧运用到美国小说创作中。

b.《章鱼》（1901），展现了加利福尼亚州农民联合起来反对"章鱼"——太平洋西南联合铁路公司的斗争和失败过程，揭示出"小麦"文明不敌垄断势力，弱肉强食的自然规律开始控制人类。

（2）厄普顿·辛克莱：

a. 从1902年至1912年，美国社会掀起了历时约10年的"揭丑派运动"。揭丑派运动从新闻界开始，涉及文学界并扩展至学术界和政治界。在文学上，它从纪实文学发展到暴露文学，使现实主义在美国得到进一步发展。有一批作家常常到贫民窟的厂矿调查之后再进行创作，他们写的小说被称为"黑幕揭发小说"。其中最著名的作家是厄普顿·辛克莱。

b. 1906年，辛克莱参加了对芝加哥屠宰场现状的社会调查，在此基础上写成的长篇小说《屠场》（1906），成为"黑幕揭发小说"的代表性力作。

c. 辛克莱的另一部作品《煤炭王》（1917）以富家子弟赫尔·华纳去北谷矿井体验矿工生活为线索，再现了当时矿工们的恶劣生活状况。

（3）西奥多·德莱塞：

a. 真正大胆撕破文学中的"斯文传统"，带给美国文坛伟大的力量和笨拙的文体之混合，通常被称为"美国的巴尔扎克"。

b. "欲望三部曲"：《金融家》《巨人》《斯多葛》。以大胆的笔触写出了一种新的生存哲学和新的生存方式，作者精心塑造了一个"巨人"弗兰克·考伯伍德的形象，这个人物和巴尔扎克笔下的人物极其相似，都有着强烈的追逐金钱的"情欲"，都丧失了道德感而不择手段向上爬，以至于作者把这个人物形象塑造成了一个芝加哥金融界的怪物。三部曲中每一部都是以考伯伍德成功之后的失败而结束，最后他孤零零一个人在旅馆中死去。

c. 其他作品：《嘉莉妹妹》（1900）、《珍妮姑娘》（1911）、《天才》（1915）、《美国的悲剧》（1925）等。

（4）杰克·伦敦：

a. 他在作品中主要揭示本能冲动和赤裸裸的竞争法则在人类社会的运用，最出色的代表作是长篇小说《马丁·伊登》（1909），该小说讲述的是一个作家的故事，小说主人公马丁·伊登的经历与作家自己的一生极其相似。

b. 其他作品：《荒野的呼唤》（1903）、《海狼》（1904）、《白牙》（1906）和《铁蹄》（1907）及大量短篇小说，如《热爱生命》（1907）。

（5）舍伍德·安德森：

a. 舍伍德·安德森的"小镇现实主义"结合了现代技法，达到了很高的艺术成就。

b. 创作了《饶舌的麦克斐逊的儿子》（1916）、《前进中的人们》（1917）、《美国中部之歌》（1918）、《俄亥俄州的温斯堡》（又译为《小城畸人》，1919）、《穷苦的白人》（1920）、《鸡蛋的胜利》（1921）、《多次结婚》（1923）、《马与男人》（1923）等作品。之后他在弗吉尼亚买了一块地定居下来，又创作了《讲故事者的故事》（1924）和《林中之死》（1933）等。

c. 代表作《小城畸人》（即《俄亥俄州的温斯堡》，1919）是世界级的短篇小说精品，安德森也被威廉·福克纳称赞为"文明一代美国作家之父，开创了即使是我们后人也必将承袭的美国式的写作传统"。他是第一位深刻揭示出美国工业文明造成的"异化"，从哲理高度描写了人与人之间疏离的作家，又是第一位为伟大的现实主义传统引进现代主义思维方式和创作手法的作家。安德森的艺术特色在海明威和福克纳身上得到继承。

2. 第一次世界大战结束后，美国进入了所谓的太平盛世，也就是进入了"喧哗的 20 年代"。这一代成长起来的人被马尔科姆·考利称为"流放的一代"和"无根的一代"，幻灭和放纵成为这一代的特征。

（1）辛克莱·路易斯：

a. 辛克莱·路易斯是美国 20 世纪 20 年代最出色的讽刺小说家。他塑造了典型的美国人形象和典型的美国环境，并于 1930 年成为美国第一位获得诺贝尔文学奖的作家，标志着美国文学不仅形成了自己的面貌，而且得到了欧洲的认可。

b. 1920 年的《大街》因为作品批判性太强而引起轰动，被誉为美国自我发现过程中的一座里程碑。小说以路易斯的故乡为原型，虚构了一个美国中西部小镇"格佛草原"，通过一个嫁到小镇的新娘卡罗尔·肯尼特的眼光对平庸守旧的小镇展开了尖刻的批判，作品思想激进、言辞犀利。

c. 代表作《巴比特》，充分反映了 20 世纪 20 年代的新面貌。小说中最精彩的是关于主人公巴比特戒烟的描写，他总是在戒烟，但又总是欺骗自己而重新开始抽烟，这正是他性格的典型特征。路易斯把他写成了美国人中的一个典型，以至于英文词典中将"巴比特"（Babbitt）作为新词收入，用来形容当代美国那些自以为是、夸夸其谈、虚荣势利、偏私狭隘的商业市侩。这部小说从商业开始切入，更加"美国化"。

（2）"迷惘的一代"：

a. "迷惘的一代"一语出自侨居巴黎的美国女作家<u>格特鲁德·斯泰因</u>，她曾评价海明威等人："你们都是迷惘的一代。"海明威将这句话题写在其第一部长篇小说《太阳照常升起》（1926）的扉页上，随着这部小说的出版和流传，"迷惘的一代"便成为当时涌现出的一批青年作家的共同称号。

"迷惘的一代"作家不满第一次世界大战后美国社会价值观混乱、物欲横流的现实，又找不到新的生活准则，他们作品中的主人公多依照自己的本能或意志行事，用叛逆的思想和行为来表达对现实的不满。在艺术形式上，"迷惘的一代"作家在继承马克·吐温以来的美国现实主义文学传统的同时，又借鉴了欧洲尤其是法国的现代主义创作手法。

b. "迷惘的一代"代表作家：<u>佛朗西斯·斯科特·基·菲茨杰拉德（最能代表 20 年代文化特征）</u>、欧内斯特·米勒·海明威、托马斯·沃尔夫。

（3）"哈莱姆文艺复兴"：

20 年代，美国黑人文化迎来了"哈莱姆文艺复兴"。哈莱姆是纽约的一个城区，这里也是美国最大的黑人居住区。来自全国各地的优秀黑人文学家和艺术家纷纷集中至此。为了重新发现黑人的本色、强化种族团结的意识，一些黑人领袖主张重视对黑人历史文化的研究，描写和表现黑人自己的生活。哈莱姆文艺复兴运动产生了一批新的黑人诗人、小说家，其中有被称为"哈莱姆桂冠诗人"的<u>兰斯顿·休斯</u>，以及具有国际影响的黑人小说家理查德·赖特等，哈莱姆文艺复兴运动大大推动了 20 世纪美国黑人文学的发展。

3. 30 年代：结束了 20 年代的兴旺，经济衰退，进入大萧条时代，同时美国文学也进入了左翼文学运动阶段，因此，这一时期又被称为"红色年代"。

约翰·多斯·帕索斯：

a. 代表作"美国三部曲"，包括《北纬四十二度》（1930）、《一九一九年》（1932）和《赚大钱》（1936）。

b. 在三部曲中，作者借鉴了欧洲现代派小说的技巧，充分运用"摄影机镜头""人物传记""新闻短片"等新的叙述方法，大胆改进叙事艺术，集中刻画了 12 个人物，描绘了从 20 世纪初到 20 世纪 30 年代的美国社会生活画卷。

4. 南方文学：

（1）20世纪初，艾伦·格拉斯和詹姆斯·卡贝尔开创了南方的新文学。

（2）玛格丽特·米切尔：女作家玛格丽特·米切尔的长篇小说《飘》（1936）以美国南北战争和战后重建时期的佐治亚州为背景，塑造了一个奋斗不屈的理想主人公郝思佳的形象，作品更因真诚、坦率地揭露美国个人主义和功利主义的思想实质而大受欢迎。

5. 尤金·奥尼尔：

（1）1920年，奥尼尔的《天边外》（1918）在百老汇上演，并获得普利策戏剧奖，由此奠定了他在美国戏剧界的地位。

（2）尤金·奥尼尔的创作道路大致可以分为三个阶段：

前期：以现实主义为主，他的《天边外》《榆树下的欲望》（1924）等作品领导美国戏剧走出了"市侩的埃及"，进入了现实主义阶段；

中期：以表现主义为主，他的《琼斯皇》（1920）、《毛猿》（1921）等作品大胆创新，开创了美国戏剧的表现主义时期；

后期：体现为独创而成熟的现实主义风格，他的《冰人来兮》（1939）、《休矣》（1941）体现了作家独树一帜的风格，并预示了美国戏剧向存在主义、荒诞派的转向；他的《悲悼》（1929）、《进入黑夜的漫长旅程》（1939）等，已跻身于现代戏剧的经典之列。

（3）《琼斯皇》是奥尼尔的第一部表现主义作品，该作品描写了西印度群岛上的黑人臣民联合起来造反，皇帝布鲁斯特·琼斯狼狈出逃，最后被打死。全剧共分八幕，头尾两幕是写实的，分别描写暴乱前琼斯的活动及琼斯之死，其余六幕是梦幻的，反映琼斯在热带丛林里逃亡时的恐惧心理。

师探小测

1.（选择题）在20世纪美国文坛，被称为"自然主义文学之父"的作家是（　　）。

A. 弗兰克·诺里斯　　　　　B. 斯蒂芬·克莱恩
C. 杰克·伦敦　　　　　　　D. 威廉·豪威尔斯

2.（名词解释）黑幕揭发小说

3.（选择题）既是第一位深刻揭示出美国工业文明造成的"异化"，从哲理高度描写了人与人之间疏离的作家，又是第一位为伟大的现实主义传统引进现代主义思维方式和创作手法的作家是（　　）。

　　A. 舍伍德·安德森　　　　　　B. 厄普顿·辛克莱
　　C. 西奥多·德莱塞　　　　　　D. 杰克·伦敦

4.（选择题）小说《大街》被誉为美国自我发现过程中的一座里程碑，它的作者是（　　）。

　　A. 辛克莱·路易斯　　　　　　B. 安德森
　　C. 菲茨杰拉德　　　　　　　　D. 塞林格

5.（选择题）尤金·奥尼尔的创作道路大致可以分为三个阶段，其中前期以（　　）为主。

　　A. 现实主义　　B. 表现主义　　C. 未来主义　　D. 自然主义

考点二十　薇拉·凯瑟

1. 薇拉·凯瑟的主要作品：

（1）1892年，发表处女作《彼得》并担任《红木树》的文学编辑。此后，创作出了《先知先觉的洛》《法庭的宽大》《分水岭上》等短篇小说。这些作品取材于美国中西部地区的移民生活，讲述作家熟悉的边疆拓荒者的故事。

（2）1896年，《尖尖的枞树之乡》，描写缅因州南部的乡镇生活，展现丰富细腻的女性世界和优美的自然风光。

（3）1903年，发表诗集《四月的霞光》；1905年，发表短篇小说集《精灵花园》，后者收录了7篇小说。这些作品主要关注艺术家的生活，这些艺术家大多怀才不遇、晚景凄凉。艺术家的成长及他们与现实之间的矛盾成为凯瑟写作的重要题材。

（4）1912年，凯瑟的第一部长篇小说《亚历山大之桥》在《麦克卢尔》杂志上连载。随后《啊，拓荒者!》（1913）（书名取自惠特曼的诗歌《拓荒者！啊，拓荒者!》）、《云雀之歌》（1915）、《我的安东妮亚》（1918）陆续问世，奠定了她在美国文学史上的地位。

（5）1922年，长篇小说《我们中的一员》获得了普利策小说奖，标志着凯瑟的创作进入了中期。较之先前的作品，作家花了更多的笔墨去抨击以各种机械为代表的冷漠和市侩的工业文明日渐侵蚀质朴、淳厚的乡村的现象，作品的基调也由早期的浪漫、乐观转向悲观、阴郁。

（6）1923年，《一个迷途的女人》中塑造了具有"自相矛盾的魅力"的上尉夫人玛丽恩·福瑞斯特的形象。

(7) 1925 年,《教授的房子》。

(8) 凯瑟后期的创作更为关注宗教题材,同时也没有离开她最擅长的领域,依然讲述童年时代与自己朝夕相处的移民们的故事:《大主教之死》(1927)、《岩石上的阴影》(1931)、《模糊的命运》(1932)、《莎菲拉和女奴》(1940)等。

2.《啊,拓荒者!》和《我的安东妮亚》中女主人公形象的精神内涵:

《啊,拓荒者!》讲述了女主人公亚历山德拉开拓边疆并自我成长的故事。《我的安东妮亚》是由叙述者吉姆·伯丹以第一人称回忆邻居安东妮亚的成长故事,体现了安东妮亚旺盛的生命力。

两部作品都清晰地展露了女性意识。《啊,拓荒者!》和《我的安东妮亚》中的主人公都是女性,且都具有披荆斩棘、积极进取的开拓精神。《啊,拓荒者!》中的亚历山德拉仿佛是从希腊神话中走出来的女英雄,冷静睿智,富有远见,她的父亲、弟弟们,甚至恋人卡尔与她相比都黯然失色。《我的安东妮亚》中,安东妮亚百折不挠,拥有如同大地女神般源源不断的繁殖力和生命力:她只要站在果园里,手扶着一棵小小的酸苹果树,仰望着那些苹果,就会使你感觉到种植、培育和终于得到收获的喜悦。她心里一切强有力的东西来自她那曾经那么不知疲倦地提供丰富感情的身体。

师探小测

1. (填空题) 1922 年,薇拉·凯瑟的长篇小说(　　　　)获得了普利策小说奖,标志着她的创作进入了中期。

考点二十一　赛珍珠

1. 赛珍珠的主要作品:

(1) 1930 年,第一部长篇小说《东风·西风》问世,受到美国读者的关注和好评。

(2) 1931 年,长篇小说《大地》出版。

(3) 1932 年,出版短篇小说集《原配夫人》(又译《结发妻》)、长篇小说《青年革命者》。

还在中文助手龙墨芗的帮助下翻译出版了 70 回本古典章回体小说《水浒传》,这是《水浒传》首部英文全译本,赛珍珠为之花费了 5 年心血,终使之成为在西方发行量最大、流传最广的英译本。

(4) 从 1933 年开始,接连出版了《大地三部曲》的第二部《儿子们》

(1933)、长篇小说《母亲》(1934)、《大地三部曲》的最后一部《分家》(1935)。

（5）回美国后，她首先推出叙述父母在中国传教经历的传记《异邦客》（又译《放逐》，1936）和《战斗的天使》(1936)，这两本书被赞誉为书写传教士生活的最优秀的作品，也是传记文学中的上乘之作。

（6）1937年，中国抗日战争全面爆发后，她依据从报刊上获取的信息资料及以往在中国积累的生活经验，创作出一组抗战题材的长、短篇小说：长篇小说《爱国者》(1939)、《龙子》(1942)、《中国天空》(1942)、《诺言》(1943)和《中国飞行》(1945)；短篇小说集《今天和永远》(1941)，谴责日军暴行，为中国人民反抗侵略、保家卫国的正义行为摇旗呐喊。

（7）从20世纪40年代至60年代末，推出了几部其他中国题材的长篇力作，如《群芳亭》（又译《闺阁》《女子亭》，1946）、《牡丹》(1948)、《同胞》(1949)，以及反映爱国知识分子在反右运动和"文化大革命"中的困难处境与悲剧命运的长篇小说《北京来信》(1957)和《梁太太的三个女儿》(1969)等。

2. 诺贝尔文学奖授奖词对赛珍珠文学贡献的评价：

1938年，瑞典皇家学院将该年度的诺贝尔文学奖授予赛珍珠，以表彰她用理想主义与宽大心灵，"为西方世界打开了一条路，使西方人用更深的人性洞察力去了解一个陌生而遥远的世界——中国"。由此，<u>赛珍珠成为首位将中国、中国人推向世界最高文坛和世界人民视野中的小说家</u>。

3. 《大地三部曲》——《大地》《儿子们》《分家》：

（1）主要内容：

小说依据赛珍珠在安徽宿县和江苏南京的生活经历写成，书写了农民王龙和妻子阿兰一家三代人与土地的故事，从而展示出几千年农业文明和封建文化整合而成的中国农民近乎静止状态的封闭、循环、自足而完整的传统生态圈，以及这个生态圈在裂变的现代社会如何被打破，并开始向新的方向发展。第一代人贴着泥土，在土地上从事艰苦卓绝的劳作，耕耘着他们对幸福生活的追求。第二代人逐渐远离土地，成为地主、商人、军阀，在生命形态上走向了父辈的对立面，但他们的精神实质并无变化。第三代人王龙之孙、王虎之子王源拒绝父亲为他设计的从军之路，而像祖父一样眷恋土地，但他走的不是简单的回归之路。他终于选择了个人的自由意志而抛弃了对家族血脉的承袭，勇敢地冲出以"孝道"为核心的封建伦理罗网，走向个性解放。他赴美留学，回国后，他终于在爱人梅琳身上找到了东西方文明达到适度平衡的理想模式，并坚定了把西方农业知识传播到祖父土地上的信念。

（2）主题思想：

西方文明的引入，导致东方古老文明发生裂变和分化。当作者在东方传统文明和西方现代文明之间铺设起一条通道后，循环、封闭的古老家族生态圈终于有了突破的希望，摆脱了"富不过三代"的宿命般的诅咒。中西融合，古今贯通，新旧交汇，包容、互通、吸收，这是赛珍珠为中国社会设计的一条出路。

（3）艺术特色：

《大地三部曲》为我们塑造了一系列性格多面、内涵丰富的人物形象，尤以王龙和阿兰最为典型。同时，它展示了近代中国波澜壮阔的社会画卷，因而被称为史诗级作品。并且，小说用诗意的语言，书写了中国农民强烈的"恋土情结"，又可被视为寓言体作品。

4. 赛珍珠的跨文化书写：

跨文化书写是赛珍珠文学创作的最重要特征，这不仅体现在取材和主题方面，也体现在创作手法上。保罗·A. 多伊尔认为，《大地三部曲》采用了节奏缓慢、庄重严肃的圣经文体和中国传奇小说遣词朴素的原则。熊玉鹏认为，《大地三部曲》采用的是中国小说的网状结构，而非西方小说的线型结构，它更像中国小说那样是众多人物的合传，而非西方小说那样是一两个主要人物的性格发展史；它更像中国小说那样故事多、节奏快，而不像注重心理分析、抒情独白、哲理议论的西方小说那样节奏滞重；《大地三部曲》师法中国小说还体现在潜心于以行为与语言来塑造人物，如阿兰和梨花、王大媳妇和王二媳妇，两两相近的人物，又体现出截然不同的性格特征。姚君伟认为，赛珍珠习惯于像中国街头说书艺人那样，采用全知全能的第三人称"自然"叙事视角，讲述一个有头有尾的完整故事。在现代主义思潮日益受到追捧的20世纪，赛珍珠却自觉采用了与小说现实主义主题相吻合的中国传统小说创作方法，在向西方读者介绍中国文化和中国人民的同时，也把中国古老的艺术形式展示在读者面前。这位跨文化交流的使者在承担自己的使命时是立体的、全方位的。

5. 赛珍珠于1973年5月6日与世长辞。自称是赛珍珠长期崇拜者的尼克松总统在赛珍珠的悼词中称她是"一座沟通中西方文明的桥梁""一位伟大的艺术家，一位敏感而富于同情心的人"。

师探小测

1.（选择题）首位将中国、中国人推向世界最高文坛和世界人民视野中的小说家是（　　）。

　　A. 赛珍珠　　　　B. 汤亭亭　　　　C. 谭恩美　　　　D. 金庸

2.（选择题）在中文助手的帮助下，（　　）翻译出版了70回本古典章回体小说《水浒传》，成为《水浒传》首部英文全译本。

　　A. 谭恩美　　　　B. 汤亭亭　　　　C. 赛珍珠　　　　D. 赵建秀

考点二十二 菲茨杰拉德

1. 弗朗西斯·斯科特·基·菲茨杰拉德的主要作品：

(1) 1920 年，第一部小说《人间天堂》正式出版，被一致认为是一块里程碑，标志着"爵士乐时代"的开始。作品主要是围绕阿莫瑞·布赖恩在进出普林斯顿大学前后的生活展开描述，写了他的友谊和恋情，写了那个时代的青年人如何调情和社交，写出了一种迥异于他们父母维多利亚时代道德观和清教倾向的新的生活方式。

(2) 20 世纪 20 年代初，菲茨杰拉德的第一部短篇小说集《时髦少女和哲学家》(1921)、第二部长篇小说《美丽与毁灭》(1922) 和第二部短篇小说集《爵士乐时代的故事》(1922) 相继问世。两部短篇小说集共有 19 篇作品，内容包罗万象，第一次非常明确地将那个时代命名为"爵士乐时代"，写出了那个时代的颓废、绝望和享乐主义，带有鲜明的时代特点。

(3) 1925 年，《了不起的盖茨比》出版，被 T. S. 艾略特称为"自亨利·詹姆斯以来美国文学跨出的第一步"，更被后来的美国文学界推选为 20 世纪百部最佳英语小说的前两名，和《尤利西斯》等世界名著一争高下。

(4) 两部短篇故事集《一切悲哀的青年》(1926) 和《起身的军号》(1935)，这些故事中最为精彩的是《阔少爷》(1926)，描写了金钱对一个青年人安森·亨特的巨大腐蚀作用，写出了有钱人内心的荒凉和虚无。

(5) 1934 年，晚期名作《夜色温柔》出版，讲述了一个人毁灭的故事。

2. 《了不起的盖茨比》的主题思想：

幻灭正是菲茨杰拉德创作的主题，他所处理的幻灭故事与一种情绪有关，借着那个狂欢时代写出个人的情绪和忧伤，带着一种浪漫主义的感伤气息，是欢宴之后的无可奈何和青春记忆里的莫名惆怅，早慧而又幼稚，狂放而又羞涩。

《了不起的盖茨比》的主题也是幻灭。作品是关于最为典型的美国梦的故事，讲述了一个默默无闻的、出身于美国中西部农村的青年少尉盖茨比的故事。小说题目叫"了不起的盖茨比"，他的"了不起"在于他所有奢华背后那个美丽的梦想：能够与情人旧梦重温。他的奢华原来都是受这个美丽梦境刺激。这个梦已经不单单关乎爱情，而成了那个时代的一种特征，是敢于追求梦想和敢于实现梦想的激情。爱情已经成了盖茨比的宗教。为了与黛西相见而在她的家旁边购置豪宅苦苦等待五年，为了吸引她的注意而每周都笙歌豪宴，见到黛西之后手足无措得像个孩子般莫名兴奋，甚至硬拉着她欣赏自己的豪宅内室，把自己的高级衬衫扔了一桌……这一切，都可以看出这个动了情的盖茨比的幼稚和单纯，有一股动人的意味。从这里我们是不是可以看出作家对爵士乐时代的揶揄？在狂欢和享乐的背后原来是无尽的绝望和哀伤。其实，盖茨比未必就不知道黛西是什么样的人，他们的感情到底是怎样，他的梦到底又如何，只是他宁可欺骗自己，也不愿意从梦中醒来罢了。

3. 菲茨杰拉德小说的时代特征：

菲茨杰拉德是美国最敏感的社会小说家。他用自己的全部生活和才华陪伴着一个时代的成长与毁灭，所以他的作品细腻地传达出年轻人在那个时代的成长历程。他的描写不是外在的观察，而从来都是内在的感觉。他自己是美国梦的实践者，金钱和爱情是他的激情所在，也是他走向毁灭的主因。所以当他拿起笔来的时候，他写的正是自己。他的所有作品几乎都是他自己某种感觉和心境的流露。他写得最好的两个部分就是金钱与爱情对人的巨大刺激和毁灭作用，这正是作家在现身说法。

4. 菲茨杰拉德小说的叙述艺术：

菲茨杰拉德是最为杰出的小说叙述艺术作家之一。他师从康拉德学习叙述艺术，常常安排一个康拉德式的人物来叙述故事，这一点表现最为突出的是《了不起的盖茨比》。盖茨比的故事是通过一个第三者——黛西的表弟"我"来观察和叙述的，这样就连接了黛西和盖茨比双方的故事。而"我"同样来自中西部，对于盖茨比有着深深的理解和同情，但是因为"我"只是置身局外，也总能微微嘲笑盖茨比的狂热，也能批判黛西夫妇的自私与刻毒。而这样的叙述，又加深了对盖茨比的距离和好奇之感，一点一点来揭示盖茨比的内在梦幻，叙述得张弛有度，节制有序。

这样的叙述方式使菲茨杰拉德的小说别有一种回头话沧桑的感觉。追忆，是菲茨杰拉德最为钟爱的叙述视角。他的短篇《最后一个南方女郎》和《重访巴比伦》都是追忆爵士乐时代，而他比较知名的长篇小说也几乎都有追忆的部分。这就有一种"物是人非事事休，欲语泪先流"的沧桑感。

菲茨杰拉德小说的时间性很强，对在时间的洪流中时光不再、韶华消逝的怅惘和感伤，他把握得很好。这使得菲茨杰拉德的小说有种独特的抒情风格，带有浓烈的诗意，连作品的语言都是诗意的语言。

师探小测

1. （选择题）在菲茨杰拉德的作品中，标志着"爵士乐时代"开始的小说是（   ）。

    A.《了不起的盖茨比》   B.《美丽的与该死的》

    C.《夜色温柔》   D.《人间天堂》

2. （选择题）美国梦的幻灭是菲茨杰拉德小说中经常出现的主题，他在这一主题上表现得最完美的作品是（   ）。

A. 《了不起的盖茨比》　　B. 《人间天堂》
C. 《美丽的与该死的》　　D. 《豆形糖》

考点二十三　海明威

1. 欧内斯特·米勒尔·海明威的主要作品：

（1）1926年，第一部重要作品《太阳照常升起》是海明威的成名作。

（2）1929年，第二部重要作品《永别了，武器》，追忆他在意奥战场前线的经历，一般认为是他的代表作。

（3）20世纪30年代，短篇小说集《胜者无所获》（1933）和描写斗牛的《午后之死》（1932）、描写非洲打猎的《非洲的青山》（1935），此时期的长篇小说《有的和没有的》（1937）则表现出海明威对社会和政治问题的兴趣。

（4）1936年西班牙内战爆发，他几次赴西班牙担任战争观察员以报道战事，并热情支持西班牙共和政府的反法西斯斗争。剧本《第五纵队》（1938）和《丧钟为谁而鸣》（1940）便以此为素材，后者甚至被一度认为是其代表作。

（5）1950年，《过河入林》，贯穿着对1918年战争的回忆。

（6）1952年，最后一部重要小说《老人与海》，与他在古巴钓鱼的生活有关联。

2. 《永别了，武器》《太阳照常升起》的主题思想和精神内涵：

首先，海明威几乎所有作品的主人公都带有作者本人的烙印，所有作品的题材都紧紧围绕着一个焦点——人在创伤之中，甚至在死亡面前的反应的展开。《太阳照常升起》中的杰克·巴恩斯在一战中致残，失去性功能；《永别了，武器》中更是直接写亨利的腿伤、爱人的难产与致死。作品所面对的就是一种"缺乏永恒的状况"，他以其独特的个人视角，写出了20世纪初人本思潮对清教美国的冲击，触及了神圣不再、何以为生的深刻命题。

其次，第一次世界大战前后，美国社会的精神面貌发生了翻天覆地的变化，神圣的价值观、传统与权威受到挑战。新一代青年和过去一代已经大大不同了，他们流浪、酗酒，在太平喧嚣的社会环境中追忆战争的历险。这是一种全新的体验。这种时代氛围更加剧了海明威的反叛意识和虚无倾向。海明威以其独特的个性捕捉住这个爵士乐时代的享乐与虚无气息，使那个时代找到了自己迷惘的歌手来歌唱自己的迷惘。他用自己的体验来感受生活，感受到的是人生的受限和残缺，人无时不生活在失败与死亡的压力和阴影之中。面对自由陷入了迷惘，注定要承受人总是要死这一沉重压力。战争题材恰好可以完美表达这一压力与焦虑。

最后，控制自己意味着成熟，不能控制自己意味着丧失风度。海明威的作品经常会区分两种世界：成熟的世界与幼稚的世界。在《太阳照常升起》中，前者竟然往往是儿子尼克所代表的世界，后者往往是尼克的爸爸所代表的世界。可见年龄不是最重要的，重要的是面对和体验。尼克是在学会面对人生的真相，面对死亡的恐惧中成长的。最终，尼克成长为杰克。杰克面对人生的残缺却依然有生活的热情和爱的渴望。到了《永别了，武器》中的亨利，他与死亡擦肩而过，最后在死亡之雨中仍旧挺住并走回了旅馆。"永别了，武器"这一题目在英语中有两重意思：一是告别武器，一是告别怀抱。离开了战场，离开了爱情，亨利还能挺得住吗？挺住意味着一切。也就是说，不怕死，靠原始的生命活力而活，依靠自我的意志，在死亡和苦难面前保持风度，这正是海明威借着他的创作题材告诉我们的人生哲理。写战争也好，写爱情也好，海明威最终写的还是这种人生况味和人生哲理，这种向死而生，面对虚无时能不失尊严地退场的能力。

3. 《老人与海》中的"硬汉精神"：

《老人与海》中的名言便是：人不是为失败而生；一个人可以被毁灭，但是不能给打败。老人的忍耐与自制到了一个可以说是成熟和圆融的境界。我们可以看出：自制就是压力下的风度。在《老人与海》中，生活中百分之零在于发生了什么，百分之百取决于你的态度。面对压力、失败甚至死亡，永不言放弃与妥协，在奋斗的过程中经受住考验，这样的人才是男子汉，其精神也就是海明威的"硬汉精神"。

4. 海明威创作的艺术风格：

首先，海明威的作品独特的艺术风格和他的思想内蕴是分不开的。读海明威的作品，最强烈的感受就是作品中有活生生的生活体验，体验的强度如此深刻，以至于读者觉得自己也在目击生活和体验生活。他的作品中那些独特的战争、打猎和捕鱼的体验描写，干净利落、结实饱满，若是没有这方面的经历，作家是没有办法凭空虚构出来的。

其次，海明威的作品体现了他所提出的"冰山原则"。他认为，冰山在海面上移动非常雄伟壮观，是因为只有八分之一露在上面，所以作家应该略去八分之七自己所知道的部分，只写出那八分之一就够了。作家应该有能力要读者感受到所要写的部分，而不是直接写出来。遵循这一原则，海明威的作品呈现出一种特殊效果：清晰性的含混。看起来清清楚楚，但是言近旨远，意在象中。这非常像中国古典美学中含蓄之为美的追求。这种"清晰的含混"使得海明威的作品带有某种象征意味。虽然海明威讨厌人说他在《老人与海》中用了象征，但是不可否认，他这部作品确实是受了麦尔维尔《白鲸》的影响，如作品中人和鱼的搏斗暗喻人和大自然的搏斗或者人和人生中对手的搏斗、人和人生中的逆境搏斗等；取消了这层意思，这篇小说的艺术价值会大大降低。这种"清晰的含混"还体现在海明威作品中的人物对话上。海明威是世界上写人物对白最好的作家之一。因为他笔下的人物对白有很多言外之意、许多潜台词，最经典的例子应算《白象似的群山》。海明威省略人物对白之外有关人物心理活动和对话语气的任何描写，全靠读者通过上下文猜出来、读进去。

<u>最后，海明威的作品具有电报体风格。</u>英国作家赫·欧·贝兹曾形象地说，海明威初入文坛之前，文坛上盛行的是受亨利·詹姆斯那样复杂曲折文风影响的作品，海明威是一个拿着板斧的人，他删去了解释、探讨，甚至议论，砍掉了一切花花绿绿的比喻，清除了古老神圣、毫无生气的文章俗套，直到最后，通过疏疏落落、经受了锤炼的文字，读者眼前豁然开朗，能有所见。

师探小测

1. （填空题）海明威在小说（　　　　　）中塑造了一个经典的硬汉形象——老渔夫桑地亚哥。
2. （名词解释）"硬汉精神"。

考点二十四　福克纳

1. 威廉·福克纳的主要作品：

（1）早期创作基本都是诗歌，汇集成了《春色》（1921）和《大理石牧神》（1924）两部诗集。

（2）《士兵的报酬》（1926年）和《蚊群》（1927），两部小说的共同之处在于描绘了第一次世界大战后青年人的生活状态。其中涉及的主要题材是对性和与之相关的男女关系，以及女性身体与魅力等问题的思考。内容具有明显的迷惘一代的色彩。

（3）不断尝试欧化题材，《标塔》（1935）和《寓言》（1954）。

（4）1929年，《沙多里斯》，是关于约克纳帕塔法县的第一部小说，刻画了沙多里斯家族三代人的鲜活形象。

（5）1929年，《喧哗与骚动》是福克纳的代表作。1949年诺贝尔文学奖对福克纳的授奖评语是"他对当代美国小说做出了强有力的和艺术上无与伦比的贡献"。

（6）1929年，中篇小说《我弥留之际》讲述了本德伦家的主妇安迪死后，安迪的家人把她送葬到杰夫生镇的历程。这部小说是第一次对多角度叙事技巧极限的尝试。取自下层社会的题材要求文本可以表达更为嘈杂的声音，福克纳对此的解决办法是让尽可能多的人说话，小说分成59个部分，有15位讲述者，内容有过于分散之嫌。

(7) 1931年，《圣殿》，"纯粹为了挣钱"。

(8) 1932年，《八月之光》，作品中乔·克里斯默斯和琳娜·格罗夫构成两个独立的线索，形成对照。这种结构为福克纳中后期作品所常用。

(9) 1936年，《押沙龙，押沙龙!》，<u>是福克纳长篇小说中历史性最强的一部，也是福克纳艺术创作的顶峰</u>，作品以不同的视角讲述了贫穷白人萨德本的奋斗史。

(10) 1942年，《去吧，摩西》，在意识形态探索方面的最高峰。

(11) 创作后期：《修女安魂曲》(1951)、《寓言》《小镇》《大宅》《掠夺者》(1962)，短篇小说集《让马》(1949)、《威廉·福克纳短篇精选集》(1950) 等。其中<u>《小镇》《大宅》与1940年出版的《村子》合称"斯诺普斯三部曲"，是福克纳后期最重要的作品</u>。这些作品上接《我弥留之际》所开拓的乡村白人题材，讲述了贫穷的白人斯诺普斯家族的崛起。

2.《去吧，摩西》：

(1) 主要内容：

这部小说依旧分为对照的两部分。前半部分叙述了混血黑人路喀斯·布钱普挖宝藏失败的故事，但在其滑稽的情节中用闪回手法穿插着这个家族近百年的历史。后半部分的主人公是艾萨克·麦卡斯林。艾萨克发现了路喀斯身世的阴暗。原来当年第一代庄园主老麦卡斯林强奸了自己和女黑奴生下的混血女儿，之后生下了路喀斯的父亲，不堪羞辱的女黑奴投水自尽。

小说对大自然和狩猎的描写也极为精彩。

(2) 小说寄托了福克纳本人的思索：回到荒野、森林这样的大自然环境，让不同族群甚至人与动物恢复最原初的关系。在道德良知的改善中实现族群间的历史和解。可以说，<u>这是约克纳帕塔法世系的思想总结</u>。

3.《喧哗与骚动》：

(1) 人物关系：

康普生家大哥：昆丁；

康普生家二姐：凯蒂；

康普生家三弟：杰生；

康普生家小弟：叙述者、白痴班吉；

黑人老保姆：迪尔西。

(2) 思想内容：

展现对旧贵族的批判和讽刺，也以抒情视角同情这些人物内心世界的扭曲与痛苦，揭示这一群体的真实生存状态。

（3）艺术结构和语言风格：

《喧哗与骚动》以凯蒂为中心，小说的四个部分形成了"四重奏"的对位结构。小说第一章班吉部分的意识流时空错乱，体现出受柏格森影响的全新时间意识。其不以模仿物理时间的流动为目的，而是着重塑造融合了过去、现在和未来多个时刻的心理瞬间，以这样的瞬间去体现出生命的全部意义。小说第二章昆丁部分的意识流包含了福克纳以往的很多诗歌片段，形成了华丽的诗化风格。这是福克纳对乔伊斯偏于写实的意识流最重要的语体革新。前两章的语言都具有强烈的印象主义色彩，但在节奏上偏于《麦克白》式的紧张，同第三章杰生部分的理性明了形成对位。第三章杰生这部分的语言充满过分的逻辑性，看似理性精明的话语中却隐藏着过度的功利主义所带来的呆板和机械，这又反过来成为对其"理性"的事实反讽。这种反讽使得杰生这部分内容看似写实的叙述，实际上仍处于一种高度形式化的现代主义风格之中。第四章迪尔西部分的全知视角讲述，节奏非常舒缓，同前三章形成对位。这一章虽然补充了前三章缺失的某些信息，但是这些信息缺乏前三位讲述者的认可，因而仍旧处于"独语"的状态。处于叙述核心地位的凯蒂，却从没出面说过一句话，她的形象只存在于其他人的述说之中。正如福克纳自己所言："最高明的办法，不如截取树枝的姿态与阴影，让心灵去创造那棵树。"

这一文本的精髓在于，其将康拉德的多角度叙事、陀思妥耶夫斯基人物的内部对话性、乔伊斯的意识流手法等实验技巧，同来自英国浪漫主义和法国象征派的诗歌传统结合起来，在结构与语言层面形成了不以故事为旨归的叙事"姿态"。这种叙事方式体现了现代主义文学的部分本质特征，相比19世纪批判现实主义文学记录历史的宏伟，它更侧重于体验历史的感受，由此衍生出作品意义的不确定性和相对自由的解释空间，以浓墨重彩、具体可见的场面特写景象和语言为基础，同时尽力在有限范围内创造出多元意义。

师探小测

1.（选择题）可以称为约克纳帕塔法世系的思想总结的小说是（　　）。

A.《去吧，摩西》　　　　　　B.《喧哗与骚动》
C.《我弥留之际》　　　　　　D.《沙多里斯》

2.（选择题）（　　）以不同的视角讲述了贫穷白人萨德本的奋斗史，成为福克纳长篇小说中历史性最强的一部，也是福克纳艺术创作的顶峰。

A.《押沙龙，押沙龙！》　　　B.《去吧，摩西》
C.《喧哗与骚动》　　　　　　D.《圣殿》

师探小测·参考答案

考点十九 美国文学概况

1. A

2. 从1902年至1912年,美国社会掀起了历时约10年的"揭丑派运动"。揭丑派运动从新闻界开始,涉及文学界并扩展至学术界和政界。在文学上,它从纪实文学发展到暴露文学,使现实主义在美国得到进一步发展。有一批作家常常到贫民窟的厂矿调查之后再进行创作,他们写的小说被称为"黑幕揭发小说"。其中最著名的作家是厄普顿·辛克莱,著有《屠场》《煤炭王》。

3. A 4. A 5. A

考点二十 薇拉·凯瑟

1. 《我们中的一员》

考点二十一 赛珍珠

1. A 2. C

考点二十二 菲茨杰拉德

1. D 2. A

考点二十三 海明威

1. 《老人与海》

2. 《老人与海》中的名言是:人不是为失败而生;一个人可以被毁灭,但是不能给打败。老人的忍耐与自制到了一个可以说是成熟与圆融的境界。从中可以看出:自制就是压力下的风度。在《老人与海》中,生活中百分之零在于发生了什么,百分之百取决于你面对的态度。面对压力、失败甚至死亡,永不言放弃与妥协,在奋斗的过程中经受住考验,这样的人才是男子汉,其精神也就是海明威的"硬汉精神"。

考点二十四 福克纳

1. A 2. A

第五章　俄罗斯文学

考点二十五　俄罗斯文学概况

1. "白银时代"：

20世纪俄罗斯文学起始于19世纪90年代。俄罗斯民族现代意识的觉醒，以及一批具有现代特色的作品的出现，也是从那时开始的。在民粹派运动失败，晚期封建制危机加深，民众探索民族发展道路和前途的热情高涨的时代条件下，俄国知识界开始大量引入以"重估一切价值"为特点的现代西方社会哲学思潮，以及象征主义、唯美主义、自然主义等文艺思潮，同时重新解读本民族的古典作家，重新审视民族历史与文化，在思想文化和文学艺术领域大胆探索，积极创新，推出了一批具有开拓意义的成果。文学是这一密集型文化高涨时代的成就突出的领域，它又与哲学、宗教、艺术等彼此渗透，互相影响。象征主义、"阿克梅派"、未来主义及具有自然主义倾向的作家先后出现，一批不属于任何流派的诗人和作家则坚持独立的艺术探索，同变化发展了的现实主义一起，构成一个多种思潮和流派并存发展的文坛新格局。这个时代后来被人们称为俄罗斯文学的"白银时代"（1890—1917）。

2. 象征主义：

（1）象征主义是白银时代最先出现的文学新流派。

（2）俄国象征主义者把哲学家和诗人弗·索洛维约夫尊为"精神导师"，他们强调艺术的宗教底蕴，坚信艺术具有改造尘世生活的作用。

（3）梅列日科夫斯基的论著《论现代俄罗斯文学衰落的原因与若干新流派》（1893）第一次从理论上确认了俄国现代主义文学是一种艺术潮流，他认为未来俄罗斯文学的基本要素是神秘的内容、象征的手法和艺术感染力的扩张。其诗集《象征》（1892）是俄国象征派诗歌出现的标志之一，历史小说《基督与反基督》三部曲（1896—1905）则表达了作家的"新宗教意识"。

（4）其他代表作家和作品：

巴尔蒙特的诗集《燃烧的大厦》（1900）、《我们将像太阳一样》（1903）；

勃留索夫的诗集《第三守备队》（1900）、《致城市与世界》（1903）；

索洛古勃的长篇小说《卑下的魔鬼》（1902）；

勃洛克的组诗《在库里克沃原野》（1908）、长诗《报应》（1910—1921）；

别雷的长篇小说《彼得堡》（1914）。

3. "阿克梅派"：

（1）"阿克梅"一词来自希腊文，意为"顶峰"。"阿克梅派"诗人追求艺术表现的明朗化和清晰度，主张恢复词的原始意义，认为最高的"自我价值"在尘世，显示出与象征派对立的艺术观。

（2）古米廖夫是这一派理论的主要阐释者，写有《象征主义的遗产和阿克梅主义》（1911）。

（3）诗人阿赫玛托娃和曼德尔施塔姆是阿克梅派的双璧。

阿赫玛托娃的《黄昏》（1912）、《念珠》（1914）和《白色的鸟群》（1917），曼德尔施塔姆的《岩石》（1913）等诗集，代表了这一派别的诗歌成就。

4. 未来主义：

（1）俄国未来主义诗人声称抛弃一切文化传统，反对社会对个性的束缚。他们在诗歌创作上大胆表现现代生活的高速度、强节奏，以及人对外界迅速变换的事物的瞬间感受，甚至任意破坏语言规则，追求诗歌形式方面的奇、险、怪。

（2）赫列勃尼科夫的《笑的咒语》（1910）一诗，在新词的构造和使用上开风气之先，但又表明了对普希金传统的某些继承。

（3）马雅可夫斯基的未来主义诗作，有收入《给社会趣味一记耳光》（1912）中的《夜》和《晨》等诗及诗集《我!》（1913）。

5. 现实主义：

（1）高尔基是这一时期俄国现实主义文学的杰出代表。

（2）其他代表作家和作品：

① 库普林的中篇小说《决斗》（1905）通过讲述一位诚实的军官罗马绍夫的命运，暴露军队生活的可怕和无聊，表现了20世纪初人们主体意识的复苏。他的另一中篇小说《亚玛》（1915），以妓女生活为题材，写尽她们的不幸与痛苦，具有催人泪下的艺术力量。

② 魏列萨耶夫的作品，大多在社会政治思潮的交替变化中表现俄国知识分子的精神探索，如中篇小说《走投无路》（1895）、《在转弯处》（1902）等。

③ 安德烈耶夫的短篇小说《红笑》（1905）经由在主人公的病态幻觉中反复出现"红笑"这一奇特意象，以及战争中血肉横飞的场面，揭示一切战争都是丧失理智的、可怕的。《背叛者犹大及其他》（1907）、《七个绞刑犯的故事》（1908）等，也是安德烈耶夫的著名作品。

6. 十月革命后俄罗斯文学的两大板块：苏维埃俄罗斯文学（苏联文学的主体

部分）、俄罗斯域外文学（侨民文学）。

7. 早期苏联文学：

（1）十月革命后至 20 世纪 20 年代末，苏联国内文学团体林立，出现了"无产阶级文化协会"（1917—1932）、"西徐亚人"（1917—1918）、"意象派"（1919—1927）、"谢拉皮翁兄弟"（1921—1926）、"列夫"（1922—1929）、"拉普"（1925—1932）等不同倾向的派别。

（2）诗歌领域：

① 勃洛克的长诗《十二个》（1918）在黑与白、新与旧、光明与阴暗的强烈反差中，显示出十月革命胜利初期彼得格勒的独特生活氛围，也表现了诗人理解历史巨变的宗教眼光。

② 曼德尔什塔姆的诗集《悲痛》（1922）和《第二本书》（1923），表达了对于俄罗斯命运和前途的一种深深的忧虑。

③ 叶赛宁一开始就以《白桦》（1914）、《罗斯》（1914）等散发着"俄罗斯田野的惆怅"的诗作引起批评界的注意。

十月革命后，叶赛宁在《歌者的召唤》（1917）、《约旦河的鸽子》（1918）等诗作中，讴歌"风暴中的俄罗斯"，赞美"红色的夏天"。在《四十日祭》（1920）等诗中，诗人通过俄罗斯土地、农舍、河流和白桦树等意象，表现了农村的现实生活和农民的忧伤，提供了"逝去的俄罗斯"的鲜明形象。抒情组诗《波斯曲》（1925）深情地赞美东方国家"蔚蓝色的、美丽的"土地，也唱出了对俄罗斯的依恋与忧思。

④ 马雅可夫斯基的长诗《一亿五千万》（1921）以夸张和诙谐的笔法，描写了代表俄国革命的一亿五千万个"伊凡"说服美国倒向共产主义。长诗《列宁》（1924）把列宁看成"未来的人"的理想化身予以热情歌颂，具有强烈的历史感和磅礴的气势。短诗《开会迷》（1922）讽刺苏维埃政府中那些整天淹没在各种会议里的官僚主义者，成为传诵一时的名作。

（3）小说领域：

① 绥拉菲莫维奇的《铁流》（1924）、富尔曼诺夫的《恰巴耶夫》（1923）、法捷耶夫的《毁火》（1927）是较早描写国内战争、歌颂革命英雄人物的三部小说。

② 扎米亚京的长篇日记体幻想小说《我们》（1924）运用象征、荒诞、幻觉、梦境、意识流等艺术手段，表达了反对过于强调集中统一、维护个性自由独立的意向，显示出一种透视历史生活的远见卓识。

③ 皮里尼亚克的长篇小说《荒年》（1922）描写了自十月革命前夕到内战时期俄国外省城市的生活，再现了那个沉渣泛起的时代所特有的社会生活氛围；中篇小说《红木》（1929）通过投机商人从莫斯科专程来到一个古风犹存的乡间小镇大肆收购红木家具的故事，展示了小镇居民亚细亚式的生存方式、"上层人士"的

营私舞弊和新经济政策时期出现的要猎取一切的社会风气，呈露出锐利的批判锋芒。

④ 普拉东诺夫的长篇小说《切文古尔镇》（1929）经由20年代中期某草原小城"自发地"提前实现共产主义的故事，揭示了当时现实中存在的脱离实际的狂热和荒谬现象，暴露了乌托邦思想的荒唐及其所造成的灾难性后果，也写出了人们的疑虑和不安。

（4）戏剧领域：

① 弗·伊万诺夫的《铁甲列车》（1927）、拉夫列尼奥夫的《决裂》（1927）等，以十月革命和国内战争为背景。

② 布尔加科夫的《土尔宾一家的命运》（1926）和《逃亡》（1927）两剧，前者写一群主观上希望效忠于祖国、客观上却陷入绝路的俄国知识分子的悲剧，后者则在贯穿全剧的"往事如梦"的幻灭感中表现了白卫运动的历史终结，构思奇特。

③ 马雅可夫斯基的《臭虫》（1928）和《澡堂》（1929）等，嘲笑旧政权的残余分子，谴责目空一切的官僚，揭露政权机构的种种弊端，是一部出色的讽刺喜剧。

8. 30—50年代初期苏联文学：

（1）1932年，联共（布）中央决定撤销各种文学团体，筹备建立统一的苏联作家协会，"社会主义现实主义"被确立为苏联文学创作和文学批评的基本方法，许多作家遭到批判或惩处，文学创作受到严重束缚。

（2）重要代表作家和作品：

① 高尔基的《克里姆·萨姆金的一生》、阿·托尔斯泰的《苦难的历程》（1922—1941）三部曲、肖洛霍夫的《静静的顿河》（1928、1929、1933、1940）、普里什文的中篇小说《人参》（1933）、《叶芹草》（1940）等。

② 阿赫玛托娃在发表诗集《车前草》（1921）和《公元1921年》（1922）之后，其创作曾出现了长达十几年之久的中断。

她暗中创作的长诗《安魂曲》（1935—1940）写出了一位母亲在儿子遭到不公正的监禁时所产生的绝望感，把深切的个人不幸与人民的灾难融合为一体，具有惊人的艺术力量。

《没有主人公的叙事诗》（1940—1962）是一部意境高远、内涵丰富、结构复杂的长诗。

③ 米·布尔加科夫的长篇小说《大师与玛格丽特》（1928—1940）借助三条彼此交错的情节线索，熔写实、荒诞、象征、"黑色幽默"于一炉，把宗教故事、历史传奇、梦幻世界和现实生活编织在一起，描写了众多的历史人物、虚幻形象和现代人，作者既传达出对20世纪30年代现实的困惑与沉思，又提出了对人类生

活的某些本质和规律所做的哲理与道德的追问。

④ 左琴科的小说《一本浅蓝色的书》（1935）是一部类似于"幽默文明史"的作品，陈述从历史到现实中的种种趣事，从文化心理和道德角度探问人类的本性。他的短篇小说《猴子奇遇记》（1946）通过战时从动物园中跑出来的一只长尾猴的奇遇，揭示了现实生活中种种不如人意的现象，对民族文化心理陋习进行了暴露性勾画。

9. 俄罗斯域外文学的"第一浪潮"：

（1）十月革命后迁居国外的俄罗斯作家掀起了俄罗斯域外文学的"第一浪潮"，其间出现的作品，在主题选择上偏重于对刚刚过去的革命事件和国内战争进行回顾和评价，或在对于民族历史文化传统的"寻根"中表达对个人命运和民族前途的探测，或在对往昔的回忆中抒发浓郁的乡愁。

（2）小说领域：

① 什梅廖夫的自传性作品《朝圣》（1931）和《上帝的恩年》（1948），以主人公瓦尼亚幼小心灵的变化为主线，描写了莫斯科河南岸市区社会各阶层人物的生活，再现了19世纪70—80年代俄罗斯生活中无数珍贵的场景和细节。作品对乡愁的强有力表现，对故土热爱之情的抒发，体现出整整一代流亡作家的共同感情。

② 列米佐夫的关于俄国侨民生活的长篇小说《音乐教师》（1949）和自传体小说《用稍加矫正的眼睛看》（1951），以新的语言表达方式，把富有诗意的幻想带入散文创作，对20世纪俄罗斯散文的发展产生过较大影响。

③ 女作家苔菲在出国后30余年中共有《静静的小河湾》（1921）、《女巫》（1936）和《冬天的虹》（1952）等10部小说故事集出版，成为"第一浪潮"中的一位多产作家。

④ 扎伊采夫的自传体四部曲《格列勃的游历》（1934—1953），在半个世纪的时间跨度上，勾画出主人公的心灵历程，力图在这一形象身上概括他所属的那一代知识分子的典型特征。

（3）诗歌领域：

① "第一浪潮"诗歌创作领域中成就最突出的是女诗人茨维塔耶娃。

1922年5月，茨维塔耶娃为寻找丈夫而离开俄罗斯，其诗歌创作也出现了高潮，陆续出版《离别》（1921）、《普叙赫：浪漫作品》（1923）和《手艺》（1923）等诗集。

迁居捷克共和国首都布拉格之后，她创作了长诗《山岳之歌》（1926）和《终结之歌》（1926），抒写爱情的美好与错综复杂，比照与品味不同的情感，表现分手时的惆怅与离别的痛苦，表达了对俄罗斯的热爱与思念。

1925年迁居法国后，她又发表了长诗《捕鼠者》（1925）、《阶梯》（1926）、《大气之歌》（1927）和诗集《离别俄罗斯之后》（1928）等。

② 霍达谢维奇于 1922 年侨居国外后，除出版《沉重的竖琴》（1923）、《诗歌集》（含《欧罗巴之夜》，1927）等诗集外，还写有大量文学论文及文学回忆录《名人陵墓》（1939），为后人了解白银时代文学提供了珍贵的资料。

(4) "第一浪潮"中年轻一代的杰出代表：

弗·纳博科夫：代表作品有《玛申卡》（1926）、《请君赴死》（1938）等 6 部长篇小说和一系列中短篇小说，以及为他带来极大文学声誉的长篇小说《洛丽塔》（1955）。

师探小测

1. （选择题）《论现代俄罗斯文学衰落的原因与若干新流派》一书是把俄国现代主义文学作为一种艺术潮流从理论上加以确认的第一次尝试，其作者是（　　）。

　　A. 弗·索洛维约夫　　　　B. 梅列日科夫斯基
　　C. 别雷　　　　　　　　　D. 勃留索夫

2. （名词解释）阿克梅派

3. （填空题）1932 年，联共（布）中央决定撤销各种文学团体，筹备建立统一的苏联作家协会，（　　　　）被确立为苏联文学创作和文学批评的基本方法，许多作家遭到批判或惩处，文学创作受到严重束缚。

4. （简答题）简述俄罗斯侨民文学"第一浪潮"创作的基本主题。

考点二十六　高尔基

1. 马克西姆·高尔基创作的三个阶段：

(1) 早期创作（1892—1907）：

① 浪漫主义作品：处女作《马卡尔·楚德拉》（1892）表现"不自由、毋宁死"、自由高于一切的主题；《鹰之歌》（1894）和《伊则吉尔老婆子》（1895）。

现实主义作品：

a. 以"流浪汉小说"最为引人注目，有《切尔卡什》（1892）和《沦落的人们》（1897）；

b.《好闹事的人》（1897）、《基里卡尔》（1899）等，反映了俄罗斯下层民众反抗意识的增强和抗争行动的出现；

c.《福马·高尔杰耶夫》（1899）是高尔基的第一部长篇小说；

d.《三人》（1900）以三个年轻人的不同生活道路为情节线索，在更为复杂的矛盾纠葛中表现"人与社会的冲突"，集中反映了作家对于世纪之交的一代青年的生活与命运的思考，并对影响颇广的"忍耐哲学"进行了有力的抨击；

e. 散文诗《海燕之歌》（1901）以象征和寓意的手法传达出"山雨欲来风满楼"的时代气氛，表现了人民群众要推翻沙皇专制、变革社会的强烈愿望；

f. 剧本《底层》（1902）是高尔基对流浪汉世界将近20年观察的总结，是高尔基全部剧作中的上乘之作；作品中，游方僧鲁卡信奉并宣扬"忍耐"哲学，流浪汉沙金则强调"<u>一切在于人，一切为了人！</u>"

g. 著名长篇小说《母亲》（1906—1907）。

② 早期创作的特色：

高尔基的早期创作，风格多样、色彩绚丽、激情洋溢，现实主义与浪漫主义交融，呈现出以力度与气势取胜的基本格调和刚健明快、激越高亢的总体美感特征，而其基本思想倾向则是社会批判，并以唤起人们对于生活的积极态度为旨归。

(2) 中期创作（1908—1924）：

① 这一时期高尔基的创作与早期创作相比，无论是在思想指向上还是在艺术风格上都发生了明显的变化：

第一次革命失败之初，高尔基仍然通过自己的作品鞭挞专制黑暗势力（《没用人的一生》，1907—1908），讴歌民众意识的觉醒（《夏天》，1909），并积极寻找新的精神武器，企图经由高扬人民群众的巨大创造性给他们以充分的自信心（《忏悔》，1908），以求将他们的意志和情绪保持在进行一场新的革命所需要的高度上。

同时，为了深入揭示俄罗斯民族性格、民族文化心理的基本特征及其与历史发展之间的内在联系，发现民族历史发展滞缓的原因，探测未来历史的动向，高尔基在这一时期共完成了<u>六大系列作品</u>：

a. "奥库罗夫三部曲"。

b. <u>自传体三部曲：三部中篇小说《童年》（1913）、《在人间》（1916）、《我的大学》（1923）</u>。是高尔基根据自己亲身经历写成的自传体作品，贯穿于三部曲的是自传主人公阿辽沙。

c.《罗斯记游》（1912—1917）：包含29个短篇小说。收入其中的各篇作品，从形式上看，接近高尔基早期的流浪汉小说；但在内容上，显示出新的特色。

d. 《俄罗斯童话》(1918):为俄罗斯国民劣根性及其在斯托雷平反动年代的显现,提供了一组绝妙的讽刺性写照。

e. 《日记片断》(1924)和《1922至1924年短篇小说集》(1925):创作于十月革命后,或取材于革命年代的现实生活,或向记忆、向不堪回首的往事汲取诗情,均成为对民族生活和文化心态的"直接的研究"与"如实的写生"。

② 中期创作的特色:

高尔基的中期作品共同记录了作家在民族文化心态研究这一总体方向上艰难跋涉的足印。这是高尔基一生创作中最辉煌的时期。清醒的现实主义笔法,纯熟洗练的描写艺术,行云流水般优美自如的叙述语调,体现着作家忧患意识的沉郁风格,共同显示出作家新的美学追求与杰出的艺术才华。

(3) 晚期创作(1925—1936):

① 主要是两部长篇小说:《阿尔塔莫诺夫家的事业》(1925)和《克里姆·萨姆金的一生》(1925—1936)。

② 晚期创作的特色:

高尔基晚期的两部长篇小说的基本特色,是开阔的艺术视野结合着深邃的哲理思考,强烈的历史感伴随着缜密的心理分析。叙述风格上则显示出一种史诗般的宏阔与稳健。在人物形象刻画上,作家还借鉴了西方现代主义文学在心理描写方面的某些新鲜经验,如通过人物的梦境、幻觉、联想潜意识,或以象征、隐喻、荒诞的手法来揭示人物的内心分裂、精神危机和意识流程。这既表明高尔基在创作方法的运用上是不拘一格的,又显示出20世纪现实主义文学的新特色。

2. "奥库罗夫三部曲":

(1) "奥库罗夫三部曲"是高尔基系统考察和揭示民族文化心理特征的最初成果,包括中篇小说《奥库罗夫镇》(1910)、长篇小说《马特维·科热米亚金的一生》(1911)和《崇高的爱》(1912,未完成)。

(2) 小说主题:

这部长篇小说是高尔基进行民族文化心态批判的扛鼎之作之一。作家以深邃的艺术洞察力,在对主人公悲惨、忧郁、无为的一生的描述中,透过奥库罗夫人平静无波的生活的表层,展露出它的巨大腐蚀性和毒害性。小说由此揭示了俄国城市小镇的小市民的生活秩序和传统,怎样经由一代代人而繁衍、延续,表明了千百个奥库罗夫式城镇如何卧伏在俄罗斯土地上,成为决定其基本面貌与存在方式的沉重砝码,从而触及了本民族历史发展滞缓的某些根由,给人以诸多启示。

3. 《克里姆·萨姆金的一生》:

(1) 西方学者认为这部巨著是"1917年革命前四十年间俄国社会、政治和文学生活的缩影",它"堪称20世纪的精神史","作为思想小说,达到最高成就"。

（2）克里姆·萨姆金形象的意义：

萨姆金的性格特征、思维方式、文化心理和命运归宿，在很大程度上具有认识俄罗斯、了解俄罗斯人灵魂的意义。他的精神文化性格，既从一个侧面体现了俄罗斯民族文化心理的某些消极特征，又是这一民族文化环境的必然产物。他的空虚无为的一生，既表征出横跨两个世纪 40 年间俄国部分知识分子的沉浮起落，又显示了这一部分知识分子无可回避的命运轨迹。借助萨姆金这一形象，高尔基艺术地揭示了部分俄国知识分子市侩化、小市民化的历史真实，对俄罗斯民族文化心理弱点、对俄罗斯国民性进行了痛切的批判。在这一文化批判意义之外，从作品中还可品味出作者关于提高民族文化心理素质、创造良好的社会文化环境和发挥知识分子历史作用等几个方面互为条件、互为因果的思考，聆听到时代忧国忧民的知识分子的真诚心声。

（3）《克里姆·萨姆金的一生》的艺术特色：

《克里姆·萨姆金的一生》具有庞大复杂而又有条不紊的结构，纵横俄国外省和首都、乡村和城市的广阔背景，展现了前后 40 年间光怪陆离的历史事件和日常生活细节，令人眼花缭乱的社会各阶层人物和色彩斑斓的活动场景。19 世纪后期至 20 世纪初期，俄罗斯生活中发生的一系列重大事件，人们精神文化生活中出现的一系列重要现象，都被巧妙地编织进主人公萨姆金的"灵魂史"中，通过他的眼光和思维而得到了特殊形式的映现。同时，众多真实的历史人物也出现在作品的巨大艺术画幅中。这些历史人物与艺术形象的并存，大量的历史场景与艺术画面的叠合，鲜明的编年史意识与深广的民族历史生活内容，使得这部作品有了一种长河滔滔般的气势和厚重的分量，一种波澜壮阔的史诗风范。

作为"思想小说"，在这部作品中，构成作品情节基本因素的并非人物的行为、人物与人物之间在行动上的冲突，而是人物的意识活动、精神世界，人物与人物之间的思想矛盾、精神冲突。在诸多人物之间的复杂精神纠葛中，小说表现了近半个世纪中俄国社会政治、哲学、宗教、美学、道德伦理等领域的各种思潮、学说、流派的交嬗演变，揭示出那个时代俄国社会思想和精神生活的基本面貌。即便是主人公萨姆金这个贯穿作品始终的人物，读者也很少看见他的行动。这固然是由他缺乏"行动意识"和行动能力的特点所决定的，但更主要的还是作家的艺术构思使然：高尔基所要表现的是主人公"灵魂的历史"，且要通过这一灵魂去观照形形色色的社会思潮及其消长变化。作家的这一构思既增加了作品的思想含量和理性色彩，又使得作品中出现了大量议论和对话，造成读者一般审美接受上的障碍。

在人物形象刻画上，作家广泛借鉴了西方现代主义文学在心理描写、心理分析方面的某些成功经验，通过人物的梦境、幻觉、联想、潜意识，或以象征、隐喻、荒诞的手法来描写人物的内心分裂、精神危机和意识流程，如作品中多次通过主人公的梦境或幻觉来刻画其内心状态。同时，善于运用对照的方法，在人物与人物的相互比照中显示人物形象的性格特征，是高尔基在人物塑造方面的一个重要特色。在《克里姆·萨姆金的一生》中，这一常用手法发展为"镜子般的结构原则"，即中心主人公萨姆金处在众人当中，好似站在多面镜子中间一样，每个人物（每面"镜子"）都把萨姆金性格的某个侧面映照出来，同时又在萨姆金面前显露出自己的某些性格特点。作品中萨姆金的同辈人物，如贵族遗少图罗博叶夫，资产阶级的"浪子"柳托夫等，都如同一面面放置在不同角度的镜子，环绕在萨姆金周围，分别映现出他的某一精神特点，共同参与对这位中心主人公进行"立体摄影"的任务，使他的性格特征充分地、全方位地表现出来。而且作品中诸多人物对萨姆金的评价，也具有类似的作用，如图罗博叶夫说萨姆金对一切问题都想"发明第三种答案"。这些人物以各自的眼光对萨姆金所做的评价，往往一针见血，颇为深刻地揭示出其性格的某一本质特点，合而观之，则可见出萨姆金性格的多面性。在《克里姆·萨姆金的一生》的庞大艺术形象体系中，众多人物都是作为独立的社会心理形象而存在的，具有艺术上的不可重复性；这些形象又在总体上构成主人公萨姆金的灵魂史得以展开的广阔背景，有力地烘托出萨姆金作为"这一个"的心理个性。

综上，高尔基的这最后一部长篇小说取得了多方面的艺术成就。

师探小测

1.（选择题）在高尔基的剧本《底层》中，游方僧鲁卡信奉并宣扬的思想是（　　）。
　　A. "伪善"哲学　　B. "快乐"哲学　　C. "忍耐"哲学　　D. "斗争"哲学
2.（选择题）高尔基早期创作阶段的现实主义作品以（　　）最为引人注目。
　　A. "乡土小说"　　　　　　B. "史诗小说"
　　C. "人物传记"　　　　　　D. "流浪汉小说"
3.（选择题）高尔基的自传体三部曲包括《童年》《在人间》《我的大学》，是高尔基根据自己亲身经历写成的自传体作品，贯穿于三部曲的是自传主人公（　　）。
　　A. 鲁卡　　　B. 阿辽沙　　　C. 高尔杰耶夫　　　D. 切尔卡什

考点二十七　布宁

1. 伊凡·布宁在白银时代就是一位成就突出的现实主义小说家，后成为俄罗斯域外文学"第一浪潮"中最有成就的作家之一，并于1933年获得诺贝尔文学奖,成为第一位获得这一奖项的俄罗斯作家。

2. 布宁的主要作品：

(1) 1887 年,他的两首诗作发表于彼得堡的《祖国》周刊,由此走上文学创作道路。

(2) 1887 年,布宁发表了他最初的两部短篇小说：《两个香客》和《涅费德卡》。

(3) 19 世纪 90 年代,他的《塔妮卡》(1893)、《山口》(1892—1898)、《在田庄上》(1895)、《天涯海角》(1895)、《来自故乡的消息》(1893)、《深夜》(1899) 等短篇小说陆续发表。这些作品继承了 19 世纪现实主义文学的传统,以严峻、真实的笔调描写了俄国农村和农民的世界,讲述了知识分子——无产者的生活和他们的精神骚动,揭示了许多无家可归的人那种无意义的苟且偷安的生活的可怕。

(4) 20 世纪最初 10 年,是布宁创作的一个新阶段。他的短篇小说《安东诺夫卡苹果》(1900) 标志着这个阶段的开始。这部作品的抒情诗般优美的文笔,通篇散发出的浓烈的乡愁气息,以及精雅考究的语言和印象主义色彩,被批评界认为是布宁作品的风格特征。之后陆续推出《秋天》(1901)、《雾》(1901)、《在八月》(1901)、《松树》(1902)、《孤独》(1903)、《梦》(1903) 等作品,延续了这一风格。

(5) 1910 年至 1917 年间,布宁连续推出《乡村》(1910)、《苏霍多尔》(1912)、《伊格纳特》(1912)、《败草》(1913)、《从旧金山来的先生》(1915) 等重要作品。其中,《乡村》的出版曾被认为是当时俄国文学生活中的一件大事。

(6) 20 世纪 20 年代前半期,他曾在《疯狂的画家》(1921)、《遥远的事情》(1922) 和《晚来的春天》(1923) 等短篇小说中,曲折地表达了自己对刚刚过去的战争和革命的沉思,对已然逝去的旧俄罗斯的追念。

自 20 年代中期起,他越来越偏重于表现爱情主题。他的《米佳的爱情》(1925)、《叶拉京骑兵少尉案件》(1925) 和《中暑》(1927) 等中短篇小说,均通过带有一定悲剧色彩的男女悲欢离合的故事,传达出关于爱情的某些独特见解。

(7) 短篇小说集《幽暗的林间小径》(1937—1944),是布宁继其代表作《阿尔谢尼耶夫的一生》之后贡献给读者的又一部最重要的作品。在这部收有 38 篇爱情题材小说的作品集中,作家成功地刻画了一系列个性鲜明的女性形象。《寒冷的秋天》《在巴黎》《幽暗的林间小径》《晚间》等,都是这部小说集中脍炙人口的名篇。

3.《阿尔谢尼耶夫的一生》:

(1)《阿尔谢尼耶夫的一生》是布宁在国外完成的最重要的作品,也是他唯一的长篇小说。

(2) 1933 年 11 月,瑞典皇家科学院宣布授予布宁诺贝尔文学奖。授奖词中称,布宁在《阿尔谢尼耶夫的一生》中,"以比从前更为广阔的气势,再现了俄罗斯的生活。……他继承了19世纪以来的光荣传统并加以发扬光大。至于他那周密、逼真的写实主义笔调,更是独一无二"。

(3) 自传性色彩:

这部作品以主人公阿列克谢·阿尔谢尼耶夫的童年、少年和青年时代的生活经历为基本线索,以第一人称展开叙述,着重表达"我"对大自然、故乡、亲人、爱情和周围世界的感受。作品中含有作家本人的大量传记材料,如主人公阿列克谢童年生活过的卡缅卡庄园的风景,分明就是布宁童年时代生活过的叶列茨县布特尔卡庄园的景象。透过作品中关于阿列克谢的外婆家巴图林诺庄园的描写,则不难见出布宁的外婆家奥泽尔基庄园的轮廓。阿列克谢的幼年和童年生活,无一不映现出布宁本人早年生活的踪迹。生活在阿列克谢周围的一些主要人物,比如目睹家道中落而无力回天的父亲亚历山大,曾因参加民粹派活动而被捕的哥哥格奥尔基,他倾心和爱恋的莉卡等,都可以在布宁青少年时代的生活中寻得与之对应的原型。然而,《阿尔谢尼耶夫的一生》绝不是布宁早年生活的简单复现,而是一部反映了19世纪晚期包括作家在内的俄罗斯部分青年知识者的成长和心路历程的自传体小说,同时又是作家以小说的形式对已逝年华的一种深情回望。

(4) 主题思想:

① 占据小说主要篇幅的,不是主人公的经历和事件,而是主人公的印象与感受。早在少年时代,阿列克谢"对事关心灵和生命的诗歌"创作的天赋就已经被父辈发现并确认了。对于"生活",他的理解是独特的;对于写作,他曾在大街上侦探似的尾随着一个个行人,盯着他们的背影,努力想在他们身上捕获点什么,努力深入他们的内心。这一切既是阿列克谢的创作思想形成过程中闪现的火花,也是布宁创作宗旨的表露。

② 爱情经历无疑是作品主人公最重要的生活体验,爱情构成了他青春时代最难忘的生活篇章。但是读完全书,读者印象最深刻的,不是人物缠绵悱恻的爱情故事,而是主人公的复杂体验,原因就在于作者所注重传达的始终是"我"的感受。这一特色同样显示于作品对"我"的浓厚亲情的表现中。小说字里行间处处可以体味出主人公对亲人、对家庭、对故园的沦肌浃髓的关爱和留恋之情。

③ 布宁还同时吟唱出对俄罗斯的爱恋和忧思,表达了和祖国忧喜与共、休戚相关的情感。作品描写了俄罗斯那些僻静而又美丽的边区,一望无垠的庄稼的海洋,过着原始俭朴生活的村民,展示出遍布各地的大小教堂的奇特建筑风格和做弥撒的神秘场面等。捧读这部作品,读者就会感到浓烈的俄罗斯生活气息扑面而来,领略到纯粹的俄罗斯风情。

④ 透过俄罗斯日常生活的生动画幅,布宁还对"谜一般的俄罗斯灵魂"进行了探究。作品主人公很小就注意到:俄罗斯心灵不知为什么对于"荒芜、偏僻和衰落"感到特别亲切。作家同时也揭示了俄罗斯民族性格的弱点,如普遍的酗酒

现象。对于那些"一心要从活人和死人身上剥下一层皮来"的"买卖人"，布宁同样进行了无情的抨击。作品中纵横俄国城乡的广阔生活画幅，五光十色的民族历史和民情风俗内容，几乎囊括社会各阶层的鲜明人物形象，使得这部以表现个人思绪和情感历程为主的自传体小说同时具备了一种史诗风范。

(5) 艺术特色：

① 作为作家晚年的一部作品，《阿尔谢尼耶夫的一生》的整个叙述，几乎全由主人公阿列克谢在其晚年对自己早年生活的回溯构成。小说开篇就把读者带入回忆录的语境中，但作品中的回忆并不都是主人公对半个世纪前往事的追述，而是"回忆之中有回忆"。这就使作品中往往同时出现三重时间。其一是"叙述时间"，即主人公在半个世纪后对往事进行回忆的时间。其二是"情节演进时间"，即他所回忆的事情发生的时间。由于主人公在"情节演进时间"内也常常回忆往事，于是便出现了第三种时间，可称为"往事发生时间"。整个作品鲜明的回忆录色彩，特别是其中"回忆之中有回忆"的现象及三重时间的出现，显示出和普鲁斯特《追忆似水年华》的相似性。

② 如同一般自传体小说一样，《阿尔谢尼耶夫的一生》中的"我"既是作品情节的主体，又是故事叙述者。作品中对过往时代的无数场景的回忆，对系列人物的追怀，对众多事件的讲述，以及对这一切的感受与体验的表达，都是从"我"的角度来展开的。但作品并非全是"我"的直接叙述，而是同时插入了其他形式，如"我"的笔记、诗作、沉思、自言自语，还引用了诸多文学作品中的片段。比如早在少年时代，"我"就以稚嫩的诗作抒发了自己对大自然的热爱和初恋的体验。这些所记载的内容和作品讲述的内容融为一体，以至于读者觉得全部作品仿佛就是这些内容的展现。

③ 这部作品中还有对文学名著内容的大量引用。主人公摘引普希金、莱蒙托夫等人的作品内容和《浮士德》中的诗句来倾诉对大自然的依恋和自己的忧伤，联系普希金、莱蒙托夫和托尔斯泰的时代与命运思考自己的前程等。这些涉及面颇宽的引文，使《阿尔谢尼耶夫的一生》不仅具备了现代作品所常有的"互文性"，而且呈现出帕乌斯托夫斯基所说的"诗歌与散文融为一体"的特色，这一特色当然同时也是由作品浓郁的诗意和抒情诗般优美的语言所决定的。

④ 伴随着作品主人公心路历程的呈露，"我"对自然景物、社会现象、命运之谜、人生意义等问题的沉思，常常以探问的形式表现出来，这也是布宁这部小说的特色之一。作品中有很多问句，如"为什么遥远、开阔深邃、高峻以及陌生、危险的东西……从以童年时代起就吸引一个人？"这是童年的"我"对未知世界和未来命运的一种独特追问。和这些问句相映成趣的，是作品中的一些议论。这些议论语句显示出警句、铭文般的睿智和精湛，如"生活就是种永恒的等待""我们所爱的一切，所爱的人，就是我们的苦难"等。这些议论从主人公的经历、感受

和体验中提炼而出，几乎是诗化了"我"对生活的沉思果实，赋予了这部以浓郁的诗意见长的作品一种哲理色彩。

总之，抒情性与哲理性的统一，诗歌与散文的融汇，自传因素与艺术虚构的共存，个人感受的表达与民族精神风貌勾画的并重，思虑具体问题与探究"永恒主题"的结合，古典语言艺术与现代表现手法的兼用，以及在栩栩如生的生活画面中始终伴有的历史感、命运感和沧桑感，使得《阿尔谢尼耶夫的一生》同时具备了自传体小说、诗化散文、哲理性长诗和史诗等多种文体风格，成为一首在雄浑壮阔的乐声中不乏柔和细腻的抒情旋律的大型交响曲。

师探小测

1. （选择题）短篇小说集（　　）是布宁继其代表作《阿尔谢尼耶夫的一生》之后贡献给读者的又一部最重要的作品。在这部收有38篇爱情题材小说的作品集中，作家成功地刻画了一系列个性鲜明的女性形象。

　　A.《来自故乡的消息》　　　　　B.《米佳的爱情》
　　C.《幽暗的林间小径》　　　　　D.《乡村》

2. （选择题）第一位获得诺贝尔文学奖的俄罗斯作家是（　　）。
　　A. 叶赛宁　　　B. 高尔基　　　C. 纳博科夫　　　D. 布宁

师探小测·参考答案

考点二十五　俄罗斯文学概况

1. B

2. "阿克梅"一词来自希腊文，意为"顶峰"。"阿克梅派"诗人追求艺术表现的明朗化和清晰度，主张恢复词的原始意义，认为最高的"自我价值"在尘世，显示出与象征派对立的艺术观。古米廖夫是这一派理论的主要阐释者，写有《象征主义的遗产和阿克梅主义》。诗人阿赫玛托娃和曼德尔施塔姆是阿克梅派的双璧。阿赫玛托娃的《黄昏》《念珠》《白色的鸟群》，曼德尔施塔姆的《岩石》(1913)等诗集，代表了这一派别的诗歌成就。

3. "社会主义现实主义"

4. 十月革命后迁居国外的俄罗斯作家掀起了俄罗斯域外文学的"第一浪潮"，其间出现的作品，在主题选择上偏重于对刚刚过去的革命事件和国内战争进行回顾与评价，或在对于民族历史文化传统的"寻根"中表达对个人命运和民族前途的探测，或在对往昔的回忆中抒发浓郁的乡愁。

考点二十六　高尔基

1. C　　2. D　　3. B

考点二十七　布宁

1. C　　2. D

第六章 德语文学

考点二十八 德语文学概况

1. 德国现实主义文学：

（1）自20世纪初期开始，德语现实主义文学迎来了蓬勃发展，大批优秀作家继承了19世纪批判现实主义的传统，对复杂的社会政治生活状况进行了准确的描述和生动的呈现。他们大多秉持独立的人道主义思想，以作品为载体，表达了对现实问题的批判与思考。其中反映社会现实的时代小说、批判战争罪恶的反战小说和揭示个体精神危机的心理与哲学小说在这一时期尤其引人注目。在艺术上，这一时期的作品既坚守了传统现实主义文学的美学特点和德国文学重视哲理思辨的倾向，又在时代思潮的影响下引入了许多现代主义的表现技巧，不断求新求变。

（2）德国20世纪上半叶的现实主义文学大致可划分为三个阶段：威廉帝国后期（20世纪初至1918年）、魏玛共和国时期（1919—1933）、第三帝国时期（1933—1945）。

（3）代表作家作品：

赫尔曼·苏德尔曼、雅各布·瓦塞尔曼、里卡达·胡赫及亨利希·曼和托马斯·曼兄弟等，他们大多偏爱"没落"的主题，其作品着眼于描绘时代的变迁、人性的善恶、新旧价值观的冲突、资产阶级的命运沉浮等。这些作家中，曼兄弟二人的成就尤为突出：

亨利希·曼：其作品以杰出的时代洞察力、鲜明的批判性及出色的讽刺艺术著称。

代表作是长篇小说《臣仆》（1914），小说描写了一个小造纸厂老板的儿子赫斯林发迹的故事。创作了历史小说《亨利四世的青年时代》（1935）和《亨利四世的完成时代》（1938），作品借古讽今，以法国国王亨利四世为蓝本，塑造了一位以民众利益为重的开明君主形象，来与希特勒做对比，表达对纳粹政权的批判。

托马斯·曼：20世纪上半叶德语现实主义文学的最重要代表，著有长篇小说《布登勃洛克一家》（1901）、《魔山》（1924）、《浮士德博士》（1947）等。

2. "新实际主义"：

（1）"新实际主义"文学兴起于 1925 年，是对 1910 年到 1925 年间盛行的政治上与艺术上都十分激进的表现主义文学思潮的反拨。此时德国社会相对稳定，一些作家从表现主义的反叛与激情中冷静下来，转向关注现实与理性。他们主张客观、实际、具体、准确地反映现实生活，通过描写小人物的生活来揭示时代的弊端，流行在作品中引用文献资料、新闻报道等来增加现实性。

（2）代表作家和作品：

① 埃里希·凯斯特纳是"新实际主义"的代表人物，主要作品有"实用诗"《心在腰间》（1928）、诗集《男人的回答》（1930）、儿童文学作品《埃米尔擒贼记》（1928）及长篇小说《法比安，一个道德家的故事》（1931—1932）。

② 另有：赫尔曼·克斯滕、库尔特·图霍尔斯基及剧作家卡尔·楚克迈耶等。

3. 反战主义：

（1）代表作家和作品：

① 艾利希·马利亚·雷马克的《西线无战事》（1929）；

② 路德维希·雷恩的长篇小说《战争》（1928）、《战后》（1930）；

③ 阿诺德·茨威格的《军曹格里沙的案件》（1927）。

4. 德国表现主义：

（1）20 世纪初，出现于德国的一个具有强烈反叛色彩的现代文艺流派。这一流派从绘画艺术领域兴起，很快影响到文学领域。

（2）戏剧领域：

① 格奥尔格·凯泽：是德国表现主义戏剧的领袖作家，他一生共创作了 74 部剧作，主要作品有《从清晨到午夜》（1912）、《加来市民》（1914）、"瓦斯三部曲"［包括《珊瑚》（1917）、《瓦斯Ⅰ》（1918）、《瓦斯Ⅱ》（1920）］、《地狱·道路·大地》（1919）等。其中，《从清晨到午夜》是凯泽最著名的作品，描写了一个银行小出纳员一心希望摆脱现状、寻求新的生活，于是从银行偷了 6 万马克，想和一位美貌的夫人私奔而未遂的故事。

这一时期，凯泽的作品呈现出<u>表现主义戏剧的典型特点：批判意识鲜明，语言风格冷峻精练，不追求典型人物形象的塑造，而是让人物变成某种观念、思想的象征和传声筒</u>。

20 年代中期以后，随着表现主义运动的衰退，凯泽的创作也发生了变化，社会批判意识弱化而艺术性增强，如《逃往威尼斯》（1923）、《两条领带》（1930）、《图卢兹的园丁》（1938）等。纳粹上台后，凯泽被迫流亡，流亡期间的作品在主题上以反战、反法西斯为主，主要有《士兵田中》（1940）、《八音盒》（1943），以及《皮格马利翁》《两个安菲特律翁》《柏勒洛丰》（1943—1944）等取材于古希腊神话的剧作。

（3）小说领域：

① 有阿尔弗雷德·德布林、马克斯·布罗德、弗兰茨·威尔弗等优秀作家。

② 奥地利德语作家弗兰茨·卡夫卡对后世产生了深远的影响，他的重要作品有小说《变形记》《城堡》《审判》等。

5. 布莱希特：

（1）代表作品：

1918年，创作了剧本《巴尔》，开始了戏剧创作生涯。

1922年，以德国十一月革命为背景的戏剧《夜半鼓声》在慕尼黑成功上演，使布莱希特一举成名，并获得了克莱斯特奖。

20年代中期，布莱希特受到马克思主义的影响，创作理念发生变化，"叙事剧"理论开始形成，这一时期创作了《马哈哥尼城的兴衰》（1927）、《人就是人》（1928）、《三分钱的歌剧》（1928），以及"教育剧"《措施》（1930）、《屠宰场上的圣约翰娜》（1930）等一系列实验性的戏剧作品。在这些作品中，布莱希特打破了亚里士多德以来的戏剧传统，转而追求一种"间离效果"。

1933年，布莱希特被迫流亡。这段辗转流亡的岁月也是布莱希特戏剧创作的成熟期和高峰期，主要作品有《第三帝国的恐惧和灾难》（1935—1937）、《卡拉尔大娘的枪》（1937）、《大胆妈妈和她的孩子们》（1939）、《潘蒂拉老爷和他的男仆马狄》（1940）、《四川好人》（1942）及《高加索灰阑记》（1945）等。其中《大胆妈妈和她的孩子们》最为我国读者熟悉。

（2）"间离效果"：

"间离效果"又称陌生化效果，即在戏剧表演与欣赏中，演员与角色、观众与演员之间应当拉开一定的距离，演员要能意识到自己在演戏，观众要能意识到自己在看戏，以陌生的惊愕、理性的思考和批判的意识代替情感的共鸣。

布莱希特的这一戏剧理念最早于《中国戏剧表演艺术中的陌生化效果》一文中提出，明显受到了中国传统戏剧表演艺术的影响。

6. 奥地利作家茨威格：

（1）优秀的现实主义作家。

（2）代表作品：

茨威格主要的文学成就在人物传记和中短篇小说领域：

1927年，《焦躁的心》是他唯一的长篇小说。

1920年至1938年是茨威格的创作高峰期：在此期间，他完成了人物传记《三大师》（包括《巴尔扎克传》《狄更斯传》《陀思妥耶夫斯基传》，1920）、《罗曼·罗兰》（1921）、《精神疗法》（1932）等。同时还创作了大量中短篇小说，如《恐惧》（1920）、《一个陌生女人的来信》（1922）等。

1941年，中篇小说力作《象棋的故事》。

1942 年，自传小说《昨日的世界》。

师探小测

1.（选择题）亨利希·曼的作品以杰出的时代洞察力、鲜明的批判性及出色的讽刺艺术著称。他的代表作是长篇小说（　　），小说描写了一个小造纸厂老板的儿子赫斯林发迹的故事。

A.《魔山》　　　　　　　　B.《从清晨到午夜》
C.《臣仆》　　　　　　　　D.《措施》

2.（选择题）奥地利作家茨威格的《三大师》分别为三位著名作家作传，他们是巴尔扎克、狄更斯与（　　）。

A. 托尔斯泰　　B. 屠格涅夫　　C. 陀思妥耶夫斯基　　D. 斯丹达尔

考点二十九　托马斯·曼

1. 托马斯·曼的主要作品：

（1）1894 年，第一篇小说《堕落》完成。

（2）1898 年，出版第一部作品——短篇小说集《矮个子弗里曼德先生》。

（3）1901 年，出版的长篇小说《布登勃洛克一家》：是他的第一部长篇巨著，也是他最有影响力、最受欢迎的一部小说。小说的副标题是"一个家庭的没落"。叙述了 1835 年到 1877 年间德国商业城市吕贝克的布登勃洛克家族四代人的兴衰变迁。

（4）1918 年，发表了长文《一个不问政治者的看法》，为德国参战辩护。

（5）1922 年，发表题为《论德意志共和国》的演讲，推翻了自己原来持有的观点，声明反战立场，提倡人道主义和民主。

（6）1924 年，《魔山》出版，标志着他进入了一个新的创作阶段。《魔山》是《布登勃洛克一家》的姊妹篇，是对后者"在另一个生活层次上的重复"。在写作上，托马斯·曼自称这是一部"故意卖弄写作技巧的作品"。

（7）1930 年，作者根据自身的经历创作了反法西斯主题的中篇小说《马里奥和魔术师》。

（8）在流亡瑞士期间，托马斯·曼完成了他的鸿篇巨制《约瑟和他的兄弟们》四部曲（1933—1943）的前三部：《雅各的故事》（1933）、《约瑟的青年时代》（1934）、《约瑟在埃及》（1936）；迁居美国之后续完了最后一部《赡养者约瑟》（1943）。

(9) 迁居美国的第二年，出版了长篇小说《绿蒂在魏玛》(1939)。这部作品可以说是托马斯·曼和歌德穿越时空的精神对话。

(10) 1947 年，发表了<u>后期最重要的长篇小说《浮士德博士》</u>。小说的副标题是"由一位友人讲述的德国作曲家阿德里安·莱弗金的一生"。小说以虚构的传记形式，记述了莱弗金这个现代浮士德一生的故事。<u>作者称这部作品是自己的"最后一本书"，是"生的忏悔"，是对自己一生中"罪过、负债与责任"的自我反思和自我批判。</u>

(11) 20 世纪 50 年代以后，出版长篇小说《神圣的罪人》(1951)、具有流浪汉小说风格的《大骗子菲利克斯·克鲁尔的自白》(1954)。

2.《浮士德博士》作为一部"艺术家小说"和"时代小说"的特征：

作为一部"艺术家小说"，这部作品延续并深化了作者在以往作品中对艺术的现状、出路与价值，以及艺术与社会、艺术家与生活等问题的思考，对现代艺术做了批判性的反思。

作为一部"时代小说"，作品从主人公莱弗金的个人生活辐射开来，通过描绘他的好友采特布洛姆等人的经历反映了 19 世纪末 20 世纪初德国社会的动荡不安，以及两次世界大战带来的深重灾难，并尝试去反思德国民族灾难产生的根源。

3.《布登勃洛克一家》：

(1) 主题思想：

《布登勃洛克一家》继承了 19 世纪现实主义小说的传统，以布登勃洛克家族的命运辐射出当时德国社会广阔而丰富的生活图景，呈现出时代变迁中政治、经济、社会、伦理及人的内在精神种种的变化：

在社会层面，小说反映了 19 世纪中叶以后依靠诚信经营、注重声誉、不牟暴利的自由资本主义经营者逐渐被追逐暴利、不受道德约束的资本主义暴发户所排挤，无法适应残酷的竞争而逐渐退出历史舞台的现实。

在家庭伦理方面，也掀开了覆盖在布登勃洛克家族成员间的温情脉脉的亲情面纱，揭示出当时典型的以金钱为主导的家庭关系。比如为了金钱和家族的生意，老约翰将与小商贩女儿结婚的长子赶出了家门；从老约翰到托马斯，三代当家者的婚姻都建立在财势门第而不是感情之上，对于他们来说，家族和生意大于一切，婚姻的体面大于个人的幸福。在对这个家族每个成员的悲剧命运的描绘中，作者的批判之意显而易见。

除了对现实作如实的描绘之外，在这部小说中，托马斯·曼还意图表现生活与艺术之间互相矛盾的关系，使得布登勃洛克家族衰亡的悲剧具有了一层叔本华式的悲观主义情调。

(2) 艺术特色：

从艺术手法上来看，《布登勃洛克一家》体现出传统现实主义小说的主要特色，叙事框架宏大，布局严谨，注重典型环境与细节的描绘，塑造了托马斯、冬妮、汉诺等众多性格鲜明的典型人物，同时也不乏对独白、议论和抒情等诸多手法的合理运用，对音乐的运用和表现也精妙无比。

（3）1929年，托马斯·曼获诺贝尔文学奖，《布登勃洛克一家》功不可没，授奖词褒扬它是"第一部且是迄今为止最卓越的德国现实主义小说"。

师探小测

1.（选择题）托马斯·曼称（　　）这部作品是自己的"最后一本书"，是"生的忏悔"，是对自己一生中"罪过、负债与责任"的自我反思和自我批判。

A.《绿蒂在魏玛》　　　　　　B.《浮士德博士》
C.《魔山》　　　　　　　　　D.《布登勃洛克一家》

2.（选择题）1924年，《魔山》出版，标志着托马斯·曼进入了一个新的创作阶段。《魔山》是（　　）的姊妹篇，是对后者"在另一个生活层次上的重复"。

A.《绿蒂在魏玛》　　　　　　B.《布登勃洛克一家》
C.《浮士德博士》　　　　　　D.《堕落》

考点三十　里尔克

1. 赖内·马利亚·里尔克是现代德语文学中象征主义诗人的杰出代表。
2. 里尔克的诗歌作品：

（1）里尔克的诗歌创作在他的中学时期就开始了，他在中学阶段有两部诗集出版，即《生活与歌颂》（1894）和《宅神祭品》（1896）。

（2）1899年，里尔克出版了诗集《为我庆祝》，这部诗集较前两部风格发生了变化，呈现出鲜明的青春风格，在手法和主题上也逐渐向象征主义靠拢。

（3）基于两次前往俄罗斯的游历，里尔克在1899年到1903年间创作出三卷诗集，并于1905年以《定时祈祷文》为题出版。这部诗集在主题上体现出非常强的内倾化倾向，侧重于对宗教和上帝问题的思考，对人和神的关系做了颠覆性解读，其中可以看到里尔克独特的宗教观。

（4）1899年至1902年间，里尔克创作了大量的作品，包括诗歌、散文及艺术评论，其中许多未能立即出版，如创作于1899年的散文诗《旗手》，这部充满唯美主义和新浪漫主义特色的小册子1906年才正式付梓，后来成为里尔克在商业上最成功的作品。

(5) 巴黎时期：

① 里尔克的诗歌逐渐摆脱了早期作品中的模仿痕迹，形成了独特的风格和创作理念。在罗丹的影响下，里尔克形成了"物诗"的理念。他认识到创作的客体本身即有一种不为人的情感所左右的自足性，因此，应排除创作者的主观情绪，精确地观察客观事物，用隐喻和象征的意象把所获的直觉形象呈现出来。这样一来，主体既消融于客体，又被客体展现，从而形成强烈的艺术张力。为我国读者所熟悉的短诗《豹》(1903)即作者在罗丹建议下于巴黎植物园亲自观察后写就的一首"物诗"。

② 这一时期里尔克出版的主要作品有《图像集》(1902—1906)、《定时祈祷文》(1905)、《新诗集》(1907)、《新诗集续编》(1908)等。其中《图像集》中既收入了里尔克1898年至1901年间的早期作品，也收入了他巴黎时期的一些作品，是里尔克从带有模仿痕迹的青春风格向"物诗"方向转变的标志之作。《定时祈祷文》是里尔克献给女友莎乐美的作品，由《修士的生活》(1899)、《朝圣》(1901)、《贫穷与死亡》(1903)三篇组诗构成，创作时间跨度较大，主要完成于巴黎时期之前，故一般被视为里尔克早期创作阶段的收束之作。两卷《新诗集》则是里尔克这一时期的代表作。

(6) 1912年，组诗《玛利亚生平》。

(7) 1922年，《杜伊诺哀歌》。1912年创作出了前两篇哀歌，整部作品由10篇长诗（哀歌）组成，完成在10年之后。

(8) 1922年，《致奥尔弗斯的十四行诗》，前后两部共55首，在3天内写就，被里尔克称为"被赐予"的作品，其灵感之源是一位名叫薇拉·克诺普的少女死亡的消息。

《致奥尔弗斯的十四行诗》和《杜伊诺哀歌》共同成为他创作后期最重要的杰作。

(9) 翻译了法国象征主义诗人瓦莱里的诗歌作品，并且对用法语写诗产生了浓厚兴趣，创作了诗集《瓦莱四行体》(1926)、《果园》(1926)。

3.《杜伊诺哀歌》：

(1)《杜伊诺哀歌》由10篇长诗构成，在形式上仿照古代的哀歌，不押韵，具有长短格的节奏。

(2) 主题：

第一篇哀歌以揭示人世的无常、人类生存状况的局限性起笔，哀叹"每一个天使都是可怕的"，以恋人、年轻的死者的命运阐释生与死，并试图弥合生与死之间由世俗、由"一切生者"所划分开的裂隙，将两者合而为一；

第二篇哀歌以重复"每一个天使都是可怕的"这一令人震颤的诗句起首，继续第一篇哀歌哀悼人生之有限性的主题，悲叹生命如朝露般的短暂易逝，并且即使是恋人们，也无法于爱情中真正触摸永恒，于是诗人只好祈求能于短暂易逝中找到一种

"人的存在"："纯粹，隐忍，菲薄：一片自己的标土／在激流与峭壁之间。"

第三篇哀歌在与原始情欲的对照中叙述人对自我本能的追溯及对本原之爱。此外，本篇也提及了里尔克的童年，在阴暗的童年场景的复现中呈现出诗人与生俱来的、连母爱也无法驱散的原始恐惧。

第四篇哀歌的主题也因第一次世界大战变得愈加痛苦和消极。这首哀歌言说人类心灵的分裂。在结尾，诗人转而歌颂童年，认为我们倘若能够重新获得儿童那种敞开的、完整的意识，不再割裂生与死，不再区分过去和未来，就能够以完满的方式扮演好我们的角色。

第五篇哀歌描绘的对象是毕加索的画作《江湖艺人》，以"漂泊无依略胜于我们"、被"一个意志"不停折腾、扭曲的江湖艺人的处境来象征人类的处境，象征艺术家的处境。

第六篇哀歌是篇英雄的颂歌，以无花果树为喻，颂扬英雄不像普通世人那般惜生畏死，而是以一种行动的紧迫感，赋予自己短暂的一生以最大的活力。

前六篇哀歌一再强调生死的同一，肯定死，那么到了第七篇哀歌，里尔克开始转入对生存的强调，高歌"此间是美好的"，在有形的生的世界，人也能在某些时刻拥有存在。但随即诗人又提出，若想将之彰显，离不开"转化"——由外向内，由有形到无形，由生到死。

第八篇哀歌的基调从上一篇的歌颂转回哀悼，继续悲叹人的有限性与矛盾，里尔克发现了一种"敞开"的生命状态，但遗憾的是人从童年时期目光便被颠倒，不向前看上帝与永恒，而是向后注视死亡；无法摆脱时间，进入纯粹的空间；无法在瞬间的永恒、在对绝对存在的感知中驻留，只能始终持"行者的姿势""永远在告别"。

第九篇哀歌在延续前一首诗主题的基础上，回答了"为什么必有人的存在"这个问题，在与死亡的互为观照中，阐释人于此间之存在的意义。

第十篇哀歌更是以高昂的赞颂起笔："愿我有朝一日，在严酷的认识的终端，／向赞许的天使高歌大捷和荣耀。"在第九篇哀歌肯定了人的有限性之后，诗人又肯定和颂扬了人间的苦难与悲伤，认为穿越了苦难的图景之后，悲伤终会引向欢乐与幸福。

总之，10篇哀歌，10首长诗，创作历时10年，以悲悼人类生存状况的局限性发端，以肯定和歌颂人类，特别是诗人的存在与使命而告终，构成一个浑圆的诗与思合一的宇宙。

师探小测

1.（填空题）（　　　　）是里尔克从带有模仿痕迹的青春风格向"物诗"方

向转变的标志之作。

考点三十一 黑塞

1. 赫尔曼·黑塞的主要作品：

（1）1899年，黑塞自费出版诗集《浪漫主义之歌》（1899），登上文坛，同年又出版了散文集《午夜后一小时》（1899）。

（2）1901年，黑塞的第一部小说《赫尔曼·劳歇尔》出版，小说充满自传色彩和抒情风格，黑塞称之为"美丽的、真挚的但并非容易的青年时代的文献"，"一个给我和我的朋友们的忏悔录"。

（3）1904年，成长小说《彼得·卡门青》出版，黑塞一举成名。

（4）婚后专事创作，出版了中篇小说《在轮下》（1906），短篇小说集《今生今世》（1907）、《邻居》（1908），小说《盖特露德》（1910），为报刊撰写了大量的书评和文学批评，并于1907年参与创办了杂志《三月》。1911年，黑塞实现了人生中第一次东方之旅，游历了印度和东南亚诸国，旅途见闻收录于散文集《印度记行》（1913）中。

（5）1919年，以笔名埃米尔·辛克莱发表了小说《德米安》（1919），引起了很大的反响。小说讲述了一个名叫辛克莱的少年在成长的过程中逐渐深入内心世界，寻找自我的故事。

（6）1923年，加入瑞士籍，后相继出版了长篇小说《荒原狼》（1927）、《纳尔齐斯与歌尔德蒙》（1930）、中篇小说《东方之旅》（1932）及后期最重要的长篇巨著《玻璃球游戏》（1943）。

2. 《荒原狼》中主人公的形象：

《荒原狼》的主人公哈里·哈勒尔，出身于中产阶级，是一位受过系统人文教育的知识分子，然而，年过半百之际从家庭生活中被放逐，孤身在现代都市中漫游。他以"荒原狼"自称，认为自己是一个"半人半狼"的人，他身上有"人"的部分，有一个"有思想、感情、文化，具有熏陶和升华的属性"的世界，同时也有"狼"的部分，有"一个晦暗的世界，里面有本能、野性、残忍、未升华的粗鲁天性"。哈里在这种二重性中饱受煎熬。这时，赫尔米娜作为他的另一个自我出现，将他带入了与市民生活对立的另一个世界。哈里抛开了市民阶级的道德标准，放弃了理性与克制。但是在这个世界中，他也无法安身。最后，哈里来到"魔幻剧场"，在这里，他多元化的自我、精神的矛盾和挣扎通过镜子，以一出出荒诞不经的魔幻剧的形式表现出来。在映像中，哈勒尔杀死了赫尔米娜，并且妄图自杀，因此受到审判。最后，在作为处罚的嘲笑声中，在由帕伯罗幻化成的莫扎特的开悟下，哈勒尔终于意识到自己的症结所在，找到了自我救赎的方向。

这部作品依然是黑塞探索"通往内心之路"的记录,他将个人的困境置于时代的大背景中,对西方文化的弊病和知识分子的精神生活做了深刻的剖析。黑塞认为,在新旧两个时代交替下生活的人们在精神上是最痛苦的,哈里·哈勒尔的精神疾病就源于此,并且也不单单是个人精神的妄想,而是时代本身的疾病。

师探小测

1.(选择题)黑塞在长篇小说(　　)中,通过对作家哈勒尔形象的塑造,表现了资本主义社会中知识分子的孤独、彷徨和矛盾。

A.《荒原狼》　　　　　　　B.《纽伦堡之旅》

C.《在轮下》　　　　　　　D.《玻璃球游戏》

考点三十二　卡夫卡

1. 弗兰茨·卡夫卡的主要作品:

(1) 1912年年底,卡夫卡出版第一部作品《观察》,收入了他早期的18篇小型散文。

(2) 1912—1913年,写作生涯的第一个爆发期:短篇小说《判决》(描写了一场父子之间的斗争)和《变形记》。

(3) 1912年,卡夫卡还着手创作了长篇小说《失踪者》,次年4月作品搁浅。同年5月,小说的第一章以《司炉》(1913)为题单独发表,其余部分皆未付梓,直到卡夫卡去世3年后,布罗德将遗稿进行整理,改名为《美国》(1927)出版。小说描写的是16岁的青年卡尔·罗斯曼被父母赶出家门,前往美国谋生的故事。

(4) 1914年,开始动笔写第二部长篇小说《诉讼》,并创作了中篇小说《在流放地》(1919),这部作品围绕着一台精密而恐怖的处刑机器继续阐释法与罪的主题。

(5) 1920年,短篇小说集《乡村医生》出版,其中最为著名的是《乡村医生》。

(6) 1922年1月,开始动笔写作他最后一部同样也是最具代表性的长篇小说《城堡》(1922)。到了8月底,《城堡》的写作计划彻底夭折。这一时期,他将写作称为"为魔鬼效劳的报酬"和"解开天生被捆绑住的精神"。

(7) 在生命的最后两年内,卡夫卡创作了一些优秀的短篇小说:《最初的痛苦》(1922)、《饥饿艺术家》(1922)、《一条狗的研究》(1922)、《地洞》(1923)、《女歌手约瑟芬或耗子民族》(1923)等。

2.《变形记》的主题思想和人物形象:

第一，《变形记》被视为一篇揭示异化现象的经典之作。在这个"变形"主题的荒诞故事里，卡夫卡将资本主义社会中人的异化现象表现得不动声色又触目惊心。所谓的"异化"，就是人被物化，失去自我，变成了工具，变成了非人的存在：

<u>首先，是个人的异化，格里高尔就是这样的典型。在变成甲虫前，他被工作压得喘不过气来，毫无自我，在老板那里，他是赚钱的工具；在家人那里，他是养家的工具，没有人关心他真正的需求，包括他自己。就连自己变成了甲虫，他也漠不关心，比起这个更令他担忧的反而是不能及时赶上火车，被上司斥责。可以说，格里高尔作为人的"自我"已经被挤压到几乎消失的地步。具有讽刺意味的是，他变成甲虫之后，才对自己的身体、自己的情感需求有了感知，但这种感知依然是迟钝的，即使变成了甲虫，他也在用那套被异化的标准要求自己，为自己不能继续支撑家庭而感到愧疚，并且因为这种愧疚最后心甘情愿地消失。</u>

<u>其次，被异化的还有人与人之间的关系。</u>在这部变形记中，变形的不只是格里高尔，还有其他家庭成员，在格里高尔失去赚钱的能力后，母亲和妹妹很快将对格里高尔的爱与信赖转移到有养家能力的父亲身上，亲情的面纱被无情地撕裂，露出了掩盖在下面的被金钱异化的家庭关系。

<u>第二，这部小说也涉及父子冲突的主题。</u>小说中对父子关系的描写穿插在对母子、兄妹关系的描写之中。在变成甲虫之前，格里高尔在表面上是这个家庭的主导者，年迈失业的父亲处于劣势，全靠他养活。但在格里高尔变成甲虫后，父亲对儿子毫无怜悯，并逐渐摆脱了年老体衰的状态，凭借瞒着儿子存下的财产重新在家庭中获得了主导权。在格里高尔死后，父亲出场时"一只胳膊挽着妻子，另一只胳膊挽着女儿"，两者像先前对待格里高尔那样依靠他、顺从他，他终于打败了儿子，重新成为一个强壮有力的家庭主宰。

3.《诉讼》的主题思想：

单从社会批判的层面来看，卡夫卡似乎是在通过对肮脏的法庭、可笑的审判、散发着愚蠢官僚气息的小官员的不遗余力地嘲笑来抨击当时奥匈帝国腐朽的司法机构和官僚体系，讽刺荒谬虚伪的权力体制，表达对受其摆布与戕害的弱者的同情。

从精神批判的层面来看，这场原告成谜的诉讼乃是 K 的自我控告，是卡夫卡借 K 这一角色对自我的审判，K 既是被告者，也是原告人，既意识到自己有罪，又在激烈地抗拒这份罪责感。推而广之，K 不仅仅是卡夫卡本人，更是现代社会中普遍个体的代表，他们处境荒诞、孤独无助、求告无门，完全失去了对自我命运的掌控。

从宗教的层面来看，这部作品也是卡夫卡对上帝及其律法的个人化解读，法是上帝的化身，法庭是法的化身，最高法庭的遥不可及象征着上帝的隐而不现，人与上帝之间横亘着一道无法跨越的鸿沟，就像卡夫卡和他父亲之间永远无法靠近、永远无法互相理解一样。

4.《城堡》的象征意象和主题寓意：

这是一部多义的、充满悖谬的作品，在卡夫卡式的陌生化法则之下，这个世界的一切人物、时间、空间都被扭曲了，"外部现实"都不动声色地转化成了对"心理真实"的隐喻式表达，甚至整部作品都变成了一个寓言。

它是一则关于寻找上帝的宗教寓言，人带着原罪被逐出伊甸园或者作为异乡者被放逐到一个陌生的世界，像K竭尽全力接近城堡一样，竭尽全力地想要接近上帝，却永远无法跨越两个世界之间不可逾越的鸿沟。

它是一则关于"父子冲突"的寓言，是一则弗洛伊德式的现代神话，城堡是卡夫卡父亲的象征，K接近城堡，其实是卡夫卡在冲突与矛盾中寻求与父亲的和解。

它是一则犹太民族命运的寓言，K被冷落、被排斥、无处安身的处境与命运即犹太民族在历史上的处境与命运的缩影。

它是一则关于权力的寓言，城堡是卡夫卡时代奥匈帝国的代表，是当时腐朽、专横、暴虐的国家机构的缩影，也是历史上一切统治机构的缩影，K在其中不过是一个在由层层权力机构组成的社会中寻找合法地位的普通人。

然而对于大部分读者来说，它更是一则关于现代人生存困境的寓言，这种困境既是形而下的，但更多的是形而上的。K流落异乡的孤独与不安、虚弱与恐惧、反抗与寻找是现代人普遍的生存境况；K对于自身处境的陌生感是人类普遍的陌生感；K的命运中体现出的个体有限性之绝望及他对这种绝望所做的抗争是人类普遍的绝望与抗争。

总之，就像布罗德所说的那样，《城堡》是"世界的一个缩影"，是"一部对每个人都适合的认识自我的作品"。

5. 卡夫卡小说的艺术特色：

从整体来看，卡夫卡的作品有着鲜明的精神自传色彩，文学创作之于卡夫卡是"逃离父亲的尝试"，是自我剖析的研究报告，是精神的避难所。他的作品具有明显的想象文学的特征，并非着眼于对客观世界的如实呈现，但对于心理之真实、存在之真实的表现直击人心。

同时，他并非一个对外界无动于衷的遁世者，而是一个波德莱尔式的时代观察者和描绘者。19世纪末20世纪初的欧洲处在现代化转型时期，资本主义迅速发展与扩张，政治、经济、社会动荡不安，同时代人的生存困境和精神矛盾在卡夫卡的笔下以冷峻、陌生、无情的方式呈现了出来。

尽管他一生并未加入任何文学团体，始终保持着创作上的独立性和个性，但也不可避免地受到了当时盛行的表现主义运动思潮的影响，作品在主题与艺术手法上都呈现出表现主义文学的风格，他也因此被后世的研究者视为表现主义小说的先驱和重要作家。卡夫卡有一套独特的、将现实"变形"的陌生化法则，即将荒诞和梦幻的笔法与客观而冷峻的语言巧妙地熔为一炉，营造出悖谬而神秘的叙事氛围，人物和情节的寓言性与象征色彩更使其文本呈现出复杂的多义性和不确定性。这一风格被后人称为"卡夫卡式"的美学风格。

师探小测

1. （选择题）卡夫卡长篇小说《城堡》中的"城堡"，既是奥匈帝国国家机器的象征，也是与成千上万的普通人对立的（　　）。

A. 金钱势力的象征　　　　　　B. 社会黑暗势力的象征

C. 权力的象征　　　　　　　　D. 传统习惯势力的象征

师探小测·参考答案

考点二十八　德语文学概况

1. C　　2. C

考点二十九　托马斯·曼

1. B　　2. B

考点三十　里尔克

1.《图像集》

考点三十一　黑塞

1. A

考点三十二　卡夫卡

1. C

下编：20世纪下半叶的欧美文学

第一章　导论

考点三十三　存在主义文学

1. 基本内涵：

存在主义文学是第二次世界大战后最有影响力的现代主义文学流派，它形成于存在主义哲学思想的基础上。存在主义哲学的先驱是19世纪丹麦哲学家克尔凯郭尔。第一次世界大战后，雅斯贝尔斯和海德格尔的存在主义哲学思想曾经在德国盛行。法国哲学家萨特继承和发展了他们的学说，形成了自己的无神论的存在主义哲学体系。这一哲学提出了存在先于本质、存在的荒诞性、人的自由选择的意义等基本命题，反映了西方现代人对存在的困惑，同时还试图赋予处于荒诞世界中的人以崇高的意义。

以萨特为代表的法国存在主义更偏重于伦理学和政治学，重视黑格尔和马克思，崇尚历史辩证法，注重探讨人的痛苦、存在的偶然性和人的自由等问题，适应了第二次世界大战后人们摆脱日益加深的危机感和失落感的普遍需要，因此引起了强烈的共鸣和反响。

2. 艺术特征：

存在主义文学的主题就是传达其哲学命题，如存在先于本质，世界与人的处境的荒诞性等；并通过描述恐惧、厌恶、孤独、失落等现代人的主观心理特征，揭示人的荒诞处境，表现"自由选择"的行动。

为了表达哲学思考，作者总是从哲学观念出发，将许多主观心理感受作为哲学命题并完全借助于具体的文学感受来传达。存在主义作家主观上把文学作为哲学读本，所以并不像其他20世纪现代主义派别那样醉心于艺术形式的实验。

存在主义文学在形式上接近于传统，比如存在主义小说和戏剧并不回避明确的人物、事件和故事情节，有的作品有清晰的时间顺序等；同时它又兼收并蓄，灵活运用各种现代手法，并力图打破传统的结构形式。

3. 代表作家和作品：

（1）法国：

① 存在主义文学在第二次世界大战前后首先在法国文坛产生，也以法国存在主义文学成就为最高。

② 萨特从政治哲学的立场出发，加缪从文学家的角度（《局外人》是加缪的成名作，也是存在主义的名篇，表达了存在主义的基本观点），西蒙娜·德·波伏娃从女性觉醒的意识入手，三人形成三足鼎立之势。

③ 另有：存在主义"边缘作家"雷蒙·盖夫、莫里斯·梅洛-庞蒂。

（2）其他代表作家：

英国：戈尔丁；

美国：诺曼·梅勒、索尔·贝娄。

师探小测

1.（选择题）存在主义文学在第二次世界大战前后首先在法国文坛产生，也以法国存在主义文学成就为最高。萨特、加缪和（　　）分别从不同的角度进行创作，三人形成三足鼎立之势。

A. 诺曼·梅勒　　　　　　　　B. 雷蒙·盖夫

C. 西蒙娜·德·波伏娃　　　　D. 莫里斯·梅洛-庞蒂

考点三十四　荒诞派戏剧

1. 基本内涵：

20世纪50年代产生于法国的荒诞派戏剧以存在主义哲学为思想基础。"荒诞派戏剧"又称"反戏剧"，是由第二次世界大战后旅居法国巴黎的一批剧作家开创的一种反传统戏剧流派。

2. 形成基础：

荒诞派戏剧诞生于法国并非偶然，除了第二次世界大战后人们对荒诞感的接受和认同之外，巴黎的自由创作环境也是其形成的重要原因。巴黎为作家提供了自由实践的条件和在剧院上演的机会，因此吸引了世界各地的艺术家。

3. 诞生标志：

1961年，英国戏剧理论家马丁·艾斯林在《荒诞派戏剧》一书中首次使用"荒诞派戏剧"这一术语对此戏剧潮流进行了理论分析与概括，"荒诞派戏剧"的名称正式诞生。

4. 艺术特征：

基于存在主义把人生和世界看作荒诞的理念，荒诞派戏剧家一反传统的戏剧模式，不再重视戏剧的主题和情节，而是想方设法把人类生存的荒诞状态呈现在人们面前。这类剧作利用支离破碎的呓语、离奇古怪的背景、没有意义的行为，把人的存在集中表现为永恒的荒诞：

首先，这些作品都表现了人类生存条件的非人性、反人性特征，甚至进而表现人的存在的无意义。

其次，荒诞剧打破了情节中心论，一般没有完整的故事情节，只有一种情势。因此，剧中没有贵为戏剧生命的戏剧冲突，只有一种无形的焦虑折磨着台上台下的人们。

再次，剧中人是一些无性格更谈不上个性鲜明的人物形象，人物多是干瘪枯萎的木偶式的角色，是某种类型人物的抽象代表，而不是具体的"这一个"。这些人物通常没有国籍、身份模糊、职业不明、历史暧昧，有些或者几个人共用一个名字，或者用符号或关系称谓代替名字，这种身份上的模糊和抽象使人物形象极富象征意味，他们往往成了整个人类的象征，他们的处境代表了人类的生存境遇，他们的尴尬和失落成了人类异化的最好表征。

最后，荒诞剧没有连贯的语言。戏剧道白常常是陈词滥调，唠叨絮语，表现为思维混乱、语无伦次的杂凑，常出现不合语法结构的句子。

5. 代表作家作品：

（1）法国：

① 尤内斯库（原为罗马尼亚人）：《秃头歌女》（1949）、《上课》（1950）、《椅子》（1952）、《犀牛》（1959）、《国王之死》（1962）。

② 贝克特（来自爱尔兰）：《等待戈多》（1952）、《终局》（1957）、《克拉普最后的录音带》（1958）、《啊，美好的日子》（1961）。

③ 阿达莫夫（俄裔亚美尼亚人）：

第一出戏剧《滑稽模仿》（1950），呈现了一连串人在日常生活中无意义且痛苦的等待状况；

1954年遇见布莱希特之前：《自白》（1938—1943）、《侵犯》（1950）、《大小操练》（1953）等；

遇见布莱希特之后，社会主义关怀被重新燃起：过渡时期作品《乒乓球》（1955），此时期代表作《七一年春天》（1961）。

④ 让·热内（属于"被诅咒诗人"行列）：《死亡监视》（1949）、《阳台》（1956）、《黑人》（1958）、《屏风》（1961）等。

（2）英国：

哈罗德·品特：

品特的作品富于英国特色，有一种神秘恐怖的哥特传统，<u>有人把品特的戏剧</u>

称为"威胁的喜剧"。

② 主要作品：

a. 1957年，《房间》成为品特的第一部剧作，促使他走上戏剧创作的道路；

b. 1957年，《升降机》；

c. 1958年，《生日宴会》；

d. 1960年，三幕三人剧《看管人》；

e. 1966年，《地下室》；

f. 1971年，《昔日时光》。

③ 品特戏剧中的"房间"意象：

品特是一位喜爱反复使用某种意象的剧作家，其作品最主要的意象就是"房间"，它代表着社会的单元、人类的庇护。他的作品分析了可能破坏"房间"的种种因素，特别是暴力和性的作用，并对这几乎是西方社会中人的最后阵地的逐渐陷落发出感叹。

师探小测

1.（选择题）1961年，英国戏剧理论家（　　）在《荒诞派戏剧》一书中首次使用"荒诞派戏剧"这一术语对此戏剧潮流进行了理论分析与概括，"荒诞派戏剧"的名称正式诞生。

　　A. 尤内斯库　　　B. 阿达莫夫　　　C. 马丁·艾斯林　　　D. 让·热内

2.（选择题）在英国荒诞派戏剧代表作家品特的作品中，反复出现的主要意象是（　　）。

　　A. 椅子　　　B. 房间　　　C. 大海　　　D. 树林

考点三十五　新小说派

1. 基本内涵：

（1）新小说派是20世纪50至60年代流行于法国的一种现代派文学，是小说领域的一种极端探索。

（2）20世纪40年代末，娜塔莉·萨洛特、克洛德·西蒙开始运用新的手法创作小说，但是没有产生反响；50年代后，阿兰·罗伯-格里耶的《橡皮》《窥视者》，米歇尔·布托尔的《变》，先后创作并发表，逐渐引起了社会上的注意。

（3）在1971年巴黎召开的一次会议上，这些作家被定名为"新小说派"，同意站在这面旗帜下的共有7人：阿兰·罗伯-格里耶、米歇尔·布托尔、克洛德·

西蒙、克洛德·奥利埃、罗贝尔·潘热、让·里卡尔杜和娜塔莉·萨洛特。

此外，玛格丽特·杜拉斯、萨缪尔·贝克特虽未参加会议，但也属于该流派。

（4）罗伯-格里耶是新小说派最重要的理论家和作家。他的《为了一种新小说》是新小说派的理论基础。

2. 艺术特征：

"新小说派"作家不约而同地放弃传统的现实主义小说形式，进行新的写作尝试：

他们在写作中致力于打破故事的线性情节和时间顺序，力求淡化人物的心理感觉，与巴尔扎克、司汤达等传统小说大师的创作途径相背离，强调小说是文字与形式的探索冒险。

新小说尽量对所有细节进行无差别叙述，不夹杂任何主观性。

新小说关心的是人和人在世界中的处境。

在"新小说"作家的眼中，世界本质的真实不在于它自身是什么，也不在于人们从客观世界中获得什么样的思想感情，认为世界的有序性只是一种虚假的编造。

"新小说派"作家接受了存在主义关于"现实世界是荒诞的"这一思想，认为传统的人们认识世界的方式只符合19世纪及其之前的情况，而不再适用于20世纪的社会实际。

从关注人是社会环境产物的处境观发展到人处在与社会环境相互矛盾中的境遇观，是新小说认识世界和反映世界的最根本的变化。

师探小测

1.（选择题）罗伯-格里耶属于现代主义文学中的（　　）流派。

A. 新小说　　　B. 黑色幽默　　　C. 表现主义　　　D. 达达主义

考点三十六　"黑色幽默"派

1. 基本内涵：

黑色幽默是20世纪六七十年代流行于美国的重要文学派别，可以看作存在主义哲学在美国本土的文学表达。1965年3月，美国作家弗里德曼编辑了12位当代美国作家的作品片段文集，取名"黑色幽默"，这一流派因此得名。

2. 艺术特征：

黑色幽默吸收了存在主义文学有关世界荒诞和人生孤独的主题，并在创作中融入欧美传统文化中的幽默感，特别是马克·吐温式的幽默讽刺，用喜剧性的文学风格传递作者对于社会人生的悲剧性看法，在绝望的笑声中缓解胸中深沉的恼怒与悲痛。

黑色幽默对于丑恶生活的批判不是通过合乎逻辑的论证，而是把丑恶生活加以夸张变形，将其不合理加以放大，从而使人们得到某种警示。在对丑恶生活进行讽刺的同时，作家又加入某种喜剧成分，一方面表达了对于这种生活的轻蔑，另一方面表现了对于这种生活的无奈。

3. 代表作家和作品：

① 库尔特·冯尼古特：《第五号屠场》（1969），是一部反战小说，勾勒了人类生存的地球成为"屠宰场"的黑暗图景。

② 约瑟夫·海勒：《第二十二条军规》（1961），是黑色幽默的代表作。

另有：约翰·巴思、托马斯·品钦。

师探小测

1.（选择题）黑色幽默吸收了存在主义文学有关世界荒诞和人生孤独的主题，并在创作中融入欧美传统文化中的幽默感，特别是（　　）式的幽默讽刺。

　　A. 欧·亨利　　　　B. 海明威　　　　C. 莎士比亚　　　　D. 马克·吐温

考点三十七　后现代主义文学

1. 后现代主义是当代西方最重要的思想文化运动之一。其中<u>后结构主义是后现代主义理论的核心基础</u>，以雅克·德里达的解构思想、米歇尔·福柯的话语理论、利奥塔的元叙事和"宏大叙事"理论、罗兰·巴特的"作者已死"理论为代表。

后现代主义极力反对现代主义关于深度的"神话"，拒绝孤独感、焦灼感之类的意识，将其消解或平面化。后现代主义文学抹平了历史、深度、主题、情感和距离，着力于碎片堆积和平面化展示。

2. 代表作家和作品：

（1）美国：

① 美国于20世纪60年代开始兴起后现代主义文学，它是西方社会进入后工业化时代的产物。

② 美国的后现代小说以约翰·巴思、唐纳德·巴塞尔姆、托马斯·品钦、库尔特·冯尼古特等人的实验小说为代表。

实验小说构建的是独立于客观真实的"语言现实",它"不要求读者去破译文本的代码,而是参与语言游戏",小说文本不再有意义指涉,呈现为平面无深度状态。

③巴塞尔姆:长篇小说《白雪公主》(1967),是对家喻户晓的同名格林童话的戏仿。

品钦:长篇小说《第四十九批的拍卖》(1966)、《万有引力之虹》(1973)。

(2)英国:

①20世纪60年代现实主义小说一统天下的格局发生了变化,作家开始致力于小说技巧的革新,带有实验性特征:广泛运用戏仿、拼贴、开放性结局、文体杂糅等后现代技巧,但是小说呈现出的效果不同于同时代美国作家的无序混乱,更多是延续现代主义创作思想,对人类生存进行存在主义探索。

②约翰·福尔斯:《法国中尉的女人》(1969),是其最能体现技巧革新的小说。

另有:多丽丝·莱辛、艾丽丝·默多克。

师探小测

1. (选择题)后现代主义是当代西方最重要的思想文化运动之一。其中后结构主义是后现代主义理论的核心基础,以雅克·德里达的解构思想、米歇尔·福柯的话语理论、利奥塔的元叙事和"宏大叙事"理论、罗兰·巴特的(　　)理论为代表。

A. "潜在写作"　　B. "作者已死"　　C. "存在主义"　　D. "私人书写"

考点三十八　现实主义文学

1. 美国:

(1)在美国,随着第二次世界大战的结束,文学创作出现了首次的现实主义回归,战争小说、犹太小说、南方小说、黑人小说及"垮掉派文学"是美国20世纪四五十年代现实主义文学创作的主要表现。

(2)第二次世界大战后美国现实主义文学的主要特征:

第二次世界大战后美国现实主义文学思潮的复兴不是对19世纪批判现实主义的简单重复,而是在继承传统现实主义基础上的一次超越。

首先,受新历史主义文学批评、新新闻主义文学创作及后现代文学思潮等多方面的影响,第二次世界大战后的现实主义作家偏好将现实与虚构糅为一体的创作方法，将历史事件和历史人物注入虚构文本之中，以此模糊虚构和真实的界限，打破历史与文学对立的传统批评和创作观念。以 E. L. 多克特罗的《拉格泰姆时代》（1975）为例，小说沿用了传统现实主义的写实手法，赋予小说中的人物和环境以时代气息，以三个虚构的普通家庭为历史缩影，再现了 20 世纪初期美国社会的历史变迁。

其次，20 世纪的美国现实主义在继承传统道德关怀的基础上将现代主义和后现代主义的各种表现手法糅入现实观照中，意识流、表现主义、存在主义、黑色幽默、元小说等现代主义和后现代主义的特质在美国当代现实主义作品中均有呈现。约翰·厄普代克被视为第二次世界大战后美国小说家中最富有现实主义特色的作家，他擅长描写白人中产阶级生活，被称为社会历史变化的准确记录者。创作于 60 年代的《马人》（1963）体现了厄普代克对实验手法的借鉴。

再次，20 世纪的现实主义文学创作普遍转向对内省的注重，它由 19 世纪对社会的批判转向对自我深层意识的探讨。美国当代作家对现实的理解显然不再囿于传统的外部现实，他们更多地转向人物的内心世界，探讨人物的心理现实，把人物的无意识世界看作真实世界的一部分，强调主体对世界的体验和发现。美国女作家乔伊斯·卡罗尔·欧茨是公认的心理现实主义作家，其小说创作的一个明显特征是使用大量的心理描写。欧茨的小说《他们》（1969）以温德尔一家的生活经历反映美国下层人民的命运，作者运用了意识流的手法，通过刻画人物的心灵感受，塑造人物形象。索尔·贝娄的《晃来晃去的人》（1944）也是一部注重心理表现的作品，主人公约瑟夫通过日记进行内心的自我分析，日记记录了随着他所熟悉的世界的土崩瓦解，其逃避现实和内心世界分裂的过程。

(3) 其他代表作家和作品：

① J. D. 塞林格：《麦田里的守望者》（1951）是一部典型的第二次世界大战后美国现实主义小说。

② 拉尔夫·埃里森：是一位作品风格独特的黑人作家，他的代表作《看不见的人》（1952）被誉为"美国黑人生活的史诗"。

③ 诺曼·梅勒：是美国当代著名作家，是最多产、体裁最多样的犹太裔作家。1948 年出版了其成名作和代表作《裸者与死者》。此外，梅勒写了大量的"非小说""新新闻小说"，比如《夜幕下的大军》（1968）就是根据 1967 年 10 月 21 日为了反越战而向五角大楼进军示威的亲身经历而写成；《刽子手之歌》（1979）是根据杀人犯加里·吉尔摩的真实事迹而写。这两部作品的真实性和艺术性都有比较好的结合，均获得了普利策奖。

2. 欧洲：

(1) 欧洲的现实主义文学精神在 20 世纪 50 年代之后，由 19 世纪对社会的批判转向对自我深层意识的探讨，体现了对伦理道德的沉思。同时在异化感日趋严重的时代，20世纪的欧洲现实主义文学力图展示人类共通的命运，挖掘人类共同的本质。

（2）英国：

① 乔治·奥威尔：在第二次世界大战后<u>首先发出回归真实的呼唤</u>，他在第二次世界大战后创作的具有深远影响的政治小说，如《动物庄园》（1945）、《1984》（1949）等，反映了作家对社会问题的揭露和思考。奥威尔在作品中传递出一种<u>对人类未来普遍、深刻的悲观情绪，这种情绪在后来的30年里一直是西方文学最显著的特征</u>。

② 20世纪50年代，"愤怒的青年"延续了英国的现实主义文学创作精神。

<u>"愤怒的青年"</u>是一批具有反抗精神的作家，他们对现代主义的晦涩朦胧极为反感；主张文学作品应该清晰易懂。<u>金斯利·艾米斯</u>是"愤怒的青年"中的杰出代表。

③ 格雷厄姆·格林：

作品与生活贴得很近，作品多取材自国际政治热点和大事件：《沉静的美国人》（1955）以越南抗法斗争为题材；《病毒发尽的病例》（1961）的背景是刚果原始森林；《荣誉领事》（1973）描写的是南非的政治绑架案件。

④ 威廉·戈尔丁：

威廉·戈尔丁的小说多聚焦于文明面纱掩盖下的人性邪恶，旨在揭示现代人类凶恶的本质，流露出与奥威尔一脉相承的悲观主义色彩。1983年，<u>戈尔丁因"以现实主义的直观手法，叙述了一个当代普遍存在的荒诞神话，以阐明人类生活的本质"而获得诺贝尔文学奖</u>。

⑤ 多丽丝·莱辛：

作品包含了表现种族关系、分析当时政治问题和剖析人物心理的内容。

<u>《金色笔记》（1962）</u>是莱辛最著名的一部作品，小说对妇女生存与两性问题做了深层次的剖析和探讨，揭示现代社会中知识妇女的尴尬处境。

⑥ A. S. 拜厄特和玛格丽特·德拉布尔姐妹：新一代英国女作家的杰出代表。

a. A. S. 拜厄特：小说<u>《占有》（1990）</u>是拜厄特最为成功的作品，获1990年英国布克奖。

《占有》以现实主义手法讲述了19世纪维多利亚时代和20世纪英国伦敦两个时空内的两段爱情故事：一段是19世纪维多利亚时代的诗人艾什和兰蒙特之间的，另一段是虚构人物20世纪80年代的罗兰和莫德博士之间的。

b. 玛格丽特·德拉布尔：作品风格被戴维·洛奇戏称为"后现实主义"。

（3）意大利：

① 意大利新现实主义作家把抵抗运动的激情和理想注入了文学。他们以反法西斯斗争、"南方问题"或第二次世界大战后初期劳动群众日常的生活为题材，予

以真切的描写，力求使文学作品成为记述历史的真实和第二次世界大战后严峻现实的艺术文献。意大利新现实主义继承了真实主义的文学传统，为意大利文学开辟了新的蹊径。

② 阿尔贝托·英拉维亚：20世纪60年代之后的作品集中描写异化主题，表现物质享受没能给人们带来精神上的愉悦，这是发达资本主义社会不可两全的悖论。其《愁闷》（1960）展现了战后意大利创造经济奇迹期间，知识分子与新的社会现实之间的冲突及由此导致的精神危机。

（4）奥地利：

埃尔弗丽德·耶利内克：

20世纪埃尔弗丽德·耶利内克是德语文学界最重要的作家之一，也是一位非常有争议的作家，其创作类型非常广泛，包括诗歌、小说、散文、戏剧、广播剧、电影剧本等多种体裁。

20世纪70年代，出版了长篇小说《我们是诱鸟，宝贝！》（1970）、《米夏埃尔》（1972）、《逐爱的女人》（1975）。1983年，她出版了带有自传色彩的长篇小说《女钢琴教师》，后被拍成电影。长篇小说《情欲》（1989）揭露和抨击了男权社会对女性施行的性暴力。

（5）捷克：

米兰·昆德拉：

主要作品有长篇小说《玩笑》（1967）、《生活在别处》（1973）、《笑忘录》（1976）、《为了告别的聚会》（1980）、《生命中不能承受之轻》（1984）、《不朽》（1990）、《身份》（1998）等。

《生命中不能承受之轻》是昆德拉最有影响力的一部小说，以1968年捷克爆发的"布拉格之春"事件为历史背景，讲述了外科医生托马斯的生活经历。

师探小测

1. （选择题）被誉为"美国黑人生活的史诗"的作品是（　　）。

  A.《看不见的人》   B.《裸者与死者》

  C.《晃来晃去的人》   D.《他们》

2. （选择题）1983年，因"以现实主义的直观手法，叙述了一个当代普遍存在的荒诞神话，以阐明人类生活的本质"而获得诺贝尔文学奖的是（　　）。

  A. 菲茨杰拉德   B. 威廉·戈尔丁

  C. 多丽丝·莱辛   D. 格雷厄姆·格林

师探小测·参考答案

考点三十三　存在主义文学

1. C

考点三十四　荒诞派戏剧

1. C　　2. B

考点三十五　新小说派

1. A

考点三十六　"黑色幽默"派

1. D

考点三十七　后现代主义文学

1. B

考点三十八　现实主义文学

1. A　　2. B

第二章 英国文学

考点三十九 英国文学概况

1. 20世纪50年代后，英国文学在风格和追求上显露出对现代主义潮流的反拨，这尤其表现在小说领域中现实主义风格的复归，出现了一批"新现实主义"作家。"新现实主义"作家关注社会现实问题，致力于揭示各种社会弊病，深度探索并挖掘人性，以写实主义精神表达人道主义情怀。

2. 艾夫林·沃：

（1）创作风格轻松、优雅，继承了英国文学的讽刺传统，是20世纪英国杰出的讽刺作家。

（2）代表作品：

①《衰落与瓦解》（1928）：他的第一部小说，以犀利的笔调，将现代生活中的荒诞可笑与悲哀痛切糅合在一起，揭示了衰微和沉沦的时代特征。

②《罪恶的躯体》（1930）、《一捧尘土》（1934）等六部作品，使艾夫林·沃成为英国当代文坛最重要的讽刺小说家之一。

③《恶作剧》（1932）和《独家新闻：一本关于新闻记者的小说》（1938）：都以非洲为背景，反映了非洲殖民地人民和欧洲殖民者之间的冲突，流露出作者的一些种族偏见。

④创作第二阶段：第二次世界大战后20年，主要有战争三部曲"荣誉之剑"（1965），包括《军旅生涯》（1952）、《军官与绅士》（1955）和《无条件投降》（1961），描述了一位天主教徒在第二次世界大战中的经历。

3. "愤怒的青年"：

（1）基本内涵：

20世纪50年代英国文坛上崛起的一批青年作家，他们在第二次世界大战后动荡不安的社会背景下，以"愤怒"和"不满"作为文学创作的共同主题，表达了对社会普遍的愤懑情绪及对命运无能为力的失落感，并擅长塑造具有"愤怒"气质的反英雄形象。其命名来自作家莱利·艾伦·保罗的同名自传体小说《愤怒的青年》(1951)。

代表作家：约翰·奥斯本、金斯利·艾米斯、约翰·布莱恩等人。

(2) 艺术特征：

继承和发扬了英国文学的写实传统，并出色地运用讽刺艺术，入木三分地揭露了社会环境的可笑、人物命运的可悲、生活的庸俗和人们前途的黯淡，作品一般具有活泼生动、嬉笑怒骂的语言风格。

(3) 约翰·奥斯本：

名剧《愤怒的回顾》(1956) 在伦敦首演，取得巨大成功。剧本通过主人公吉米的形象，表达了20世纪50年代青年人迷惘而又激越的情绪，成为"50年代愤怒的一代的戏剧性宣泄"。

(4) 金斯利·艾米斯：

主要作品：他的<u>第一部小说《幸运的吉姆》(1954) 被很多评论家视为最具有50年代特色的作品</u>。

《拿不准的感觉》(1955)、《我喜欢这里》(1958) 等。

4. 威廉·戈尔丁：

1954年，发表第一部小说《蝇王》，奠定了他在英国当代文坛的地位。《蝇王》将故事背景置于一场未来的原子战争中，构想了一个在远离人类文明的背景下关于人性的黑色寓言。

1955年，发表第二部小说《继承者》，作品描写在一个远离现代文明的孤岛上，居住着智商不高、思维能力低下的低等原始人尼安德特人，他们在遭遇智人之后被迫离开生存的小岛的故事，<u>以寓言的形式揭示了人类文明和进步的历史不过是一部血腥史</u>。

20世纪60年代后，还创作了《塔尖》(1964)、《金字塔》(1967) 和《黑暗昭昭》(1979) 等作品。

5. "校园小说"：

(1) 基本内涵：

"校园小说"也是第二次世界大战后在英国文坛出现的一种类型化小说，这类作品多描写大学校园中知识分子的生活经历，是"通常具有喜剧性和讽刺性的小说：其场景设定在封闭的大学校园（或类似的学术场所），并突出学界生活的昏昧"。写作这类小说的代表有马尔科姆·布雷德伯里和戴维·洛奇。

(2) 戴维·洛奇：

主要作品：<u>"校园三部曲"的《换位》(1975)、《小世界》(1984) 和《好工作》(1988)</u>，都是以大学校园为背景，描写知识分子的生活世相和精神百态。

6. 安东尼·伯吉斯：

代表作：《发条橙》(1962)，讲述了一个恶行累累的少年犯接受"改造"后成为"守法公民"的故事。

作者在小说中说,"彻底善与彻底恶一样没有人性,重要的是道德选择权"。所谓"发条橙"指的正是没有自由意志,听凭社会或他人来摆弄的一种"自动玩具"人格,终将会走向自我毁灭。

7. 约翰·福尔斯:

(1) 他是20世纪下半叶英国实验小说家中的佼佼者,他的作品吸收了后现代主义的诸多艺术技巧,但保留了写实主义的叙述方式和讲故事的传统,故事情节带有悬念色彩和趣味性,可读性强,具有雅俗共赏的特点。

(2) 代表作:60年代的三部长篇小说《收藏家》(1963)、《魔术师》(1966)和《法国中尉的女人》(1969)。

(3)《法国中尉的女人》:

① 《法国中尉的女人》是福尔斯最著名的一部长篇小说,艺术成就极高。故事背景是1867年的英国,男主人公是查尔斯·史密森。

② 萨拉的形象:

小说中的萨拉是维多利亚时代的叛逆者,一个特立独行、追求自由生活的新女性。她虽然生活在保守的维多利亚时代,身上却洋溢着新时代女性的自主精神。她蔑视维多利亚腐朽的陈规与伪善的道德,追求自由和独立,甚至不惜伪造经历,扮演了一个被社会抛弃的"堕落"女人。萨拉的性格深深吸引了男主人公查尔斯,并促使他反思本阶级道德观念对人的压迫。

③ 艺术特色:

首先,从故事内容和形式上看,福尔斯在作品中对维多利亚小说进行了全方位模仿,小说的景观描写、全知全能视角的使用,语言对话、人物塑造,详尽的历史资料和数据,场景细节等,处处有着维多利亚时代的影子。然而,福尔斯并非是要写"历史小说",或向维多利亚小说"致意",他是以戏仿维多利亚的时代风貌和小说特征,达到对维多利亚时代道德观念的嘲讽和解构,其艺术技巧中包含了强烈的实验主义因素。比如,他时常在描写中插入20世纪的文明景观或现代元素,以叙述者身份告诉读者小说情节和人物的虚构性,破除故事"幻觉",提示读者以当代眼光重审维多利亚时代价值和道德风尚中的虚伪性。

其次,小说结尾的开放性是另一个创新之处。福尔斯为小说设置了三种不同结局,以供读者选择。第一种结局是查尔斯找到了萨拉,有情人终成眷属。第二种结局是萨拉再也没有出现,查尔斯和欧内丝蒂娜结婚。第三种结局是当查尔斯找到萨拉后,萨拉却拒绝同他结婚。开放式小说结局的设置反映了福尔斯的小说观,即放弃传统小说全知叙述者对作品和读者的控制权,让读者凭个人阅读经验和理解参与小说中人物的命运构建。

总之,这部小说以高超精妙的叙述技巧将传统小说的故事形式和后现代主义的艺术风格糅合在一起，充分传达出福尔斯的思想观念和艺术追求。

8. "英国移民文学三杰"：V. S. 奈保尔、萨尔曼·拉什迪、黑石一雄

（1）V. S. 奈保尔：

① 印度裔。

② 代表作品：

a. 小说领域：

<u>早期</u>：小说多描写家乡特立尼达印度裔移民的生活：<u>处女作《通灵的按摩师》</u>（1957）和《米格尔大街》（1959）。1961 年出版的长篇小说《毕司沃斯先生的房子》，被视为其早期代表作之一，这部作品取材于奈保尔父亲的经历，作者以朴实的笔调描写了生活在特立尼达的印度裔移民毕司沃斯先生为了摆脱寄人篱下的处境、拥有一处属于自己的住房而饱经患难、艰难奋斗的人生经历。

<u>20 世纪 60 年代末至 70 年代末</u>：奈保尔写作视野扩大，目光投向整个"后殖民时代"的世界。《模仿者》（1967）和《河湾》（1979）是其这一时期的代表性作品。

1987 年，奈保尔发表了其隐居十年创作而成的自传体长篇小说《抵达之谜》，获 2001 年度诺贝尔文学奖。《抵达之谜》取材于奈保尔自身经历，颇有自传色彩，但在艺术手法上又抛弃了纪实，带有回忆和沉思的随想录性质，是对个人心路历程的探索。

b. 非虚构类散文：游记"印度三部曲"，包括《幽暗国度》（1964）、《印度：受伤的文明》（1977）和《印度：百万叛变的今天》（1990）。

（2）萨尔曼·拉什迪：

① 印度裔。

② 代表作品：

a. 1981 年，成名作《午夜诞生的孩子》：小说共分三个部分，通过主人公萨利姆的个人经历与家族历史，反映了印度次大陆在独立前后近半个世纪的风雨历程。

b. 1983 年，《羞耻》。

c. 1988 年，《撒旦诗篇》：最受争议的小说，这部小说因为出现对伊斯兰教不敬的内容，引起了穆斯林世界的抗议，也为他本人带来巨大的麻烦和困扰。

（3）黑石一雄：

① 日裔。

② 代表作：

a. 初涉文坛时创作的小说多以日本题材为主。第一部长篇小说《群山淡景》（1982）讲述了一个移居英国的日本女性悦子对第二次世界大战后在长崎生活的一段往事的追忆。

b. 第二部长篇小说《浮世画家》（1986）写一位老艺术家对过往的回忆。

c. 从第三部长篇小说《长日留痕》（1989）开始，他在小说题材上趋向多元，

不再局限于日本故事，力求在超越本民族题材的写作中体现国际化写作者的身份。

d.《无可慰藉》（1995）和《上海孤儿》（2000）体现了他在多国题材小说领域的不断尝试。

e. 2005 年出版的《别让我走》是黑石一雄首次尝试科幻题材小说。

师探小测

1.（选择题）艾夫林·沃的战争三部曲"荣誉之剑"包括《军旅生涯》、《军官与绅士》和（　　）。

　　A.《衰落与瓦解》　　　　　　　B.《一捧尘土》
　　C.《罪恶的躯体》　　　　　　　D.《无条件投降》

2.（选择题）威廉·戈尔丁的（　　）将故事背景置于一场未来的原子战争中，构想了一个在远离人类文明的背景下关于人性的黑色寓言。

　　A.《继承者》　　B.《蝇王》　　C.《塔尖》　　D.《黑暗昭昭》

3.（选择题）"发条橙"指的是没有自由意志，听凭社会或他人来摆弄的一种"自动玩具"人格，终将会走向自我毁灭。小说《发条橙》的作者是（　　）。

　　A. 戴维·洛奇　　B. 约翰·福尔斯　　C. 安东尼·伯吉斯　　D. 威廉·戈尔丁

4.（选择题）萨拉是约翰·福尔斯笔下刻画的一个追求自由、特立独行，打破家庭枷锁的新女性形象，这个人物出自小说（　　）。

　　A.《一个陌生女人的来信》　　　B.《金色笔记》
　　C.《法国中尉的女人》　　　　　D.《收藏家》

考点四十　多丽丝·莱辛

1. 英国当代著名女作家。哈罗德·布鲁姆曾这样评价她说："莱辛是我们时代的一个非常具有代表性的作家。即使她不具有这个时代的风格，也具有一种时代精神。" 2007 年诺贝尔文学奖授奖词评价她说："这位女性经验史诗的作者，以怀疑主义、热情和预言力量来审视一个分裂的文明。"

2. 主要作品：

（1）1950 年，出版长篇小说《野草在歌唱》，这是她第一部正式发表的作品，也是她的成名作。小说描写南罗德西亚农场上贫穷的白人妇女的不幸经历，反映了殖民地女性的生存困境和种族歧视制度、殖民主义活动对人性的扭曲。这部作品因对殖民地的种族压迫和经济矛盾进行了大胆揭露而被视为"抗议小说"。

（2）20世纪50年代到70年代：

莱辛继续创作了一些反映20世纪上半期非洲殖民地生活的小说。这些"非洲小说"以现实主义手法描写殖民地社会的一些特有生活现象和人情世态，有的还带有明显的自传色彩，较有代表性的是<u>《暴力的孩子们》"五部曲"（1952—1969）</u>。

（3）1962，出版《金色笔记》。

（4）60年代前后，莱辛接触了由伊德里斯·沙赫传入西方的苏非主义哲学。<u>苏非主义哲学</u>推崇神秘经验，强调个人直觉、非理性思维和超越体验对自我发展的影响，对莱辛六七十年代创作产生了启发：

《四门城》、《黑暗来临前的夏天》（1973）和《幸存者回忆录》（1974）等；

《坠入地狱的经历简述》（1971）明显受到R. D. 莱恩著作《经验的策略》（1967）的影响。

（5）1979年至1983年间：

出版了科幻小说《南船星系中的老人星座》"五部曲"：《关于沦为殖民地的五号行星：什卡斯塔》（1979）、《第三、四、五区间的联姻》（1980）、《天狼星人的实验》（1981）、《八号行星代表的产生》（1982）和《伏令王国中的多愁善感的代表们》（1983）。

（6）80年代中期之后：

莱辛的小说愈发体现出<u>多元化的艺术风格</u>：

1985年，《好人恐怖分子》被视为莱辛在科幻题材小说后重新回归现实主义的写实风格作品。小说描写了一群反政府的左派激进分子策划暴力革命，发动"恐怖袭击"的故事。

《简·萨莫斯的日记》（1984）和《又来了，爱情》（1999）都是以老年女性为主人公，描写了她们的情感生活。

寓言小说《第五个孩子》（1988）和续篇《伞，在这世上》（2000）在其晚期创作中艺术特色鲜明，较有代表性。

（7）进入21世纪后：

现实主义题材的《最甜美的梦》（2001），幻想冒险题材的作品《玛拉与丹恩历险记》（1999）、《丹将军的故事》（2005）。莱辛的最后一部长篇小说<u>《裂缝》</u>（2007）构思奇特，作品借古罗马历史学家和远古女性之口，讲述古代社会生活，重构人类起源的神话。

3. 《暴力的孩子们》"五部曲"：

（1）《暴力的孩子们》"五部曲"：《玛莎·奎斯特》（1952）、《良缘》（1954）、《风暴余波》（1958）、《壅域之中》（1965）和《四门城》（1969）。

（2）"五部曲"探讨了家庭、情感、婚姻和政治对女性生活与成长的影响，以玛莎·奎斯特的成长经历为主线，展现女主人公寻找人生意义、探寻自我的精神历程，同时，也以编年史的写实笔法再现了20世纪30年代至60年代从非洲殖民地到英国伦敦的社会氛围与时代风气。

（3）小说在艺术上明显体现出受19世纪现实主义风格的影响，有很强的社会写实色彩和自传性特征，玛莎与父母的冲突、两次失败的婚姻和政治经历，无不是莱辛自身经历的再现。因此，作品也可以看作莱辛对个人非洲经历的回溯和反思。

4. 《金色笔记》：

（1）《金色笔记》是莱辛最著名的长篇小说，以1957年的伦敦为背景，讲述女作家安娜·伍尔夫离婚后独自抚养女儿的生活。

（2）主题思想：

"分裂"与"整合"是小说的核心主题。莱辛和安娜都见证了20世纪上半叶西方社会的剧烈震荡，感受到政治危机、种族冲突、两性矛盾和信仰失落、道德失衡对现代人的精神冲击。那么如何超越精神危机？如何克服"崩溃"？如何重新整合自身以抵抗碎片化与异化？在小说中，安娜在一系列梦境中获得启示，认识到完整地看待世人与现实、理解他人、担负责任的重要性：

首先，人必须具有勇气与责任感，敢于面对生活中的恶和非理性。生活是美好的，需要理想，但生活本身也包含了丑恶、不公正和艰难险阻，接受生活就必须将其负面的元素一并承担下来，这样才能保持一种完整的人格。

其次，知识分子必须克服消极与挫折，认识到自身的责任，以西绪弗斯推巨石上山的勇气做出承担，而不是以虚无主义态度否定一切。

最后，要建立个人与世界和他人的融合，超越单一思维方式的限制。小说中安娜以冥想获得自我治愈，反映了作者所受到的苏非主义哲学的影响。

《金色笔记》也从女性视角出发对当代知识女性的生活现状做出了真实描写，具有鲜明的女性主义色彩。从标题上看，"自由女性"这个名称本身就有一种讽刺意味，现代社会表面上给予了妇女自由和平等，但女性的才能和本性、情感和尊严依然遭到男性及社会的粗暴对待，即便女性自身也难以摆脱心理上对男性的依附，做出迎合男性需要的自我塑造，这是潜意识中的独立意志与传统驯顺的女性情感的矛盾。

（3）艺术形式：

首先，在小说的结构布局上，封闭的故事框架与开放性叙述巧妙结合，形成多层次的立体结构。小说中，"自由女性"部分是一篇六万字左右的短篇小故事，可独立成章，采用传统现实主义手法写成。四本"笔记"有各自独立的情节和线索，时空关系不统一，跳跃性强，且穿插了简报、日记、新闻、小说、素材梗概等多种文体。作家有意用一个支离破碎的结构，来反映破碎的生活及人的精神创伤。

其次，传统现实主义写实手法与现代主义、后现代主义艺术技巧相结合，呈现出多样化的艺术风格。多重叙述声音的建构经验视角的切换、文体拼贴、戏仿、元小说、意识流和蒙太奇等艺术手法大量出现,打破传统阅读习惯,使读者在陌生化的阅读过程中强化对小说主题的理解。

再次,小说中大量描写了人物的梦境、幻觉、冥想和病态心理,这些抽象、破碎、流动的意识画面表现出主人公丰富的生命经历,以及复杂、沉重、矛盾的心理感受,体现了现代派技巧和非理性哲学的充分融合。

师探小测

1.(选择题)下列不属于多丽丝·莱辛的《暴力的孩子们》"五部曲"的小说是(   )。

A.《玛莎·奎斯特》　　　　　　B.《第五个孩子》

C.《壅域之中》　　　　　　　　D.《风暴余波》

2.(填空题)多丽丝·莱辛在其处女作小说(   )中,第一次向西方读者展现了种族隔离制度下南部非洲的社会现状。

考点四十一　艾丽丝·默多克

1. 默多克小说创作的四个阶段:

<u>早期</u>:主要作品有小说《在网下》(1954)、《逃离巫师》(1956)、《大钟》(1958)、《被砍掉的头》(1961)等,体现出萨特存在主义哲学的鲜明影响,并因富于荒诞意味的喜剧感和独特的象征使用而受到评论界的关注。

<u>第二个阶段</u>:作者主要表达对宗教与政治问题的关注,多采用象征与哥特式手法来描写怪异的故事,重要作品有小说《独角兽》(1963)、《天使的时光》(1966)、《美与善》(1968)等。

<u>黄金创作时期</u>:主要对道德问题和人类的生存境遇加以探讨,主要作品有小说《黑王子》(1973)、《神圣的和亵渎的爱情机器》(1974)和《人海,人海》(1978)等。

<u>第四个阶段</u>:主要是20世纪八九十年代的创作,包括小说《修女和战士》(1980)、《绿衣骑士》(1993)和《杰克逊的困境》(1995)等。

另:1953年,默多克出版了哲学著作《萨特,一个浪漫的理性主义者》,这是她在第二次世界大战之后于比利时结识法国哲学大师萨特之后的思想结晶,其中探讨了萨特作为存在主义哲学与文学代表人物的思想观点。

2. 存在主义对默多克早期小说的影响:

默多克的早期小说以<u>艺术的形式</u>集中体现了她对萨特存在主义自由观的理解。

《在网下》是其第一部带有荒诞色彩的哲理喜剧小说，形象地表现了幻想中的生活与真实生活之间的差距和冲突。小说中的主人公兼第一人称叙述者杰克·唐纳格是一个自我中心主义者，他试图将自己想象的模式强加给生活，却遭遇了一次次挫败。比如杰克不停地在寻找过去的朋友，试图重建与他们的联系。但当他真的与朋友们见面之后，总是由于自身的偏执、自私和强加于人，而失去与他们的友谊，并与爱情失之交臂。事实表明，杰克与朋友们之间并不存在真正的理解与友谊，他只是盲目地在自己幻想的世界中寻求着自由，而他的"自由"总在妨碍别人的自由。他虽然是故事的叙述者，又始终是各种事件的"局外人"。由此，默多克提倡一种具有道德感的自由，强调要由自我中心转向他人的世界。《在网下》所揭示的人与人、人与现实之间的关系，恰恰与默多克在创作小说期间曾受到存在主义关于自由、选择及要承担起相应责任的观念有关。

3.《黑王子》中布拉德利的性格和形象意义：

《黑王子》一开始时，布拉德利是个孤独、封闭，全然以自我为中心的人物，他对阿诺尔德的世俗成功是有所不满和嫉恨的，他痛恨前妻，对妻弟粗暴而冷漠，对因婚姻失败前来寻求庇护与帮助的妹妹也十分不耐烦，认为她影响了自己自由的生活，竭力要把她推回丈夫的怀抱。

而在默多克的小说中，爱往往具有举足轻重的地位，能拯救人物的自闭与孤独，在人物认识世界与他人的过程中起到关键的作用。对于身为作家的布拉德利而言，爱还能使其脱胎换骨，消除因不能真正尊重他人、理解世界而遭遇的创作瓶颈，达到真理和善，实现创作出优秀作品的可能。由于对朱莉安深挚的爱，布拉德利走出了孤独的个人天地，理解并宽恕了蕾切尔杀夫并嫁祸于自己的行为，忏悔了自己对妹妹的冷酷无情，与前妻取得了和解，意识到自己对所发生的可怕事件负有部分责任，并在新的精神境界下写出了"一个纯粹的爱的故事"，由此，自由、道德、真理、善与爱融为了一体。

师探小测

1.（选择题）艾丽丝·默多克的作品《黑王子》的主人公是（）。
  A. 罗莎蒙德·斯塔西　　　　　B. 安托瓦内特
  C. 布拉德利　　　　　　　　　D. 杰克·唐纳格

考点四十二　玛格丽特·德拉布尔

1. 玛格丽特·德拉布尔被《纽约时报》（书评副刊）誉为"当代英国的编年

史家"。

2. 主要作品：

（1）早期：

① 1963 年，处女作《夏日鸟笼》出版，作品表现了和作家一样刚从校门步入社会，怀抱自我实现的美好憧憬的年轻知识女性萨拉·贝内特在职业发展和爱情幸福之间的两难抉择与困境。

② 1964 年，第二部作品《加里克年》，同样是对女性境遇的观察和探索。

③ 1965 年，《磨盘》出版，这是德拉布尔早期作品中较为成熟的一部，以一个未婚母亲罗莎蒙德·斯塔西博士的经历探讨了女性职业发展与兼顾母性的可能性。被改编成电影《非常感谢你们》。

④ 1967 年，《金色的耶路撒冷》出版，作品讲述了一位富有才华和进取精神、家境贫寒的主人公少女克拉拉·毛姆因无法忍受母亲的冷漠和清教家庭的清规戒律，逃离家乡，来到伦敦寻找心中的圣地——金色的耶路撒冷的故事。

⑤ 1969 年，《瀑布》同样探讨了女性的生存困境。

⑥ 70 年代，《针眼》（1972）和《黄金国度》（又译《金色的世界》，1975）。

⑧ 1980 年，《中年》通过新闻记者凯特的故事，表现了知识妇女睿智与达观地应对人生挑战，摆脱信仰危机的心理过程。

（2）中期：

① 1977 年，《冰雪世界》是德拉布尔小说创作从早期转入中期的标志。该小说突破了"家庭小说"的狭小视野，开始描绘英国社会的广阔现实，将人物的命运与时代紧密结合，表现出强烈的社会批判精神。

② "光辉灿烂"三部曲：《光辉灿烂的道路》（1987）、《一种自然的好奇心》（1989）和《象牙门》（1991），向读者呈现了一幅撒切尔夫人执政时期的英国社会图景。

（3）进入 21 世纪后：

《厉娥》（2001）、《七姐妹》（2002）、《红王妃》（2004）、《海夫人》（2006）、《纯洁的金宝宝》（2013）等多部作品，依然主要围绕知识女性的生存困境和解决之道展开小说主题，但在全球化的时代背景下，又体现出寻求跨文化沟通可能性的鲜明特征。

（4）另外，主编过华兹华斯、奥斯丁、哈代、伍尔夫等经典大师的文集，并著有《阿诺德·贝内特传》（1974）及研究作家的故乡风物对其创作影响的专著《作家的英国：文学中的景色描写》（1979），主持了《牛津英国文学词典》（1985—2000）的编纂。

3.《红王妃》：

（1）创作契机是作家本人新千年的首尔之行。

(2) 主要内容：

第一部"古代"，讲述18世纪朝鲜李氏王朝洪夫人的幽灵在两百多年后对自己从一个小王妃到屈辱的寡妇、再到位极尊荣的王太后一生的回忆，讲述了"她的故事"，展现红王妃对旅行的渴望，呈现了古老东方封建宫廷中的森严等级、性别压迫、严酷孝道和变态人性，浓缩了历史上女性的幽闭处境。

第二部"现代"，呈现了当代西方知识女性独立的东方之旅。该部分主要写大学教师芭芭拉·霍利威尔博士参加国际学术会议的首尔之行，以及返回英国后精神的发展。

(3) 主题思想：

《红王妃》的副标题是"一部跨文化的悲喜剧"，作者本人解释这部小说是关于不同文化对比及不同文化之间的误解问题——小说既写到王妃对英国见闻产生困惑的部分，也写到那位英国女主角对在韩国的见闻感到困惑的内容。通过"跨文化悲喜剧"，提出是不是某个故事或所有的事情都是误解、是不是所有事情都让人困惑、我们是否曾经正确地彼此理解对方等问题。所以作者强调了我们生活的世界需要我们彼此理解，至少我们要知道为什么不能彼此理解对方，这就要求我们跨文化并且明白文化之间有接触的可能。小说最后关于第三代女性陈建依的叙述被称为"沉思式叙述"，呼应的正是小说第一部最后王妃幽灵的召唤，陈建依正代表着未来。

所以，小说通过跨越时空与文化的奇幻构思，穿越了历史与现实、东方与西方、幽冥与生界，传达了作家打破幽闭、偏见与敌对状态，呼唤人类多元共存、和谐发展的情怀。

师探小测

1.（选择题）被《纽约时报》（书评副刊）誉为"当代英国的编年史家"的是（　　）。

A. 萨尔曼·拉什迪　　　　　　B. 艾丽丝·默多克
C. 玛格丽特·德拉布尔　　　　D. 多丽丝·莱辛

考点四十三　简·里斯、A. S. 拜厄特和安吉拉·卡特

1. 女性主义作为后现代文化思潮中的一个重要分支，以揭露历史传统与现行文化中的父权中心本质和弘扬女性价值为旨归。女性主义者认为历史是一种构建、

是"他"所讲述的"故事",体现了权力拥有者的话语暴政。由于深受妇女解放运动和女性文化主义思潮的影响,经典重构在当代英国女性文学中显得尤为突出,比如:简·里斯、A. S. 拜厄特和安吉拉·卡特。

2. 共同特点:从当代立场对神话、童话、民间故事及历史上的名家名作等加以重审、改写或戏仿,力图颠覆男权中心话语,并提供种种新的价值可能性。

3. 简·里斯:

① 主要作品:

1929 年,发表处女作《四重奏》;

20 世纪 30 年代,先后发表了《离别麦肯兹先生之后》(1930)、《黑暗中的航行》(1935) 和《午夜,早上好!》(1939);第二次世界大战之后,推出其最著名的小说《藻海无边》,<u>是对夏洛蒂·勃朗特经典小说《简·爱》的重构</u>,成为女性主义和后殖民主义文学批评热议的对象。

②《藻海无边》对《简·爱》的经典重构:

首先,不同于《简·爱》,《藻海无边》增加了特定的历史背景,使小说具有了更明确的历史感,即故事空间开始于英属西印度群岛的牙买加殖民地的西班牙城郊庄园,时间则为殖民地的奴隶制度被废除之后的 19 世纪 30 年代后期。

其次,里斯赋予失语的伯莎·梅森以话语权。作品第一章为"我"即安托瓦内特(伯莎·梅森)的自述。第二章则围绕安托瓦内特和罗彻斯特以第一人称叙述的交叉来展开。罗彻斯特的自述充满了对当地风景、气候、民情风俗的强烈排斥感,而安托瓦内特的自述则表达了对婚姻的恐惧、希望,以及在遭到丈夫的误解、轻视、冷落与背叛,特别是在被剥夺了财产与保障之后的无助和绝望。第三章再次转为安托瓦内特的自述,回忆自己被带到英国、被关进桑菲尔德大厦阁楼上的秘密房间,由格蕾丝·普尔看管,被迫隐没在黑暗、寒冷与孤独之后的生活和感受,并忆及被割断与家乡的联系,带往一个陌生国度的海上航程。由此,读者可以看到,伯莎的疯癫是以罗彻斯特等为代表的男权统治迫害的结果,展现了旗帜鲜明的女性主义意义。

最后,随着后殖民文化研究的兴起,作品也可被解读为一则"帝国主义普通认知暴力的寓言",体现的是为了美化殖民者的社会使命而进行的自我献祭的殖民主体的建构过程。在此意义上,《藻海无边》实现了女性主义与对帝国主义的批判。

4. A. S. 拜厄特

① 主要作品:

文论作品:《思想的激情》(1990)、《论历史与故事》(2000) 等;

长篇小说:《太阳的影子》(1964)、《游戏》(1967)、《花园中的少女》(1978)、《未建成的通天塔》(1986)、《占有》(1990)、《吹哨女人》(2002) 等;

中短篇小说集：《糖和其他故事》（1987）、《天使与昆虫》（1992）、《马蒂斯故事》（1993）等。

②《占有》的女性主义色彩：

通过对母系时代的回溯与女性历史文化传统的钩沉，对打上父权制价值烙印的神话与民间故事的颠覆性想象，拜厄特尝试在重构文本中赋予女性人物以自己的声音，由此使《占有》在当代多元价值语境中获得了明确的女性主义意义。

首先，体现在用女性血脉历史为线索来组织叙事，即从远古神话里的女神到维多利亚时代的女性人物直至当代女学者，三个不同时代的多位女性组成祖辈、母辈及女儿辈大致完整的母系家族系列，追溯代代相传的女性历史传统，揭示出源远流长的母系血脉谱系，凸显女性生命的历史流程。女性人物的个体经验集合成女性历史的整体经验，展示女性群体的历史形象，反映出古今女性之生存和命运的共通性和延续性，女性生命在这种独特的历史叙述中滋生出新的意义和价值。

其次，兰蒙特对法国神话中梅卢西娜故事的改写，同样体现出鲜明的性别立场。梅卢西娜原来是生活在诺曼底地区森林中的精灵，善于魅惑迷路的行人并置他们于死地，具有类似于塞壬的邪恶特性。但在改写后的诗歌中，梅卢西娜为了获得人的灵魂而嫁给了凡人、云游骑士雷蒙丁。兰蒙特把她描写成了一位试图摆脱自己半人半蛇的宿命，却又遭受了爱人的背叛并被迫和爱子分离的不幸母亲，表现出对她的巨大同情。兰蒙特改写的格林童话《玻璃棺材》表达的则是女诗人对理想的婚姻关系的构想。在这种关系中，夫妻均不必牺牲婚前分别给他们带来幸福的才能。不愿失去精神独立的兰蒙特似乎希望女作家在婚后仍然可以从事心爱的写作，而不必为了家庭辜负与牺牲自己的才情。

再次，小说还以当代女学者莫德等人追踪文学秘史这一情节为叙述契机，挖掘出多位维多利亚时代女性人物的日记、书信及未能发表的诗歌等，让女性发出了多元的叙述声音。

5. 安吉拉·卡特：

① 安吉拉·卡特被加拿大女作家玛格丽特·阿特伍德誉为"童话教母"。

② 主要作品：

长篇小说：第一部作品《影舞》（1966）、《魔幻玩具铺》（1967）、《数种知觉》（1968）、《英雄与魔鬼》（1969）、《新夏娃的激情》（1977）、《马戏团之夜》（1984）、《明智的孩子》（1991）；

短篇小说集：第一部短篇小说集《烟火》（1974）、《黑色维纳斯》（1980）、《美国鬼魂与旧世界奇观》（1993）；

1970年，两部配图童话故事集：《驴皮王子》和《Z小姐，年轻的黑暗女士》；

1971年，中篇小说《爱》；

1972年，魔幻色彩小说《霍夫曼博士的地狱恶魔机器》；

1977 年，翻译法国作家夏尔·佩罗的童话《夏尔·佩罗的童话故事集》；

1979 年，文化评论集《萨德式女人：文化史练习册》和短篇小说集《染血之室与其他故事》。

③《染血之室与其他故事》

a.《染血之室与其他故事》含十篇童话与传说。

b. 对传统童话的改写：

《染血之室与其他故事》深受夏尔·佩罗的《童话故事集》的影响，卡特在序言中称赞了佩罗完美的技巧和他善意的嘲讽，而卡特对虐恋与暴力题材的偏好直接源自法国作家马奎斯·德·萨德，但作为一位坚守女性主义立场的当代作家，卡特又通过重构，改写了佩罗的道德箴言，颠覆了萨德笔下逆来顺受的女性形象：如故事集中最长的一篇《染血之室》即出自佩罗的《蓝胡子童话》，卡特写出了女性摆脱作为欲望对象的身份而成为欲望主体的过程。《染血之室》置换了叙述主体，改以第一人称无名女主人公回顾性叙述的形式，由"我"在多年之后讲述自己 17 岁时的生命故事。由此，她改写的童话颠覆了男权话语对女性被动、温顺、懦弱性格的设定。首先，着力表现了年轻的女主人公在认清丈夫残忍嗜血嘴脸后的觉醒与成长。其次，卡特也在母女亲情的渲染中瓦解了男强女弱的传统故事模式，塑造了威风凛凛的母亲形象。千钧一发之际，虽然城堡的电话线被割断，母女间的心灵感应还是促使母亲代替原来故事中的哥哥或骑士们赶来。

除此之外，卡特还着力表现了当代意识观照之下女性身体和欲望所蕴含的革命性意义，如她的另一篇故事《与狼为伴》是夏尔·佩罗和格林兄弟的《小红帽》故事的当代版本。小说中占据中心地位的是一个在欲望和行为上采取主动、进攻、挑战姿态的少女，而代表男性的狼则失去了施暴的威力，成了少女的性俘虏。

总之，通过解构女性的传统形象，暴露女性性别特质的人为建构性质，卡特激进地消解和颠覆了男性传统价值观念。

师探小测

1.（选择题）简·里斯最著名的小说《藻海无边》，是对经典小说（　　）的重构，成为女性主义和后殖民主义文学批评热议的对象。

　　A.《包法利夫人》　　　　　　B.《巴黎圣母院》
　　C.《简·爱》　　　　　　　　D.《呼啸山庄》

2.（选择题）被加拿大女作家玛格丽特·阿特伍德誉为"童话教母"的作家是（　　）。

　　A. A. S. 拜厄特　　　　　　B. 简·里斯
　　C. 安吉拉·卡特　　　　　　D. 玛格丽特·德拉布尔

考点四十四　朱利安·巴恩斯

1. 当代英国文坛"三巨头"：朱利安·巴恩斯、马丁·艾米斯、伊恩·麦克尤恩。

2. 朱利安·巴恩斯的主要作品：

（1）20世纪80年代：

① 1980年，带有自传色彩的处女作《伦敦郊区》；

② 1982年，《她遇见我之前》，讲述了历史教师格雷厄姆·亨德里克陷入"性嫉妒"中的悲剧；

③ 1984年，代表作《福楼拜的鹦鹉》；

④ 1989年，《10 1/2章世界史》，一部实验性很强的作品，没有贯穿始终的主人公和完整的故事情节，完全由片段式的"插曲"及十多则短小的故事连缀而成。这些故事的中心意象都是"方舟"或方舟的变体，蕴含了救赎的主题；

⑤ 以笔名丹·卡瓦纳创作了四部侦探小说：《达菲》（1980）、《费德尔城》（1981）、《猛然一脚》（1985）、《堕落》（1987）。

（2）90年代：

① 1998年，《英格兰，英格兰》影响较大；

② 爱情小说《谈话》（1991）、《爱与其他》（2000）；

③ 政治讽刺小说《豪猪》（1992）；

④ 短篇小说集《穿越海峡》（1996）。

（3）进入21世纪后：

① 2005年，《乔治与亚瑟》，取材于19世纪英国的一桩真实案件；

② 2011年，《终结的感觉》，获得英国布克文学奖；

③ 2016年，《时代的喧嚣》，关于苏联作曲家德米特里·肖斯塔科维奇的传记小说；

④ 短篇小说集：《柠檬桌子》（2004）、《脉搏》（2011）；

⑤ 2013年，悼念亡妻的随笔《生命的层级》；

⑥ 2015年，《艺术随笔》。

3. 《福楼拜的鹦鹉》：

（1）艺术形式：

这部作品最引人注目的是高度实验性的形式。

首先，小说没有遵循传统小说开端、发展、高潮、结局的线性叙事模式，而是弱化故事情节，将福楼拜、包法利夫人、布雷斯韦特夫妇的故事，以及辩护词、各种概念的词典、文学评论、文学考卷等五花八门的元素拼贴、杂糅在一起，刻意制造出并不流畅的阅读体验。

其次，小说的叙述形式也变化多端。叙事的视角不断变化，主要叙述者布雷斯韦特的视角没有一贯而终，中间穿插着福楼拜的自述，情人露易丝·科莱的叙事。而且布雷斯韦特常采用"元叙述"的方式，跳出正在叙述的故事，直接与文本外的读者进行对话。

再次，小说中还大量存在年表、词典、文学评论、考卷种种非叙事类的形式。

最后，巴恩斯与叙述者之间的距离时远时近，因而难以把握作家在一些问题上的真正立场。作品中既有历史人物福楼拜的生平轶事，也有虚构人物布雷斯韦特的黯淡过往；既有福楼拜的真实事件，也有作者虚构的成分，纪实与虚构之间的界限非常模糊。

（2）主题思想：

小说实验性的形式之中包含着同样的新派内容：它试图探讨历史与真实、语言能否反映现实等带有哲理意味的命题。小说由布雷斯韦特查询福楼拜真正使用过的鹦鹉标本而展开，这条线索不断将读者引向一系列的问题：历史真的可知吗？我们如何接近历史的真相？语言这个工具在多大程度上是可靠的？

在巴恩斯看来，历史就如同涂满油脂的小猪一样，难以捕捉。每个倾尽全力试图抓住历史的人都会弄得狼狈不堪。不但宏观的历史如此，微观的个体身上同样存在类似的情况。不能认为阅读了某人的传记就能通晓他的点点滴滴，事实要复杂得多。而历史与小说的界限并非泾渭分明，它们都属于人为建构之物，历史没有它标榜的那样客观真实。

师探小测

1. （简答题）简述《福楼拜的鹦鹉》的主题思想。

师探小测·参考答案

考点三十九　英国文学概况

1. D　　2. B　　3. C　　4. C

考点四十　多丽丝·莱辛

1. B　2.《野草在唱歌》

考点四十一　艾丽丝·默多克

1. C

考点四十二　玛格丽特·德拉布尔

1. C

考点四十三　简·里斯、A．S．拜厄特和安吉拉·卡特

1. C　2. C

考点四十四　朱利安·巴恩斯

1.《福楼拜的鹦鹉》这部小说实验性的形式之中包含着新派内容：它试图探讨历史与真实、语言能否反映现实等带有哲理意味的命题。小说由布雷斯韦特查询福楼拜真正使用过的鹦鹉标本而展开，这条线索不断将读者引向一系列的问题：历史真的可知吗？我们如何接近历史的真相？语言这个工具在多大程度上是可靠的？

在巴恩斯看来，历史就如同涂满油脂的小猪一样，难以捕捉。每个倾尽全力试图抓住历史的人都会弄得狼狈不堪。不但宏观的历史如此，微观的个体身上同样存在类似的情况。不能认为阅读了某人的传记就能通晓他的点点滴滴，事实要复杂得多。而历史与小说的界限并非泾渭分明，它们都属于人为建构之物，历史没有它标榜的那样客观真实。

第三章 法国文学

考点四十五 法国文学概况

1. 法国文学和哲学领域的紧密联系：

第二次世界大战后，法国文学与哲学的互动空前紧密，这主要表现为两个方面：

一方面是萨特、波伏瓦、加缪和莫里斯·梅洛-庞蒂等作为文学家/文学评论家和哲学家的双重身份对文学的影响继续扩大，尤其影响了20世纪50年代的荒诞派戏剧和六七十年代的新小说。萨特在1948年发表的《什么是文学？》里提出"什么是写作"、"为什么写作"和"为谁写作"三个问题，不仅对当时的文学批评，也对文学创作起了导向性作用。

另一方面则与50年代结构主义的兴起有关。结构主义肇始于索绪尔的语言学，兴起于列维-施特劳斯的人类学，之后随着拉康对弗洛伊德精神分析学的再发展和罗兰·巴特将结构主义引入文学批评，结构主义至60年代进入其发展的巅峰期。这期间最重要的文学评论者有拉康、罗兰·巴特、米歇尔·福柯、雅克·德里达、保罗·利科、罗曼·雅各布森、吕西安·戈德曼、茨韦坦·托多罗夫、格雷马斯、热奈特和朱莉亚·克里斯蒂娃。他们从精神分析学、社会学、叙述学、符号学、哲学入手开启了新文学批评，他们的共同点是将文学视为一种符号体系，通过找寻文本的普遍性结构和作品创作的普遍规律，将文学纳入科学的范畴。结构主义者很注重索绪尔以来的结构语言学，希望能建立意义明确的概念网络，并在此基础上对形式进行分析，以期揭示那些主导人类行为的系统化的普遍规律。60年代的结构主义在法国的文学领域得到了双重响应：一是由于人们相信理论的普遍性大于文本的差异性，试图将文学和文学批评纳入科学的范畴，在这一基础上促进了"严谨"的新创作理论的出现，即叙事学；二是托多罗夫、格雷马斯、热奈特和克里斯蒂娃等人的叙事学理论又推动了对文学意义的追问，对文学与社会、意识形态关系及对文学符号在象征体系中地位的研究。

师探小测

1.（选择题）第二次世界大战后，法国文学与哲学的互动空前紧密。萨特在1948年发表的（　　）里提出"什么是写作"、"为什么写作"和"为谁写作"三个问题，不仅对当时的文学批评，也对文学创作起了导向性作用。

A.《存在于虚无》　　　　B.《批评的功能》
C.《墙》　　　　　　　　D.《什么是文学？》

考点四十六　勒·克莱齐奥

1. 中国的法国文学研究界惯于将勒·克莱齐奥、乔治·佩雷克、帕特里克·莫迪亚诺并称为"法兰西三星"。

2. 勒·克莱齐奥的主要作品：

（1）早期：

《诉讼笔录》（1963），短篇小说集《发烧》、《大洪水》（1966）、《可爱的大地》（1967）、《飞逸之书》（又译为《逃之书》，1969）、《战争》（1970）、《巨人》（1973）和一部随笔《物质的迷醉》（1967）。

这些作品在内容和形式上均受到美国"垮掉的一代"（尤其是塞林格和凯鲁亚克）、超现实主义及新小说的影响，描写孤独的主人公在都市中行走，探索日常生活细节，揭露都市之可怖，人作为个体的封闭性，以及人与人之间交流的困难。

（2）后期：

① 翻译了玛雅文明最著名的预言书《方士秘录》（1976）和展现印第安普雷佩恰人历史风俗的《米却肯纪略》。

② 散文《哈伊》（1971）、《三座圣城》（1980）和《墨西哥之梦或思想断片》（1988），突出印第安文明整个部落智慧的结晶——与生活合一的神话体系，同时作家在控诉殖民、惋惜文明毁灭的同时，主张振兴印第安文明，作品与时代潮流逆反，甚至将自己的身份与美洲印第安人合一。

③ 流浪小说：

小说《彼界之旅》（1975）和《大地上的未知者》（1978）中，尽管人物依旧在都市中行走、流浪、旅行，但是构建并呈现的是一个与现实世界相似又离奇的世界，引导读者以全新的目光审视世界，学习简单而朴实的生活方式；

从短篇小说集《蒙多和其他故事》（1978）开始，勒·克莱齐奥塑造的人物总是积极地寻找自己原初的状态，寻找另一个世界的真实；

1980年出版的《沙漠》拓宽了作品内容，以平行的两条故事主线交错讲述了北非两代人与西方文明的遭遇和碰撞，由西方城市的嘈杂转向变幻不定的沙丘和寂静；

短篇小说集《飙车和其他轶事》（1982），主题更加明显地向描写弱势群体转变；

《寻金者》（1985），是勒克莱奇奥献给其爷爷莱昂的，描写法籍白人亚历克西在毛里求斯成长，并前往罗德里格斯岛探险寻宝、与当地黑人女孩乌玛相遇并找到自我的经历；

《罗德里格之旅》（1986），是勒克莱齐奥在岛上追寻爷爷踪迹的自传作品，主人公认识到宝藏在自然之中；

《奥尼恰》（1991），以作家儿时与母亲、哥哥去非洲看望父亲的经历为基础，将法籍白人樊当寻找父亲、父亲寻找消失的苏丹古文明、苏丹古文明王国梅洛埃的黑女王寻找新城这三个旅程相交织；

《隔离区》（1995）中，法籍白人回到毛里求斯寻根，在北部小岛与印欧混血女孩苏尔雅相遇；

《非洲人》（2004），是对在非洲做医生的父亲的纪念，是作家对儿时非洲经历的回忆；

《饥饿间奏曲》（2008）则献给自己的母亲，描写第二次世界大战时期巴黎资产阶级的生活，以"波莱罗舞曲"交替反复的渐强变化为叙事节奏，突出童年时期的战争创伤及不断增加的焦虑感与饥饿感。

总之，勒·克莱齐奥的流浪小说将城市和西方现代社会与自然和渺小的人类群体对立，将西方经济价值与精神情感价值对立。作品主人公不是年轻人就是孩童，以希望和正能量看待世界，与西方社会和城市中显现出的恶魔对抗。勒·克莱齐奥作品中强烈的"善"和光明一面也与法国文坛主流的"恶"和黑暗面写作对立起来。

同时，勒·克莱齐奥是静止的行者，行走成为他的生存方式，如孩童、嬉皮士一般离家出走、流浪、漂泊，他的旅行是在小说的幻想中进行的。他的多部作品带有自传性质，主人公身份明确，在两条或多条线索中进行家族溯源，追寻另一个时空，一个将想象、神话与回忆完美结合的时空。传奇与作家自身经历的交织，使作品以另一种神秘感出现在读者面前。

④ 游记《逐云而居》（1991）中，记述了勒·克莱齐奥与妻子杰米娅一同完成摩洛哥寻根之旅的过程。

⑤《革命》（2003）是**最为全面的自传性作品**，以作家年轻时的经历、祖先弗朗索瓦（小说里名为让·厄德）的一生与传说及其他人物的故事，完成了一部史诗般的巨作。

⑥《流浪的星星》(1992)、《金鱼》(1997)、《乌拉尼亚》(2006)、《脚的故事和其他幻想故事》(2011)、《风暴》(2014);

中篇小说集《偶遇》(1999);

短篇小说集《春天和其他故事》(1989)和《燃烧的心和其他浪漫故事》(2000);

戏剧《帕瓦纳》(1992)。

师探小测

1. (选择题)中国的法国文学研究界惯于将( )、乔治·佩雷克、帕特里克·莫迪亚诺并称为"法兰西三星"。

A. 贝克特　　　B. 萨特　　　C. 阿波利奈尔　　　D. 勒·克莱齐奥

考点四十七　戏剧家

1. 第二次世界大战后法国戏剧的发展趋势:

第一,文学退位,戏剧逐步成为表演时仪式性的美学,比如舞台走位和声音视觉效果的综合。

第二,剧场成为批判日常生活意义的空间。如果战前的主流剧场是新型中产阶级用来定位自己主体性及标志自身社会地位的机构,战后荒诞派的发展便是要揭露这样的假象,把中产阶级生活里的机械性和虚无主义,还有巩固其生活所产生的社会矛盾及压迫暴力用戏剧美学的手法展现在舞台上。

2. 《等待戈多》主题内涵:

等不到的戈多象征了西方基督信仰的破灭,《圣经·启示录》说到过上帝的二次降临,但是在《等待戈多》的世界里,神永远也不会来,甚至连人所等待的最终目的都模糊了,剩下的只是时间的炼狱,人在时间的牢笼里只能像动物一样彼此依偎又彼此伤害。这样的终极信仰观及时间观与战后的虚无主义相合。

师探小测

1. (简答题)简述《等待戈多》的主题内涵。

师探小测·参考答案

考点四十五　法国文学概况

1. D

考点四十六　勒·克莱齐奥

1. D

考点四十七　戏剧家

1. 等不到的戈多象征了西方基督信仰的破灭，《圣经·启示录》说到过上帝的二次降临，但是在《等待戈多》的世界里，神永远也不会来，甚至连人所等待的最终目的都模糊了，剩下的只是时间的炼狱，人在时间的牢笼里只能像动物一样彼此依偎又彼此伤害。这样的终极信仰观及时间观与战后的虚无主义相合。

第四章 美国文学

考点四十八 美国文学概况

1."垮掉的一代"：

（1）"垮掉的一代"是20世纪五六十年代文化反叛、政治反叛和美学挑战在文学上的典型反映。作品表达了一种与社会规范格格不入的感觉及与各种环境疏远的意识。

（2）代表作家和作品：

① 艾伦·金斯堡在20世纪50年代以《嚎叫》诗集闻名美国，成为"垮掉的一代"的精神领袖。

② 杰克·凯鲁亚克的代表作《在路上》由作家自己在1947年至1950年间一系列穿越乡间的旅行游记组成。小说描写20世纪50年代青年人吸毒、纵欲、酗酒等放荡不羁的生活，以此表现人的心灵的躁动不安和颠覆性的社会价值观。

③ 塞林格的《麦田里的守望者》，不是一部关于成长的小说，而是一部关于不肯成长的小说，小说主人公霍尔顿·考尔菲尔德拒绝承担社会强加给他的种种义务。

2.非裔美国文学：

（1）20世纪70年代之后：

① 艾丽丝·沃克：

a. 第一部小说《格兰奇·科普兰的第三次生命》（1970）以现实主义手法描写了一个家族三代人的生活，他们被种族压迫和性暴力摧毁。作家特别关注黑人家庭和黑人社区内部的虐待妇女与性剥削等现象。

b.《梅丽迪安》（1976）是沃克的第二部小说，聚焦于民权运动中的女性问题。

c. 1983年《紫色》是沃克的代表作，这部小说表现了黑人女权主义的一些基本主题，作家特别关注黑人男性对女性身体的控制，并且探讨了黑人妇女获得身心解放的途径。

d. 《我知交的神殿》(1989)、《拥有快乐的秘密》(1992)、《父亲的微笑之光》(1998) 等。

e. 沃克的大部分创作是在探讨"妇女主义",她在《寻找母亲的花园》(1983) 中将这一概念定义为黑人女性主义的一种形式:赞赏并喜爱女性的文化、女性的柔韧和女性的力量;"妇女主义"关注在面对强大的男性至上传统时,黑人妇女的身份认同问题。

(2) 当代:

① 托妮·莫里森:她的小说既表现出对黑人文化和传统的护持,又超越了"种族"的有限视野,表现普遍的人性冲突和人文关怀。

② 玛雅·安吉洛:主要有五卷本自传,包括《我知道笼中的鸟为何在歌唱》(1969)、《所有上帝的孩子需要旅游鞋》(1986),以及一些脍炙人口的诗歌。

③ 丽塔·达夫:<u>历史上第一位黑人桂冠诗人</u>。她的诗集有《街角上的黄房子》(1980)、《博物馆》(1983)、《托马斯与比拉》(1986)、《福佑笔记》(1989)、《母爱》(1995) 等。

3. 犹太文学:

(1) 第二次世界大战后,20 世纪 40 至 50 年代期间:

代表作家:索尔·贝娄、伯纳德·马拉默德、艾·巴·辛格。

这一代犹太作家竭力超越犹太特性,表现具有普遍意义的现代人对时代命运和人类前途的思考。他们面对复杂的身份认同问题,倾向于描写疏离感,使用幽默、隐喻和寓言等形式,因此,作品具有鲜明的现代主义倾向。

(2) 20 世纪 70 年代后:

代表作家和作品:菲利普·罗斯《美国牧歌》(1997),讲述犹太后裔赛莫尔·利沃夫追逐美国梦的历程。

这一代犹太作家表现出对传统和历史的巨大兴趣,这种历史回归在犹太作家中表现迥异,既有批判也有回忆,既审视又怀念。

4. 华裔文学:

(1) 华裔美国文学从表现美国唐人街华人的真实生活开始,逐渐将创作视角投射到第一代移民与第二代移民之间的文化代沟问题上,表现中西文化冲突。近二三十年来,新一代在美国出生、成长的华人作家开始在文坛崭露头角,在他们的文学作品中,主人公的华裔色彩被淡化,他们更关注如何通过华人视角表现美国的普遍性问题。

(2) 代表作家和作品:

① 赵建秀、汤亭亭、谭恩美、黄哲伦等;

② 任碧莲:

第一部小说《典型的美国佬》(1991) 以 20 世纪 40 年代为故事时间开端,讲述拉尔夫·张、姐姐特蕾莎、妻子海伦从古老的中国来到美国后跌宕起伏的生活。

第二部小说《莫娜在希望之乡》（1999）讲述的是拉尔夫·张的女儿们的故事，在这个故事中，族裔身份具有了流动性，各人能够在各个族裔间自由转换身份，例如小女儿莫娜由华人转换为犹太人。

5. "新现实主义"：

（1）美国文学在20世纪70年代末80年代初再一次回归到现实主义的创作轨道上，这一阶段的现实主义被称为"新现实主义"。

（2）代表作家和作品：

① 唐·德里罗：

他的长篇小说以传统的叙述模式，揭露了美国人形形色色表象之下潜伏的精神焦虑、恐惧和迷惘：

《白噪音》（1985）探讨的是死亡主题，作者曾为该书取名为"美国死者之书"；

《天秤星座》（1988）写的是1963年肯尼迪总统在达拉斯遇刺事件；

《地下世界》（1997）的时间跨度从20世纪50年代初到90年代末，这期间的重大历史事件，如古巴导弹危机、1964年黑人民权运动分子与警察的冲突等都成为小说表现的内容。

② 乔伊斯·卡罗尔·欧茨：

她是美国当代多产且风格多样的作家之一，是"心理现实主义"的代表作家。

第一部长篇小说《战栗着倒下》（1964）开始了对罪恶与暴力的表现。之后，欧茨相继创作了《人间乐园》（1967）、《富人们》（1968）和《他们》（1969），分别探讨美国乡村、郊区和城市的生活形态。从《奇境》（1971）开始，欧茨的创作从德莱塞式的自然主义描写转向运用多元的手法，频繁使用想象、梦幻、荒诞、哥特、象征、隐喻、神秘等手法。暴力氛围从始至终萦绕于欧茨的作品中。

③ 其他代表作家：罗伯特·斯通、E.L. 多克特罗、罗伯特·库弗、约翰·厄普代克。

6. "9·11文学"：

（1）2001年9月11日，美国纽约发生恐怖袭击，世贸中心双子塔的倒塌，意味着美国和美国人从纯真到成熟的转变。美国作家注意到许多美国人在"9·11"事件之后产生出一种强烈的断裂意识，觉得自己生活在一种奇怪的状态之中，双子塔坍塌之前的生活与当下之间出现了一条无法填合的鸿沟。由此出现了一系列表现各种创伤的文学书写——"9·11文学"。"9·11文学"不仅仅在表现创伤，也在反思西方大国在世界舞台上扮演的角色是否正当，探索恐怖事件发生的根本原因。

（2）代表作家和作品：

① 唐·德里罗《坠落的人》（2007）：是对这起事件的最直接描写；

② 菲利普·罗斯《反美阴谋》(2004)；
③ 约翰·厄普代克的《恐怖分子》(2006)；
④ 乔纳森·S. 福尔的《特别响，非常近》(2005)；
⑤ 托马斯·品钦的《放血尖端》(2013)。

7. 20世纪60年代美国文学的主要特征：

首先，文学创作的后现代倾向是60年代的一个显著特点。这一时期的许多艺术家都以实验、挑战文化和社会规范而著称。现代主义逐渐被后现代主义取代，在文学上表现为抵制文学创作的终结性或封闭性，反对区分"高雅"和"低俗"文化，拒绝宏大叙事。比如，这一时期的实验性创作鼓励边缘性的书写形式，拒绝权威，偏好随心所欲，以一种随意的、无结构感的艺术表现一个具有同样特征的世界。

其次，60年代写作的另一个特点是政治性。比如，黑人艺术运动追求"黑人权利"和种族自豪感，提出"黑人是美丽的"，黑人美学在这一时期被提出。

此外，女性写作在60年代得到迅猛发展。比如，贝蒂·弗里丹的《女性的奥秘》。

师探小测

1. （选择题）在20世纪50年代以《嚎叫》诗集闻名美国，成为"垮掉的一代"的精神领袖的是（　　）。

　　A. 艾伦·金斯堡　　　　　　　B. 杰克·凯鲁亚克
　　C. 艾丽丝·沃克　　　　　　　D. 托妮·莫里森

2. （选择题）历史上第一位黑人桂冠诗人是（　　）。

　　A. 丽塔·达夫　　　　　　　　B. 玛雅·安吉洛
　　C. 托妮·莫里森　　　　　　　D. 艾丽丝·沃克

3. （选择题）下列不属于"9·11文学"的作品是（　　）。

　　A. 《坠落的人》　　　　　　　B. 《特别响，非常近》
　　C. 《美国牧歌》　　　　　　　D. 《放血尖端》

考点四十九　索尔·贝娄

1. 评价：

（1）索尔·贝娄因卓越的文学成就被誉为"福克纳、海明威和菲茨杰拉德的文学继承人"。

(2) 1976年，凭借"其作品对于人性的理解和对当代文化的敏锐分析"荣膺诺贝尔文学奖。

2. 主要文学作品：

(1) 早期：《晃来晃去的人》(1944)和《受害者》(1947)。

作者着力表现世界的荒诞不经，塑造了犹太人约瑟夫、利文撒尔等反英雄式的人物形象，表现生活在现代城市中的人们无法摆脱突如其来的厄运，只能在痛苦中屈服于现实的命运。两部作品的基调较为低沉阴郁，作者对主人公空虚、孤寂且消极的心理状态进行了细腻深刻的描摹，有受卡夫卡和陀思妥耶夫斯基影响的印迹。

(2) 20世纪50年代：

① 1953年出版的《奥吉·马奇历险记》是贝娄的代表作之一，是一部典型的流浪汉小说。它标志着作者创作风格的一次重要转折。在这部作品中，贝娄逐渐摆脱陀思妥耶夫斯基等欧洲文学大师的影响，最终形成了自己的创作套路和叙事模式，即一种独特的"贝娄风格"，这是一种具有自我嘲讽的戏剧性风格。它的特点是自由、风趣、寓庄于谐，既富于同情，又带有嘲讽，喜剧性的嘲笑和严肃的思考相结合，滑稽中流露悲怆，诚恳中蕴含超脱。

② 1959年，《雨王汉德森》出版，这是贝娄最具象征色彩的作品，小说探讨了人们隐藏在富裕的物质生活之下不可被忽视的精神危机。

(3) 60年代：1964年，代表作《赫索格》。

(4) 70年代：

① 1970年，长篇小说《赛勒姆先生的行星》；

② 1976年，长篇小说《洪堡的礼物》荣获普利策奖。数月之后，又荣膺诺贝尔文学奖。《洪堡的礼物》以晚辈作家西特林的自述展开，讲述了他与前辈作家洪堡由亲密朋友变为仇敌但最终达成精神和解的故事。这部作品通过美国两代作家的不同命运反映了西方世界的社会问题，深刻探讨了美国知识分子的精神危机、人文主义的衰落、物质文明与精神文明之间难以调和的矛盾。

(5) 80年代：中篇小说《偷窃》(1989)、《贝拉罗莎暗道》(1989)，散文随笔集《集腋成裘》等。

(6) 2000年，最后一部长篇小说《拉维尔斯坦》出版。这部被视作贝娄的"天鹅之歌"的作品内容以其好友、美国著名学者艾伦·布卢姆为原型，塑造了艾贝·拉维尔斯坦这个充满悖论却又极具性格魅力的犹太知识分子形象。《拉维尔斯坦》被评论家称为贝娄的最具犹太性的一部小说。

3. 《赫索格》：

(1) 主人公的性格和形象意义：

作者成功塑造了赫索格这个犹太中产阶级知识分子的形象，着力表现他在现代社会中的苦闷、迷惘与痛苦,由此来揭露美国中产阶级知识分子的精神危机。

(2) 主题思想:

《赫索格》对美国现代社会中人与人之间的异化关系进行了深刻的剖析。在贝娄的笔下,后工业社会中的个人与个人、个人与社会、自我与现实之间出现了不可调和的矛盾。个人用于维系亲密关系的亲情、爱情、友情已然受到消费社会和物质主义的侵蚀,在冰冷的现实面前,道德和崇高的理想也宣告破产。因此,如赫索格这样的知识分子在面对突如其来的变故时自然会滋生出幻灭感、迷惘感和沉沦感。他们显然再也无法解读这个世界,所以赫索格不停地质问人性和生命的意义何在。

(3) 艺术特色:

贝娄在这部作品中将现实主义的叙事手法与现代主义的艺术特色完美融合。小说对赫索格敏感、复杂的内心世界进行了细腻、详尽的描写。

一方面,作品中穿插了50多封赫索格所写的信件,这些书信涵盖了他对生命、社会、政治、历史、经济、个体关系等问题的深切关注,不但直接表露了赫索格的精神状态和渊博学识,也描绘了宽广复杂的社会历史图景。

另一方面,作品也运用了意识流的创作手法,将主人公大量的联想、独白、追忆等插入叙事之中,使得读者得以窥探到赫索格最隐秘的内心活动和思想意识。

4. 贝娄小说创作的成就:

纵观贝娄辉煌的创作生涯,他的小说题材广泛,包罗万象。作品常以芝加哥、纽约等大城市为背景,着力表现它们混乱肮脏、藏污纳垢、糟糕至极的现状,并将其视作当代都市文明的一个缩影来批判。因此,贝娄笔下的芝加哥就如同维尔加的西西里岛、狄更斯的伦敦以及马克·吐温的密西西比河,同福克纳想象拥有主权的位于密西西比的拉法耶特县具有类似的试验性与谨慎性。作品中的主人公大多是反英雄式的犹太知识分子,他们怀有高尚的理想、人文主义的关怀、知识分子的信仰、善良诚实的本性,但在当代社会中频频碰壁,并由此陷入混乱、迷茫、困苦的精神境况。小说基调往往较为暗淡,但结尾总蕴含着一丝光亮,或许暗示着作者对复苏社会的道德价值和人文主义依然抱有期望。

5. 贝娄小说创作的艺术特色:

贝娄的创作继承了欧洲文学传统,深受福楼拜、狄更斯、陀思妥耶夫斯基、卡夫卡等人的影响。他一方面注重现实主义的细节描写,反映社会现实和人类命运;另一方面又对叙述技巧进行革新,充分运用意识流手法描摹人物的内心世界和精神状态,这使得贝娄的作品既具有现代特色,又扎根于业已形成并在当代小说发展中不断被修订的种种趋势、动向和认识中。

师探小测

1.（选择题）因卓越的文学成就被誉为"福克纳、海明威和菲茨杰拉德的文学继承人"的是（　　）。

　A. 索尔·贝娄　　　　　　　B. 约翰·厄普代克
　C. 托马斯·品钦　　　　　　D. 伯纳德·马拉默德

2.（选择题）被评论家称为索尔·贝娄的最具犹太性的一部小说是（　　）。

　A.《赛勒姆先生的行星》　　B.《拉维尔斯坦》
　C.《洪堡的礼物》　　　　　D.《贝拉罗莎暗道》

考点五十　约翰·厄普代克

1. 主要作品：

（1）《马人》（1963），小说中描绘的"父亲"的原型是作者自己的父亲；

（2）小说《农场》（1965），主人公与厄普代克的母亲，无论是经历还是性格上都有较高的重合度；

（3）20 世纪 50 年代至 60 年代：

《贫民院集市》（1959）、《兔子，跑吧!》（1960），均有他早期生活的影子；

（4）《奥林格故事集》（1964）讲述了他青少年时代的生活；

（5）《贝克：一本书》（1970）是关于他作家生涯和游历世界的记录；

（6）短篇小说集《遥不可及》（1978），收录的有关婚姻的故事是作家的初恋、分居、离婚经历的写实；

（6）"兔子四部曲"、《夫妇们》（1968）、《圣洁百合》（1996）、《村落》（2004）、"红字三部曲"和最具霍桑特质的"伊斯特威克女巫"系列：这些作品的核心均是探讨当代美国中产阶级在信仰、性爱、文化、婚姻等多个层面面临的重重困境。

（8）"9·11"事件之后：《恐怖分子》，对这一事件进行思考，探讨了恐怖主义在美国产生的根源。

2."兔子四部曲"：

（1）"兔子四部曲"：《兔子，跑吧!》（1960）、《兔子归来》（1971）、《兔子富了》（1981）、《兔子安息》（1990）。其中《兔子，跑吧!》是其最重要的代表作之一。

（2）"兔子系列"成为表现 20 世纪美国风俗的一部史诗，四部小说紧扣时代脉络，历史事件与日常生活琐事紧密结合，描绘了从 20 世纪 50 年代到 80 年代末美国社会的变迁轨迹。其中涉及许多重大事件，如越南战争、登陆月球、能源危机、冷战等，因此，<u>这一系列小说也被称为"表现当代美国社会的生活画卷史"</u>。

(3)《兔子，跑吧!》的思想内容：

这部小说是美国 20 世纪五六十年代中产阶级的真实描绘。从表面上看哈里一再离家出走是对邋遢的妻子和混乱的家庭的不满，事实上，促使他离家的真正原因是存在主义思想所描述的内在的焦虑和恐惧。

3. "红字三部曲"：

(1) 霍桑对厄普代克的影响巨大，霍桑的《红字》所表现的灵魂与肉体冲突的主题贯穿于厄普代克所有重要作品之中，是他一生创作的一条重要主线。厄普代克依据《红字》创作了<u>"红字三部曲"：《整月都是星期日》（1975）、《罗杰教授的版本》（1986）和《S.》（1988）</u>。

(2)《整月都是星期日》：是"红字三部曲"的第一部，厄普代克以一种现代的、歪斜的、不可靠的方式给出了丁梅斯代尔的故事的现代版本；

《罗杰教授的版本》：从当代罗杰·齐灵渥斯的视角写了一个关于现代技术与宗教结合的故事；

《S.》：从海斯特·白兰的视角来改写故事。

师探小测

1. （名词解释）"兔子四部曲"

2. （选择题）被称为"表现当代美国社会的生活画卷史"的小说作品是（　　）。

A.《他们》　　　　　　　　B."兔子四部曲"
C.《喧哗与骚动》　　　　　D."红字三部曲"

考点五十一　约瑟夫·海勒

1. 约瑟夫·海勒是美国黑色幽默文学的代表人物，其作品在黑色文学中影响最大，成为这一流派的支柱。

2. 约瑟夫·海勒的主要作品：

（1）《第二十二条军规》（1961）：海勒的第一部重要作品，也是其代表作，曾被莫里斯·迪克斯坦誉为"20世纪60年代的最佳小说"，是海勒根据自己参加第二次世界大战的亲身经历写成的。

（2）20世纪70年代：

①《出了毛病》（1974）：通过对美国中产阶级日常生活的描写，反映了60年代弥漫于美国社会的精神崩溃和信仰危机。

②《像戈尔德一样好》（1979）：把家庭中的钩心斗角和政府中的权力争夺交织起来描写，表明现代社会的政治权力怎样愚弄一个自视甚高的犹太知识分子，使他产生了飞黄腾达的美梦，荒谬得滑稽可笑。

（3）20世纪80年代：

《天晓得》（1984）、《如此美景》（1988）、《终了时刻》（1994）、《一个老艺术家的画像》（2000）等。其中，《终了时刻》是《第二十二条军规》的续篇，小说主人公还是约塞连，他经历过两次离婚后孤独地住在纽约市曼哈顿区，感到这回可没法战胜死亡了。

（4）进入21世纪后：回忆录《此时与彼时：从科尼岛到这里》（1998）、短篇小说集《多多益善》（2003）。

（5）另外：著有剧本《我们轰炸了纽黑文》（1967）和《克莱文杰的审判》（1973）。

3. 《第二十二条军规》：

（1）"第二十二条军规"的隐喻：

"第二十二条军规"作为一个生存的总体隐喻，是直接指向当时的美国乃至当代世界的生存现状的，映射了一种非人化的、灭绝人性的制度，同时写了个体的本能的抵抗。《第二十二条军规》注重的是肉体的生存欲望对抗来自外部的暴力或那些意在毁灭生命和道义的规章制度。现在，"Catch-22"一词已经是英语语言中的一个常用词，按《美国新世界辞典》的解释，该词的意思是"法律、规则或实践上的一个悖论，不管你做什么，你都会成为其条款的牺牲品"。它象征的是一种有组织的混乱、有理性的荒诞，象征了后现代社会的一种谁也看不到但无所不在的统治。

（2）主题思想：

小说重点描述的是营地、战地医院的生活场景及轰炸行动与死亡，其表层意义十分明显，即暴露美国军事官僚机构的冷酷黑暗，揭穿美国政治与军事政策的伪善本质，但它的意义并不止于此。这本书在更大程度上是对20世纪50年代的反映，对麦卡锡时期的反映。

死亡是整部小说的主题：无数的人被射杀，全身弹孔密布；有的被螺旋桨削成肉片；有的死在医院、街上或者床上。海勒以"黑色幽默"表达了在"有组织的混乱"和"制度化的疯狂"之下的一种荒诞的绝望，是对整个官僚化思维和话语模式的控诉。

（3）艺术特色：

首先，《第二十二条军规》在创作上深受法国作家路易·费迪南·塞利、纳博科夫和卡夫卡等文学大师的影响，在结构上反常规。全书共42章，并没有一个连续的故事线索，也并非按照逻辑来安排先后顺序，而是不断变换时间和空间。每章都有一个或多个相对完整的场景，以一个人物为中心讲述一个主要故事，读者可以从任何一章开始读下去，也随时可以中断阅读，不会有传统的长篇小说的悬念感。不过，约塞连仍然是贯穿全书的主要人物，通过他，全书大大小小的故事得以串联起来，从而形成一部结构看似松散、实则各章之间有内在联系的长篇小说。而小说各部分之间互相照应的一个基本技巧就是重复再现：斯诺登之死是重复再现情节技巧的最典型的例子。斯诺登是约塞连的战友，他的惨死对于后者造成巨大的震撼，成为其脑海中萦绕不去的噩梦。读者从小说第4章首次获知斯诺登已经在阿维尼翁上空战死了，此后的第5章、第17章、第21章、第29章，都又谈到此事。就这样，在以后的章节里，小说以不同的方式不断地重复此事，直到第41章才把整个血淋淋的惨烈场景铺现在读者面前。

其次，在《第二十二条军规》中，作家用故作庄重的语调描述滑稽怪诞的人物，用插科打诨的文字表达严肃深邃的哲理，用幽默嘲讽的语言诉说沉重绝望的境遇，用冷淡戏谑的口气讲述悲惨痛苦的事件。死亡是整部小说的主题：无数的人被射杀，全身弹孔密布；有的被螺旋桨削成肉片；有的死在医院、街上或者床上。对所有的这一切涉及死亡、痛苦的可怕场景，海勒都以一种轻松滑稽的笔调来描述。海勒的"黑色幽默"表达了在"有组织的混乱"和"制度化的疯狂"之下的一种荒诞的绝望，是对整个官僚化思维和话语模式的控诉。

最后，《第二十二条军规》另一个突出的艺术特征是反讽。在这部小说中，黑色幽默审美效果的形成在很大程度上要归功于反讽艺术。<u>该书中运用的反讽形式主要有三种：言语反讽、情境反讽和戏拟</u>。言语反讽主要是通过夸大陈述、克制陈述及自相矛盾式陈述来实现的，如第22章写市民欢迎靠战争敛财的米洛时用的是夸大陈述，言语反讽的表达形式取得了幽默、讽刺的效果，并引起人们的反思，传达出在这个丧失逻辑的世界中的恐慌感；情境反讽主要表现在悖谬的情节安排及人物行为的滑稽逆转等方面，如约塞连坎坷的遣送回国之旅，往往使读者始料不及，情节的发展与读者预想的差距形成张力，在它们的并置、对比、撞击中实现悖论式效果；戏拟是一种滑稽性的模仿，戏拟的反讽效果并非来自作品内部，而是源自戏拟作品和被戏拟的对象（通常是传统经典作品）之间的悖逆，如约塞连这个一心逃避作战的反英雄人物也在追问哈姆雷特的问题："死还是不死，这是个问题。"于是，经典的严肃优雅与戏拟的荒谬滑稽两相对比，反讽之意顿时显现。

师探小测

1. （选择题）在海勒的小说《第二十二条军规》中，黑色幽默审美效果的形成在很大程度上要归功于反讽艺术。该书中运用的反讽形式主要有三种：言语反讽、（　　）和戏拟。

　　A. 心理反讽　　　　B. 逻辑反讽　　　　C. 情境反讽　　　　D. 情态反讽

2. （填空题）"黑色幽默"派的代表作品《第二十二条军规》的作者是(　　)。

考点五十二　纳博科夫

1. 主要作品：

① 俄罗斯时期：取笔名"西林"（俄国民间传说中一种神奇的天堂鸟的名字）。

长篇小说有《玛丽》（1925）、《防守》（1929）、《眼睛》（1929—1930）、《荣耀》（1930）、《黑暗中的笑声》（1931）、《绝望》（1932）、《斩首之邀》（1934）、《天资》（1934—1938）等。

整个俄语时期纳博科夫的长篇小说表现出一种特别的创作规律，《玛丽》《防守》《荣耀》《斩首之邀》《天资》具有相同特征：作者以真诚的态度与读者交流，作品中的叙述行为值得信任；主人公在这方面或那方面类似于其创造者。这期间还穿插着另一种风格：在《王，后，杰克》（1928）、《眼睛》（1930）、《黑暗中的笑声》（1932）、《绝望》（1936）、《魔法师》（1939—1940）等作品中，作者特意选择了与他本人生活完全不同的题材，叙述语气是置身于事外的嬉笑嘲讽，主人公不再受到作者的宠爱，作品只是提供舞台让他们充分地出丑露怪。俄语时期的纳博科夫在这两者之间不断震荡摇摆，致力于寻求理想艺术的突破口。

② 美国时期：

《塞巴斯蒂安·奈特的真实生活》（1941）、《庶出的标志》（1946）、《普宁》（1955）、《洛丽塔》（1955）。

20世纪60年代：《微暗的火》（1962）、《爱达或爱欲：一部家族纪事》（1969）、《透明》（1972）、《看，那些小丑！》（1974）。

进入英语时期后，纳博科夫渐渐掌握了保持平衡的诀窍，既摆脱了俄罗斯时期第一条线路的单调与急切，又不至于在第二条线路的过分放纵和纯粹虚构中流于虚空，美国时期纳博科夫最成功的三部作品《洛丽塔》《普宁》《微暗的火》都体现了这一点。

③ 另外：两部讲稿《文学讲稿》（1980）、《俄罗斯文学讲稿》（1981），一部回忆录《说吧，记忆》（1966）及近60篇短篇小说。

2. 《微暗的火》的结构形式：

以"正文与评注"（或者说"书中书"的形式）的方式结构全篇，谢德的长诗与金波特的赞巴拉幻想在空间上互相辉映。

3. 《洛丽塔》的主题思想：

（1）欲望主题与性虐儿童主题。亨伯特对洛丽塔炽热的情欲是作品的主要描述对象，该书引起巨大争议即源于此。

（2）时间主题。亨伯特在洛丽塔身上寻求的是与安娜贝尔逝去的少年恋情，"小仙女"一旦长大就失去了魅力，时间可以轻易摧毁的美貌，也可以轻易摧毁她们的青春、美貌与爱情。

（3）艺术主题。亨伯特对洛丽塔的追逐可以理解为寓示着艺术家对理想作品的追求，一方激情满溢，另一方若即若离。

（4）流亡主题。亨伯特一直在精神上处于流亡状态，他从洛丽塔身上欲寻求的是少年时期刻骨铭心的爱情记忆，其悲剧也证明了流亡者永远不可能在他乡找到故乡，鉴于纳博科夫的流亡者身份的解读也深入人心。

（5）对美国庸俗文化的批判主题。洛丽塔作为典型的美国儿童，身上体现出鲜明的商业化、娱乐化印记，其母亲夏洛特则将美国中产阶级女性的肤浅、庸俗、装模作样展现得淋漓尽致。

另外，作品中还有对精神分析提出批评的批判主题、艺术与道德相冲突主题、唯我主义主题、发现主题等。

师探小测

1. （选择题）纳博科夫的小说《微暗的火》的结构形式很特殊，这种结构是（　　）。

A. "奏鸣曲"式　　B. "书中书"式　　C. "回环呼应"式　　D. 章回体

考点五十三　托妮·莫里森

1. 主要作品：

（1）第一部长篇小说《最蓝的眼睛》（1970）。

（2）第二部小说《秀拉》(1973)。

（3）《所罗门之歌》(1977)、《柏油孩子》(1981)、《宠儿》(1987)、《爵士乐》(1992)、《天堂》(1998) 等。

（4）《爱》(2003)、《恩惠》(2008)、《家》(2012) 和《上帝，救救孩子》(2015)。

2. 《柏油孩子》出版时位居《纽约时报》畅销榜达四个月，作者托妮·莫里森因此成为<u>第一位荣登《时代周刊》封面的非裔美国女性作家</u>，并于1993年荣膺诺贝尔文学奖，成为<u>美国历史上第一位获得该奖项的黑人女作家</u>。

3. 托妮·莫里森作品对非裔美国人历史的关注：

莫里森的文学创作是在用一种独特的非裔美国人视角书写美国，把非裔美国人从想象的边缘推到美国文学和历史的中心。当代非裔美国人远离了非洲历史，远离了建立在具有凝聚力的黑人社区基础上的黑人文化核心。莫里森认为，美国黑人不应该放弃自己的文化之根，更不应该遗忘种族的历史，因此，她试图通过文学形式重新连接过往和当下。莫里森的所有作品都在召唤某段具体的历史，她认为需要在当下重新审视这段历史的意义和教训。

4. 《宠儿》的思想内容：意在揭示黑人单靠个人的力量是无法获得真正的自由和解放的。

5. 《最蓝的眼睛》：

（1）主题思想：

首先，莫里森在这部作品中探讨了美国黑人内化白人价值观的危害；

其次，女性是黑人文化的守护者和传播者，而主人公的母亲波莉放弃了自己作为黑人母亲应尽的职责，在盲目追随主流文化中割断了自己与传统的联系，同时也切断了自己女儿与祖先的联系、对传统的继承。

最后，莫里森通过这部小说引导黑人坚持自我，强调保持社区团结的必要性。

（2）人物悲剧命运的成因：

首先，她把自己的一切遭遇归咎于自己是一个相貌丑陋的黑人女孩，并且相信如果自己拥有一双与白人女孩同样的蓝眼睛，就会得到其他人的爱。佩科拉正是因为对自己的不断否定，幼小的心灵严重扭曲，最终走向了疯癫。

其次，母爱的缺失是佩科拉悲剧的重要成因之一，佩科拉的母亲波莉是白人文化的追崇者，她放弃、憎恶自己本民族的文化。女儿在她眼里是丑陋的，她把母爱转移给了白人雇主家的孩子们。母亲的冷漠扭曲了佩科拉的心灵，母亲灌输给她的错位的审美观最终导致了佩科拉的精神分裂。

最后，社区黑人的不宽容，不愿对佩科拉伸出援手，也是佩科拉最终落得可悲境地的原因。在白人观念的熏陶下，黑人社区表现出一定的落井下石的心理，他们对佩科拉被生父强奸的故事感到恶心、震惊、愤慨，甚至兴奋，独独缺少帮助。

师探小测

1.（选择题）美国历史上第一位获得诺贝尔奖的黑人女作家是（　　）。
   A. 玛雅·安吉洛　　　　　B. 丽塔·达夫
   C. 艾丽丝·沃克　　　　　D. 托妮·莫里森

考点五十四　汤亭亭与谭恩美

1. 最早的美国华裔文学可以追溯到李恩富于1887年出版的《我在中国的童年时代》。

2. 在20世纪60年代民权运动的鼓舞下，赵建秀、陈耀光、徐忠雄、福田等年轻亚裔男性作家立志为亚裔文学发声，他们共同编写了第一本亚裔文学选集《唉呀！》，宣告了美国亚裔文学的合法存在。

3. 汤亭亭：

（1）主要作品：

成名作《女勇士》（1976）（被美国现代语言协会称为"美国现代大学教育中被讲授最多的文本"）、小说《中国佬》（1980）和《孙行者》（1989），诗集《当诗人》（2002）和《我爱生命的宽广余地》（2011），非虚构类作品《第五和平书》（2003）等。

（2）《女勇士》的思想内容：

首先，《女勇士》副标题"群鬼中长大的孩子的回忆录"中的"鬼"，从字面上看指的是母亲英兰口中形形色色的美国人，表达了母亲对周围美国人深度的不信任和恐惧，也表达了第一代华裔移民永远无法融入美国社会的苦楚和愤懑。

其次，书中作为第二代华裔的叙事者，在由父母所代表的遥远中国文化和从小长于其中的美国文化之间的夹缝中成长，因而在文化身份方面充满了诸多困惑和焦虑。

最后，《女勇士》从某种程度而言就是为了厘清过去，以成年人的叙述来辨别那些童年时期无法辨别的真伪，讲出从小被父母禁言的故事，驱散萦绕于童年的"鬼魂"，从而打破美国华裔女性长久以来的沉默。

4. 谭恩美：

（1）主要作品：

《喜福会》（1989）、《灶神之妻》（1991）、《百种秘密感觉》（1995）、《接骨师的女儿》（2001）、《拯救溺水鱼》（2005）、《惊奇谷》（2013）等，还出版了散文式自传《命运的对立面》(2003)。

(2)《喜福会》：

① 小说结构：

谭恩美对章回体小说结构的运用在《喜福会》里得到了最佳表现。《喜福会》全书由十六个故事组成，分四个部分，每个部分有四个故事，分别由吴、钟、苏、圣四家的母亲一代或女儿一代叙述。每一组故事前都有一个相当于楔子的、类似于寓言的短小故事，在形式上倒十分类似于元杂剧中"四折一楔子"的标准结构。其中第一、第四部分由母亲一代轮流叙述，第二、第三部分由女儿一代叙述，涉及四个家庭、七个叙事者。这四家如同麻将桌上的四方，轮流坐庄，各家的故事就在轮流坐庄中娓娓道出，构成四圈十六局十六个故事。这十六个故事看上去似乎没有明显的联系，可以分开来读，也可以重新组合。因为每个故事自成一体，相对独立，全文似乎没有一个主要情节涵盖各个故事，也没有一个引人入胜的高潮和结局。

② 叙事艺术：

首先，《喜福会》是以"说故事"的方式进行讲述，有着对话性和不确定性；口述故事的另一个特点就是不可重复性，每次讲述都会产生一个新的版本，信息在重新叙述中因为种种原因或是得到增补或是有所缺失。

其次，叙事结构上受到中国古典小说影响，有章回体叙事结构的影子。就像说书里总有一个"看官"一样，《喜福会》的母亲叙事中总有一个"你"作为倾听对象。

师探小测

1.（选择题）在20世纪60年代民权运动的鼓舞下，赵建秀、陈耀光、徐忠雄、福田等年轻亚裔男性作家立志为亚裔文学发声，他们共同编写了第一本亚裔文学选集（　　），宣告了美国亚裔文学的合法存在。

A.《我在中国的童年时代》　　B.《唉呀！》

C.《惊奇谷》　　D.《命运的对立面》

师探小测·参考答案

考点四十八　美国文学概况

1. A　　2. A　　3. C

考点四十九　索尔·贝娄

1. A　　2. B

考点五十　约翰·厄普代克

1. "兔子四部曲"是约翰·厄普代克的小说，包括《兔子，跑吧!》《兔子归来》《兔子富了》《兔子安息》。其中《兔子，跑吧!》是最重要的代表作之一。"兔子系列"是表现20世纪美国风俗的一部史诗，四部小说紧扣时代脉络，历史事件与日常生活琐事紧密结合，描绘了从20世纪50年代到80年代末美国社会的变迁轨迹。其中涉及许多重大事件，如越南战争、登陆月球、能源危机、冷战等，因此这一系列小说也被称为"表现当代美国社会的生活画卷史"。

2. B

考点五十一　约瑟夫·海勒

1. C　　2. 海勒

考点五十二　纳博科夫

1. B

考点五十三　托妮·莫里森

1. D

考点五十四　汤亭亭与谭恩美

1. B

第五章 俄罗斯文学

考点五十五 俄罗斯文学概况

1. 解冻文学：
（1）基本内涵：

1954年，老作家爱伦堡发表中篇小说《解冻》，宣告了20世纪俄罗斯文学一个新时代的开始。作品结尾处有一个人物这样说："你看，解冻的时节到了。"这句话象征性地指出了时代变动之际的特点。"解冻文学"的出现，恢复了文学的"写真实"传统，促使文学的题材、体裁、艺术手法和风格向着多样化的方向发展。

（2）代表作家和作品：

① 奥维奇金的特写《区里的日常生活》（1952—1956）及其所代表的"奥维奇金派"的农村题材特写；

② 列昂诺夫的长篇小说《俄罗斯森林》（1953）；

③ 杜金采夫的长篇小说《不是单靠面包》（1956）；

④ 帕斯捷尔纳克的长篇小说《日瓦戈医生》（1957）。

2. "战壕真实派"：
（1）基本内涵：

深受肖洛霍夫《人的命运》的启发，一批参加过卫国战争的作家以亲身经历为素材，用逼真的细节描写再现战场真实，表现了普通士兵和下级军官的切身感受，暴露了战争的残酷性，因此，他们被称为"战壕真实派"。

（2）代表作家和作品：

① 邦达列夫的《营请求火力支援》（1957）；

② 巴克兰诺夫的《一寸土》（1959）；

③ 贝科夫（1924—2003）的《第三颗信号弹》（1962）。

3. 域外俄罗斯文学"第三浪潮"：
（1）最有成就的作家及其作品：

索尔仁尼琴：

1968年，长篇小说《癌病房》和《第一圈》在国外发表。两部作品均紧扣作家本人的经历，对个人崇拜时期的苏联社会政治进行了激烈批判。

1973年，他所谓"文艺性调查初探"的《古拉格群岛》在国外出版，引起极大反响。作者试图向世人展示遍及苏联各地的劳改营的历史和内幕。

1983—1990年，长篇小说《红色车轮》，选取20世纪初俄国历史中的几个关键性日期，试图通过对若干重大事件和历史人物的描写，勾画出从第一次世界大战到十月革命俄国历史的曲线。

(2) 最有成就的诗人及其作品：

约·布罗茨基：一位联结起俄语文学世界与英语文学世界的个性独特的诗人。诗作《献给约翰·多恩的挽歌》(1963)、《荒野中的停留》(1970)、《美好时代的终结》(1977)、《语言的部分》(1975—1976)和《罗马哀歌》(1982)等，都围绕"生命"这一核心概念，抒写时间与空间、存在与虚无、别离与孤独、地狱与天堂、上帝与人、人与物，表现自由、爱情、疾病、衰老、死亡及对死亡的超越。

(3) 其他代表作家和作品：

① 弗·马克西莫夫：长篇小说《创世七日》(1971)；

② 沃伊诺维奇：长篇小说《士兵伊凡·琼金的一生和奇遇》(1966)、《莫斯科2042》(1986)；

③ 瓦·阿克肖诺夫：长篇小说《燃烧》(1980)、《莫斯科的传说》(1991)；

④ 格·弗拉基莫夫：中篇小说《忠实的鲁斯兰》(1975)、长篇小说《统帅》(1989)等。

4. "回归文学"：

(1) 基本内涵：

20世纪80年代中期以后，随着苏联社会政治生活再度发生深刻变动，出现了"回归文学"。白银时代的作品、三代流亡作家的作品，经过若干年月的风风雨雨，终于回归到广大读者中来；自20世纪20年代以来由于种种原因被禁止在苏联国内发表，或在遭到批判后被封存的作品，也从被禁状态回归到自由状态。

(2) 代表作家作品：

① 格罗斯曼的长篇小说《生活与命运》(1961)；

② 雷巴科夫的长篇小说《阿尔巴特街的儿女》(1982)；

③ 多姆勃罗夫斯基的长篇小说《无用之物系》(1978)；

④ 沙拉莫夫的短篇小说集《科累马故事》(1978)等。

师探小测

1. （选择题）苏联"解冻文学"的出现，是以中篇小说《解冻》为标志的，其作者是（　　）。
   A. 肖洛霍夫　　　B. 爱伦堡　　　C. 杜金采夫　　　D. 索尔仁尼琴
2. （名词解释）"战壕真实派"

考点五十六　帕斯捷尔纳克

1. 帕斯捷尔纳克的主要作品：
（1）诗歌领域：
① 早期：
第一部诗集《云雾中的双子星座》（1914）；
第二部诗集《超越障碍》（1916）；
帕斯捷尔纳克的早期诗作偏重于表现个人内心世界的变化，抒发对大自然、爱情和人的命运的种种感受，传达出诗人对于诗歌和艺术的独到见解。非凡的意象构成、新颖奇特的隐喻、变幻莫测的句法，成为他早期诗歌的独特风格。
② 20世纪20年代：
抒情诗集《生活，我的姐妹》（1922），流亡诗人茨维塔耶娃在柏林的一份期刊上发表了评论这部诗集的文章《光雨》。
诗集《主题与变奏》（1923）；传体随笔《安全保护证》（是帕斯捷尔纳克对1900—1930年这30年间自己精神历程的一种回顾）；
1924年，《空中线路》（作品中的社会因素显著增多）；
长诗《施密特中尉》（1927）和《1905年》（1927）两部长诗，讴歌了20世纪初席卷俄罗斯的巨大风暴，表现了深刻的历史变动给诗人留下的鲜明印象。
③《第二次诞生》（1932），集结写于高加索的诗作；
④《在早班列车上》（1943）、《辽阔的大地》（1945）、《长短诗选》（1945）；
⑤ 组诗《雨霁》（1956—1959）；
⑥ 自传体随笔《人与事》（1957）。

（2）小说领域：

① 1910—1912 年，他曾写有一部包含 45 个片段的小说初稿《最初的体验》，这是其在散文领域的"最初的试作"。这部作品以青年知识分子列里克维米尼的经历、见闻和感受为基本线索，以艺术的方式表达了作家早年生活的种种印象和心理体验。

②《阿佩莱斯线条》（1915）、《奇特的年份》（1916）、《大字一组的故事》、《对话》（1917）、《寄自图拉的信》（1918）、《第二幅写照：彼得堡》（1917—1918）和《无爱》（1918）等短篇小说。

③ 中篇小说《柳维尔斯的童年》（1922）是帕斯捷尔纳克构思的一部长篇小说的前两章，写的是女主人公叶尼娅·柳维尔斯的个性形成和意识生长的过程。

④《一部中篇小说的三章》（1922）、《中篇故事》（1929）和随后问世的诗体长篇小说《斯佩克托尔斯基》（1933），在内容上彼此联系，似乎是构思中的一部大型作品的若干片段。

⑤ 1937—1939 年，曾在报刊上发表过六个作品片段：《在后方的一个县里》《别离之前》《傲慢的乞丐》《奥莉娅姑姑》《十二月的夜晚》《带长廊的楼房》。这些陆续发表的片段，其实是作家构思中的长篇小说的第一部；1991 年被收入《帕斯捷尔纳克文集》第 4 卷时，被冠以"帕特里克手记"的标题。

⑥ 1948 年，开始创作《日瓦戈医生》。

2. 1958 年，帕斯捷尔纳克获得诺贝尔文学奖时的授奖词是："现代抒情诗和俄罗斯伟大散文传统领域所获得的卓越成就。"

3.《日瓦戈医生》：

（1）日瓦戈医生形象的意义：

主人公日瓦戈既是一位医生，又是一位诗人和思想者。小说着重表现了日瓦戈的人道主义观念及其与那个血与火的时代之间的悲剧性精神冲突。日瓦戈童年时代的经历，使他养成了内向的性格和对弱小不幸者的同情，成年以后，日渐深厚的文化修养又培养了他的博爱精神。外科医生职业，则培养了他对人对事的严谨、客观、冷静的态度。他善于独立思考，对任何现象都力求做出自己的判断。在历史发生深刻变动的年代，他仍然把个性的自由发展、保持思想的独立性视为自己最主要的生活目标，而他看待问题的基本出发点则是根深蒂固的人道主义。这样，他就不可避免地和正在以暴力手段改造世界并要求所有人都服从这一目标的时代发生抵牾。但是，这种矛盾既不是政治上的，也不具备经济背景。日瓦戈虽然有自己的政治见解，但缺乏政治兴趣和激情，从未参加过任何有组织的政治活动；他虽然出身于富家，对父亲的大笔遗产却无动于衷，还要岳父和他一样保证不谋求重整家业。他与时代的冲突主要是精神上的。他从作为还俗神父的舅舅那里接受的宗教思想，是接近俄罗斯宗教哲学家费奥多罗夫的"共同事业哲学"

的、以博爱为原则的世界观。这种世界观认为，历史的发展应当有利于维护人格自由，保持个性独立，捍卫人的尊严。因此，日瓦戈高度重视个性自由，但又具有"与民同乐"的思想，认为个人应在实际生活中做一些具体的、对他人有益的事情。他以人道主义的眼光看待一切人和事，区分善与恶。他那种童稚般单纯的心灵，超凡脱俗的胸怀，使他无法接受一切形式的暴力。他在人类思想水平、道德水平和价值标准还没有达到认可他的精神追求的高度的时代却"过早地"出现了，他超越了那个时代，结果反而好像落后于时代，这正是他的悲剧。

(2) 思想内容：

描写以日瓦戈医生为代表的知识分子的生活、事业和爱情，着重表现他们在历史变动年代的种种复杂情绪和感受，他们对时代的深沉思考，他们在这个时代的必然命运。全书可以说是20世纪上半叶俄国知识分子命运的一部艺术编年史，又堪称一部通过个人命运反映特定时代的社会精神生活史。

同时又同情、肯定主人公的精神追求和社会道德理想，经由他的遭遇反映了十月革命前后俄罗斯一代知识分子的思想情怀和共同命运。

(3) 艺术特色：

首先，它的叙述方式变化不一，呈现出多样性的风格。作品似乎有意打破那种经过精心构思的"流畅叙述"的传统，把独特的戏剧性事件和诗意浓郁的抒情性篇幅、简单的词汇组合（如"你的离开，我的结束"，"这又是我们的风格、我们的方式了"）和复杂的感情表现、诗人的奇妙幻想和深沉的哲理思索结合在一起，在"不流畅"的叙述中取得了一种"大智若愚"的独特效果。作品中既有精确的现实主义描绘，又不乏由机缘与选择、欢乐与历险、别离与死亡构成的具有传奇色彩的故事；既有丰富的想象和浪漫的激情，又有无数的旁白与插曲，如同启示性的寓言；既有高雅的语言，优美的文笔，又有故作"平板"之貌、显示出朴野风格的文字。它是一部以诗的语言写出来的小说，体现了作者关于"艺术注目于被情感改动的现实"的一贯观点，显示出他的小说作为"诗人的散文"的艺术面貌和美学特质。

其次，善于通过主人公的梦境与幻觉，运用隐喻与象征来表现人物心理、命运或人物之间的关系，是这部小说的另一大特点。如作品中写日瓦戈一次生病时，曾有很长时间处于谵妄状态，在幻觉中看到一个长着吉尔吉斯人的小眼睛、穿着一件在西伯利亚或乌拉尔常见的那种两面带毛的鹿皮袄的男孩，他认定这个男孩就是他的死神，可是这孩子又帮他写诗。这一幻觉形象象征性地预示了日瓦戈后来的遭遇。

再次，同隐喻与象征手法相得益彰的是作品中意象的运用。小说中多次出现"窗边桌上燃烧着的蜡烛"的意象。小说中反复出现的这一意象，深印在男女主人公的意识中，象征着他俩心心相印的心灵之光。

最后,《日瓦戈医生》中的景色描写也独树一帜,并且同样和作家对于个性的关注相联系。这尤其显示于作品关于自然景色的"转喻性描写"。作家一方面赋予自然景物以人性,另一方面又把人物的心情投射到自然界,甚至让人物渗透到大自然中去,着意强调人和自然的不可分性。整部小说中的景色描写始终以冷色调为主,较多出现旷野、冰霜、风雪、寒夜、孤星和冷月的画面,既与主人公超凡而忧悒的精神气质相和谐,又呼应了作品大提琴曲般沉郁的抒情格调。

师探小测

1.（选择题）1922年,帕斯捷尔纳克的抒情诗集《生活,我的姐妹》问世,流亡诗人茨维塔耶娃在柏林的一份期刊上发表了评论这部诗集的文章（　　）。

A.《第二次诞生》　B.《光雨》　　　C.《雨霁》　　　D.《人与事》

2.（选择题）帕斯捷尔纳克早期诗歌的独特风格不包括（　　）。

A. 非凡的意象构成　　　　　　B. 新颖奇特的隐喻
C. 深刻的现实刻画　　　　　　D. 变幻莫测的句法

考点五十七　肖洛霍夫

1. 肖洛霍夫的主要作品:

（1）早期:

以中短篇小说和特写为主,这些作品后来结为《顿河故事》和《浅蓝的原野》两本文集,于1926年出版。在这些作品中,作家敏锐地抓住十月革命和国内战争时期顿河哥萨克地区激烈的、瞬息万变的社会冲突,对其匆促地、几乎是直线式地加以反映。

（2）1926年,肖洛霍夫着手创作了长篇小说《静静的顿河》。这部规模宏大的作品共四部八卷,创作时间近15年,到1940年全部出齐。

（3）1932年,写出另一长篇小说《被开垦的处女地》的第一部。时隔28年,《被开垦的处女地》的第二部（1960）才得以同读者见面:

《被开垦的处女地》这部长篇小说描写顿河哥萨克地区的格列米亚其村在苏联农业集体化时期疾风暴雨般的历史变革,反映了贫农、中农和富农、潜藏的反革命分子两个营垒之间的错综复杂的斗争,表现了农民,尤其是中农从个体经济走向集体经济的痛苦的转变过程。

（4）1956年和1957年之交,短篇小说《人的命运》（又译《一个人的遭遇》）,成为20世纪50年代下半期苏联卫国战争题材文学由"司令部真实"向

"战壕真实"转变的先声,因为这部小说描写的是战争中的普通人形象。同时,《人的命运》的题名本身就具有深刻的人道主义含义。作家所选取的素材虽是一个普通人在战争中的遭遇,但他所要强调的是20世纪50年代大力提倡的关心人、爱护人的精神。

(5) 1943年开始,肖洛霍夫的另一部描写卫国战争的长篇小说《他们为祖国而战》的若干片段,陆续发表在苏联的一些期刊上。

2.《静静的顿河》：

(1) 主人公葛利高里：

① 性格：

从葛利高里个人来看,可以说哥萨克的优点和弱点在他身上表现得最充分、最集中。他真诚、勇敢、豪放、热爱自由、积极探索真理、不盲从,爱与憎的感情都十分强烈。但是,他又固执己见、刚愎自用、狂妄粗野,时而还显得十分残忍。这些个人特点,再加上白军的挑拨利诱、红军的某些过火行为,使得他在激烈动荡的时代不能明辨是非,摇摆于红军与白军之间,而且无论身处何地,他都心神不定,最后只能是以精神崩溃结束自己的生活道路。

② 形象意义：

小说主人公葛利高里是"顿河哥萨克中农的独特象征","一个动摇不定的人"。通过葛利高里这一艺术形象,小说真实地反映了哥萨克在十月革命前后动荡的历史年代的悲剧性命运,表现了哥萨克的本质特征。作品还经由这一形象触及那一非常年代的复杂史实,不回避红军的偏激情绪和过火行为,又使得这一艺术形象带上了悲剧人物的某种悲壮色彩。从一定意义上说,葛利高里这一形象还反映了历史的深刻变动与个人命运的关系,表现了历史运动的逻辑与人道主义的理想和要求之间的矛盾,因而具有了超越具体时空的典型意义。

(2) 思想内容：

哥萨克是俄国历史上形成的一个特殊的社会阶层,其基本成员本是由内地逃到边远地区的农民,后逐步形成集庄稼人和军人于一身的特殊身份,并建立起具有自治性质的社会组织体制。哥萨克人以酷爱自由、粗犷勇武著称,但也有因远离民主运动、长期生活于落后闭塞环境中而难以改变的一些弱点和积习。后来,沙皇政府对哥萨克采取收买政策,使其成为统治阶级的鹰犬。1905年革命期间,哥萨克马队就曾被沙皇政府调集到彼得堡和莫斯科,在街头挥舞皮鞭和马刀,横冲直撞,血腥镇压"骚乱"的工人和学生。在十月革命后的国内战争年代,由于哥萨克的传统观念、经济地位和当时复杂的形势,顿河哥萨克人举行了暴动。《静静的顿河》客观地反映了这一段"残酷的真实",以史诗般的规模展现了哥萨克在这一历史变动年代的悲剧性道路。

（3）艺术成就：

首先，小说结构宏伟，人物众多，内容丰富，既生动地再现了自第一次世界大战到十月革命后的国内战争这一整个历史时代的风云变幻，又深刻地反映了人在历史运动过程中所付出的巨大代价，具有一种悲剧史诗的艺术风格。在这部长篇巨著中，可以看到许多与列夫·托尔斯泰《战争与和平》相似的东西。这里有庞大而有条不紊的艺术结构，令人眼花缭乱的宏阔的战争场面；对众多人物内心波澜的深入而出色的表现，往往是与人物心境紧密联系的变化万端的大自然景色，以及包括劳作、起居、饮食、节庆、生死、丧嫁和拌嘴斗殴在内的俄罗斯人的日常生活。这一切都使人感到这部小说渗透着一种民族精神，都足以唤起人们对于俄罗斯土地、草原、河流、森林、白桦和小木屋的亲切感。

其次，这部史诗性巨著的贡献并不在于它描绘了一幅无与伦比的风俗画。作品在个人经历与时代变迁、战争风云与家庭生活、爱写恨、笑与泪的交织之中，以冷峻的笔触，活脱脱地再现了20世纪俄罗斯历史上一个剧烈动荡的年代，提供了这个年代哥萨克农民痛苦而悲壮的生活历程的艺术录影，并从这一角度触及历史变革与弘扬人道主义的关系这一重大课题。作家坚持现实主义原则，而且是一种清醒、严格的现实主义，敢于直书全部的真实，敢于揭示种种冲突、矛盾、失误和残酷可怕的场面，显示出了一个真正的现实主义作家的非凡胆识。

再次，在葛利高里这一形象的塑造上，作者力避脸谱化、概念化，而是深入主人公的内心世界，致力于完整地揭示出他在颠簸动荡的一生中始终充满着矛盾的心理状态和痛苦的精神斗争，突出了他的独特个性，使这一形象性格鲜明，跃然纸上。然而，作家不可能对他的人物同时做出历史的和道德的评判。在历史的法则和人道主义的标尺之间，肖洛霍夫深思着、沉吟着、探索着，似有百思不得其解之苦，却恰恰以这种矛盾性营造了他的长篇小说的丰富内涵，并使得葛利高里这个动摇不定的人物远比某些立场坚定、始终如一的形象具有更大的艺术魅力。

最后，作品中的其他主要人物形象也刻画得颇为成功。阿克西妮亚、娜塔莉亚、坦丽亚等哥萨克女性形象，珂晒沃依、彼得罗、米琪喀等哥萨克形象，均各具个性特征，成为不可替代的"这一个"。小说对具有浓厚乡土气息的哥萨克人的劳动、爱情和日常生活的描写，对优美的顿河草原风光的描绘，对哥萨克人特有的风趣语言的运用，以及作品中那些俯拾即是的熔抒情、写景、沉思于一炉的文字等，都显示出肖洛霍夫杰出的艺术才能。

师探小测

1.（选择题）苏联卫国战争题材文学由"司令部真实"向"战壕真实"的转变，首先体现于肖洛霍夫的作品（　　）。

A. 《人的命运》 B. 《浅蓝的原野》
C. 《顿河故事》 D. 《被开垦的处女地》

2. （选择题）《被开垦的处女地》的作者是（　　）。

A. 肖洛霍夫 B. 帕斯捷尔纳克
C. 多姆勃罗夫斯基 D. 格·弗拉基莫夫

师探小测·参考答案

考点五十五　俄罗斯文学概况

1. B

2. 20世纪50年代以后，苏联战争题材的创作发生了很大的变化。深受肖洛霍夫《人的命运》的启发，一批参加过卫国战争的作家以亲身经历为素材，用逼真的细节描写再现战场真实，表现了普通士兵和下级军官的切身感受，暴露了战争的残酷性，因此，他们被称为"战壕真实派"。代表作家作品有邦达列夫的《营请求火力支援》、巴克兰诺夫的《一寸土》、贝科夫的《第三颗信号弹》等。

考点五十六　帕斯捷尔纳克

1. B   2. C

考点五十七　肖洛霍夫

1. A   2. A

第六章 拉丁美洲文学

考点五十八 拉丁美洲文学概况

1. 魔幻现实主义文学：

(1)"魔幻现实主义"一般特指拉丁美洲从20世纪30年代到80年代盛行约半个世纪的一种文学流派。原是20世纪70年代德国艺术批评家弗朗茨·罗在研究德国和欧洲后期表现派绘画时所使用的一个术语。

魔幻现实主义将"魔幻"与"现实"这组具有悖论特质的概念完美、神奇地融为一体，具有现实与超现实的双重视角。魔幻现实主义以理性社会为基础，但同时也视超自然现象为正常，任何有悖于经验主义的事物，如宗教信仰、迷信、神话、传说、巫术等在魔幻现实主义中都是社会的正常构成。以魔幻的手法捕捉现实是魔幻现实主义不同于传统现实主义的表现社会的方法。魔幻现实主义不同于单纯的幻想，它根植于现实的世界，是对现实世界中的人类和社会的真实描写，读者能够通过幻象感受到本质意义上的真实。

(2) 在拉丁美洲文学界，<u>第一个使用"魔幻现实主义"术语的是委内瑞拉著名作家阿图罗·乌斯拉尔·彼特里</u>的<u>《委内瑞拉的文学与人》（1948）</u>。

(3) 古巴作家阿莱霍·卡彭铁尔又从小说创作的角度，进一步对魔幻现实主义做了理论阐述，他认为魔幻现实主义是用丰富的想象和艺术夸张的手法，对现实生活进行"特殊表现"，从而把现实变成一种"神奇现实"。

(4) 阿根廷著名文艺评论家恩里克·安·因贝特在<u>《魔幻现实主义及其他论文》</u>中，对魔幻现实主义进行了总结和理论概括。

(5) 基本特征：

首先，魔幻现实主义是对拉丁美洲独特现实的深刻反映，尤其是展现了按照拉丁美洲人的思维方式所认定的现实；

其次，多数魔幻现实主义作家不认为自己是在杜撰或者为了魔幻而魔幻，而多是以冷静的态度和毫不辩解的口吻来讲述令人难以置信的故事；

再次，魔幻现实主义作家采用夸张、变形、象征、荒诞和漫画等手法来逼近某种奇特的现实，不是为了求奇求幻，而是为了把现实抽象成某种寓言，再借助读者的想象把寓言还原成某种现实，比如阿斯图里亚斯的《总统先生》和加夫列尔·加西亚·马尔克斯的《家长的没落》等，就是通过对专制统治者的夸张变形，塑造了某种荒诞不经的漫画角色，实质上却是对现实的高度提炼和概括。

(6) 三个发展阶段：

<u>第一，早期魔幻现实主义阶段（20世纪三四十年代）</u>：

代表作家是危地马拉作家<u>阿斯图里亚斯</u>和古巴作家<u>卡彭铁尔</u>。

代表作品有阿斯图里亚斯的《危地马拉的传说》（1932）、《总统先生》（1946）、《玉米人》（1949）与卡彭铁尔的《埃古·扬巴·奥》（1933）、《这个世界的王国》（1949）等。

这些作品的特点是充满了原始神话色彩，大量运用了印第安人或黑人的文化传统资源，以激发拉丁美洲作家对自己民族传统和大陆之根的回溯与珍惜。

<u>第二，中期魔幻现实主义阶段（20世纪五六十年代）</u>：

代表作家有墨西哥作家胡安·鲁尔福和哥伦比亚作家加西亚·马尔克斯等。

这个时期又正值拉丁美洲"文学爆炸"时期，魔幻现实主义成为拉美文坛的主流，甚至在世界文坛也堪执牛耳。鲁尔福的《佩德罗·帕拉莫》（1955）（以典型的魔幻现实主义方式反映了墨西哥荒凉、怪诞的生活）和马尔克斯的《百年孤独》（1967）成为重中之重，不但在拉美，在整个世界范围内业已成为文学经典。

此一时期的魔幻现实主义不再局限于反映拉美土著文化，而以阔大的胸襟和气魄来反思整个拉美乃至整个人类的文化与历史。

<u>第三，晚期魔幻现实主义阶段（20世纪七八十年代）</u>：

代表作品有卡彭铁尔的《方法的根源》（1974），马尔克斯的《家长的没落》（1975）和《一件事先张扬的凶杀案》（1981），智利女作家伊沙贝尔·阿连德的《幽灵之家》（1982）等。

这个时期的魔幻现实主义在内容上不复具有鼎盛期的力度，但在艺术技巧上渐臻炉火纯青的境界。

(7) 魔幻现实主义文学的三位大师：阿斯图里亚斯、鲁尔福、加西亚·马尔克斯。

(8) 其他代表作家和作品：巴尔萨斯·略萨（秘鲁）。

① 其获得诺贝尔文学奖的授奖词称赞他的作品："用制图学般的细致入微描绘了权力结构，并对个人的抵制反抗和挫败等形象进行了生动而犀利的刻画。"

② 代表作品：

1962年，在《城市与狗》中，略萨以少年时期的一段生活经历为基础，描写了秘鲁一所军校中腐败的军事管理制度，充斥着暴力、欺骗、压迫和凌虐的校园生活。

1966 年,《绿房子》是略萨最重要的长篇小说,通过 5 个故事勾画出当代秘鲁北部地区光怪陆离的社会风貌。

20 世纪 70 年代之后,对人的精神心理探索的《胡利娅姨妈和作家》(1977)、新历史主义小说《世界末日之战》(1981),描写不伦性爱的《继母的赞扬》(1988)等,显示出后现代自由主义的精神趣味。

2.《总统先生》在文学史上的意义:首开魔幻现实主义运用之先河,率先运用了后来魔幻现实主义作家常用的艺术手段来表现拉丁美洲的现实。

师探小测

1.(选择题)魔幻现实主义具有三个发展阶段,其中早期魔幻现实主义阶段是( )。

A. 19 世纪末 20 世纪初   B. 20 世纪二三十年代
C. 20 世纪三四十年代   D. 20 世纪五六十年代

2.(选择题)堪称魔幻现实主义文学大师的三位作家,包括加西亚·马尔克斯、( )。

A. 卡彭铁尔和鲁尔福   B. 阿连德和阿斯图里亚斯
C. 阿连德和卡彭铁尔   D. 阿斯图里亚斯和鲁尔福

考点五十九　博尔赫斯

1. 博尔赫斯的主要作品:

(1) 20 世纪 20 年代:

① 第一本诗集《布宜诺斯艾利斯的热情》(1923),后又出版了《面前的月亮》(1925)、《圣马丁札记》(1929)等;

② 散文集有《探索》(1925)、《我希望的尺度》(1926)、《阿根廷人的语言》(1928)等;

③ 1935 年,博尔赫斯出版了第一部短篇小说集《恶棍列传》。

(2) 30 到 40 年代:

短篇小说集《小径分叉的花园》(1941)、《杜撰集》(1944)、《阿莱夫》(1949)。

(3) 60 年代之后:

① 诗集《诗人》(1960)、《另一个,同一个》(1964)、《为六弦琴而作》(1965)、《影子的颂歌》(1969)、《老虎的金黄》(1972)等;

② 短篇小说集《布罗迪报告》（1970）、《沙之书》（1975）和《莎士比亚的记忆》（1983）。

2. 博尔赫斯小说中的"迷宫"意象：

博尔赫斯在作品中为读者设置了各种晕头转向的"陷阱"：围墙、镜子、回廊、圆形房间、庞大的建筑、对称的雕塑、几何图形、无数的门与阶梯……运用这些材料，博尔赫斯在小说中构造了各式各样的迷宫空间，形成庞大的迷宫象征群。"迷宫"在博尔赫斯的小说中有时是作为一个具体的建筑空间出现，有时则是抽象的象征物，或是谜题、悬案，或是小说、宇宙、时间。比如《通天塔图书馆》中无穷无尽的巨型图书馆是未知宇宙的象征。这反映了博尔赫斯对理性主义的嘲讽：人按自己习惯的思维方式去分析世界，但理性是有局限的，人会因此陷入自以为是的罗网，从而作茧自缚。

3. 博尔赫斯短篇小说的艺术特点：

（1）安德烈·莫洛亚曾精辟地指出："博尔赫斯是一位只写小文章的大作家。小文章而成大气候，在于其智慧的光芒、设想的丰富和文笔的简洁。"

（2）特征：

首先，体制精微、构思奇特、想象丰富，既有浓郁的幻想色彩，又具有哲理深度和玄学意味；

其次，除了幻想主题外，梦幻描写也是博尔赫斯短篇小说中经常出现的内容，比如《双梦记》《等待》《环形废墟》；

再次，大量使用"迷宫"意象，构造"迷宫"主题，反映了作家独特的时空观念和哲理思考。

4. 《小径分叉的花园》主题内涵：

在《小径分叉的花园》中有各类纷繁的迷宫意向，这是为了引出对时间主题的讨论——"小径分叉的花园"是"一座时间的无形迷宫"。小说中提出的"时间"，不是通常意义上的物理时间，呈同一性或绝对性，而是由背离的、汇合的和平行的无数时间系列织成的一张不断增长、错综复杂的时间网。这张互相靠拢、分歧、交错或者永远互不干扰的时间之网包含了人类生活的各种可能性。而正是时间的不断分叉，人的命运趋向各种可能，诸多偶然性因素让人们在不同的时间点形成不同的关系，带来身份的不确定：某些时刻，我们毫无关联地各自生活在独立、平行的时空中；契机到来，在特殊时间点我们发生命运交汇，但是这种关系并不固定，因为时间在不断分叉中进行。小说反映了博尔赫斯对人类存在的非理性特质的思考，人的行动和命运并非是因果逻辑的关系，时间在分叉中出现了通向未来的无数可能性，偶然和无常使得生活具有了非理性特质。

5. 博尔赫斯被誉为"作家中的作家"。

师探小测

1. （选择题）博尔赫斯短篇小说的艺术特点之一就是大量使用（　　）的意象。

A. "椅子"　　B. "房间"　　C. "镜子"　　D. "迷宫"

考点六十　加西亚·马尔克斯

1. 主要作品：

（1）1955 年，短篇小说《伊莎白尔在马孔多的观雨独白》《周末的最后一天》，开始出现马孔多小镇和恍惚迷离的魔幻意味；中篇小说《枯枝败叶》。

（2）1961 年，《没有人给他写信的上校》，凝结着马尔克斯的外祖父和他本人的生存体验，写一位退役上校一直在等国家许诺要发给他的老军人退伍补助金。

（3）1962 年，短篇小说《格兰德大妈的葬礼》，用戏谑、幽默、夸张的笔法描写了一位专制女家长的没落。

（4）1967 年，《百年孤独》正式出版。

（5）1970 年，短篇小说《巨翅老人》，被认为是他魔幻现实主义短篇小说代表作。

（6）1975 年，《家长的没落》，继卡彭铁尔《方法的根源》（1974）和巴拉圭作家罗亚·巴斯托斯《我，至高无上者》（1974）之后又一部反独裁小说。

（7）1981 年，《一件事先张扬的凶杀案》，讲述"我"极力搜寻 30 年前一件凶杀案的真相。

（8）1985 年，《霍乱时期的爱情》讲述了一个不同凡响的爱情故事：阿里萨等了五十一年零九个月又四天，等到初恋情人费尔米纳的年老丈夫乌尔比诺医生死了，他再次向费尔米纳求婚。一年之后，两个人竟然真的结合在一起，爱情经历沧桑而生生不息，令人唏嘘不已。

（9）1989 年，《迷宫中的将军》写的是拉丁美洲著名领袖玻利瓦尔生前七个月的生活、工作经历，展现了一位叱咤风云的英雄鲜为人知的另一面，为英雄除魅。

（10）1994 年，《爱情和其他魔鬼》讲述 17 世纪的一位女孩被疯狗咬伤后惨遭驱邪之苦，美丽的长发被剪去，与一名修士欲爱不能。在她死后，她的头发迅速生长出来，使她的尸体更为美丽绝伦。犹如魔鬼般的爱情，居然冲破死亡的牢笼，被供奉于美的祭坛。

2.《百年孤独》：

（1）叙事艺术：

对于马尔克斯来说，最难处理的问题是打破现实和令人难以置信事物的界限。在《百年孤独》中，这些迷人的魔幻部分之所以能取得如此深刻而又真实的力量而没有坠入生硬乱扯的泥潭，关键在于作品了不起的叙事艺术。马尔克斯采用外祖母叙述故事的方式，摆脱开一切理性主义的框框，冷静地、毫不怀疑地叙述下去，采用时空交错和家族绵延的方式把故事一再叙述下去。"多年以后，面对行刑队，奥雷里亚诺·布恩迪亚上校将会回想起父亲带他去见识冰块的那个遥远的下午。"这个融合了过去、现在和未来的开头，已经成为世界小说之林中的经典开篇，并为各国众多作家所纷纷仿效。

马尔克斯的精妙之处还在于，他并没有把这样的开头导向意识流，而是在叙述中把历史的沧桑感和生活的细节结合起来，寓庄于谐，妙趣横生。

（2）主题意蕴：

从整体来看，《百年孤独》模仿《圣经》从旧约的"创世纪"之人类开始到新约的"启示录"之世界末日的写法，完整地影射了哥伦比亚、拉丁美洲乃至整个人类的历史，暗喻人们如果依旧不能摆脱孤独而走向团结，注定只能走向毁灭。这正是题目"百年孤独"的深意所在。

当然，《百年孤独》不是泛谈历史，而是提炼出马孔多小镇的历史特征：孤独。这种孤独在于它的封闭：首先是地理位置上的封闭，但最重要的是马孔多人精神领域的封闭。他们太容易放弃自己，在外来文化的潮流中随波逐流，失去自己的根基。对于外来文化的接受，他们又是建立在自己愚昧、封闭的前理解上，以致嫁接出不伦不类的怪胎文化。正因为没有摆脱狭隘与愚昧，也没有真正理解与消化外来文化，所以马孔多人自始至终没能清醒、理智地与外来文化对话，发出自己的声音，找到自己生存的根基。

但是，马孔多封闭与毁灭的原因，绝不仅仅在于外来文化的冲击。外来文化的冲击和随之而来的赤裸裸的暴力、侵略只不过暴露了马孔多文化的内在悲剧而已，造成马孔多文化悲剧处境的内在原因，一是遗忘。他们遗忘了深厚的传统，于是就没有任何能力来抵御内在情欲的冲动和外来文化的冲击，这样每一代人的奋斗和文明成果都被时间和遗忘的洪流淹没，以至于下一代都得从零开始，在人性脆弱的流沙上重新建筑文明大厦。二是纵欲。《百年孤独》中过多的纵欲描写固然是较媚俗的部分，其实这未尝不是马尔克斯开出的"药方"：利用原始本能的生命活力来冲击马孔多人的孤独。但这也正是马尔克斯的悖论：欲望可以导向爱情，也可以导向乱伦；可以成为建设性的力量，也可能成为毁灭性的力量。没有规范、信念和传统制约的冲动，只不过加速马孔多的毁灭而已。

最后，《百年孤独》所描述的马孔多的兴衰，是通过布恩迪亚上校一家七代人的命运表现出来的。所以《百年孤独》又是一部地地道道的家族小说。马尔克斯在作品中独特地揭示了一个家族走不出的时间怪圈和历史宿命。这种宿命和孤独，构成这一家族的特色，甚至成为家族成员的性格特征。

师探小测

1. （选择题）下列不属于加西亚·马尔克斯作品的是（　　）。
A. 《百年孤独》　　　　　　　　B. 《霍乱时期的爱情》
C. 《一件事先张扬的凶杀案》　　D. 《我，至高无上者》

2. （选择题）加西亚·马尔克斯以幽默而夸张的笔法描写了一位专制女家长的没落，这个短篇小说是（　　）。
A. 《家长的没落》　　　　　　　B. 《格兰德大妈的葬礼》
C. 《枯枝败叶》　　　　　　　　D. 《巨翅老人》

师探小测·参考答案

考点五十八　拉丁美洲文学概况

1. C　　2. D

考点五十九　博尔赫斯

1. D

考点六十　马尔克斯

1. D　　2. B

三、全真模拟演练

"20世纪欧美文学史"全真模拟演练(一)

(课程代码:28956)

一、单项选择题(每小题1分,合计23分)

1. 意识流文学的产生,可以追溯到19世纪80年代后期法国作家杜夏丹的小说( )。
   A.《人生历程》 B.《青鸟》
   C.《月桂树被砍掉了》 D.《恶之花》

2.《等待戈多》是荒诞派戏剧的经典作品,它的作者是( )。
   A. 品特 B. 尤涅斯库 C. 贝克特 D. 阿达莫夫

3. 在荒诞派戏剧家品特的作品中,反复出现的主要意象是( )。
   A. 椅子 B. 房间 C. 大海 D. 树林

4. 兰波、魏尔兰、马拉美三人被并称为( )。
   A. 人文主义"三杰" B. 爱德华时代的作家
   C. 前期象征派"三杰" D. 后期象征派"三杰"

5. 现代主义是一种以非理性主义哲学为理论基础,主张和传统彻底决裂,在文学观念、表现形式和艺术上风格上追求新奇,具有( )的文学倾向与潮流。
   A. 现实性和批判性 B. 想象性和魔幻性
   C. 回归性和追忆性 D. 先锋性和实验性

6. 下列不属于萧伯纳的戏剧作品的是( )
   A.《苹果车》 B.《鳏夫的房产》
   C.《伤心之家》 D.《底层》

7. 可以被看作超现实主义和各种先锋派开场的发令枪的是阿尔弗雷德·雅里的( )。
   A.《蒂蕾西亚的乳房》 B.《愚比王》
   C.《图画诗》 D.《醇酒集》

8. 本涅特的创作在平凡中见真实,受巴尔扎克和( )的影响较深。
   A. 契诃夫 B. 司汤达 C. 王尔德 D. 左拉

9. 围绕煤矿工人毛瑞尔一家的痛苦,通过主人公保罗的成长过程反映深刻的社会问题和心理问题的小说是（　　）。
  A.《虹》　　　　　　　　　　B.《荒原狼》
  C.《儿子与情人》　　　　　　D.《恋爱中的妇女》

10.《金色笔记》是当代妇女解放运动中的一部重要作品，其作者是（　　）。
  A. 艾丽丝·默多克　　　　　　B. 曼斯菲尔德
  C. 多丽丝·莱辛　　　　　　　D. A. S. 拜厄特

11. 与詹姆斯·乔伊斯、威廉·福克纳和马赛尔·普鲁斯特齐名的意识流小说大师，文学评论家，"现代小说"理论的倡导者，以及西方女性主义文化与文学思潮的先驱是（　　）。
  A. 多丽丝·莱辛　　　　　　　B. 弗吉尼亚·伍尔夫
  C. 西蒙娜·德·波伏娃　　　　D. 艾丽丝·默多克

12. 被尼克松总统在悼词中称赞是"一座沟通中西方文明的桥梁"，"一位伟大的艺术家，一位敏感而富于同情心的"的作家是（　　）。
  A. 赛珍珠　　　B. 赵建秀　　　C. 谭恩美　　　D. 汤亭亭

13. 梅列日科夫斯基的诗集（　　）是俄国象征派诗歌产生的标志之一。
  A.《燃烧的大厦》　　　　　　B.《象征》
  C.《彼得堡》　　　　　　　　D.《第三守备队》

14. "生在一个普遍接受了'为艺术而艺术'的世界，继而赶上艺术被要求服务于社会目的的年代，他坚定地坚持了介于这二者之间的观点，同时又绝非在此二者之间妥协，他表明了，一位艺术家，如果能够一心一意地为他的艺术服务，那他同时就是在为他的民族和全世界做出最大贡献。"这是 T. S. 艾略特对（　　）的评价。
  A. 叶芝　　　B. 拜伦　　　C. 萧伯纳　　　D. 品特

15. 长篇小说《洛丽塔》的作者是（　　）。
  A. 博尔赫斯　　B. 扎伊采夫　　C. 纳博科夫　　D. 马尔克斯

16. 在《愚比王》中一切都以喜剧性的方式展开，没有对消极因素的正面批评，也没有肯定任何东西，这是一种（　　）手法。
  A. "黑色幽默"　B. "冰山原则"　C. "零度写作"　D. "避重就轻"

17. 高尔基早期创作阶段的现实主义作品以（　　）最为引人注目。
  A. "乡土小说"　　　　　　　　B. "史诗小说"
  C. "人物传记"　　　　　　　　D. "流浪汉小说"

18. 超现实主义就是精神自动性的记录，因为它的思想和艺术特征都与精神自动性密切相关。它是一场影响广阔的艺术运动，它的前驱是（　　）。
  A. 自然主义　　B. 达达主义　　C. 人文主义　　D. 理性主义

19. "瓦斯三部曲"的作者是（　　）。

　　A. 阿尔弗雷德·德布林　　　　B. 格奥尔格·凯泽

　　C. 弗兰茨·威尔弗　　　　　　D. 埃里希·凯斯特纳

20. 第一位获得诺贝尔文学奖的俄罗斯作家是（　　）。

　　A. 叶赛宁　　　B. 高尔基　　　C. 纳博科夫　　　D. 布宁

21. "标志着现代英语小说创作的一个重大转折"，"为意识流小说进入鼎盛期铺平了道路"的小说是（　　）。

　　A. 《喧哗与骚动》　　　　　　B. 《人生历程》

　　C. 《金色笔记》　　　　　　　D. 《尤利西斯》

22. "黑幕揭发小说"的代表性力作《屠场》的作者是（　　）。

　　A. 厄普顿·辛克莱　　　　　　B. 西奥多·德莱塞

　　C. 弗兰克·诺里斯　　　　　　D. 舍伍德·安德森

23. 意大利未来主义文学的创始人、《未来主义文学技巧宣言》的发表者是（　　）。

　　A. 罗伯-格里耶　　　　　　　B. 阿尔弗雷德·扎利

　　C. 马里内蒂　　　　　　　　　D. 马雅可夫斯基

二、填空题（每空1分，合计5分）

24. 海明威在小说（　　　　）中塑造了一个经典的硬汉形象——老渔夫桑地亚哥。

25. "乡村诗人"（　　　　）以《白桦》（1914）、《罗斯》（1914）等散发着"俄罗斯田野的惆怅"的诗作引起批评界的注意。

26. 波兰作家（　　　　）的长篇历史小说《你往何处去?》描写了古罗马早期的基督徒抗击暴君尼禄的故事。

27. 爱伦·坡的（　　　　）对波德莱尔的美学观念产生了很深的影响。

28. 1909年2月20日，意大利艺术家马里内蒂在法国（　　　　）上发表《未来主义的创立和宣言》，提出了未来主义的十一条纲领，概括起来就是两个方面：反叛一切传统，歌颂工业文明。

三、名词解释题（每小题3分，合计12分）

29. 意识流文学

30. "自动写作法"

31. 《小说面面观》

32. 黑幕揭发小说

四、简答题（每小题 6 分，合计 30 分）
33. 简述存在主义文学的基本特征。

34. 简述后期象征主义文学对前期象征主义的继承和发展。

35. 试析劳伦斯的小说《虹》中的人物形象。

36. 简述小说《达洛卫夫人》的艺术特色。

37. 简述《荒原》的主题。

五、论述题（每小题 10 分，合计 30 分）

38. 论述 T. S. 艾略特在文学理论与批评方面的主要贡献和基本观点。

39. 论述美国作家菲茨杰拉德的小说在叙述艺术方面的基本特点。

40. 谈谈伍尔夫小说《到灯塔去》的"奏鸣曲"式结构。

"20世纪欧美文学史"全真模拟演练(二)

(课程代码:28956)

一、单项选择题(每小题1分,合计23分)

1. 西方现代主义文学在思想上,具有( )的总体特征。
   A. 反传统　　　B. 反人文　　　C. 反理性　　　D. 反专制

2. 下列不属于象征主义代表作家的是( )。
   A. 雷尼耶　　　B. 马里内蒂　　C. 保尔·瓦莱里　D. 里尔克

3. 赫伯特·乔治·威尔斯以科学幻想小说和描写城市小人物的小说著称,下列小说属于他描写城市小人物的是( )。
   A. 《时间机器》　　　　　　　B. 《莫洛医生的岛屿》
   C. 《托诺—邦盖》　　　　　　D. 《隐身人》

4. 下列属于乔治·奥威尔纪实文学的著作的是( )。
   A. 《向加泰隆尼亚致敬》　　　B. 《狮子与独角兽》
   C. 《一九八四》　　　　　　　D. 《让叶兰在风中飞舞》

5. 现代史诗式小说《尤利西斯》的作者是( )。
   A. 康拉德　　　B. 贝克特　　　C. 乔伊斯　　　D. 劳伦斯

6. 诗人( )和曼德尔施塔姆是阿克梅派的双璧。
   A. 阿赫玛托娃　　　　　　　　B. 叶赛宁
   C. 古米廖夫　　　　　　　　　D. 梅列日科夫斯基

7. 托马斯·曼称( )这部作品是自己的"最后一本书",是"生的忏悔",是对自己一生中"罪过、负债与责任"的自我反思和自我批判。
   A. 《绿蒂在魏玛》　　　　　　B. 《浮士德博士》
   C. 《魔山》　　　　　　　　　D. 《布登勃洛克一家》

8. ( )被视为第二次世界大战后美国小说家中最富有现实主义特色的作家。
   A. 乔伊斯·卡罗尔·欧茨　　　B. 约翰·厄普代克
   C. J. D. 塞林格　　　　　　　D. 拉尔夫·埃里森

9. "为西方世界打开了一条路,使西方人用更深的人性洞察力去了解一个陌生而遥远的世界——中国",这句话称赞的是作家（ ）。

A. 汤亭亭　　　B. 赛珍珠　　　C. 谭恩美　　　D. 李恩富

10. （ ）被《纽约时报》（书评副刊）誉为"当代英国的编年史家"。

A. 萨尔曼·拉什迪　　　　　　B. 艾丽丝·默多克

C. 玛格丽特·德拉布尔　　　　D. 多丽丝·莱辛

11. 在出国后30余年中共有《静静的小河湾》（1921）、《女巫》（1936）和《冬天的虹》（1952）等10部小说故事集出版，成为"第一浪潮"中的一位多产作家的是（ ）。

A. 苔菲　　　B. 什梅廖夫　　　C. 茨维塔耶娃　　　D. 纳博科夫

12. 存在主义文学在第二次世界大战前后首先在法国文坛产生，也以法国存在主义文学成就最高。萨特、加缪和（ ）分别从不同的角度进行创作，形成三足鼎立之势。

A. 诺曼·梅勒　　　　　　　　B. 雷蒙·盖夫

C. 西蒙娜·德·波伏娃　　　　D. 莫里斯·梅洛-庞蒂

13. 2007年，诺贝尔文学奖授奖词评价某位作家："这位女性经验史诗的作者，以怀疑主义、热情和预言力量来审视一个分裂的文明。"这位作家是（ ）。

A. 西蒙娜·德·波伏娃　　　　B. 多丽丝·莱辛

C. 艾丽丝·默多克　　　　　　D. 赛珍珠

14. 中国的法国文学研究界惯于将（ ）、佩雷克、莫迪亚诺并称为"法兰西三星"。

A. 贝克特　　　B. 萨特　　　C. 阿波利奈尔　　　D. 勒·克莱齐奥

15. （ ）开启了纪德所谓的"傻剧"，打开了传统小说所不允许的自由和喜剧空间，逃脱了决定论和无法改变的因果关系，被法国小说派奉为现代派文学的开山之作。

A. 《帕吕德》　　B. 《背德者》　　C. 《浪子归来》　　D. 《窄门》

16. 下列不属于"9·11文学"的作品是（ ）。

A. 《坠落的人》　　　　　　　B. 《特别响，非常近》

C. 《美国牧歌》　　　　　　　D. 《放血尖端》

17. 汤亭亭的成名作（ ）被美国现代语言协会称为"美国现代大学教育中被讲授最多的文本"。

A. 《女勇士》　　　　　　　　B. 《中国佬》

C. 《孙行者》　　　　　　　　D. 《第五和平书》

18. 昆德拉最有影响力的一部小说以1968年捷克爆发的"布拉格之春"事件为历史背景，讲述了外科医生托马斯的生活经历。这部小说是（ ）。

A. 《生命中不能承受之轻》　　B. 《生活在别处》

C.《为了告别的聚会》 D.《不朽》

19. 下列不属于"解冻文学"作品的是（   ）。

A.《区里的日常生活》 B.《俄罗斯森林》

C.《不是单靠面包》 D.《一寸土》

20. 叶赛宁一开始就以《白桦》《罗斯》等散发着（   ）的诗作引起文学批评界的注意。

A."远离故乡的愁思" B."俄罗斯田野的惆怅"

C."俄罗斯平原的荒凉" D."俄罗斯森林的肃穆"

21. 域外俄罗斯文学"第三浪潮"中最有成就的作家是（   ）。

A. 苏霍姆林斯基 B. 弗·马克西莫夫

C. 沃伊诺维奇 D. 索尔仁尼琴

22.《被开垦的处女地》的作者是（   ）。

A. 肖洛霍夫 B. 帕斯捷尔纳克

C. 多姆勃罗夫斯基 D. 格·弗拉基莫夫

23. 高尔基的自传体三部曲包括《童年》《在人间》《我的大学》，是高尔基根据自己亲身经历写成的自传体作品，贯穿于三部曲的是自传主人公（   ）。

A. 鲁卡   B. 阿辽沙   C. 高尔杰耶夫   D. 切尔卡什

二、填空题（每空 1 分，合计 5 分）

24.《恶之花》在理论和创作上都奠定了（   ）的基本模式，被公认为欧洲文学的转折点。

25. "艺术是表现，而不是再现。"是（   ）的口号。

26. "迷惘的一代"一语出自侨居巴黎的美国女作家格特鲁德·斯泰因，她曾评价海明威等人："你们都是迷惘的一代。"海明威将这句话题写在其第一部长篇小说（   ）的扉页上。

27. 捷克作家雅罗斯拉夫·哈谢克的（   ）抨击奥匈帝国穷兵黩武的行径，塑造了帅克这个善良乐观而又威武不屈的、表现出捷克民族精神的普通人形象。

28. 纪尧姆·阿波利奈尔的（   ）是超现实主义的奠基之作。

三、名词解释题（每小题 3 分，合计 12 分）

29. "哈莱姆文艺复兴"

30. 霍加斯出版社

31. "新实际主义"

32. "间离效果"

四、简答题（每小题 6 分，合计 30 分）

33. 简述高尔基早期的创作特色。

34. 简述 20 世纪欧美现实主义文学呈现的新特征。

35. 分别说说《浮士德博士》作为一部"艺术家小说"和"时代小说"的特征。

36. 简述莫里亚克的创作成就。

37. 简述什么是"白银时代"。

五、论述题（每小题 10 分，合计 30 分）

38. 阐释布宁的小说《阿尔谢尼耶夫的一生》的主题思想。

39. 说说荒诞派戏剧的艺术特征。

40. 试析叶芝诗歌中对爱尔兰主题的探索和表达。

"20世纪欧美文学史"全真模拟演练(三)

(课程代码:28956)

一、单项选择题(每小题1分,合计23分)

1. 伍尔夫一生致力于对维多利亚时代陈腐的文学观念与技巧的挑战。1910年,她发表( )一文,尖锐地抨击了当时英国现实主义文学的代表人物威尔斯、高尔斯华绥、本涅特等人。

   A.《小说面面观》　　　　　　B.《到灯塔去》
   C.《论现代小说》　　　　　　D.《墙上的斑点》

2. 象征主义的产生可以追溯到19世纪中叶的美国作家爱伦·坡和法国诗人( )。

   A. 布宁　　　B. 波德莱尔　　　C. 叶赛宁　　　D. 贝克特

3. 作为超现实主义运动的创始人,在第一次《超现实主义宣言》中模仿百科全书的方式将超现实主义归在哲学条目下,并下了定义,使超现实主义有了明确的理论基础的是( )。

   A. 马里内蒂　　　B. 显克维奇　　　C. 布勒东　　　D. 波伏娃

4. 美国第一位获得诺贝尔文学奖的作家是( )。

   A. 海明威　　　　　　　　　　B. 赛珍珠
   C. 辛克莱·路易斯　　　　　　D. 舍伍德·安德森

5. 为我国读者所熟悉的短诗《豹》是里尔克在( )的建议下于巴黎植物园亲自观察后写就的一首"物诗"。

   A. 罗曼·罗兰　　B. 罗丹　　C. 萨特　　D. 罗素

6. 被誉为"不安的一代人的《圣经》"的是( )。

   A.《人间食粮》　　　　　　　B.《了不起的盖茨比》
   C.《人生历程》　　　　　　　D.《苇间风》

7. 1961年,英国戏剧理论家( )在《荒诞派戏剧》一书中首次使用"荒诞派戏剧"术语对此戏剧潮流做了理论分析与概括,"荒诞派戏剧"的名称正式诞生。

   A. 尤内斯库　　B. 阿达莫夫　　C. 马丁·艾斯林　　D. 让·热内

8. 下列不属于俄国回归文学的是（　　）。
   A. 《古拉格群岛》　　　　　　B. 《科累马故事》
   C. 《无用之物系》　　　　　　D. 《生活与命运》
9. 菲茨杰拉德的《时髦少女和哲学家》《爵士乐时代的故事》这两部短篇小说集第一次非常明确地将那个时代命名为"爵士乐时代"，写出了那个时代的颓废、绝望和（　　），带有鲜明的时代特点。
   A. 享乐主义　　B. 虚无主义　　C. 唯物主义　　D. 现实主义
10. 表现主义文学家反对把文学看成是自然和印象的再现，认为创作并不只是为了描写或安排现实，而应当解释现实，揭示（　　）。
    A. 历史的进程和真相　　　　　B. 人的本质和灵魂
    C. 人的挣扎和发展　　　　　　D. 外物的规律和因果
11. 因卓越的文学成就被誉为"福克纳、海明威和菲茨杰拉德的文学继承人"的是（　　）。
    A. 索尔·贝娄　　　　　　　　B. 约翰·厄普代克
    C. 托马斯·品钦　　　　　　　D. 伯纳德·马拉默德
12. 安德烈·莫洛亚曾精辟地指出某位作家短篇小说的艺术特点"是一位只写小文章的大作家。小文章而成大气候，在于其智慧的光芒、设想的丰富和文笔的简洁"。这位作家是（　　）。
    A. 肖洛霍夫　　B. 马尔克斯　　C. 纳博科夫　　D. 博尔赫斯
13. 第二次世界大战后最有影响力的现代主义文学流派是（　　）。
    A. 未来主义文学　B. 象征主义文学　C. 存在主义文学　D. 虚无主义文学
14. 以不同的视角讲述了贫穷白人萨德本的奋斗史，成为福克纳长篇小说中历史性最强的一部，也是福克纳艺术创作的顶峰的小说是（　　）。
    A. 《押沙龙，押沙龙！》　　　B. 《去吧，摩西》
    C. 《喧哗与骚动》　　　　　　D. 《圣殿》
15. 下列选项中不属于马尔克斯的作品的是（　　）。
    A. 《百年孤独》　　　　　　　B. 《霍乱时期的爱情》
    C. 《一件事先张扬的凶杀案》　D. 《我，至高无上者》
16. 通过主人公吉米的形象，表达了20世纪50年代青年人迷惘而又激越的情绪，成为"50年代愤怒的一代的戏剧性宣泄"的剧本是（　　）。
    A. 《幸运的吉姆》　　　　　　B. 《军官与绅士》
    C. 《黑暗昭昭》　　　　　　　D. 《愤怒的回顾》
17. 普鲁斯特对英国艺术史学家（　　）的作品很感兴趣，翻译了他的《亚眠的圣经》和《芝麻与百合》。
    A. 约翰·拉斯金　　　　　　　B. 阿尔弗雷德·扎利

C. 杰克·伦敦　　　　　　　　D. 阿诺德·本涅特

18. 艾夫林·沃的战争三部曲"荣誉之剑"包括《军旅生涯》、《军官与绅士》和（　　）。

　　A.《衰落与瓦解》　　　　　　B.《一捧尘土》

　　C.《罪恶的躯体》　　　　　　D.《无条件投降》

19. 魔幻现实主义具有三个发展阶段，其中早期魔幻现实主义阶段是（　　）。

　　A. 19世纪末20世纪初　　　　B. 20世纪二三十年代

　　C. 20世纪三四十年代　　　　D. 20世纪五六十年代

20. 帕斯捷尔纳克早期诗歌的独特风格不包括（　　）。

　　A. 非凡的意象构成　　　　　　B. 新颖奇特的隐喻

　　C. 深刻的现实刻画　　　　　　D. 变幻莫测的句法

21. 1952年，因"深入刻画人类生活的戏剧时所展示的精神洞察力和艺术激情"而获得诺贝尔文学奖的作家是（　　）。

　　A. 莫里亚克　　B. 普鲁斯特　　C. 赛珍珠　　D. 海明威

22. 在拉丁美洲文学界，第一个使用"魔幻现实主义"术语的是委内瑞拉著名作家（　　）的《委内瑞拉的文学与人》。

　　A. 阿莱霍·卡彭铁尔　　　　　B. 恩里克·安·因贝特

　　C. 胡安·鲁尔福　　　　　　　D. 阿图罗·乌斯拉尔·彼特里

23. 后现代主义是当代西方最重要的思想文化运动之一。其中后结构主义是后现代主义理论的核心基础，以雅克·德里达的解构思想、米歇尔·福柯的话语理论、利奥塔的元叙事和"宏大叙事"理论、罗兰·巴特的（　　）理论为代表。

　　A."潜在写作"　B."作者已死"　C."存在主义"　D."私人书写"

二、填空题（每空1分，合计5分）

24. 前期象征派"三杰"包括兰波、魏尔兰和（　　）。

25. （　　）真正大胆撕破文学中的"斯文传统"，带给美国文坛伟大的力量和笨拙的文体之混合，通常被称为美国的巴尔扎克。

26. 受易卜生影响，萧伯纳用（　　）向当时充斥英国舞台的色情剧、颓废剧发起了挑战，主张艺术应当反映迫切的社会问题。

27. 1907年，（　　）获得诺贝尔文学奖，成为第一位获此殊荣的英语作家。

28. 1920年安德烈·布勒东和菲利普·苏波发表了第一部"纯粹的"超现实主义作品（　　）。

三、名词解释题（每小题3分，合计12分）

29. "迷惘的一代"

30. 荒诞派戏剧

31. 新小说派

32. 黑色幽默

四、简答题（每小题 6 分，合计 30 分）
33. 简述西方现代主义文学的共同特征。

34. 试析劳伦斯的小说《虹》中厄秀拉的人物形象。

35. 简述高尔基中期的创作特色。

36. 简述超现实主义的艺术特征。

37. 简单介绍多丽丝·莱辛的小说《暴力的孩子们》"五部曲"。

五、论述题（每小题 10 分，合计 30 分）

38. 分别论述小说《达洛卫夫人》中男女主人公形象的对应关系和意义关联。

39. 试析小说《追忆似水年华》的主题思想。

40. 阐述第二次世界大战后美国现实主义文学的主要特征。

"20世纪欧美文学史"全真模拟演练（四）

（课程代码：28956）

一、单项选择题（每小题1分，合计23分）

1. 在（　　）一文中，马里内蒂要求消灭形容词、副词，甚至标点符号，主张使用名词和动词不定式，把名词成双重叠进行类比。
   A.《第一次超现实主义宣言》　　B.《未来主义文学技巧宣言》
   C.《月桂树被砍掉了》　　　　　D.《小说面面观》

2. "标志着20世纪文学中非英雄的'现代人'的诞生，反映了现代小说有关'人'的观念的变化"的是小说人物（　　）。
   A. 盖茨比　　　　　　　　　　B. 温斯顿·史密斯
   C. 布卢姆　　　　　　　　　　D. 萨拉

3. 普鲁斯特的小说《追忆似水年华》总共有七卷，下列不属于这七卷的是（　　）。
   A.《盖尔芒特家那边》　　　　　B.《女囚》
   C.《重现的时光》　　　　　　　D.《暴力或贪恋名利》

4. 俄国的（　　）追求艺术表现的明朗化和清晰度，主张恢复词的原始意义，认为最高的"自我价值"在尘世，显示出与象征派对立的艺术观。
   A. 未来主义　　B. 解放文学　　C. 现实主义　　D. 阿克梅派

5. 可以称为约克纳帕塔法世系的思想总结的小说是（　　）。
   A.《去吧，摩西》　　　　　　　B.《喧哗与骚动》
   C.《我的弥留之际》　　　　　　D.《沙多里斯》

6. 被誉为"美国黑人生活的史诗"的作品是（　　）。
   A.《看不见的人》　　　　　　　B.《裸者与死者》
   C.《晃来晃去的人》　　　　　　D.《他们》

7. 简·里斯最著名的小说《藻海无边》，是对经典小说（　　）的重构，成为女性主义和后殖民主义文学批评热议的对象。
   A.《包法利夫人》　　　　　　　B.《巴黎圣母院》
   C.《简·爱》　　　　　　　　　D.《呼啸山庄》

8. 下列不属于布宁作品的是（　　）。
   A.《安东诺夫卡苹果》　　　　B.《疯狂的画家》
   C.《米佳的爱情》　　　　　　D.《山岳之歌》

9. 历史上第一位黑人桂冠诗人是（　　）。
   A. 丽塔·达夫　　B. 玛雅·安吉洛　　C. 托妮·莫里森　　D. 艾丽丝·沃克

10. 著名论述《第二性》的作者是（　　）。
    A. 西蒙娜·德·波伏娃　　　　B. T. S. 艾略特
    C. 弗吉尼亚·伍尔夫　　　　　D. 多丽丝·莱辛

11. 在海勒的小说《第二十二条军规》中，黑色幽默审美效果的形成在很大程度上要归功于反讽艺术。该书中运用的反讽形式主要有三种：言语反讽、（　　）和戏拟。
    A. 心理反讽　　B. 逻辑反讽　　C. 情境反讽　　D. 情态反讽

12. 魔幻现实主义具有三个发展阶段，其中中期魔幻现实主义阶段是（　　）。
    A. 20世纪二三十年代　　　　B. 20世纪五六十年代
    C. 20世纪七八十年代　　　　D. 20世纪末21世纪初

13. 20世纪50年代后，英国文学在风格和追求上显露出对现代主义潮流的反拨，这尤其表现在小说领域中现实主义风格的复归，出现了一批（　　）作家。
    A. "新现实主义"　　　　　　B. "未来主义"
    C. "现实主义"　　　　　　　D. "象征主义"

14. 高尔基的处女作（　　）表现"不自由、毋宁死"、自由高于一切的主题。
    A.《鹰之歌》　　　　　　　　B.《福马·高尔杰耶夫》
    C.《沦落的人们》　　　　　　D.《马卡尔·楚德拉》

15. 存在主义文学在（　　）成就最高。
    A. 俄国　　　　B. 法国　　　　C. 英国　　　　D. 美国

16. 以《琼斯皇》《毛猿》等作品大胆创新，开创了美国戏剧的表现主义时期的作家是（　　）。
    A. 尤金·奥尼尔　　　　　　　B. 薇拉·凯瑟
    C. 约翰·多斯·帕索斯　　　　D. 兰斯顿·休斯

17. 短篇小说集（　　）是布宁继其代表作《阿尔谢尼耶夫的一生》之后贡献给读者的又一部最重要的作品。在这部收有38篇爱情题材小说的作品集中，作家成功地刻画了一系列个性鲜明的女性形象。
    A.《来自故乡的消息》　　　　B.《米佳的爱情》
    C.《幽暗的林间小径》　　　　D.《乡村》

18. 1924年，《魔山》出版，标志着托马斯·曼进入了一个新的创作阶段。

《魔山》是（　　）的姊妹篇，是对后者"在另一个生活层次上的重复"。

A.《绿蒂在魏玛》　　　　　　B.《布登勃洛克一家》

C.《浮士德博士》　　　　　　D.《堕落》

19. 提出"创造物的自由和创造者的自由"，认为小说家是"上帝拙劣的模仿者"，不能决定人物的命运的是（　　）。

A. 艾略特　　B. 莫利亚克　　C. 马里内蒂　　D. 伍尔夫

20. 因对殖民地的种族压迫和经济矛盾进行了大胆揭露而被视为"抗议小说"的是多丽丝·莱辛的（　　）。

A.《黑暗来临前的夏天》　　　　B.《幸存者回忆录》

C.《好人恐怖分子》　　　　　　D.《野草在歌唱》

21. 康拉德的作品从题材来看，大致可以分为三类：航海小说、海外丛林小说和（　　）。

A. 科幻小说　　B. 流浪汉小说　　C. 历史小说　　D. 社会政治小说

22. "校园小说"是第二次世界大战后在英国文坛出现的一种类型化小说，这类作品多描写大学校园中知识分子的生活经历，代表作之一戴维·洛奇的"校园三部曲"包括《换位》、《小世界》和（　　）。

A.《魔术师》　　B.《好工作》　　C.《收藏家》　　D.《发条橙》

23. 诗集《云雾中的双子星座》的作者是（　　）。

A. 叶赛宁　　B. 布宁　　C. 帕斯捷尔纳克　　D. 肖洛霍夫

二、填空题（每空1分，合计5分）

24. 由于阿诺德·本涅特逼真记录、以文学作为历史的副本的艺术追求与创作特征，他受到了以弗吉尼亚·伍尔夫等为代表的年轻一代小说家的严厉批评，被斥为体现出"（　　）"的倾向。

25. "第一浪潮"诗歌创作领域中成就最突出的是女诗人（　　）。

26.《钟楼》《驶向拜占庭》《盘旋的楼梯》等诗作是英国著名诗人（　　）的作品。

27. 后现代主义是当代西方最重要的思想文化运动之一。其中（　　）是后现代主义理论的核心基础。

28. 高尔基的自传体三部曲包括三部中篇小说：（　　）《在人间》《我的大学》。

三、名词解释题（每小题3分，合计12分）

29. "硬汉精神"

30. "愤怒的青年"

31. "垮掉的一代"

32. "回归文学"

四、简答题（每小题 6 分，合计 30 分）

33. 试析乔伊斯的小说《都柏林人》的主题思想。

34. 简述表现主义的艺术特征。

35. 试析小说《局外人》中默尔索的艺术形象。

36. 简述高尔基晚期的创作特色。

37. 简述多丽丝·莱辛的小说《金色笔记》的艺术特点。

五、论述题（每小题10分，合计30分）
38. 说说卡夫卡的小说《诉讼》的主题思想。

39. 试析《藻海无边》对《简·爱》的经典重构。

40. 试析安吉拉·卡特《染血之室与其他故事》对传统童话的改写。

"20世纪欧美文学史"全真模拟演练（五）

（课程代码：28956）

一、单项选择题（每小题1分，合计23分）

1. 1899年，诗集（　　）确立了叶芝成为爱尔兰一流诗人的地位。
   A.《塔堡》　　B.《十字路口》　　C.《驶向拜占庭》　　D.《苇间风》

2. 纪德的作品中，作为一生的自我总结、遗嘱式的作品是（　　）。
   A.《浪子归来》　　　　　　　B.《忒修斯》
   C.《背德者》　　　　　　　　D.《如果种子不死》

3. 首位将中国、中国人推向世界最高文坛和世界人民视野中的小说家是（　　）。
   A. 赛珍珠　　B. 汤亭亭　　C. 谭恩美　　D. 金庸

4. 十月革命后，叶赛宁在《歌者的召唤》《约旦河的鸽子》等诗作中，讴歌（　　）。
   A."红色的俄罗斯"　　　　　B."屹立不倒的俄罗斯"
   C."风暴中的罗斯"　　　　　D."勇敢坚毅的俄罗斯"

5. 托马斯·曼的作品（　　）可以说是和歌德穿越时空的精神对话。
   A.《绿蒂在魏玛》　　　　　　B.《魔山》
   C.《雅各的故事》　　　　　　D.《马里奥和魔术师》

6. （　　）主编过华兹华斯、奥斯丁、哈代、伍尔夫等经典大师的文集，并著有《阿诺德·贝内特传》及研究作家的故乡风物对其创作影响的专著《作家的英国：文学中的景色描写》，主持了《牛津英国文学词典》（1985—2000）的编纂工作。
   A. 安吉拉·卡特　　　　　　　B. 玛格丽特·德拉布尔
   C. 简·里斯　　　　　　　　　D. 多丽丝·莱辛

7. 下列不属于艾略特为"新批评"奠定了基础的论著是（　　）。
   A.《传统与个人才能》　　　　B.《批评的功能》
   C.《诗歌的功能和批评的功能》　D.《论现代小说》

8. 美国历史上第一位获得诺贝尔文学奖的黑人女作家是（　　）。
   A. 玛雅·安吉洛　　　　　　　B. 丽塔·达夫
   C. 艾丽丝·沃克　　　　　　　D. 托妮·莫里森

9. 1922年，帕斯捷尔纳克的抒情诗集《生活，我的姐妹》问世，流亡诗人茨维塔耶娃在柏林的一份期刊上发表了评论这部诗集的文章（　　）。
   A. 《第二次诞生》　B. 《光雨》　　C. 《雨霁》　　　D. 《人与事》

10. 高尔基的散文诗（　　）以象征和寓意的手法传达出"山雨欲来风满楼"的时代气氛，表现了人民群众要推翻沙皇专制、变革社会的强烈愿望。
    A. 《海燕之歌》　B. 《底层》　　C. 《鹰之歌》　　D. 《夏天》

11. 下列不属于萨特作品的是（　　）。
    A. 《磁场》　　　B. 《存在与虚无》　C. 《苍蝇》　　D. 《禁闭》

12. 哈罗德·品特的作品富于英国特色，有一种神秘恐怖的哥特传统，因此，有人把品特的戏剧称为（　　）。
    A. "神秘的悲剧"　　　　　　B. "荒诞的正剧"
    C. "恐怖的悲剧"　　　　　　D. "威胁的喜剧"

13. 下列不属于法国荒诞派戏剧代表作家的是（　　）。
    A. 尤内斯库　　B. 哈罗德·品特　C. 贝克特　　　D. 让·热内

14. 20世纪60年代英国现实主义小说一统天下的格局发生了变化，作家开始致力于小说技巧的革新，带有实验性特征，但是小说呈现出的效果不同于同时代美国作家的无序混乱，更多的是延续现代主义创作思想，对（　　）进行存在主义探索。
    A. 人类生存　　B. 内心挣扎　　C. 历史真相　　D. 客观现实

15. "发条橙"指的是没有自由意志，听凭社会或他人来摆弄的一种"自动玩具"人格，终将会走向自我毁灭。小说《发条橙》的作者是（　　）。
    A. 戴维·洛奇　B. 约翰·福尔斯　C. 安东尼·伯吉斯　D. 威廉·戈尔丁

16. 1922年，长篇小说（　　）获得了普利策小说奖，标志着凯瑟的创作进入了中期。
    A. 《我们中的一员》　　　　　B. 《一个迷途的女人》
    C. 《啊，拓荒者!》　　　　　D. 《尖尖的枞树之乡》

17. 下列不属于多丽丝·莱辛的小说《暴力的孩子们》"五部曲"的是（　　）。
    A. 《玛莎·奎斯特》　　　　　B. 《第五个孩子》
    C. 《壅域之中》　　　　　　　D. 《风暴余波》

18. 被评论家称为索尔·贝娄的最具犹太性的一部小说是（　　）。
    A. 《赛勒姆先生的行星》　　　B. 《拉维尔斯坦》
    C. 《洪堡的礼物》　　　　　　D. 《贝拉罗莎暗道》

19. 亨利希·曼的作品以杰出的时代洞察力、鲜明的批判性及出色的讽刺艺术著称。他的代表作是长篇小说（　　），小说描写了一个小造纸厂老板的儿子赫斯林发迹的故事。

　　A.《魔山》　　　　　　　　　　B.《从清晨到午夜》

　　C.《臣仆》　　　　　　　　　　D.《措施》

20. 下列不属于女诗人茨维塔耶娃的作品的是（　　）。

　　A.《普叙赫：浪漫作品》　　　　B.《山岳之歌》

　　C.《沉重的竖琴》　　　　　　　D.《捕鼠者》

21. 20世纪20年代中期，布莱希特创作了《措施》《屠宰场上的圣约翰娜》等一系列实验性的戏剧作品，在这些作品中，布莱希特打破了亚里士多德以来的戏剧传统，转而追求一种（　　）。

　　A."间离效果"　B."共情效果"　C."旁观效果"　D."离情效果"

22. "英国移民文学三杰"之一 V. S. 奈保尔的非虚构类散文作品"印度三部曲"包括（　　）、《印度：受伤的文明》和《印度：百万叛变的今天》。

　　A.《抵达之谜》　　　　　　　　B.《河湾》

　　C.《幽暗国度》　　　　　　　　D.《米格尔大街》

23. 被西方学者认为是"1917年革命前四十年间俄国社会、政治和文学生活的缩影"，"堪称是20世纪的精神史"，"作为思想小说，达到最高成就"的小说是高尔基的（　　）。

　　A.《马特维·科热米亚金的一生》　B.《阿尔塔莫诺夫家的事业》

　　C.《俄罗斯童话》　　　　　　　　D.《克里姆·萨姆金的一生》

二、填空题（每空1分，合计5分）

24. 阿尔弗雷德·雅里的《愚比王》是对莎士比亚戏剧（　　）的戏仿。

25. 1910年和1911年，德国一些年轻的文学家先后创办了两家刊物——《冲击》（又名《狂飙》）和（　　），推动了德国表现主义文学的发展。

26. 奥威尔终其一生都在追求自由与民主，被称为"（　　）"。

27. 1932年，联共（布）中央决定撤销各种文学团体，筹备建立统一的苏联作家协会，"（　　）"被确立为苏联文学创作和文学批评的基本方法，许多作家遭到批判或惩处，文学创作受到严重束缚。

28. （　　）是里尔克从带有模仿痕迹的青春风格向"物诗"方向转变的标志之作。

三、名词解释题（每小题3分，合计12分）

29. 校园小说

30. 魔幻现实主义文学

31. "奥登一代"诗人

32. 《四个四重奏》

四、简答题（每小题 6 分，合计 30 分）
33. 简述伍尔夫的现代小说观。

34. 试析克里姆·萨姆金形象的意义。

35. 简述新小说派的艺术特色。

36. 简述小说《福楼拜的鹦鹉》的主题思想。

37. 简述小说《等待戈多》的主题内涵。

五、论述题（每小题 10 分，合计 30 分）

38. 试析第二次世界大战后法国文学与哲学之间的关系。

39. 试析多丽丝·莱辛小说《金色笔记》的主题思想。

40. 阐释小说《第二十二条军规》的艺术特色。

"20世纪欧美文学史"全真模拟演练（六）

（课程代码：28956）

一、单项选择题（每小题1分，合计23分）

1. 劳伦斯的短篇小说（　　）中，英国矿工在英国文学史上第一次作为独立而有尊严的形象出现。

  A.《儿子与情人》   B.《查泰莱夫人的情人》

  C.《菊馨》   D.《狐》

2. 小说《给麻风病人的吻》的作者是（　　）。

  A. 莫里亚克 B. 马里内蒂 C. 康拉德 D. 纪德

3. 布宁在国外完成的最重要的作品，也是唯一的长篇小说是（　　）。

  A.《马特维·科热米亚金的一生》 B.《阿尔塔莫诺夫家的事业》

  C.《克里姆·萨姆金的一生》   D.《阿尔谢尼耶夫的一生》

4. "生活不是一系列对称的车灯，而是一圈光晕，一个半透明的罩子，它包围着我们，从意识开始直到意识终结。"这是（　　）对小说创作的著名论断。

  A. 伍尔夫 B. 艾略特 C. 海明威 D. 马里内蒂

5. 1983年，因"以现实主义的直观手法，叙述了一个当代普遍存在的荒诞神话，以阐明人类生活的本质"而获得诺贝尔文学奖的作家是（　　）。

  A. 菲茨杰拉德   B. 威廉·戈尔丁

  C. 多丽丝·莱辛   D. 格雷厄姆·格林

6. 被称为"表现当代美国社会的生活画卷史"的小说作品是（　　）。

  A.《他们》   B."兔子系列四部曲"

  C.《喧哗与骚动》   D."红字三部曲"

7. 在中文助手的帮助下，作家（　　）翻译出版了70回本古典章回体小说《水浒传》，成为《水浒传》首部英文全译本。

  A. 谭恩美 B. 汤亭亭 C. 赛珍珠 D. 赵建秀

8. 纳博科夫的小说《微暗的火》的结构形式很特殊，这种结构是（　　）。

  A."奏鸣曲"式   B."书中书"式

  C."回环呼应"式   D. 章回体

9. 黑色幽默吸收了存在主义文学有关世界荒诞和人生孤独的主题,并在创作中融入欧美传统文化中的幽默感,特别是(   )式的幽默讽刺。

  A. 欧·亨利 B. 海明威 C. 莎士比亚 D. 马克·吐温

10. "在一个人心浮动、信仰不再的时代写作,为社会正义斗争过,并且相信最根本的,是要拥有个人及政治上的正直品质"是对作家(   )的称赞。

  A. 乔治·奥威尔 B. 高尔基 C. 福克纳 D. 菲茨杰拉德

11. 博尔赫斯短篇小说的艺术特点之一就是大量使用(   )的意象。

  A. "椅子" B. "房间" C. "镜子" D. "迷宫"

12. "英国移民文学三杰"之一黑石一雄的第一部长篇小说(   )讲述了一个移居英国的日本女性悦子,对第二次世界大战后在长崎生活的一段往事的追怀。

  A.《长日留痕》 B.《无可慰藉》 C.《别让我走》 D.《群山淡景》

13. 在20世纪50年代以《嚎叫》诗集闻名美国,成为"垮掉的一代"的精神领袖的作家是(   )。

  A. 艾伦·金斯堡 B. 杰克·凯鲁亚克
  C. 艾丽丝·沃克 D. 托妮·莫里森

14. 第二次世界大战后,法国文学与哲学的互动空前紧密。萨特在1948年发表的(   )里提出"什么是写作"、"为什么写作"和"为谁写作"三个问题,不仅对当时的文学批评,也对文学创作起了导向性作用。

  A.《存在于虚无》 B.《批评的功能》
  C.《墙》 D.《什么是文学?》

15. 在20世纪60年代民权运动的鼓舞下,赵建秀、陈耀光、徐忠雄、福田等年轻亚裔男性作家立志为亚裔文学发声,共同编写了第一本亚裔文学选集(   ),宣告了美国亚裔文学的合法存在。

  A.《我在中国的童年时代》 B.《唉呀!》
  C.《惊奇谷》 D.《命运的对立面》

16. 小说《秃头歌女》的作者是(   )。

  A. 尤内斯库 B. 阿达莫夫 C. 贝克特 D. 让·热内

17. 下列不属于劳伦斯《虹》这部小说中人物角色的是(   )。

  A. 厄秀拉 B. 斯克里本斯基 C. 汤姆·布兰文 D. 康妮

18. 尤金·奥尼尔的创作道路大致可以分为三个阶段,其中前期以(   )为主。

  A. 现实主义 B. 象征主义 C. 未来主义 D. 自然主义

19. 第一位荣登《时代周刊》封面的非裔美国女性作家是(   )。

  A. 托妮·莫里森 B. 玛雅·安吉洛
  C. 丽塔·达夫 D. 艾丽丝·沃克

20. 长诗《列宁》把列宁看成"未来的人"的理想化身予以热情歌颂，具有强烈的历史感和磅礴的气势。这首诗的作者是（　　）。
   A. 勃洛克　　　B. 马雅可夫斯基　　C. 曼德尔什塔姆　　D. 叶赛宁

21. 1886年左右，诗人勒内·吉尔发表（　　），诗人马拉美为其写了前言。这部论著试图系统地肯定从波德莱尔以来法国诗歌艺术的新倾向和新成就。
   A. 《诗歌原理》　　　　　　　B. 《未来主义的创立和宣言》
   C. 《第一次超现实主义宣言》　　D. 《言词研究》

22. 魔幻现实主义具有三个发展阶段，其中晚期魔幻现实主义阶段是（　　）。
   A. 20世纪二三十年代　　　　B. 20世纪五六十年代
   C. 20世纪七八十年代　　　　D. 20世纪末21世纪初

23. 玛格丽特·德拉布尔的小说《红王妃》的创作契机是作家本人新千年的（　　）。
   A. 首尔之行　　B. 北京之行　　C. 缅甸之行　　D. 东京之行

二、填空题（每空1分，合计5分）

24. 《到灯塔去》采用了被小说家E. M. 福斯特所称道的"（　　）"式结构。

25. （　　）是白银时代最先出现的文学新流派。

26. 十月革命后俄罗斯文学的两大板块是苏维埃俄罗斯文学和（　　）。

27. 艾略特的《传统与个人才能》《批评的功能》《诗歌的功能和批评的功能》等论著，为"（　　）"奠定了基础。

28. 罗曼·罗兰的小说《约翰·克利斯朵夫》以心理分析和现实主义相结合的方式描写了天才音乐家约翰·克利斯朵夫与命运奋斗的一生，并将音乐引入写作，因此该小说也被称为"（　　）"。

三、名词解释题（每小题3分，合计12分）

29. "9·11文学"

30. "欲望三部曲"

31. 《人间天堂》

32. 电报体风格

四、简答题（每小题 6 分，合计 30 分）

33. 简述小说《达洛卫夫人》中达洛卫夫人的人物形象内涵。

34. 简述存在主义文学的艺术特征。

35. 试析劳伦斯小说《虹》中"虹"的意象。

36. 试析默多克小说创作的四个阶段。

37. 简述20世纪60年代美国文学的主要特征。

五、论述题（每小题10分，合计30分）
38. 试析小说《追忆似水年华》的艺术特色。

39. 试析布宁的小说《阿尔谢尼耶夫的一生》的艺术特色。

40. 试析小说《日瓦戈医生》中日瓦戈医生形象的意义。

四、考前实战冲刺

"20世纪欧美文学史"考前实战冲刺(一)

(课程代码:28956)

一、单项选择题(每小题1分,合计23分)

1. 著名评论家F. R. 利维斯在著作《伟大的传统》中曾高度评价小说( ) "是康拉德最重要的著作,也是英语史上最伟大的小说之一"。
   A. 《诺斯特罗莫》　　　　　　B. 《海岛的访谈者》
   C. 《黑暗的心》　　　　　　　D. 《吉姆爷》

2. 自称"最后的浪漫主义者",可谓延续早期浪漫主义传统的英语诗人是( )。
   A. 拜伦　　　B. 品特　　　C. 艾略特　　　D. 叶芝

3. 被黑塞称为"美丽的、真挚的但并非容易的青年时代的文献","一个给我和我的朋友们的忏悔录"的作品是( )。
   A. 《盖特露德》　　　　　　　B. 《印度记行》
   C. 《赫尔曼·劳歇尔》　　　　D. 《浪漫主义之歌》

4. "英国移民文学三杰"是奈保尔、( )和黑石一雄。
   A. 多丽丝·莱辛　　　　　　　B. 拉什迪
   C. 约翰·福尔斯　　　　　　　D. 安东尼·伯吉斯

5. 《大地三部曲》包括《大地》、《儿子们》和( )。
   A. 《分家》　B. 《牡丹》　C. 《同胞》　D. 《中国天空》

6. 被加拿大女作家玛格丽特·阿特伍德誉为"童话教母"的作家是( )。
   A. A. S. 拜厄特　　　　　　　B. 简·里斯
   C. 安吉拉·卡特　　　　　　　D. 玛格丽特·德拉布尔

7. 《一件事先张扬的凶杀案》的作者是( )。
   A. 马尔克斯　B. 纳博科夫　C. 卡彭铁尔　D. 博尔赫斯

8. 意识流文学的崛起,受到20世纪初各种哲学思潮与心理学研究成果的启示,其中"心理时间"的概念极大地影响了意识流文学对于时空关系的处理,它的提出者是( )。
   A. 威廉·詹姆斯　B. 柏格森　C. 弗洛伊德　D. 尼采

9. 被 T. S. 艾略特称为"自亨利·詹姆斯以来美国文学跨出的第一步"的作品是（　　）。

　　A.《了不起的盖茨比》　　　　　B.《永别了，武器》
　　C.《老人与海》　　　　　　　　D.《人间天堂》

10. 威廉·戈尔丁的小说（　　）将故事背景置于一场未来的原子战争中，构想了一个在远离人类文明的背景下关于人性的黑色寓言。

　　A.《继承者》　　B.《蝇王》　　C.《塔尖》　　D.《黑暗昭昭》

11. 既是第一位深刻揭示出美国工业文明造成的"异化"，从哲理高度描写了人与人之间疏离的作家，又是第一位为伟大的现实主义传统引进现代主义思维方式和创作手法的作家是（　　）。

　　A. 舍伍德·安德森　　　　　　B. 厄普顿·辛克莱
　　C. 西奥多·德莱塞　　　　　　D. 杰克·伦敦

12. 20 世纪 20 年代俄罗斯的小说创作中，绥拉菲莫维奇的《铁流》、富尔曼诺夫的《恰巴耶夫》和法捷耶夫的（　　）是较早描写国内战争、歌颂革命英雄人物的三部小说。

　　A.《荒年》　　B.《我们》　　C.《列宁》　　D.《毁灭》

13. 20 世纪 60 年代美国文学的主要特征不包括（　　）。

　　A. 文学创作的后现代倾向　　　B. 政治性
　　C. 文学创作的现代主义倾向　　D. 女性写作迅猛发展

14. 艾丽丝·默多克的作品《黑王子》的主人公是（　　）。

　　A. 罗莎蒙德·斯塔西　　　　　B. 安托瓦内特
　　C. 布拉德利　　　　　　　　　D. 杰克·唐纳格

15. 勒克莱齐奥曾翻译玛雅文明最著名的预言书（　　）。

　　A.《方士秘录》　　B.《米却肯纪略》　　C.《三座圣城》　　D.《哈伊》

16. 1948 年，"作为现代派的一个披荆斩棘的先驱者"而获得诺贝尔文学奖的作家是（　　）。

　　A. 艾略特　　B. 乔伊斯　　C. 贝克特　　D. 伍尔夫

17. 诗人阿赫玛托娃和（　　）是阿克梅派的双璧。

　　A. 赫列勃尼科夫　　B. 马雅可夫斯基　　C. 曼德尔施塔姆　　D. 巴尔蒙特

18. 1932 年，联共（布）中央决定撤销各种文学团体，筹备建立统一的苏联作家协会，（　　）被确立为苏联文学创作和文学批评的基本方法，许多作家遭到批判或惩处，文学创作受到严重束缚。

　　A."社会主义现代主义"　　　　B."社会主义现实主义"
　　C."社会主义批判主义"　　　　D."社会主义唯物主义"

19. 从 1902 年至 1912 年，美国社会掀起了历时约 10 年的（　　），运动从新闻界开始，涉及文学界并扩展至学术界和政治界。

A. "揭丑派运动"　　　　　　B. "揭露派运动"

C. "左翼运动"　　　　　　　D. "反传统运动"

20. 作家应该略去八分之七自己所知道的部分，只写出那八分之一就够了。这是写作的一种（　　）。

A. 自由原则　　B. 冰山原则　　C. 从简原则　　D. 电报原则

21. "用制图学般的细致入微描绘了权力结构，并对个人的抵制反抗和挫败等形象进行了生动而犀利的刻画。"这段诺贝尔文学奖授奖词是对魔幻现实主义代表作家（　　）的赞赏。

A. 巴尔萨斯·略萨　　　　　B. 阿斯图里亚斯

C. 鲁尔福　　　　　　　　　D. 加西亚·马尔克斯

22. 纳博科夫的《洛丽塔》中，洛丽塔作为典型的美国儿童，身上体现出鲜明的商业化、娱乐化印记，其母亲夏洛特则将美国中产阶级女性的肤浅、装模作样展现得淋漓尽致。这体现了这部小说的（　　）。

A. 性虐儿童主题　　　　　　B. 对美国庸俗文化的批判主题

C. 艺术与道德相冲突主题　　D. 唯我主义主题

23. 实验小说构建的是独立于客观真实的（　　），它"不要求读者去破译文本的代码，而是参与语言游戏"，小说文本不再有意义指涉，呈现为平面无深度状态。

A. "语言现实"　　B. "心理真实"　　C. "历史真相"　　D. "虚幻境界"

二、填空题（每空1分，合计5分）

24. 毛姆具有自传性质的作品是（　　　　）。

25. "反乌托邦"三部曲是苏联作家扎米亚京的《我们》、赫胥黎的《美丽新世界》以及乔治·奥威尔的（　　　　）。

26. （　　　　）是阿克梅理论的主要阐释者，写有《象征主义的遗产和阿克梅主义》。

27. 阿尔弗雷德·雅里的（　　　　）是对莎士比亚戏剧《麦克白》的戏仿。

28. 《小镇》《大宅》与1940年出版的（　　　　）合称"斯诺普斯三部曲"，是福克纳后期最重要的作品。

三、名词解释题（每小题3分，合计12分）

29. "冰山原则"

30. "第一浪潮"

31. "奥库罗夫三部曲"

32. "红字三部曲"

四、简答题（每小题 6 分，合计 30 分）

33. 简述小说《伪币制造者》题名的象征含义。

34. 试析黑色幽默派的艺术特征。

35. 简述第二次世界大战后法国戏剧的发展趋势。

36. 简述小说《洛丽塔》的主题思想。

37. 说说博尔赫斯小说中的"迷宫"意象。

五、论述题（每小题 10 分，合计 30 分）

38. 试析 A. S. 拜厄特的小说《占有》中的女性主义色彩。

39. 阐释小说《百年孤独》的主题意蕴。

40. 谈谈肖洛霍夫的小说《静静的顿河》的艺术成就。

"20世纪欧美文学史"考前实战冲刺（二）

（课程代码：28956）

一、单项选择题（每小题1分，合计23分）

1. 萨拉是约翰·福尔斯笔下刻画的一个追求自由、特立独行，打破家庭枷锁的新女性形象，这个人物出自小说（　　）。
   A. 《一个陌生女人的来信》　　　　B. 《金色笔记》
   C. 《法国中尉的女人》　　　　　　D. 《收藏家》

2. 辛克莱·路易斯在小说中以激进的思想、犀利的言辞批判了以小镇为代表的美国社会习俗，这部作品是（　　）。
   A. 《巴比特》　　　　　　　　　　B. 《艾尔默·甘特立》
   C. 《艾罗史密斯》　　　　　　　　D. 《大街》

3. 别雷的《彼得堡》属于俄罗斯白银时代文学新流派中的（　　）。
   A. 自然主义　　B. 未来主义　　C. 新古典主义　　D. 象征主义

4. 在20世纪美国文坛，被称为"自然主义文学之父"的作家是（　　）。
   A. 弗兰克·诺里斯　　　　　　　　B. 斯蒂芬·克莱恩
   C. 杰克·伦敦　　　　　　　　　　D. 威廉·豪威尔斯

5. 冯尼格曾在第二次世界大战中经历了德累斯顿轰炸，目睹城市被夷为平地，他后来以这段历史为题材创作了小说（　　）。
   A. 《第五号屠场》　　　　　　　　B. 《自动钢琴》
   C. 《牢狱欢迎你》　　　　　　　　D. 《胜利者的早餐》

6. 象征主义的产生可以追溯到19世纪中叶的美国作家爱伦·坡和法国诗人（　　）。
   A. 马拉美　　B. 魏尔伦　　C. 波德莱尔　　D. 兰波

7. 《一个青年艺术家的肖像》反映了一位爱尔兰青年艺术家的坎坷经历，这部小说的作者是（　　）。
   A. 乔伊斯　　B. 叶芝　　C. 萧伯纳　　D. 赫胥黎

8. 艾夫林·沃的小说"荣誉之剑"包括《军旅生涯》、《军官与绅士》和《无条件投降》，这些作品统称为（　　）。

A. 战争三部曲　　B. 生命三部曲　　C. 帝国三部曲　　D. 欲望三部曲

9. 苏联"解冻文学"的出现，是以中篇小说《解冻》为标志的，其作者是（　　）。

A. 肖洛霍夫　　B. 爱伦堡　　C. 杜金采夫　　D. 索尔仁尼琴

10. 在"爱德华时代"三位作家中，以科幻小说创作著称的是（　　）。

A. 阿诺德·贝内特　　　　　　B. 乔治·威尔斯

C. 约翰·高尔斯华绥　　　　　D. 金利斯·艾米斯

11. "一切在于人，一切为了人！"这句话出自高尔基的作品（　　）。

A.《童年》　　B.《底层》　　C.《三人》　　D.《在人间》

12. 托马斯·曼称自己的一部作品是自己的"最后一本书"，是"生的忏悔"，是对自己一生中"罪过、负债与责任"的自我反思和自我批判，这部作品是（　　）。

A.《受骗的女人》　　　　　　B.《布登勃洛克一家》

C.《浮士德博士》　　　　　　D.《绿蒂在魏玛》

13. 法国后期象征主义诗人瓦莱里的代表作品是（　　）。

A.《海滨墓园》　　　　　　　B.《豹——在巴黎植物园》

C.《恶之花》　　　　　　　　D.《醉舟》

14. 伍尔夫的三部意识流长篇小说《达罗卫夫人》、《到灯塔去》和《海浪》被称为（　　）。

A. 帝国三部曲　　B. 生命三部曲　　C. 奥库罗夫三部曲　　D. 欲望三部曲

15.《荒诞派戏剧》一书的出版标志着荒诞派戏剧这一名称的正式诞生，该书的作者是（　　）。

A. 马丁·艾斯林　　B. 贝克特　　C. 萨特　　D. 阿达莫夫

16. 许多评论家都认为《儿子与情人》这部作品为俄狄浦斯情结提供了一个经典范例，这部小说的作者是（　　）。

A. E.M 福斯特　　　　　　　B. 威康·戈尔丁

C. D.H. 劳伦斯　　　　　　　D. 高尔斯华绥

17. 海明威的名言"一个人可以被毁灭，但是不能给打败"，出自小说（　　）。

A.《永别了，武器》　　　　　B.《老人与海》

C.《第五纵队》　　　　　　　D.《太阳照常升起》

18. 小说《生命中不能承受之轻》的作者是（　　）。

A. 米兰·昆德拉　　　　　　　B. 斯蒂芬·茨威格

C. 哈罗德·布鲁姆　　　　　　D. 曼德尔施塔姆

19. 苏联卫国战争题材文学由"司令部真实"向"战壕真实"的转变，首先体现于肖洛霍夫的作品（　　）。

A. 《人的命运》 B. 《浅蓝的原野》
C. 《顿河故事》 D. 《被开垦的处女地》

20. 诗人 T. S. 艾略特写有一系列理论批评著作，从而成为（　　）。
   A. 英美"新批评派"的奠基人 B. 新人文主义的开拓者
   C. 结构主义理论的先驱 D. 后期象征主义理论的阐述者

21. 下列选项中不属于存在主义文学的基本主题的是（　　）。
   A. 存在先于本质 B. 世界与人的处境的荒诞性
   C. 人的自由选择 D. 社会制度批判

22. 奥尼尔描写西印度群岛上黑人臣民造反、皇帝出逃，从而呈现黑人种族心理积淀与现实情绪的表现主义戏剧是（　　）。
   A. 《琼斯皇》 B. 《毛猿》
   C. 《天边外》 D. 《榆树下的欲望》

23. 在 20 世纪 70 年代获得诺贝尔文学奖的美国犹太小说家是辛格和（　　）。
   A. 索尔·贝娄 B. 约翰·厄普代克
   C. 舍伍德·安德森 D. 诺曼·梅勒

二、填空题（每空 1 分，合计 5 分）

24. "黑色幽默"派的代表作品《第二十二条军规》的作者是（　　　）。

25. 高尔基的自传体三部曲包括《童年》、《在人间》和（　　　）。

26. 英国作家 E. M. 福斯特的文学评论著作（　　　）对小说创作中的许多重要问题都做了精辟而深刻的论述。

27. 杰克·伦敦的短篇小说（　　　）描写了一个淘金者在北极圈冰雪荒原里七天七夜的求生经历。

28. 多丽丝·莱辛在其处女作小说（　　　）中，第一次向西方读者展现了种族隔离制度下南部非洲的社会现状。

三、名词解释题（每小题 3 分，合计 12 分）

29. 未来主义

30. "战壕真实派"

31. 《印度之行》

32. 《布登勃洛克一家》

四、简答题（每小题 6 分，合计 30 分）

33. 试析劳伦斯的小说《虹》的主题内涵。

34. 简述"黑色幽默"派作品的艺术特征。

35. 《四个四重奏》包括哪四首诗歌？这组长诗的主题是什么？

36. 简述意识流文学在内容上的基本特征。

37. 简述魔幻现实主义文学流派的基本特征。

五、论述题（每小题 10 分，合计 30 分）
38. 论述美国作家海明威小说创作的艺术特点。

39. 试述卡夫卡小说《城堡》中"城堡"的象征内涵。

40. 谈谈高尔基的长篇小说《克里姆·萨姆金的一生》的主要艺术特色。

"20世纪欧美文学史"考前实战冲刺（三）

（课程代码：28956）

一、单项选择题（每小题1分，合计23分）

1. "黑色幽默"派得名于一本包括12位当代美国作家的作品选集《黑色幽默》，它的编者是（　　）。
   A. 冯尼格　　　B. 弗里德曼　　　C. 品钦　　　D. 海勒

2. 劳伦斯的长篇小说中，与《虹》构成姐妹篇的是（　　）。
   A.《儿子与情人》　　　　　B.《查泰莱夫人的情人》
   C.《恋爱中的女人》　　　　D.《羽蛇》

3. 在菲茨杰拉德的作品中，标志着"爵士乐时代"开始的小说是（　　）。
   A.《了不起的盖茨比》　　　B.《美丽的与该死的》
   C.《夜色温柔》　　　　　　D.《人间天堂》

4. 黑塞通过对作家哈勒尔形象的塑造，表现了资本主义社会中知识分子的孤独、彷徨和矛盾，这部长篇小说是（　　）。
   A.《荒原狼》　　　　　　　B.《纽伦堡之旅》
   C.《在轮下》　　　　　　　D.《玻璃球游戏》

5. 在纪德的小说中，具有相当大的自传色彩的作品是（　　）。
   A.《人间食粮》　　　　　　B.《背德者》
   C.《田园交响曲》　　　　　D.《伪币制造者》

6. E. M. 福斯特对当代西方现实主义小说进行评价与鉴赏的文论著作是（　　）。
   A.《小说的艺术》　　　　　B.《小说修辞学》
   C.《小说的兴起》　　　　　D.《小说面面观》

7.《第二十二条军规》是黑色幽默派的代表作品，这部小说的作者是作家（　　）。
   A. 冯尼格　　　B. 海勒　　　C. 品钦　　　D. 弗里德曼

8. 加西亚·马尔克斯以幽默而夸张的笔法描写了一位专制女家长的没落，这个短篇小说是（　　）。

A. 《家长的没落》　　　　　　B. 《格兰德大妈的葬礼》
C. 《枯枝败叶》　　　　　　　D. 《巨翅老人》

9. 20世纪欧美现实主义作家们关于现实的观念发生了很大的变化，他们更关注（　　）。

A. 历史的真实　　B. 心理的现实　　C. 发展中的现实　　D. 艺术的真实

10. 加缪在小说《局外人》中刻画了一个没有热情、没有信念、没有动机，对一切都感到冷漠、无动于衷的主人公（　　）。

A. 雷蒙　　　　B. 艾玛努埃尔　　C. 萨拉玛诺　　D. 默尔索

11. 《西线无战事》是一部著名的反战小说，它的作者是（　　）。

A. 黑塞　　　　B. 巴比塞　　　　C. 雷马克　　　D. 马尔罗

12. 20世纪20—30年代英国左翼青年作家的领袖、20世纪英国最伟大的诗人是（　　）。

A. 叶芝　　　　B. 奥凯西　　　　C. 奥登　　　　D. 奥威尔

13. 福克纳的绝大多数作品是以作家虚构的美国南方密西西比河北部的一个县为人物活动与故事发生的背景，这些作品统称为（　　）。

A. 约克纳帕塔法世系　　　　　B. 卢贡-马卡尔家族
C. 威弗利小说　　　　　　　　D. 威塞克斯小说

14. 堪称魔幻现实主义文学大师的三位作家包括加西亚·马尔克斯、（　　）。

A. 卡彭铁尔和鲁尔福　　　　　B. 阿连德和阿斯图里亚斯
C. 阿连德和卡彭铁尔　　　　　D. 阿斯图里亚斯和鲁尔福

15. 美国"黑幕揭发小说"的开山之作是厄普顿·辛克莱的小说（　　）。

A. 《屠场》　　B. 《波士顿》　　C. 《龙齿》　　D. 《石油》

16. 以海明威和菲茨杰拉德为代表的一批美国作家一般被称为（　　）。

A. "阿克梅派"　　　　　　　　B. "垮掉的一代"
C. "愤怒的青年"　　　　　　　D. "迷惘的一代"

17. 文学史家们一般认为，意识流文学的开端之作是19世纪晚期出现的作品（　　）。

A. 《梦的戏剧》　　　　　　　B. 《通向大马士革之路》
C. 《追忆似水年华》　　　　　D. 《月桂树被砍掉了》

18. 第二次世界大战结束后，"垮掉的一代"文学在美国大行其道，其中重要作品之一是作家凯鲁亚克创作的（　　）。

A. 《在路上》　　　　　　　　B. 《麦田里的守望者》
C. 《土生子》　　　　　　　　D. 《大地上的房子》

19. 《金色笔记》对女性独立意识及困境的描写真实而动人，这部小说的作者是（　　）。

A. 艾丽斯·默多克　　　　　　B. 玛格丽特·德拉布尔
C. 曼斯菲尔德　　　　　　　　D. 多丽丝·莱辛

20. 在厄普代克的"兔子四部曲"中，表现主人公哈里在美国20世纪50—60年代大剧变和动荡前的惶惶不安、内容最为深刻的作品是（　　）。

A.《兔子，跑吧！》　　　　　B.《兔子回家》
C.《兔子富了》　　　　　　　D.《兔子安息》

21. 小说《大街》被誉为美国自我发现过程中的一块里程碑，它的作者是（　　）。

A. 辛克莱·路易斯　　　　　　B. 安德森
C. 菲茨杰拉德　　　　　　　　D. 塞林格

22. 在卡夫卡的作品中，通过银行职员K无辜被捕受审处死的经历，揭示奥匈帝国司法制度腐败的作品是（　　）。

A.《地洞》　　B.《诉讼》　　C.《城堡》　　D.《在流放地》

23. 马赛尔·普鲁斯特的七卷本意识流小说巨著是（　　）。

A.《驳圣伯夫》　　　　　　　B.《让·桑德伊》
C.《欢乐与时日》　　　　　　D.《追忆似水年华》

二、填空题（每空1分，合计5分）

24. 马尔克斯的长篇小说《百年孤独》通过（　　　　）家族七代人的命运，描写马孔多小镇从诞生到消亡一百多年的兴衰史。

25.《福赛特世家》与（　　　　）这两组三部曲生动地塑造出一系列被"财产意识"浸透了全部生命的"福赛特人"的典型形象。

26. 劳伦斯的小说（　　　　）通过布兰文一家三代人的精神发展史追述了英国从乡村社会到现代工业社会的变迁，蕴含了作家对理想化的两性关系的探求。

27. 英国作家E. M. 福斯特的小说代表作（　　　　）反映了英国殖民主义者和印度人民之间难以化解的种族矛盾。

28. 英国作家约翰·福尔斯的小说《法国中尉的女人》成功塑造了一位打破家庭枷锁、追求特立独行的自由生活的新女性（　　　　）的形象。

三、名词解释题（每小题3分，合计12分）

29. 存在主义文学

30. 表现主义文学

31. "布卢姆斯伯里团体"

32. "兔子四部曲"

四、简答题（每小题 6 分，合计 30 分）
33. 后期象征主义诗歌有哪些重要的作家作品？

34. T. S. 艾略特的长诗《荒原》在艺术上有何主要的独创性？

35. 《福赛特家史》包括哪些作品？其中最优秀的作品表现了怎样的主题？

36. 什么是"解冻文学"?

37. 简述小说《百年孤独》的基本内容。

五、论述题（每小题 10 分，合计 30 分）
38. 试析卡夫卡小说创作的主要艺术特色。

39. 试述小说《喧哗与骚动》的主要艺术特点。

40. 试述小说《日瓦戈医生》的主要艺术特色。

"20世纪欧美文学史"考前实战冲刺(四)

（课程代码：28956）

一、单项选择题（每小题1分，合计23分）

1. 在威廉·戈尔丁的小说中，通过两个部落之间的冲突，揭示人类文明和进步的历史是一部血腥史的作品是（　　）。

   A. 《黑暗昭昭》　　B. 《塔尖》　　C. 《蝇王》　　D. 《继承者》

2. 高尔基的"奥库罗夫三部曲"包括《奥库罗夫镇》、《崇高的爱》和（　　）。

   A. 《克里姆·萨姆金的一生》　　B. 《阿尔塔莫诺夫家的事业》
   C. 《马特维·科热米亚金的一生》　　D. 《罗斯游记》

3. 《福赛特世家》三部曲获得了1932年诺贝尔文学奖，其作者是（　　）。

   A. 毛姆　　　　　　　　　　B. 约翰·福尔斯
   C. 高尔斯华绥　　　　　　　D. 阿诺德·贝内特

4. 阿尔弗雷德·扎利对莎士比亚《麦克白》进行戏仿的戏剧作品是（　　）。

   A. 《地狱里的机器》　　　　B. 《愚比王》
   C. 《澡堂》　　　　　　　　D. 《奥尔浦斯》

5. 罗伯-格里耶属于现代主义文学中的（　　）流派。

   A. 新小说　　B. 黑色幽默　　C. 表现主义　　D. 达达主义

6. 弗吉尼亚·伍尔夫曾批评"爱德华时代的作家"的创作方法是"遮蔽与抹杀了思想的光芒"的"物质主义"，并进而提出的创作主张是（　　）。

   A. 表现社会习俗　　　　　　B. 表现社会思潮
   C. 表现人幽暗的心理区域　　D. 表现时代政治风云

7. 美国梦的幻灭是菲茨杰拉德小说中经常出现的主题，他在这一主题上表现得最完美的作品是（　　）。

   A. 《了不起的盖茨比》　　　B. 《人间天堂》
   C. 《美丽的与该死的》　　　D. 《豆形糖》

8. 代表着高尔基对流浪汉世界"将近20年的观察的总结"的是他的剧本（　　）。

A. 《鹰之歌》 B. 《福马·高尔杰耶夫》
C. 《底层》 D. 《切尔什卡》

9. 《论现代俄罗斯文学衰落的原因与若干新流派》一书是把俄国现代主义文学作为一种艺术潮流从理论上加以确认的第一次尝试，其作者是（　　）。

A. 弗·索洛维约夫 B. 梅列日科夫斯基
C. 别雷 D. 勃留索夫

10. 波兰作家显克维奇的长篇历史小说《你往何处去?》《十字军骑士》，均通过对于古代侠义精神的颂扬，表达了（　　）。

A. 下层人民的反抗情绪 B. 民主主义的理想
C. 见义勇为的英雄气概 D. 反对异族侵略的斗争精神

11. 奥地利作家茨威格的《三大师》分别为三位著名作家作传，他们是巴尔扎克、狄更斯与（　　）。

A. 托尔斯泰　　B. 屠格涅夫　　C. 陀思妥耶夫斯基　　D. 斯丹达尔

12. 在高尔基的剧本《底层》中，游方僧鲁卡信奉并宣扬的思想是（　　）。

A. "伪善"哲学　　B. "快乐"哲学　　C. "忍耐"哲学　　D. "斗争"哲学

13. 最先出现于俄罗斯文学的白银时代的文学新流派是（　　）。

A. 阿克梅派　　B. 未来主义　　C. 新古典主义　　D. 象征主义

14. 卡夫卡长篇小说《城堡》中的"城堡"，既是奥匈帝国的国家机器的象征，也是与成千上万的普通人对立的（　　）。

A. 金钱势力的象征 B. 社会黑暗势力的象征
C. 权力的象征 D. 传统习惯势力的象征

15. 西方现代主义文学的风格，从总体上看是（　　）。

A. 严肃郑重的　　B. 幽默诙谐的　　C. 悲观主义的　　D. 乐观主义的

16. 乔伊斯精心采纳了古希腊神话英雄奥德修斯的冒险故事模式来叙写的作品是（　　）。

A. 《尤利西斯》 B. 《都伯林人》
C. 《芬尼根的守灵夜》 D. 《青年艺术家的肖像》

17. 菲茨杰拉德在《人间天堂》《夜色温柔》等作品中细腻地传达出美国年轻人在一个特殊时代的成长历程，这个时代被称为（　　）。

A. 镀金时代　　B. 颓废时代　　C. 爵士乐时代　　D. 纯真时代

18. 西方现代主义文学中的未来主义产生于20世纪初的意大利，它的纲领，概括起来说，就是相辅相成的两个方面：反判一切传统，（　　）。

A. 歌颂工业文明　　B. 蔑视工业文明　　C. 抵御科技文明　　D. 大胆畅想未来

19. 出生于新西兰的英国籍女作家凯瑟琳·曼斯菲尔德以短篇小说创作著称，对她的风格产生过明显影响的作家是（　　）。

A. 契诃夫　　　　B. 莫泊桑　　　　C. 欧·亨利　　　　D. 伍尔夫

20. 《飘》因为真诚、坦率地暴露了美国个人主义和功利主义的思想实质而大受欢迎，其作者是美国女作家（　　）。

    A. 薇拉·凯瑟　　　　　　　　B. 赛珍珠
    C. 玛格丽特·米切尔　　　　　D. 斯泰因

21. 俄罗斯文学中阿克梅派的组织者和阿克梅主义理论的主要阐释者是（　　）。

    A. 叶赛宁　　　B. 尼·古米廖夫　　C. 布罗茨基　　　D. 安·别雷

22. 20世纪初活跃于英国文坛的威尔斯、本涅特和高尔斯华绥这三位作家，通常被称为（　　）。

    A. 维多利亚时代的作家　　　　B. 伊丽莎白时代的作家
    C. 詹姆士时代的作家　　　　　D. 爱德华时代的作家

23. 海明威的小说《太阳照常升起》的扉页上，印有"你们都是迷惘的一代"，最先对海明威等人说出这句话的美国作家是（　　）。

    A. 斯泰因　　　B. 安德森　　　C. 塞林格　　　D. 菲茨杰拉德

二、填空题（每空1分，合计5分）

24. 美国华裔作家谭恩美最著名的小说（　　　　）描写了旧金山四对华人母女两代人的故事。

25. 美国作家塞林格的成长小说（　　　　）以对青春期中学生形象的精彩塑造，写出了一种与污浊不堪的成人世界对抗的美丽的孩童世界。

26. 加西亚·马尔克斯的长篇小说（　　　　）通过描绘马孔多小镇从诞生到消亡的一百多年的历史，影射整个拉美历经磨难的政治现实。

27. 詹姆斯·乔伊斯在长篇小说《一个青年艺术家的画像》中，塑造了具有自传色彩的主人公（　　　　）的形象。

28. 纪德最重要的长篇小说（　　　　）是一部内容与形式都很复杂的作品，作品中的"伪币"象征着人与人之间的虚假关系。

三、名词解释题（每小题3分，合计12分）

29. 约克纳帕塔法世系

30. 俄国象征主义

31. 阿克梅派

32. 超现实主义

四、简答题（每小题 6 分，合计 30 分）

33. 简要分析《啊，拓荒者!》中女主人公亚历山德拉的艺术形象。

34. 德国作家托马斯·曼的《布登勃洛克一家》主要描写了哪个阶层的生活？表现了什么基本主题？

35. 简述乔治·威尔斯科幻小说创作的主要特点。

36. 简述俄罗斯侨民文学"第一浪潮"创作的基本主题。

37. 索尔·贝娄的小说在艺术上有何主要成就和特色?

五、论述题（每小题 10 分，合计 30 分）

38. 论述意识流小说的主要艺术特征。

39. 说明《尤利西斯》与《荷马史诗》两部作品在人物和结构设置上的相互对应关系。

40. 请谈谈英国作家 D. H. 劳伦斯在小说创作方面的主要成就。

参考答案和解析

"20世纪欧美文学史"全真模拟演练（一）答案
（课程代码：28956）

一、单项选择题（每小题1分，合计23分）

1. C

【师探解析】1888年，法国诗人艾杜阿·杜夏丹出版小说《月桂树被砍掉了》，首次运用了内心独白的写法。文学史家将该作品的出现作为意识流文学真正的开端。

2. C

【师探解析】识记知识点：《等待戈多》的作者是贝克特。

3. B

【师探解析】品特是一位喜爱反复使用某种意象的剧作家，其最主要的意象就是"房间"，它代表着社会的单元、人类的庇护。他的作品分析了可能破坏"房间"的种种因素，特别是暴力和性的作用，并对这几乎是西方社会中人的最后阵地的逐渐陷落发出感叹。

4. C

【师探解析】识记知识点：前期象征派"三杰"是：兰波、魏尔兰、马拉美。

5. D

【师探解析】现代主义是一种以非理性主义哲学为理论基础，主张和传统彻底决裂，在文学观念、表现形式和艺术上风格上追求新奇，具有先锋性和实验性的文学倾向和潮流。

6. D

【师探解析】剧本《底层》是高尔基创作的，是对流浪汉世界"将近20年的观察的总结"，是高尔基全部剧作中的上乘之作。

7. B

【师探解析】《愚比王》可以被看作超现实主义和各种先锋派开场的发令枪。《蒂蕾西亚的乳房》《图画诗》《醇酒集》都是纪尧姆·阿波利奈尔的作品，和《愚比王》同属超现实主义代表作品。

8. D

【师探解析】本涅特的创作在平凡中见真实，受巴尔扎克和左拉的影响较深，善于选择日常生活中并不引人注目的、平淡无奇的琐事，令人信服地表现出五镇居民既保守、自私、狭隘、固执，又有强烈的自尊和坚忍不拔的毅力的鲜明性格特征。

9. C

【师探解析】劳伦斯1913年出版的《儿子与情人》围绕煤矿工人毛瑞尔一家的痛苦，通过主人公保罗的成长过程反映深刻的社会问题和心理问题。

10. C

【师探解析】识记知识点：《金色笔记》的作者是多丽丝·莱辛。

11. B

【师探解析】弗吉尼亚·伍尔夫是20世纪英国现代主义文学的重要代表，与詹姆斯·乔伊斯、威廉·福克纳和马赛尔·普鲁斯特齐名的意识流小说大师，文学评论家，"现代小说"理论的倡导者，以及西方女性主义文化与文学思潮的先驱。

12. A

【师探解析】赛珍珠于1973年5月6日与世长辞。自称是赛珍珠长期崇拜者的尼克松总统在悼词中称她是"一座沟通中西方文明的桥梁""一位伟大的艺术家，一位敏感而富于同情心的人"。

13. B

【师探解析】梅列日科夫斯基的诗集《象征》（1892）是俄国象征派诗歌出现的标志之一，《燃烧的大厦》是巴尔蒙特的诗集，《第三守备队》是勃留索夫的诗集，《彼得堡》是别雷的长篇小说。

14. A

【师探解析】T. S. 艾略特评价叶芝："生在一个普遍接受了'为艺术而艺术'的世界，继而赶上艺术被要求服务于社会目的的年代，他坚定地坚持了介于这二者之间的观点，同时又绝非在此二者之间妥协，他表明了，一位艺术家，如果能够一心一意地为他的艺术服务，那他同时就是在为他的民族和全世界做出最大贡献。"

15. C

【师探解析】识记知识点：《洛丽塔》的作者是纳博科夫。

16. A

【师探解析】以喜剧性的方式展开，没有对消极因素的正面批评，也没有肯定任何东西，这是一种"黑色幽默"手法。

17. D

【师探解析】高尔基早期创作阶段的现实主义作品以"流浪汉小说"最为引人注目，有《切尔卡什》（1892）和《沦落的人们》（1897）。

18. B

【师探解析】超现实主义就是精神自动性的记录，因为它的思想和艺术特征都与精神自动性密切相关。它是一场影响广阔的艺术运动，它的前驱是达达主义。

19. B

【师探解析】格奥尔格·凯泽是德国表现主义戏剧的领袖作家，他一生共创作了74部剧作，主要作品有《从清晨到午夜》（1912）、《加来市民》（1914）、"瓦斯三部曲"[包括《珊瑚》（1917）、《瓦斯Ⅰ》（1918）、《瓦斯Ⅱ》（1920）]、《地狱·道路·大地》（1919）等。

20. D

【师探解析】伊凡·布宁在白银时代就是一位成就突出的现实主义小说家，后成为俄罗斯域外文学"第一浪潮"中最有成就的作家之一，并于1933年获得诺贝尔文学奖，成为第一位获得这一奖项的俄罗斯作家。

21. B

【师探解析】多萝西·理查森是意识流小说在英国的重要先驱。她的《人生历程》在英语意识流小说史上具有重要意义，它"标志着现代英语小说创作的一个重大转折"，"为意识流小说进入鼎盛期铺平了道路"。

22. A

【师探解析】识记知识点：《屠场》的作者是厄普顿·辛克莱。

23. C

【师探解析】1909年2月20日，意大利艺术家马里内蒂在法国《费加罗报》上发表《未来主义的创立和宣言》，提出了未来主义文学的十一条纲领，是未来主义创始人，并在《未来主义文学技巧宣言》一文中，要求消灭形容词、副词，甚至标点符号，主张使用名词和动词不定式，把名词成双重叠进行类比。

二、填空题（每空1分，合计5分）

24. 【师探解析】《老人与海》　　25. 【师探解析】叶赛宁

26. 【师探解析】显克维奇　　27. 【师探解析】《诗歌原理》

28. 【师探解析】《费加罗报》

三、名词解释题（每小题3分，合计12分）

29. 【师探解析】

意识流文学兴起于20世纪初，活跃于英法美等国文坛，并于20世纪20年代达到鼎盛，主要成就体现为小说的创作，并未形成一个统一的流派。1888年，法国诗人艾杜阿·杜夏丹出版小说《月桂树被砍掉了》，首次运用了内心独白的写法。文学史家将该作品的出现作为意识流文学真正的开端。意识流作家抛弃了传统写实主义将文学作为历史的副本的基本观念，拒绝外部世界纷繁表相的真实，而自觉将探索的焦点转向对现代人心理真实的挖掘。

30. 【师探解析】

"自动写作法"指的是驱逐理性的逻辑的介入，放松身体和放空大脑，在最接近梦境的状态下写出连作者自己也无意去追求的意义，但有连续性的文字，后来成为超现实主义文学的重要创作方法。

31. 【师探解析】

福斯特的《小说面面观》（1927）是他为剑桥大学"克拉克讲座"所写的讲稿，含导言、故事、人物（上）、人物（下）、情节、幻想预言、模式与节奏、结语九个部分，被誉为"20世纪世界文坛难得的一部小说评论著作"，其中关于"圆形人物"与"扁平人物"的定义，已成为20世纪文学评论的著名论断。

32. 【师探解析】

从1902年至1912年，美国社会掀起了历时约十年的"揭丑派运动"。揭丑派运动从新闻界开始，涉及文学界并扩展至学术界和政治界。在文学上，它从纪实文学发展到暴露文学，使现实主义在美国得到进一步发展。有一批作家常常到贫民窟的厂矿调查之后再进行创作，他们写的小说被称为"黑幕揭发小说"，其中最著名的作家是厄普顿·辛克莱，著有《屠场》《煤炭王》。

四、简答题（每小题 6 分，合计 30 分）

33.【师探解析】

首先，存在主义文学的主题就是传达其哲学命题，如存在先于本质、世界与人的处境的荒诞性等；并通过描述恐惧、厌恶、孤独、失落等现代人的主观心理特征，揭示人的荒诞处境，表现"自由选择"的行动。

其次，为了表达哲学思考，作者总是从哲学观念出发，将许多主观心理感受作为哲学命题并完全借助于具体的文学感受来传达。存在主义作家主观上把文学作为哲学读本，所以并不像其他 20 世纪现代主义派别那样醉心于艺术形式的实验。

最后，存在主义文学在形式上接近于传统，比如存在主义小说和戏剧并不回避明确的人物、事件和故事情节，有的作品有清晰的时间顺序等；同时它又兼收并蓄，灵活运用各种现代手法，并力图打破传统的结构形式。

34.【师探解析】

由于经历了第一次世界大战及战后国际形势和思想哲学上的冲击，后期象征主义在声势、规模上都更大。同时由于在不同国家，与不同传统相结合，后期象征主义呈现出多姿多彩的面貌，象征更为多层次和复杂：首先，后期象征主义在体裁上越过了诗的疆界，同时也摆脱了早期象征派诗歌沉醉于象牙之塔中的嫌疑，直接而深刻地反映了第一次世界大战后西方世界的精神危机；其次，后期象征主义运动的参加者包括世界各个国家的诗人和戏剧家，从欧洲范围来看，后期象征主义文学是以相当分散的形势发展的。

35.【师探解析】

汤姆·布兰文是布兰文家族的第一代，是个忠厚诚实的农民，他与一位波兰流亡贵族后裔、波兰爱国者的遗孀莉迪娅结合，两颗不同世界的心经过激烈的冲突磨合，最终进入宁静、和谐、幸福的理想状态。但是不久，汤姆就被一场洪水冲走了。这象征着农业社会的消亡和工业社会到来的必然。

36.【师探解析】

作为一部意识流小说，《达洛卫夫人》分别以克拉丽莎与赛普蒂默斯这两个从未谋面的人物的意识流作为结构的中心，构成了两条平行而又相互交错的意识流线索。作家自觉地以外部世界的声、光、色、味及人与事作为激发主人公联想、回忆、感触与想象的媒介，并巧妙地以大本钟定时敲响所代表的物理时间，来提醒读者注意其与人物心理时间之间的巨大差异，同时以大本钟报响的时间为契机，巧妙地实现了不同人物之间意识流叙述的自然转换，仿佛电影艺术中蒙太奇技巧的运用，使得作品在短暂有限的物理时空中，蕴含了人物纷纭繁复的人生体验，表达了深厚的精神内涵。

37.【师探解析】

《荒原》的五章内容，在思想感情上都有内在的联系。例如《死者葬仪》中提到的被溺死的腓尼基水手，就是第四章《水里的死亡》的主题。全诗内容丰富，题材来源众多，作者广征博引，作品涉及五种语言及 56 部前人典籍，但其主题明确。《荒原》象征了现代文明崩溃的情景，概括了第一次世界大战时期的时代特征。诗人将以伦敦为代表的现代文明视为荒原，在这个荒原上，信仰泯灭，理性崩溃，爱情堕落为兽欲，诗情画意荡然无存，人们虽生犹死。荒原的形象反映了普遍的幻灭感，成为一个经典的象征。

五、论述题（每小题10分，合计30分）

38.【师探解析】

在文艺理论和批评方面，艾略特是英美新批评派的奠基人。他的《传统与个人才能》(1919)、《批评的功能》(1923)、《诗歌的功能和批评的功能》(1933)等论著，为"新批评"奠定了基础。

他的基本观点主要有四点。(1) 他的所谓新古典主义理论，旨在反对浪漫主义。他提出"非人格化"的主张，针对浪漫主义认为诗歌是诗人情感的表现，提出生活与艺术之间有绝对不可逾越的鸿沟，诗人的感情只是素材，要进入作品首先要经过"非人格化"，将个人的情绪转化为普遍性的艺术情绪。(2) 他认为，诗歌并不是放纵感情，而是逃避感情；不是表现个性，而是逃避个性。针对浪漫主义的直接抒情，他提出了"思想知觉化"和"客观对应物"的理论。(3) 他认为，18世纪以后的诗歌趋于概念化，思想与形象脱节，浪漫主义诗歌则感情泛滥，思想模糊。他强调应当借鉴英国17世纪玄学派诗人的技巧，用"知觉来表现思想"，"把思想还原为知觉"，以及"像你闻到玫瑰香味那样地感知思想"。(4) 他认为，特定的事物、情景、事件的组合造成特定的感性经验，可以唤起特定的情绪，因此，主张寻找并描写这些能唤起情感体验的事物和经验，以这些"客观对应物"的象征意义来暗示和传达，从而避免直接的叙述和描写。

这些主张基本上表达了后期象征主义的特征，对20世纪现代诗派影响巨大。

39.【师探解析】

菲茨杰拉德是最为杰出的小说叙述艺术作家之一。他师从康拉德学习叙述艺术，常常安排一个康拉德式的人物来叙述故事，这一点表现最为突出的就是《了不起的盖茨比》。

首先，盖茨比的故事是通过一个第三者——黛西的表弟"我"来观察和叙述的，这样就连接了黛西和盖茨比双方的故事。而"我"同样来自中西部，对于盖茨比有着深深的理解和同情，但是因为"我"只是置身局外，总能微微嘲笑盖茨比的狂热，也能批判黛西夫妇的自私与刻毒。而这样的叙述，又加深了对盖茨比的距离和好奇之感，一点一点来揭示盖茨比的内在梦幻，叙述得张弛有度，节制有序。

其次，这样的叙述方式使菲茨杰拉德的小说别有一种回头话沧桑的感觉。追忆，是菲茨杰拉德最为钟爱的叙述视角。他的短篇《最后一个南方女郎》和《重访巴比伦》都是追忆爵士乐时代，而他比较知名的长篇小说也几乎都有追忆的部分。这就有一种"物是人非事事休，欲语泪先流"的沧桑感。

最后，菲茨杰拉德小说的时间性很强，在时间的洪流中时光不再、韶华消逝的怅惘和感伤，他把握得很好。这就使得菲茨杰拉德的小说有种独特的抒情风格，带有浓烈的诗意，连他的语言都是诗意的语言。

40.【师探解析】

《到灯塔去》采用了被小说家E. M. 福斯特所称道的"奏鸣曲"式结构。

小说写作的直接动因，是伍尔夫对去世的父母难以消解的情结。它以女作家回忆童年时代与父母、家人在康沃尔海边的度假生活为基础，对父母、家庭和早年的生活体验进行了重新审视和反思，中心情节是迁徙十年之久才得以实现的到灯塔去的航程。

小说叙述时间跨度长达10年，被伍尔夫安排为3个部分展开：第一部《窗》占全书近五分之三的篇幅，时间跨度从黄昏到夜晚；第三部《灯塔》篇幅为全书的三分之一，表现一个上午发生的事件，按两条线索安排时间：帆船驶向灯塔是向未来发展，而莉丽作画追忆拉姆齐夫人是向过去回溯；第二部《时光流逝》篇幅则不足全书的十分之一，但叙述了长达10年的事件，以长夜为意象，将相距10年的首尾连接而获得了延续性与统一性。这恰好符合三段曲式奏鸣曲的"第一主题—第二主题—第一主题的变奏式再现"的结构。同时，小说第一部分是伍尔夫建立在童年时代全家在圣艾维斯度夏的美好记忆基础上，对拉姆齐一家及其宾客在海滨度假生活的写照，可谓第一层次的叙述。第三部分则围绕女画家莉丽·布里斯科接续已迁徙10年之久的为拉姆齐夫人和小儿子詹姆斯所画的肖像画，在她的回忆中重现了当年的生活情景，并以莉丽完成画作实现了从现实转化为艺术的过程。这一部分可以说是对第一部分的复沓呈现，一种诗意的变奏，第二层次的叙述，或有关小说的小说。

所以E.M.福斯特感叹："阅读这部作品时，我们感到一种同时居住在两个世界里的稀有的乐趣。"

"20世纪欧美文学史"全真模拟演练（二）答案
（课程代码：28956）

一、单项选择题（每小题1分，合计23分）

1. C

【师探解析】西方现代主义文学的共同特征：在思想上，现代主义文学具有反理性的总体特征。在形象塑造上，人物是逐渐非人化的。西方现代文明带来了物质方面的巨大进步，但是物消磨、压倒、吞噬和支配了人，现代主义文学反映了人被异化也就是非人化的处境。在艺术形式上，注重表现形式。现代主义是有机形式论的，是表现而非再现的，是想象而非写实的，是创新而非传统的。总体上来说，现代主义文学的风格是具有悲观主义色彩的。

2. B

【师探解析】马里内蒂是未来主义创始人、代表作家。

3. C

【师探解析】《时间机器》《莫洛医生的岛屿》《隐身人》都是赫伯特·乔治·威尔斯的科学幻想小说，只有《托诺一邦盖》属于他描摹城市小人物的小说。

4. A

【师探解析】乔治·奥威尔有三部纪实文学，包括《巴黎伦敦落魄记》（1933）、《通往维冈码头之路》（1937）、《向加泰隆尼亚致敬》（1938）；《狮子与独角兽》是他的评论集；《让叶兰在风中飞舞》《一九八四》是他的小说作品。

5. C

【师探解析】识记知识点：《尤利西斯》的作者是乔伊斯。

6. A

【师探解析】识记知识点：诗人阿赫玛托娃和曼德尔施塔姆是阿克梅派的双璧。

7. B

【师探解析】1947年，托马斯·曼发表了后期最重要的长篇小说《浮士德博士》。小说的副标题是"由一位友人讲述的德国作曲家阿德里安·莱弗金的一生"，以虚构的传记形式，记述了莱弗金这个现代浮士德一生的故事。作者称这部作品是自己的"最后一本书"，是"生的忏悔"，是对自己一生中"罪过、负债与责任"的自我反思和自我批判。

8. B

【师探解析】20世纪的美国现实主义在继承传统道德关怀的基础上将现代主义和后现代主义的各种表现手法糅入现实观照中，意识流、表现主义、存在主义、黑色幽默、元小说等现代主义和后现代主义的特质在美国当代现实主义作品中均有呈现：约翰·厄普代克被视为第二次世界大战后美国小说家中最富有现实主义特色的作家，他擅长描写白人中产阶级生活，也被称为社会历史变化的准确记录者。

9. B

【师探解析】1938年，瑞典皇家学院将该年度的诺贝尔文学奖授予赛珍珠，以表彰她用理想主义与宽大心灵，"为西方世界打开了一条路，使西方人用更深的人性洞察力去了解一个陌生而遥远的世界——中国"。

10. C

【师探解析】识记知识点：玛格丽特·德拉布尔被《纽约时报》（书评副刊）誉为"当代英国的编年史家"。

11. A

【师探解析】女作家苔菲在出国后30余年中共有《静静的小河湾》（1921）、《女巫》（1936）和《冬天的虹》（1952）等10部小说故事集出版，成为"第一浪潮"中的一位多产作家。

12. C

【师探解析】存在主义文学在第二次世界大战前后首先在法国文坛产生，也以法国存在主义文学成就最高。萨特从政治哲学的立场出发，加缪从文学家的角度，西蒙娜·德·波伏娃从女性觉醒的意识入手，形成三足鼎立之势。

13. B

【师探解析】2007年诺贝尔文学奖授奖词评价多丽丝·莱辛："这位女性经验史诗的作者，以怀疑主义、热情和预言力量来审视一个分裂的文明。"

14. D

【师探解析】识记知识点：中国的法国文学研究界惯于将勒·克莱齐奥、佩雷克、莫迪亚诺并称为"法兰西三星"。

15. A

【师探解析】《帕吕德》，暗讽19世纪末象征派沙龙和文学界百态。这部"反小说"开启了纪德所谓的"傻剧"。打开了传统小说所不允许的自由和喜剧空间，逃脱了决定论和无法改变的因果关系，被法国小说界奉为现代派文学的开山之作。

16. C

【师探解析】菲利普·罗斯的《美国牧歌》，讲述犹太后裔赛莫尔·利沃夫追逐美国梦的历程，属于犹太文学。

17. A

【师探解析】《女勇士》被美国现代语言协会称为"美国现代大学教育中被讲授最多的文本"。

18. A

【师探解析】《生命中不能承受之轻》是昆德拉最有影响力的一部小说，以1968年捷克爆发的"布拉格之春"事件为历史背景，讲述了外科医生托马斯的生活经历。

19. D

【师探解析】《一寸土》是巴克兰诺夫的作品，属于"战壕真实派"。

20. B

【师探解析】叶赛宁一开始就以《白桦》（1914）、《罗斯》（1914）等散发着"俄罗斯田野的惆怅"的诗作引起批评界的注意。

21. D

【师探解析】识记知识点：域外俄罗斯文学"第三浪潮"中最有成就的作家是索尔仁尼琴。

22. A

【师探解析】识记知识点：《被开垦的处女地》的作者是肖洛霍夫。

23. B

【师探解析】识记知识点：高尔基自传体三部曲的自传主人公是阿辽沙。

二、填空题（每空1分，合计5分）

24. 【师探解析】象征主义　　　25. 【师探解析】表现主义

26. 【师探解析】《太阳照常升起》　　27. 【师探解析】《好兵帅克》

28. 【师探解析】《蒂蕾西亚的乳房》

三、名词解释题（每小题3分，合计12分）

29. 【师探解析】

20世纪20年代，美国黑人文化迎来了"哈莱姆文艺复兴"。哈莱姆区是纽约的一个城区，这里也是美国最大的黑人居住区。来自全国各地的优秀黑人文学家和艺术家纷纷集中至此。为了重新发现黑人的本色、强化种族团结的意识，一些黑人领袖主张重视对黑人历史文化的研究，描写和表现黑人自己的生活。哈莱姆文艺复兴运动产生了一批新的黑人诗人、小说家，其中有被称为"哈莱姆桂冠诗人"的兰斯顿·休斯，以及具有国际影响的黑人小说家理查德·赖特等，哈莱姆文艺复兴运动大大推动了20世纪美国黑人文学的发展。

30. 【师探解析】

1917年，伍尔夫夫妇共同创办了霍加斯出版社。该出版社不仅对伍尔夫文学事业的发展起到了关键的作用，而且，它分别出版过E. M. 福斯特、T. S. 艾略特、托尔斯泰、契诃夫、高尔基、弗洛伊德等的作品，为传播现代文化、推动现代主义文学的发展做出了重要贡献。

31. 【师探解析】

"新实际主义"文学兴起于1925年，是对1910年到1925年间盛行的政治上与艺术上都十分激进的表现主义文学思潮的反拨。此时德国社会相对稳定，一些作家从表现主义的反叛与激情中冷静下来，转向关注现实与理性。他们主张客观、实际、具体、准确地反映现实生活，通过描写小人物的生活来揭示时代的弊端，流行在作品中引用文献资料、新闻报道等来增加现实性。代表作家和作品有埃里希·凯斯特纳的"实用诗"《心在腰间》、诗集《男人的回答》、儿童文学作品《埃米尔擒贼记》及长篇小说《法比安,一个道德家的故事》等。

32. 【师探解析】

布莱希特追求的一种戏剧理念,最早于《中国戏剧表演艺术中的陌生化效果》一文中提出,明显受到了中国传统戏剧表演艺术的影响。"间离效果"又称陌生化效果,即在戏剧表演与欣赏中,演员与角色、观众与演员之间应当拉开一定的距离,演员要能意识到自己在演戏,观众要能意识到自己在看戏,以陌生的惊愕、理性的思考和批判的意识代替情感的共鸣。

四、简答题(每小题 6 分,合计 30 分)

33. 【师探解析】

高尔基的早期创作,风格多样、色彩绚丽、激情充溢、现实主义与浪漫主义交融,呈现出以力度与气势取胜的基本格调和刚健明快、激越高亢的总体美感特征,而其基本思想倾向则是社会批判,并以唤起人们对于生活的积极态度为旨归。

34. 【师探解析】

19 世纪的现实主义文学在自然科学发展与唯物主义哲学的影响下,明显地呈现出自然科学式的实证主义和科学主义倾向。

到了 20 世纪,作家们越来越自觉地意识到文学与科学之间的巨大差别,意识到绝对逼真地再现历史是不可能和不必要的。在普遍转向内省的文化与心理背景下,作家们更强调主体对世界的体验、发现与艺术表达,世界呈现为"我"所体验的那个东西,更关注心理的现实,体现出对现实认识的进一步深化。

因此,在对心理真实的深刻挖掘成为一种普遍倾向的背景下,客观事物和外部事物的重要性降低了,除了能被上升到象征的高度以外,显然已让位于展示人物意识活动,或用作意识活动发生过程的背景。

当然,这只是一个总体趋势。在不同国家及处于不同具体环境与拥有不同文学观念的作家身上,表现出来的特点又各不相同。

35. 【师探解析】

作为一部"艺术家小说",这部作品延续并深化了作者在以往作品中对艺术的现状、出路与价值,以及艺术与社会、艺术家与生活等问题的思考,对现代艺术做了批判性的反思。

作为一部"时代小说",作品从主人公莱弗金的个人生活辐射开来,通过描绘他的好友采特布洛姆等人的经历,反映了 19 世纪末 20 世纪初德国社会的动荡不安及两次世界大战带来的深重灾难,并尝试去反思德国民族灾难产生的根源。

36. 【师探解析】

莫里亚克是 20 世纪法国杰出的社会小说家和心理小说家。他超越了传统的心理分析,用诗一般的语言揭示"人物心灵中最隐秘的底蕴",形成了独特的风格。

从 1909 年的第一部诗集,到 1969 年具有自传色彩的小说《昔日一少年》,莫里亚克的创作生涯长达 60 多年,其间发表了 26 部小说、5 部诗集、4 部剧本,以及散文、评论、回忆录、书信、日记,共上百卷。1933 年,莫里亚克当选为法兰西学院院士,成为"不朽者"。1952 年,他因"深入刻画人类生活的戏剧时所展示的精神洞察力和艺术激情"而获诺贝尔文学奖。

37.【师探解析】

20世纪俄罗斯文学起始于19世纪90年代。俄罗斯民族现代意识的觉醒，以及一批具有现代特色的作品的出现，也是从那时开始的。在民粹派运动失败、晚期封建制危机加深、民众探索民族发展道路和前途的热情高涨的时代条件下，知识界开始大量引入以"重估一切价值"为特点的现代西方社会哲学思潮，以及象征主义、唯美主义、自然主义等文艺思潮，同时重新解读本民族的古典作家，重新审视民族历史与文化，在思想文化和文学艺术领域大胆探索，积极创新，推出了一批具有开拓意义的成果。文学是这一密集型文化高涨时代的成就突出的领域，它又与哲学、宗教、艺术等彼此渗透，互相影响。俄国象征主义、"阿克梅派"、未来主义及具有自然主义倾向的作家先后出现，一批不属于任何流派的诗人和作家则坚持独立的艺术探索，同变化发展了的现实主义一起，构成一个多种思潮和流派并存发展的文坛新格局。这个时代后来被人们称为俄罗斯文学的"白银时代"（1890—1917）。

五、论述题（每小题10分，合计30分）

38.【师探解析】

《阿尔谢尼耶夫的一生》的主题思想可以从以下几点进行阐释：

第一，占据小说主要篇幅的，不是主人公的经历和事件，而是主人公的印象与感受。早在少年时代，主人公阿列克谢·阿尔谢尼耶夫"对事关心灵和生命的诗歌"创作的天赋就已经被父辈发现并确认了。对于"生活"，他的理解是独特的；对于写作，他曾在大街上侦探似的尾随着一个个行人，盯着他们的背影，努力想以他们身上捕获点什么，努力深入他们的内心。这一切既是阿列克谢的创作思想形成过程中闪现的火花，也是布宁创作宗旨的表露。

第二，爱情经历无疑是作品主人公最重要的生活体验，爱情构成了他青春时代最难忘的生活篇章。但是读完全书，读者印象最深刻的，不是人物缠绵悱恻的爱情故事，而是主人公的复杂体验，原因就在于作者所注重传达的始终是"我"的感受。这一特色同样显示于作品对"我"的浓厚亲情的表现中。小说字里行间处处可以体味出主人公对亲人、对家庭、对故园的沦肌浃髓的关爱和留恋之情。

第三，布宁还同时吟唱出对俄罗斯的爱恋和忧思，表达了和祖国忧喜与共、休戚相关的情感。作品描写了俄罗斯那些僻静而又美丽的边区，一望无垠的庄稼的海洋，过着原始俭朴生活的村民，展示出遍布各地的大小教堂的奇特建筑风格和做弥撒的神秘场面等，捧读这部作品，读者就会感到浓烈的俄罗斯生活气息扑面而来，就会领略到纯粹的俄罗斯风情。

第四，透过俄罗斯日常生活的生动画幅，布宁还对"谜一般的俄罗斯灵魂"进行了探究。作品主人公很小就注意到：俄罗斯心灵不知为什么对于"荒芜、偏僻和衰落"感到特别亲切。作家同时也揭示了俄罗斯民族性格的弱点，如普遍的酗酒现象。对于那些"一心要从活人和死人身上剥下一层皮来"的"买卖人"，布宁同样进行了无情的抨击。作品中纵横俄国城乡的广阔生活画幅、五光十色的民族历史和民情风俗内容、几乎囊括社会各阶层的鲜明人物形象，使得这部以表现个人思绪和情感历程为主的自传体小说同时具备了一种史诗风范。

39.【师探解析】

基于存在主义把人生和世界看作荒诞的理念，荒诞派戏剧家一反传统的戏剧模式，不再重视戏剧的主题和情节，而是想方设法把人类生存的荒诞状态呈现在观众面前。这类剧作利用支离破碎的呓语、离奇古怪的背景、没有意义的行为，把人的存在集中表现为永恒的荒诞：

首先，这些作品都表现了人类生存条件的非人性、反人性特征，甚至进而表现人的存在的无意义。

其次，荒诞剧打破了情节中心论，一般没有完整的故事情节，只有一种情势。因此，剧中没有贵为戏剧生命的戏剧冲突，只有一种无形的焦虑折磨着台上台下的人们。

再次，剧中人是一些无性格更谈不上个性鲜明的人物形象，人物多是干瘪枯萎的木偶式的角色，是某种类型人物的抽象代表，而不是具体的"这一个"。这些人物通常没有国籍、身份模糊、职业不明、过去暧昧，有些或者几个人共用一个名字，或者用符号或关系称谓代替名字，这种身份上的模糊和抽象使人物形象极富象征意味，他们往往成了整个人类的象征，他们的处境代表了人类的生存境遇，他们的尴尬和失落成了人类异化的最好表征。

最后，荒诞剧没有连贯的语言。戏剧道白常常是陈词滥调、唠叨絮语，表现为思维混乱、语无伦次的杂凑，常出现不合语法结构的句子。

40. 【师探解析】

叶芝对爱尔兰主题的探索，是在深受拉斐尔前派这类英国文学传统影响的前提下展开的。他以浪漫主义诗人的敏锐，捕捉到故乡的独特美感。他强调爱尔兰的质朴和灵性，将之描绘为一个山水静穆、仙歌缭绕，充盈着亘古不变的质朴神秘之美的仙境，截然不同于乏味无趣、功利主义的英格兰。他笔下的爱尔兰人作为一个族群，则信仰着万物有灵论，"与低等生物交流密切"，质朴恬静、超凡脱俗，别的民族都无法与之媲美。这类渲染爱尔兰特色的努力，让叶芝在依赖英语思考和写作时找到了属于自己的话题，也让他为爱尔兰树立起身份标志，强调它的文化独立，为族人抵抗英国殖民的斗争寻找到合法性。《失窃的孩子》就是这一时期的代表作，这是一首满溢着神秘主义、浪漫唯美色彩的名诗。

大约在1899年，他兴致勃勃地投入了爱尔兰文化复兴运动，大力推广富有爱尔兰特色的、"遥远的、灵性的、理想的"戏剧，还成立出版社，专门出版促进爱尔兰文学复兴的作品，"寻找创造着美的事物的爱尔兰人的双手"。他希望借助这些努力，在爱尔兰民族复兴大业中充当一位"真兄弟"。当然，这类温和的文化推动不足以促成真正的政治改变，爱尔兰人显然也并非与叶芝在诗歌中反复吟诵的唯美纯真、神游天外的质朴大众全然一致，而是难免时有愚昧与狭隘之举，因此，叶芝不时有受挫之感。由于理想的屡屡破灭，他逐渐认识到现实的真相和压力：是直面现实，为此抛弃对唯美之境的信仰，抑或是投奔想象，一劳永逸地隐入神秘的仙人世界？这两组彼此对峙的拉力构成一对矛盾，横亘于叶芝的创作中，既令他烦恼丛生，却也非常有效地拓展了他的诗作内容和深度。但是叶芝对现实的态度是颇为特别的，在关注现实的同时，他并不曾放弃对唯美浪漫的审美理想的苦苦坚守，比如《一位爱尔兰飞行员预见自己之死》就表明了他对"贵族"的强调与偏爱。

1916年4月24日，"复活节起义"爆发。无可回避的血腥现实，深深触动了叶芝。在《1916年复活节》中，"可怕的美"概念的提出，便反映出叶芝反思对现实的态度的真诚努力。然而，无论怎样设法认可"可怕的美"，现实世界对叶芝来说，依旧是压力重重。作为对现实的一种应对，叶芝重拾早年曾考虑过的概念：面具。《面具》清晰地表明了叶芝对这个概念的定义：对话双方一个要求对方摘下面具，另一个坚持不摘，表示只要面具激发了双方心头的火焰，那么面具之下是什么并不重要。

1922年，爱尔兰自由邦成立。此时叶芝年近60岁，进入人生和创作的晚期阶段，这也是他的思想和诗艺全面升华的时期。与早期和中期阶段相比，此阶段从外部政治大环境到叶芝内心对生命的思考和领悟都发生了变化。曾经颠沛混乱、争斗不休的革命年代，随着爱尔兰在一定意义上获取独立而暂告一段落。对叶芝而言，抗争的压力、血腥的杀戮都已成为历史。从《塔堡》等诗集开始，叶芝表现出对想象世界的坦然回归。比如名诗《丽达与天鹅》，可以视为叶芝利用象征手法，清算令他纠结一生的现实和想象问题的诗作。

"20世纪欧美文学史"全真模拟演练（三）答案
（课程代码：28956）

一、单项选择题（每小题1分，合计23分）

1. C

【师探解析】伍尔夫一生致力于对维多利亚时代陈腐的文学观念与技巧的挑战。1910年，她发表《论现代小说》一文，尖锐地抨击了当时英国现实主义文学的代表人物威尔斯、高尔斯华绥、本涅特等人，认为他们编织坚实可靠与酷似生活的故事的做法只是模拟了生活表相的真实，主张要表现人物心理的幽暗区域从而达到对生命本质真实的把握。

2. B

【师探解析】象征主义的产生可以追溯到19世纪中叶的美国作家爱伦·坡和法国诗人波德莱尔。布宁是俄罗斯小说家，叶赛宁是俄国诗人，贝克特是法国荒诞派戏剧家。

3. C

【师探解析】布勒东是超现实主义运动的创始人，在第一次《超现实主义宣言》中模仿百科全书的方式将超现实主义归在哲学条目下，并下了定义，使超现实主义有了明确的理论基础。

4. C

【师探解析】辛克莱·路易斯是美国20世纪20年代最出色的讽刺小说家。他塑造了典型的美国人形象和典型的美国环境，并于1930年成为美国第一位获得诺贝尔文学奖的作家，标志着美国文学不仅形成了自己的面貌，而且得到了欧洲的认可。

5. B

【师探解析】在罗丹的影响下，里尔克形成了"物诗"的理念。他认识到创作的客体本身即有一种不为人的情感所左右的自足性，因此，应排除创作者的主观情绪，精确地观察客观物，用隐喻和象征的意象把所获的直觉形象呈现出来。这样一来，主体既消融于客体，又被客体所展现，从而形成强烈的艺术张力。为我国读者所熟悉的短诗《豹》（1903）即作者在罗丹建议下于巴黎植物园亲自观察后写就的一首"物诗"。

6. A

【师探解析】1897年，纪德的散文诗《人间食粮》问世。这部作品承袭了16世纪人文主义传统，讴歌自由的生命状态和理想的人，其昂扬饱满的激情受到青少年读者的狂热追捧，被誉为"不安的一代人的《圣经》"。

7. C

【师探解析】识记知识点：1961年，英国戏剧理论家马丁·艾斯林在《荒诞派戏剧》一书中首次使用"荒诞派戏剧"这一术语对此戏剧潮流进行了理论分析与概括，"荒诞派戏剧"的名称正式诞生。

8. A

【师探解析】《古拉格群岛》的作者是索尔仁尼琴,属于域外俄罗斯文学"第三浪潮"。

9. A

【师探解析】20世纪20年代初,菲茨杰拉德的第一部短篇小说集《时髦少女和哲学家》(1921)、第二部短篇小说集《爵士乐时代的故事》(1922)相继问世。两部短篇小说集共有19篇作品,内容包罗万象,第一次非常明确地将那个时代命名为"爵士乐时代",写出了那个时代的颓废、绝望和享乐主义,带有鲜明的时代特点。

10. B

【师探解析】表现主义文学家反对把文学看成是自然和印象的再现,认为创作并不只是为了描写或安排现实,而应当解释现实,揭示人的本质和灵魂;由于将创作视为艺术家先于经验的自我表现和潜意识的表达,因而要求完全自由地描写不可见的事物,表现人的主观情绪,展示人的内心世界。

11. A

【师探解析】识记知识点:索尔·贝娄因卓越的文学成就被誉为"福克纳、海明威和菲茨杰拉德的文学继承人"。

12. D

【师探解析】安德烈·莫洛亚曾指出:"博尔赫斯是一位只写小文章的大作家。小文章而成大气候,在于其智慧的光芒、设想的丰富和文笔的简洁。"

13. C

【师探解析】存在主义文学是第二次世界大战后最有影响力的现代主义文学流派,它形成于存在主义哲学思想的基础上。存在主义哲学的先驱是19世纪丹麦哲学家克尔凯郭尔,第一次世界大战后,雅斯贝尔斯和海德格尔的存在主义哲学曾经在德国盛行。法国哲学家萨特继承和发展了他们的学说,形成了自己的无神论的存在主义哲学体系。这一哲学提出了存在先于本质、存在的荒诞性、人的自由选择的意义等基本命题,反映了西方现代人对存在的困惑,同时还试图赋予处于荒诞世界中的人以崇高的意义。

14. A

【师探解析】福克纳1936年的《押沙龙,押沙龙!》,是他长篇小说中历史性最强的一部,也是他艺术创作的顶峰,作品以不同的视角讲述了贫穷白人萨德本的奋斗史。

15. D

【师探解析】《我,至高无上者》是巴拉圭作家罗亚·巴斯托斯的一部反独裁小说。

16. D

【师探解析】约翰·奥斯本是"愤怒的青年"代表作家,他的名剧《愤怒的回顾》(1956)通过主人公吉米的形象,表达了20世纪50年代青年人迷惘而又激越的情绪,成为"50年代愤怒的一代的戏剧性宣泄"。

17. A

【师探解析】普鲁斯特对英国艺术史学家约翰·拉斯金的作品很感兴趣:1904年,翻译、作序并注解了拉斯金的《亚眠的圣经》;1906年,翻译拉斯金的《芝麻与百合》。

18. A

【师探解析】识记知识点：艾夫林·沃的战争三部曲"荣誉之剑"（1965），包括《军旅生涯》（1952）、《军官与绅士》（1955）和《无条件投降》（1961），描述了一位天主教徒在第二次世界大战中的经历。

19. C

【师探解析】识记知识点：早期魔幻现实主义阶段是20世纪三四十年代。

20. C

【师探解析】帕斯捷尔纳克在诗歌领域的早期成就包括：1914年的第一本诗集《云雾中的双子星座》；1916年的第二部诗集《超越障碍》。帕斯捷尔纳克的早期诗作偏重于表现个人内心世界的变化，抒发对大自然、爱情和人的命运的种种感受，传达出诗人对于诗歌和艺术的独到见解。非凡的意象构成、新颖奇特的隐喻、变幻莫测的句法，成为他早期诗歌的独特风格。

21. A

【师探解析】识记知识点：1952年，莫里亚克因"深入刻画人类生活的戏剧时所展示的精神洞察力和艺术激情"获诺贝尔文学奖。

22. D

【师探解析】识记知识点：在拉丁美洲文学界，第一个使用"魔幻现实主义"术语的是委内瑞拉著名作家阿图罗·乌斯拉尔·彼特里的《委内瑞拉的文学与人》。

23. B

【师探解析】后现代主义是当代西方最重要的思想文化运动之一。其中后结构主义是后现代主义理论的核心基础，以雅克·德里达的解构思想、米歇尔·福柯的话语理论、利奥塔的元叙事和"宏大叙事"理论、罗兰·巴特的"作者已死"理论为代表。

二、填空题（每空1分，合计5分）

24. 【师探解析】马拉美　　25. 【师探解析】西奥多·德莱塞

26. 【师探解析】社会问题剧　　27. 【师探解析】吉卜林

28. 【师探解析】《磁场》

三、名词解释题（每小题3分，合计12分）

29. 【师探解析】

"迷惘的一代"一语出自侨居巴黎的美国女作家格特鲁德·斯泰因，她曾评价海明威等人："你们都是迷惘的一代。"海明威将这句话题写在其第一部长篇小说《太阳照常升起》的扉页上，随着这部小说的出版和流传，"迷惘的一代"便成为当时涌现出的一批青年作家的共同的称号。"迷惘的一代"作家不满第一次世界大战后美国社会价值观混乱、物欲横流的现实，又找不到新的生活准则，他们作品中的主人公多依照自己的本能或意志行事，用叛逆的思想和行为来表达对现实的不满。在艺术形式上，"迷惘的一代"作家在继承马克·吐温以来的美国现实主义文学传统的同时，又借鉴了欧洲尤其是法国的现代主义创作手法。"迷惘的一代"代表作家有菲茨杰拉德、海明威、托马斯·沃尔夫。

30. 【师探解析】

荒诞派戏剧20世纪50年代产生于法国，以存在主义哲学为思想基础。"荒诞派戏剧"又称"反戏剧"，是由第二次世界大战后旅居法国巴黎的一批剧作家开创的一种反传统戏剧流派。

1961年，英国戏剧理论家马丁·艾斯林在《荒诞派戏剧》一书中首次使用术语对此戏剧潮流进行了理论分析与概括，"荒诞派戏剧"的名称正式诞生。代表作家作品有尤内斯库的《秃头歌女》《椅子》《犀牛》；贝克特的《等待戈多》《啊，美好的日子》《终局》等。

31.【师探解析】

新小说派是20世纪50至60年代流行于法国的一种现代派文学，是小说领域的一种极端探索。在1971年巴黎召开的一次会议上，阿兰·罗伯-格里耶、米歇尔·布托尔、克洛德·西蒙等7人同意站在新小说派这面旗帜下，被定名为"新小说派"。另外，玛格丽特·杜拉斯、萨缪尔·贝克特虽未参加会议，但是属于该流派。罗伯-格里耶是新小说派最重要的理论家和作家。他的《为了一种新小说》是新小说派的理论基础。

32.【师探解析】

黑色幽默是20世纪六七十年代流行于美国的重要文学派别，可以看作存在主义哲学在美国本土的文学表达。1965年3月，美国作家弗里德曼编辑了12位当代美国作家的作品片段文集，取名《黑色幽默》，这一流派因此得名。

四、简答题（每小题6分，合计30分）

33.【师探解析】

首先，在思想上，现代主义文学具有反理性的总体特征。

其次，在形象塑造上，人物是逐渐非人化的。西方现代文明带来了物质方面的巨大进步，但是物消磨、压倒、吞噬和支配了人，现代主义文学反映了人被异化也就是非人化的处境。

再次，在艺术形式上，注重表现形式。现代主义是有机形式论的，是表现而非再现的，是想象而非写实的，是创新而非传统的。

总体上来说，现代主义文学的风格是具有悲观主义色彩的。

34.【师探解析】

厄秀拉是布兰文家族的第三代。她的第一位恋人是一名英国军官，两人终因缺乏精神上的理解而分手。结尾处，对爱情深感失望的厄秀拉回到家里，不幸流产，大病一场。病后初愈的一天，她打开窗户，看见天空中悬挂着一道美丽的彩虹。作为劳伦斯理想的实践者，她的探索过程不仅充满了与外在环境的剧烈冲突，而且经历着灵魂的自我煎熬和痛苦的抉择。与前两代人相比，厄秀拉的精神境界和追求远远超过了她的父辈。她不仅在生活空间上不断向外扩展，在思想认识上也不断走向成熟，对自我有着清醒的认识。她的生命与自然精神共存，身上保存着更多的自然本能。为了追求个性的充分自由发展，她不屈不挠地与束缚、压制她的一切外部环境做抗争。对自我价值的不断追求使厄秀拉成为劳伦斯作品中最理想的女性形象之一。她的成长经历就是一段段走出狭隘、平庸的生活空间的斗争史。

35.【师探解析】

高尔基的中期作品，共同记录了作家在民族文化心态研究这一总体方向上艰难跋涉的足印。这是高尔基一生创作中最辉煌的时期。清醒的现实主义笔法、纯熟洗练的描写艺术、行云流水般优美自如的叙述语调、体现了作家忧患意识的沉郁风格，共同显示着作家新的美学追求与杰出的艺术才华。

36.【师探解析】

超现实主义就是精神自动性的记录，因为它的思想和艺术特征都与精神自动性密切相关，而所谓精神自动性主要是指人不受理性控制的精神活动状态：

在内容上，精神自动性主要表现为潜意识；

在形式上，精神自动性努力追求潜意识的结构，摆脱理性束缚，打破传统规则，做无常法，随心所欲；在创作中，超现实主义常常使用无意识写作和集体游戏这两种方法。

总的来说，超现实主义戏剧反对物质对精神、社会对个人、现实对想象、理性对本能、传统对创新的压制，它企图通过超现实主义的艺术来获取自由。

37.【师探解析】

首先，《暴力的孩子们》"五部曲"包括《玛莎·奎斯特》（1952）、《良缘》（1954）、《风暴余波》（1958）、《瓮域之中》（1965）和《四门城》（1969）。

其次，在主题上，"五部曲"探讨了家庭、情感、婚姻和政治对女性生活与成长的影响，以玛莎·奎斯特的成长经历为主线，展现女主人公寻找人生意义、探寻自我的精神历程，同时，也以编年史的写实笔法再现了20世纪30年代至60年代从非洲殖民地到英国伦敦的社会氛围与时代风气。

再次，在艺术上，小说明显受到19世纪现实主义风格的影响，有很强的社会写实色彩和自传性特征，玛莎与父母的冲突、两次失败的婚姻和政治经历，无不是莱辛自身经历的再现。因此，作品也可以看作莱辛对个人非洲经历的回溯和反思。

五、论述题（每小题10分，合计30分）

38.【师探解析】

约翰·霍莱·罗伯茨在其专门研究伍尔夫小说中的"视觉""设计"即弗莱对她的影响的文章中，将弗莱对"关系"的重视运用到对《达洛卫夫人》中人物关系的分析上，即将达洛卫夫人和赛普蒂默斯视为构成形式的要素，而将他们之间的相互关系视为绘画艺术中的形式关系。

具体说来，达洛卫夫人和赛普蒂默斯之间构成一种对立统一的关系，也即克拉丽莎热爱生活的倾向和疯狂的退伍老兵对生活的弃绝彼此对立，两种情感相互补充，从而形成一个整体。这种整体性通过多处细节、暗示与呼应在文本中体现出来。如在小说开始不久，达洛卫夫人首先想起了莎士比亚"再不怕太阳的炎热，也不怕寒冬的风暴"的诗句。而在被逼自杀前，赛普蒂默斯同样想到了这些诗句。对此，罗伯茨认为，应理解克拉丽莎与赛普蒂默斯的关系，因为这一关系本身正是小说的意义所在。小说中这种由对立、对比之间的张力构成的稳固与平衡感，还可从彼得与达洛卫先生之间、克拉丽莎与萨利之间、霍姆斯医生与布雷德肖爵士之间，甚至布雷德肖爵士夫妇之间的关系中得以实现。由此，在总体的"网状结构"之中，各细部之间也实现了彼此呼应的联系。

39.【师探解析】

首先，《追忆似水年华》这部巨著展现了主人公和作者本人对人类命运的关注。作为人类的观察家和回忆录作者，普鲁斯特呈现了社会的多样性，尤为着力地刻画了他眼中的艺术家，对他而言，不仅作家是艺术家，而且画师或演奏者，贵妇或女佣，施虐者或受虐者都可以是艺术家，因为他们的欲望、激情或是怪癖使他们的生活不至于沦入沉闷的日常，就好像一抹颜色，不仅使画作变得更为夺目，还改变了画作的意义。他们使生活更加精彩，跨越了过去与现在的差距，或者至少征服了现在：这正是普鲁斯特最重视的。

其次，小说在向前推进，同时也在朝过去折返。时间的进程通过叙述者的意识，犹如翻阅一卷漫长的回忆史，在意识深处挖掘出愈加丰富的双重空间：先是梦境，然后是回忆。《追忆似水年华》不仅可以看作教育式小说，同时也是启蒙式小说。作者一方面探寻世界的语义层次与可塑性，另一方面也在寻找自我身份。只是这一过程没能使他发现时间循环的形式，反而让他进入永恒连绵的人类时间，而时间又通过意识剥离了原本的悲剧性。小说的整体性不仅源自叙事与风格的一致，还在于循环所带来的效果，更得益于多个主题共处的和谐。人类时间在此留下了如此多记忆的烙印：欲望、不安、喜悦、嫉妒、分离、消逝。

再次，人物所开展的探寻是《追忆似水年华》的关键之一。通过细小、专注而缓慢的操练，表面的破碎便具有了真实性：借着无法预期的各类体验，又衍生出其他含义，即这一过程既产生出导向，又带出意义。每个意识的状态只能从摄取的感知那里寻找源头，或显或潜在地从中获得真实的片段。看似不连续的片段中，隐藏着内部绵密的统一体，唯以内省的方式才能将之显露。世界是等待被阅读和被破解的自身：通过模糊的记忆、通感、隐喻与象征，人的思想渐渐被勾勒出来。

最后，人类赋予时间精确严格性，而事实上时间是和人一样有"人性"的："人是种没有固定年龄的生物，他具有在几秒钟内突然年轻好多岁的功能，他被围在他经历过的时间所筑成的四壁之内，并在其间漂浮，如同漂浮在一只水池里，池里的水位会不断变化，一会儿把他托到这个时代，一会儿又把他托到另一个时代。"普鲁斯特并非把"过去"视为会逐渐蚀化并最终消失的，而认为"过去"被我们的内部体验充满，只是等待被揭示。这成功抵抗住了遗忘的侵蚀，实现了在艺术中对过去的召唤。因此，《追忆似水年华》所抵达的不是宗教的救赎而是诗意的救赎。

40. 【师探解析】

第二次世界大战后美国现实主义文学思潮的复兴不是对19世纪批判现实主义的简单重复，而是在继承传统现实主义基础上的一次超越：

首先，受新历史主义文学批评、新新闻主义文学创作及后现代文学思潮等多方面的影响，第二次世界大战后的现实主义作家偏好将现实与虚构糅为一体的创作方法，将历史事件和历史人物注入虚构文本之中，以此模糊虚构和真实的界限，打破历史与文学对立的传统批评和创作观念。以 E. L. 多克特罗的《拉格泰姆时代》为例，小说沿用了传统现实主义的写实手法，赋予小说中的人物和环境以时代气息，以三个虚构的普通家庭为历史缩影，再现了20世纪初期美国社会的历史变迁。

其次，20世纪的美国现实主义在继承传统道德关怀的基础上将现代主义和后现代主义的各种表现手法糅入现实观照中，意识流、表现主义、存在主义、黑色幽默、元小说等现代主义和后现代主义的特质在美国当代现实主义作品中均有呈现：约翰·厄普代克被视为第二次世界大战后美国小说家中最富有现实主义特色的作家，他擅长描写白人中产阶级生活，被称为社会历史变化的准确记录者。创作于60年代的《马人》（1963）体现了厄普代克对实验手法的借鉴。

再次，20世纪的现实主义文学创作普遍转向对内省的注重，它由19世纪对社会的批判转向对自我深层意识的探讨。美国当代作家对现实的理解显然不再囿于传统的外部现实，他们更多地转向人物的内心世界，探讨人物的心理现实，把人物的无意识世界看作真实世界的一部分，强调主体对世界的体验和发现：美国女作家乔伊斯·卡罗尔·欧茨是公认的心理现实主义作家，其小说创作的一个明显特征是具有大量的心理描写。欧茨的小说《他们》以温德尔一家的生活经历反映美国下层人民的命运，作者运用了意识流的手法，通过刻画人物的心灵感受，塑造人物的形象。索尔·贝娄的《晃来晃去的人》也是一部注重心理表现的作品，主人公约瑟夫通过日记进行内心的自我分析，日记记录了随着他所熟悉的世界的土崩瓦解，其逃避现实和内心世界分裂的过程。

"20世纪欧美文学史"全真模拟演练（四）答案
（课程代码：28956）

一、单项选择题（每小题1分，合计23分）

1. B

【师探解析】识记知识点：在《未来主义文学技巧宣言》一文中，马里内蒂要求消灭形容词、副词，甚至标点符号，主张使用名词和动词不定式，把名词成双重叠进行类比。

2. C

【师探解析】詹姆斯·乔伊斯的《尤利西斯》中主人公布卢姆的出现"标志着20世纪文学中非英雄的'现代人'的诞生，反映了现代小说有关'人'的观念的变化"。

3. D

【师探解析】《追忆似水年华》共七卷：第一卷《在斯万家那边》；第二卷《在少女们身旁》；第三卷《盖尔芒特家那边》；第四卷《索多姆和戈摩尔》；第五卷《女囚》；第六卷《女逃亡者》；第七卷《重现的时光》。

4. D

【师探解析】"阿克梅"一词来自希腊文，意为"顶峰"。"阿克梅派"诗人追求艺术表现的明朗化和清晰度，主张恢复词的原始意义，认为最高的"自我价值"在尘世，显示出与象征派对立的艺术观。

5. A

【师探解析】《去吧，摩西》寄托了福克纳本人的思索：回到荒野、森林这样的大自然环境，让不同族群甚至人与动物恢复最原初的关系。在道德良知的改善中实现族群间的历史和解。可以说，这是约克纳帕塔法世系的思想总结。

6. A

【师探解析】拉尔夫·埃里森是一位作品风格独特的黑人作家，他的代表作《看不见的人》（1952）被誉为"美国黑人生活的史诗"。

7. C

【师探解析】简·里斯在第二次世界大战之后，推出其最著名的小说《藻海无边》，是对夏洛蒂·勃朗特经典小说《简·爱》的重构，成为女性主义和后殖民主义文学批评热议的对象。

8. D

【师探解析】《山岳之歌》是茨维塔耶娃的作品。

9. A

【师探解析】识记知识点：丽塔·达夫是历史上第一位黑人桂冠诗人。她的诗集有《街角上的黄房子》（1980）、《博物馆》（1983）、《托马斯与比拉》（1986）、《福佑笔记》（1989）、《母爱》（1995）等。

10. A

【师探解析】识记知识点：《第二性》的作者是波伏娃。

11. C

【师探解析】《第二十二条军规》中运用的反讽形式主要有三种：言语反讽、情境反讽和戏拟——言语反讽主要是通过夸大陈述、克制陈述及自相矛盾式陈述来实现的；情境反讽主要表现在悖谬的情节安排及人物行为的滑稽逆转等方面；戏拟是一种滑稽性的模仿，戏拟的反讽效果并非来自作品内部，而是源自戏拟作品和被戏拟的对象（通常是传统经典作品）之间的悖逆。

12. B

【师探解析】识记知识点：中期魔幻现实主义阶段是20世纪五六十年代。

13. A

【师探解析】20世纪50年代后，英国文学在风格和追求上显露出对现代主义潮流的反拨，这尤其表现在小说领域中现实主义风格的复归，出现了一批"新现实主义"作家。"新现实主义"作家关注社会现实问题，致力于揭示各种社会弊病，探索并挖掘人性和经验的深度，以写实主义精神表达人道主义情怀。

14. D

【师探解析】识记知识点：高尔基的处女作《马卡尔·楚德拉》表现"不自由、毋宁死"、自由高于一切的主题。

15. B

【师探解析】存在主义文学在第二次世界大战前后首先在法国文坛产生，也以法国存在主义文学成就最高。

16. A

【师探解析】识记知识点：尤金·奥尼尔的《琼斯皇》（1920）、《毛猿》（1921）等作品大胆创新，开创了美国戏剧的表现主义时期。

17. C

【师探解析】短篇小说集《幽暗的林间小径》（1937—1944），是布宁继其代表作《阿尔谢尼耶夫的一生》之后贡献给读者的又一部最重要的作品。在这部收有38篇爱情题材小说的作品集中，作家成功地刻画了一系列个性鲜明的女性形象。《寒冷的秋天》、《在巴黎》、《幽暗的林间小径》和《晚间》等，都是这部小说集中脍炙人口的名篇。

18. B

【师探解析】识记知识点：1924年，《魔山》出版，标志着他进入了一个新的创作阶段。《魔山》是《布登勃洛克一家》的姊妹篇，是对后者"在另一个生活层次上的重复"。在写作上，托马斯·曼自称这是一部"故意卖弄写作技巧的作品"。

19. B

【师探解析】莫里亚克一直探索小说的本质和创作手法，发表了《论小说》（1928）和《小说家及其人物》（1933），提出"创造物的自由和创造者的自由"，他认为小说家是"上帝拙劣的模仿者"，不能决定人物的命运。

20. D

【师探解析】1950年，多丽丝·莱辛出版长篇小说《野草在歌唱》，这是她第一部正式发表的作品，也是她的成名作。小说描写南罗德西亚农场上贫穷的白人妇女的不幸经历，反映了殖民地女性的生存困境和种族歧视制度、殖民主义活动对人性的扭曲。这部作品因对殖民地的种族压迫和经济矛盾进行了大胆揭露而被视为"抗议小说"。

21. D

【师探解析】识记知识点：康拉德的作品从题材来看，大致可以分为三类：航海小说、海外丛林小说和社会政治小说。

22. B

【师探解析】识记知识点：戴维·洛奇的"校园三部曲"包括《换位》、《小世界》和《好工作》。

23. C

【师探解析】识记知识点：《云雾中的双子星座》是帕斯捷尔纳克的第一本诗集。

二、填空题（每空 1 分，合计 5 分）

24.【师探解析】物质主义　　25.【师探解析】茨维塔耶娃
26.【师探解析】威廉·叶芝　　27.【师探解析】后结构主义
28.【师探解析】《童年》

三、名词解释题（每小题 3 分，合计 12 分）

29.【师探解析】

《老人与海》中的名言是：人不是为失败而生；一个人可以被毁灭，但是不能给打败。老人的忍耐与自制到了一个可以说是成熟和圆融的境界。从中可以看出：自制就是压力下的风度。在《老人与海》中：生活中百分之零在于发生了什么，百分之百取决于你面对的态度。面对压力、失败，甚至死亡，永不放弃与妥协，在奋斗的过程中经受住考验，这样的人才是男子汉，也就是海明威的"硬汉精神"。

30.【师探解析】

20 世纪 50 年代英国文坛上崛起的一批青年作家，他们在第二次世界大战后动荡不安的社会背景下，以"愤怒"和"不满"作为文学创作的共同主题，表达了对社会普遍的愤懑情绪及对命运无能为力的失落感，并擅长塑造具有"愤怒"气质的反英雄形象。其命名来自作家莱利·艾伦·保罗的同名自传体小说《愤怒的青年》。代表作家主要有约翰·奥斯本、金斯利·艾米斯、约翰·布莱恩等人。

31.【师探解析】

"垮掉的一代"是美国 20 世纪五六十年代文化反叛、政治反叛和美学挑战在文学上的典型反映。作品表达了一种与社会规范格格不入的感觉及与各种环境疏远的意识。艾伦·金斯堡在 50 年代以《嚎叫》诗集闻名美国，成为"垮掉的一代"的精神领袖。其他代表作家和作品有杰克·凯鲁亚克的《在路上》、塞林格的《麦田里的守望者》。

32.【师探解析】

20 世纪 80 年代中期以后，随着苏联社会政治生活再度发生深刻变动，出现了"回归文学"。白银时代的作品、三代流亡作家的作品，经过若干年月的风风雨雨，终于回归到广大读者中来；自 20 世纪 20 年代以来由于种种原因被禁止在苏联国内发表，或在遭到批判后被封存的作品，也从被禁状态回归到自由状态。代表作家和作品有格罗斯曼《生活与命运》、雷巴科夫的长篇小说《阿尔巴特街的儿女》（1982）等。

四、简答题（每小题6分，合计30分）

33. 【师探解析】

（1）"瘫痪的中心"："瘫痪的中心"是乔伊斯形容都柏林的关键词，在《都柏林人》的每篇小说里，乔伊斯表现了都柏林人如何受到和爱尔兰历史命运相似的折磨，以及社会、宗教和政治的萎缩如何使人的灵魂变得麻痹与瘫痪。在他笔下，爱尔兰是一个背叛自我的民族，一个不断重复着失败命运的国家。面对大英帝国的统治，爱尔兰真正的民族精神和自信心处于瘫痪状态。

（2）尽管乔伊斯对都柏林人的生活和精神状况进行了批判与讽刺，但是并不是严厉的批评，而是饱含同情和理解，对软弱和庸俗是包容的。

34. 【师探解析】

在艺术形式上，表现主义通过夸张、变形和怪诞的手法来强化或外化作家的主观思想感情，或用象征的手法去表现某种抽象的观念，因而并不强调刻画形象、塑造人物，而只把人物作为某种思想和观念的类型或象征，在戏剧中尤其如此。因此，表现主义作家笔下的人物往往只是某些共性的象征和符号，他们通过内心独白、梦幻、假面具、潜台词等艺术手法来表现人物的内心世界。

表现主义作品还常常充满狂热的激情和极度的夸张。

35. 【师探解析】

局外人默尔索对什么都无所谓，也从没主动做选择，恰恰是一次下意识的行动造成了他人的死亡也判决了自己的死亡。他和身边世界的脱节没有原因，也不期待某个结果，只是以一种极其清醒理智的态度审视自己所处的荒谬之境。因此，死亡对他来说反而是一种解脱，早已不期待明天，不存有幻想，也不想逃避。默尔索是另一种反英雄式人物，也是另一种对存在荒谬性的观察和表达。

36. 【师探解析】

高尔基晚期的两部长篇小说的基本特色，是开阔的艺术视野结合着深邃的哲理思考，强烈的历史感伴随着缜密的心理分析；叙述风格上则显示出一种史诗般的宏阔与稳健。在人物形象刻画上，作家还借鉴了西方现代主义文学在心理描写方面的某些新鲜经验，如通过人物的梦境、幻觉、联想潜意识，或以象征、隐喻、荒诞的手法来揭示人物的内心分裂、精神危机和意识流程。这既表明高尔基在创作方法的运用上是不拘一格的，又显示出20世纪现实主义文学的新特色。

37. 【师探解析】

首先，在小说的结构布局上，封闭的故事框架与开放性叙述巧妙结合，形成多层次的立体结构。小说中，"自由女性"部分是一篇6万字左右的短篇小故事，可独立成章，采用传统现实主义手法写成。5本"笔记"有各自独立的情节和线索，时空关系不统一，跳跃性强，且穿插了简报、日记、新闻、小说、素材梗概等多种文体。作家有意用一个支离破碎的结构，来反映破碎的生活及人的精神创伤。

其次，传统现实主义写实手法与现代主义、后现代主义艺术技巧相结合，呈现出多样化的艺术风格。多重叙述声音的建构经验视角的切换、文体拼贴、戏仿、元小说、意识流和蒙太奇等艺术手法大量出现，打破了传统阅读习惯，使读者在陌生化的阅读过程中强化对小说主题的理解。

再次，小说中大量描写了人物的梦境、幻觉、冥想和病态心理，这些抽象、破碎、流动的意识画面表现出主人公丰富的生命经历，以及复杂、沉重、矛盾的心理感受，体现了现代派技巧和非理性哲学的充分融合。

五、论述题（每小题10分，合计30分）

38.【师探解析】

卡夫卡《诉讼》的主题思想可从如下几个方面分析：

首先，单从社会批判的层面来看，卡夫卡似乎是在通过对肮脏的法庭、可笑的审判、散发着愚蠢官僚气息的小官员的不遗余力地嘲笑来抨击当时奥匈帝国腐朽的司法机构和官僚体系，讽刺荒谬虚伪的权力体制，表达对受其摆布与戕害的弱者的同情。

其次，从精神批判的层面来看，这场原告成谜的诉讼乃是 K 的自我控告，是卡夫卡借 K 这一角色对自我的审判，K 既是被告者，也是原告人，既意识到自己有罪，又在激烈地抗拒这份罪责感。推而广之，K 也不仅仅是卡夫卡本人，更是现代社会中普遍个体的代表，他们处境荒诞、孤独无助、求告无门，完全失去了对自我命运的掌控。

最后，从宗教的层面来看，这部作品也是卡夫卡对上帝及其律法的个人化解读，法是上帝的化身，法庭是法的化身，最高法庭的遥不可及象征着上帝的隐而不现，人与上帝之间横亘着一道无法跨越的鸿沟，就像卡夫卡和他父亲之间一样，永远无法靠近，永远无法互相理解。

39.【师探解析】

《藻海无边》对《简·爱》的经典重构可以从以下三点来进行阐释：

首先，不同于《简·爱》，《藻海无边》增加了特定的历史背景，使小说具有了更明确的历史感，即故事空间开始于英属西印度群岛的牙买加殖民地的西班牙城郊庄园，时间则为殖民地的奴隶制度被废除之后的 19 世纪 30 年代后期。

其次，里斯赋予失语的伯莎·梅森以话语权。作品第一章为"我"即安托瓦内特（伯莎·梅森）的自述。第二章则为安托瓦内特和罗彻斯特以第一人称叙述的交叉来展开。罗彻斯特的自述充满了对当地风景、气候、民情风俗的强烈排斥感，而安托瓦内特的自述则表达了对婚姻的恐惧、希望，以及在遭到丈夫的误解、轻视、冷落与背叛，特别是在被剥夺了财产与保障之后的无助与绝望。第三章再次转为安托瓦内特的自述，回忆自己被带到英国、被关进桑菲尔德大厦阁楼上的秘密房间，由格蕾丝·普尔看管，被迫隐没在黑暗、寒冷与孤独之后的生活和感受，并忆及被割断与家乡的联系，带往一个陌生国度的海上航程。由此，读者可以看到，伯莎的疯癫是被以罗彻斯特等为代表的男权统治迫害的结果，展现了旗帜鲜明的女性主义意义。

最后，随着后殖民文化研究的兴起，作品也可被解读为一则"帝国主义普通认知暴力的寓言"，体现的是"为了美化殖民者的社会使命而进行的自我献祭的殖民主体的建构过程"。在此意义上，《藻海无边》实现了"女性主义与对帝国主义的批判"。

40.【师探解析】

《染血之室与其他故事》深受《夏尔·佩罗的童话故事集》的影响，卡特在序言中称赞了佩罗"完美的技巧和他善意的嘲讽"，而卡特对虐恋与暴力题材的偏好直接源自法国作家马奎斯·德·萨德，但作为一位坚守女性主义立场的当代作家，卡特又通过重构改写了佩罗的道德箴言，颠覆了萨德笔下逆来顺受的女性形象：如故事集中最长的一篇《染血之室》即出自佩罗的《蓝胡子童话》，卡特写出了女性摆脱作为欲望对象的身份而成为欲望主体的过程。《染血之室》置换了叙述主体，改以第一人称无名女主人公回顾性叙述的形式，由"我"在多年之后讲述自己17岁时的生命故事。由此，她改写的童话颠覆了男权话语对女性被动、温顺、懦弱性格的设定。首先，着力表现了年轻的女主人公在认清丈夫残忍嗜血嘴脸后的觉醒与成长。其次，卡特也在母女亲情的渲染中瓦解了男强女弱的传统故事模式，塑造了威风凛凛的母亲形象。千钧一发之际，虽然城堡的电话线被割断，母女间的心灵感应还是促使母亲代替原来故事中的哥哥或骑士们赶来。

除此之外，卡特还着力表现了当代意识观照之下女性身体和欲望所蕴含的革命性意义，如她的另一篇故事《与狼为伴》是夏尔·佩罗和格林兄弟的《小红帽》故事的当代版本。小说中占据中心地位的是一个在欲望和行为上采取主动、进攻、挑战姿态的少女，而代表男性的狼则失去了施暴的威力，成了少女的性俘虏。

总之，通过解构女性的传统形象，暴露女性性别特质的人为建构性质，卡特激进地消解和颠覆了男性传统价值观念。

"20世纪欧美文学史"全真模拟演练（五）答案
（课程代码：28956）

一、单项选择题（每小题1分，合计23分）

1. D

【师探解析】识记知识点：1899年，诗集《苇间风》确立了叶芝成为爱尔兰一流诗人的地位。

2. B

【师探解析】识记知识点：纪德1946年的《忒修斯》是作家一生的自我总结与遗嘱式的作品。

3. A

【师探解析】1938年，瑞典皇家学院将该年度的诺贝尔文学奖授予赛珍珠，以表彰她用理想主义与宽大心灵，"为西方世界打开了一条路，使西方人用更深的人性洞察力去了解一个陌生而遥远的世界——中国"。由此，赛珍珠成为首位将中国、中国人推向世界最高文坛和世界人民视野中的小说家。

4. C

【师探解析】十月革命后，叶赛宁在《歌者的召唤》（1917）、《约旦河的鸽子》（1918）等诗作中，讴歌"风暴中的罗斯"，赞美"红色的夏天"。

5. A

【师探解析】迁居美国的第二年也就是1939年，托马斯出版了长篇小说《绿蒂在魏玛》，这部作品可以说是托马斯·曼和歌德穿越时空的精神对话。

6. B

【师探解析】玛格丽特·德拉布尔被《纽约时报》（书评副刊）誉为"当代英国的编年史家"，主编过华兹华斯、奥斯丁、哈代、伍尔夫等经典大师的文集，并著有《阿诺德·贝内特传》（1974）及研究作家的故乡风物对其创作影响的专著《作家的英国：文学中的景色描写》（1979），主持了《牛津英国文学词典》（1985—2000）的编纂。

7. D

【师探解析】《论现代小说》是伍尔夫的论著。

8. D

【师探解析】识记知识点：托妮·莫里森是美国历史上第一位获得诺贝尔文学奖的黑人女作家。

9. B

【师探解析】识记知识点：1922年，帕斯捷尔纳克的抒情诗集《生活，我的姐妹》问世，流亡诗人茨维塔耶娃发表了《光雨》评论这部诗集。

10. A

【师探解析】高尔基的散文诗《海燕之歌》（1901）以象征和寓意的手法传达出"山雨欲来风满楼"的时代气氛，表现了人民群众要推翻沙皇专制、变革社会的强烈愿望；《底层》是剧本。

11. A

【师探解析】《磁场》是布勒东和菲利普·苏波合作而成的作品。

12. D

【师探解析】哈罗德·品特的作品富于英国特色，有一种神秘恐怖的哥特传统，有人把品特的戏剧称为"威胁的喜剧"。

13. B

【师探解析】哈罗德·品特是英国荒诞派戏剧的代表作家。

14. A

【师探解析】20世纪60年代英国现实主义小说一统天下的格局发生了变化，作家开始致力于小说技巧的革新，带有实验性特征：广泛运用戏仿、拼贴、开放性结局、文体杂糅等后现代技巧，但是小说呈现出的效果不同于同时代美国作家的无序混乱，更多的是延续现代主义创作思想，对人类生存进行存在主义探索。代表作家有约翰·福尔斯、多丽丝·莱辛、艾丽丝·默多克。

15. C

【师探解析】识记知识点：《发条橙》的作者是安东尼·伯吉斯。

16. A

【师探解析】1922年，薇拉·凯瑟的长篇小说《我们中的一员》获得了普利策小说奖，标志着她的创作进入了中期。

17. B

【师探解析】识记知识点：《暴力的孩子们》"五部曲"包括《玛莎·奎斯特》（1952）、《良缘》（1954）、《风暴余波》（1958）、《壅域之中》（1965）和《四门城》（1969）。

18. B

【师探解析】2000年，索尔·贝娄的最后一部长篇小说《拉维尔斯坦》出版。这部被视作贝娄的"天鹅之歌"的作品内容以其好友、美国著名学者艾伦·布卢姆为原型，塑造了艾贝·

拉维尔斯坦这个"充满悖论却又极具性格魅力的犹太知识分子形象",被评论家称为贝娄的最具犹太性的一部小说。

19. C

【师探解析】亨利希·曼的作品以杰出的时代洞察力、鲜明的批判性及出色的讽刺艺术著称。代表作是长篇小说《臣仆》(1914),小说描写了一个小造纸厂老板的儿子赫斯林发迹的故事。

20. C

【师探解析】《沉重的竖琴》是霍达谢维奇的作品。

21. A

【师探解析】"间离效果"又称陌生化效果,即在戏剧表演与欣赏中,演员与角色、观众与演员之间应当拉开一定的距离,演员要能意识到自己在演戏,观众要能意识到自己在看戏,以陌生的惊愕、理性的思考和批判的意识代替情感的共鸣。20年代中期,布莱希特受到马克思主义的影响,创作理念发生变化,"叙事剧"理论开始形成,这一时期创作了《马哈哥尼城的兴衰》(1927)、《人就是人》(1928)、《三分钱的歌剧》(1928)及"教育剧",《措施》(1930)、《屠宰场上的圣约翰娜》(1930)等一系列实验性的戏剧作品。在这些作品中,布莱希特打破了亚里士多德以来的戏剧传统,转而追求一种"间离效果"。

22. C

【师探解析】识记知识点:V. S. 奈保尔的"印度三部曲"包括《幽暗国度》、《印度:受伤的文明》和《印度:百万叛变的今天》。

23. D

【师探解析】识记知识点:西方学者认为《克里姆·萨姆金的一生》是"1917年革命前四十年间俄国社会、政治和文学生活的缩影",它"堪称20世纪的精神史","作为思想小说,达到最高成就"。

二、填空题(每空1分,合计5分)

24. 【师探解析】《麦克白》   25. 【师探解析】《行动》

26. 【师探解析】一代人的冷峻良心   27. 【师探解析】社会主义现实主义

28. 【师探解析】《图像集》

三、名词解释题(每小题3分,合计12分)

29. 【师探解析】

"校园小说"是第二次世界大战后在英国文坛出现的一种类型化小说,这类作品多描写大学校园中知识分子的生活经历,是"通常具有喜剧性和讽刺性的小说:其场景设定在封闭的大学校园(或类似的学术场所),并突出学界生活的昏昧"。写作这类小说的代表有马尔科姆·布雷德伯里和戴维·洛奇。

30. 【师探解析】

"魔幻现实主义"一般特指拉丁美洲从20世纪30年代到80年代盛行约半个世纪的一种文学流派。原是20世纪70年代德国艺术批评家弗朗茨·罗在研究德国和欧洲后期表现派绘画时所使用的一个术语。魔幻现实主义将"魔幻"与"现实"这组具有悖论特质的概念完美、神奇地融为一体,具有现实与超现实的双重视角。阿斯图里亚斯的《总统先生》(1946)首开魔幻现实主义运用之先河，率先运用了后来魔幻现实主义作家常用的艺术手段来表现拉丁美洲的现实。魔幻现实主义的三位大师是阿斯图里亚斯、鲁尔福、加西亚·马尔克斯。

31.【师探解析】
20世纪30年代，英国诗坛出现了以W. H. 奥登为代表的"奥登一代"诗人，他们用诗歌反映社会和政治问题，并积极参加左翼运动，在青年中影响较大。代表作家除奥登外，还有塞西尔·戴-刘易斯、斯蒂芬·斯本德和路易斯·麦克尼斯等。

32.【师探解析】
《四个四重奏》是T. S. 艾略特最重要的代表作之一，由于《四个四重奏》的出版，1948年他"作为现代派的一个披荆斩棘的先驱者"而获得诺贝尔文学奖。《四个四重奏》由四首各自独立又紧密相关的长诗组成：《烧毁了的诺顿》《东艾克》《干燥的萨尔维奇斯》《小吉丁》，这四个部分分别借用与诗人祖先及本人生活有关的地点，通过对历史事迹、个人经历的追忆，对往昔时光的无望的追怀，思索时间与永恒的关系，表达对现象世界的失望，深思来世和自己的诗歌对现代世界的作用，这些思想在四首诗篇中反复呈现、发展、深化。

四、简答题（每小题6分，合计30分）

33.【师探解析】
伍尔夫一生致力于对维多利亚时代陈腐的文学观念与技巧的挑战：
1910年，她发表《论现代小说》一文，尖锐地抨击了当时英国现实主义文学的代表人物威尔斯、高尔斯华绥、本涅特等人，认为他们编织坚实可靠与酷似生活的故事的做法只是模拟了生活表相的真实，主张要表现人物心理的幽暗区域从而达到对生命本质真实的把握。所以她崇尚乔伊斯等代表的"精神主义"而反对威尔斯等代表的"物质主义"。在《现代小说》中，她对创作小说的目的有过一段著名的论断："生活不是一系列对称的车灯，而是一圈光晕，一个半透明的罩子，它包围着我们，从意识开始直到意识终结。表达这种变化多端的、未知的、不受限制的精神（无论它表现出何种反常或复杂性），尽可能少混杂外部的东西，这难道不是小说家的任务吗？"正是由于对表现变幻、未知和未加界定的精神状态的崇尚，伍尔夫写下了一篇篇、一部部精美的"现代小说"。

34.【师探解析】
克里姆·萨姆金的性格特征、思维方式、文化心理和命运归宿，在很大程度上具有可以认识俄罗斯、了解俄罗斯人灵魂的意义。他的精神文化性格，既从一个侧面体现了俄罗斯民族文化心理的某些消极特征，又是这一民族文化环境的必然产物。他的空虚无为的一生，既表征出横跨两个世纪40年间俄国部分知识分子的沉浮起落，又显示了这一部分知识分子无可回避的命运轨迹。借助萨姆金这一形象，高尔基艺术地揭示了部分俄国知识分子市侩化、小市民化的历史真实，对俄罗斯民族文化心理弱点和俄罗斯国民性进行了痛切的批判。在这一文化批判意义之外，从作品中还可品味出作者关于提高民族文化心理素质、创造良好的社会文化环境和发挥知识分子历史作用等几个方面互为条件、互为因果的思考，聆听到忧国忧民的知识分子的真诚心声。

35.【师探解析】
"新小说派"作家不约而同地放弃传统的现实主义小说形式，进行新的写作尝试：
（1）他们在写作中致力于打破故事的线性情节和时间顺序，力求淡化人物的心理感觉，与巴尔扎克、司汤达等传统小说大师的创作途径相背离，强调小说是文字与形式的探索冒险。

（2）新小说尽量对所有细节进行无差别叙述，不夹杂任何主观性。

（3）新小说关心的是人和人在世界中的处境。

（4）在"新小说"作家的眼中，世界本质的真实不在于它自身是什么，也不在于人们从客观世界中获得什么样的思想感情，认为世界的有序性只是一种虚假的编造。

（5）"新小说派"作家接受了存在主义关于现实世界是荒诞的这一思想，认为传统的人们认识世界的方式只符合19世纪之前的情况，而不再适用于20世纪的社会实际。

（6）从关注人是社会环境产物的处境观发展到人处在与社会环境相互矛盾中的境遇观，是新小说认识世界和反映世界的最根本的变化。

36.【师探解析】

《福楼拜的鹦鹉》这部小说实验性的形式之中包含着新派内容：它试图探讨历史与真实、语言能否反映现实等带有哲理意味的命题。小说由布雷斯韦特查询福楼拜真正使用过的鹦鹉标本而展开，这条线索不断将读者引向一系列的问题：历史真的可知吗？我们如何接近历史的真相？语言这个工具在多大程度上是可靠的？

在巴恩斯看来，历史就如同涂满油脂的小猪一样，难以捕捉。每个倾尽全力试图抓住历史的人都会弄得狼狈不堪。不但宏观的历史如此，微观的个体身上同样存在类似的情况。不能认为阅读了某人的传记就能通晓他的点点滴滴，事实要复杂得多。而历史与小说的界限并非泾渭分明，它们都属于人为建构之物，历史没有它标榜的那样客观真实。

37.【师探解析】

等不到的戈多象征了西方基督信仰的破灭，《圣经·启示录》说到过上帝的二次降临，但是在《等待戈多》的世界里，神永远也不会来，甚至连人所等待的最终目的都模糊了，剩下的只是时间的炼狱，人在时间的牢笼里只能像动物那样彼此依偎又彼此伤害。这样的终极信仰观及时间观与战后的虚无主义相合。

五、论述题（每小题10分，合计30分）

38.【师探解析】

第二次世界大战后，法国文学与哲学的互动空前紧密，这主要表现为两个方面：

一方面是萨特、波伏瓦、加缪和莫里斯·梅洛-庞蒂等作为文学家/文学评论家和哲学家的双重身份对文学的影响继续扩大，尤其影响了20世纪50年代的荒诞剧和六七十年代的新小说。萨特在1948年发表的《什么是文学?》里提出"什么是写作"、"为什么写作"和"为谁写作"三个问题，不仅对当时的文学批评，也对文学创作起了导向性作用。

另一方面则与20世纪50年代结构主义的兴起有关。结构主义肇始于索绪尔的语言学，兴起于列维-施特劳斯的人类学，之后随着拉康对弗洛伊德精神分析学的再发展和罗兰·巴特将结构主义引入文学批评，结构主义至60年代进入发展的巅峰期。这期间最重要的文学评论者有拉康、罗兰·巴特、米歇尔·福柯、雅克·德里达、保罗·利科、罗曼·雅各布森、吕西安·戈德曼、茨韦坦·托多罗夫、格雷马斯、热奈特和朱莉娅·克里斯蒂娃。他们从精神分析、社会学、叙述学、符号学、哲学等方面开启了新文学批评，他们的共同点是将文学视为一种符号体系，通过找寻文本的普遍性结构和作品创作的普遍规律，将文学纳入科学的范畴之下。结构主义者很注重索绪尔以来的结构语言学，希望能建立意义明确的概念网络，并在此基础上对形式进行分析，以期揭示那些主导人类行为的系统化的普遍规律。60年代的结构主义在法国的文学领域得到了双重响应：一是由于相信理论的普遍性大于文本的差异性，试图将文学和文学批评纳入科学的范畴，在这一基础上促进了"严谨"的新创作理论的出现，即叙事学；二是托多罗夫、格雷马斯、热奈特和克里斯蒂娃等人的叙事学理论又推动了对文学意义的追问，对文学与社会、意识形态关系及对文学符号在象征体系中地位的研究。

39.【师探解析】

"分裂"与"整合"是《金色笔记》的核心主题。莱辛和安娜都见证了20世纪上半叶西方社会的剧烈震荡，感受到政治危机、种族冲突、两性矛盾和信仰失落、道德失衡对现代人的精神冲击。那么如何超越精神危机？如何克服"崩溃"？如何重新整合自身以抵抗碎片化与异化？在小说中，安娜在一系列梦境中获得启示，认识到完整地看待世人与现实、理解他人、担负责任的重要性：

首先，人必须具有勇气与责任感，敢于面对生活中的恶和非理性。生活是美好的，也需要理想，但生活本身也包含了丑恶、不公正和艰难险阻，接受生活就必须将其负面的内容一并承担下来，这样才能保持一种完整的人格。

其次，知识分子必须克服消极与挫折，认识到自身的责任，以西绪弗斯推巨石上山的勇气做出承担，而不是以虚无主义态度否定一切。

最后，是要建立个人与世界和他人的融合，超越单一思维方式的限制。小说中安娜以冥想获得自我治愈，反映了作者所受到的苏非哲学的影响。

《金色笔记》也从女性视角出发对当代知识女性的生活现状做出了真实描写，具有鲜明的女性主义色彩。从标题上看，"自由女性"这个名称本身有一种讽刺意味，现代社会表面上给予了妇女自由和平等，但女性的才能和本性、情感和尊严依然遭到男性及社会的粗暴对待，即便女性自身也难以摆脱心理上对男性的依附，做出迎合男性需要的自我塑造，这是潜意识中的独立意志与传统驯顺的女性情感的矛盾。

40.【师探解析】

小说《第二十二条军规》的艺术特色可以从如下几点来阐释：

首先，《第二十二条军规》在创作上深受法国作家路易·费迪南·塞利、纳博科夫和卡夫卡等文学大师的影响，在结构上反常规。全书42章，并没有一个连续的故事线索，也并非按照逻辑来安排，而且不断变换时间和空间。每章都有一个或多个相对完整的场景，以一个人物为中心讲述一个主要故事，可以从任何一章开始读下去。也随时可以中断阅读，不会有传统的长篇小说的悬念感。不过，约塞连仍然是贯穿全书的主要人物，通过他，全书大大小小的故事得以串联起来，从而形成一部结构貌似松散、实则各章之间有内在联系的长篇小说。而小说各部分之间互相照应的一个基本技巧就是重复再现：斯诺登之死是重复再现情节技巧的最典型的例子。斯诺登是约塞连的战友，他的惨死对于后者造成巨大的震撼，成为其脑海中萦绕不去的噩梦。读者从小说第4章首次获知"斯诺登已经在阿维尼翁上空战死了"，第5章、第17章、第21章、第29章，都又谈到此事。就这样，在以后的章节里，小说以不同的方式不断地重复此事，直到第41章才把整个血淋淋的惨烈场景铺现在读者面前。

其次，在《第二十二条军规》中，作家用故作庄重的语调描述滑稽怪诞的事物，用插科打诨的文字表达严肃深邃的哲理，用幽默嘲讽的语言诉说沉重绝望的境遇，用冷漠戏谑的口气讲述悲惨痛苦的事件。死亡是整部小说的主题：无数的人被射杀，全身弹孔密布；有的被螺旋桨削成肉片；有的死在医院、街上或者床上。对所有的这一切涉及死亡、痛苦的可怕场景，海勒都以一种轻松滑稽的笔调来描述。海勒的"黑色幽默"表达了在"有组织的混乱"和"制度化的疯狂"之下的一种荒诞绝望，是对整个官僚化思维和话语模式的控诉。

最后，《第二十二条军规》另一个突出的艺术特征是反讽。在这部小说中，黑色幽默审美效果的形成在很大程度上要归功于反讽艺术。该书中运用的反讽形式主要有三种：言语反讽、情境反讽和戏拟。言语反讽主要是通过夸大陈述、克制陈述及自相矛盾式陈述来实现的，如第22章写市民欢迎靠战争敛财的米洛时用的是夸大陈述，言语反讽形式在表达中突出了幽默、讽刺的效果，并引起人们的反思，传达出在这个丧失逻辑的世界中的恐慌感；情境反讽主要表现在悖谬的情节安排及人物行为的滑稽逆转等方面，如约塞连坎坷的遣送回国之旅，往往使读者始料不及，情节的发展与读者预想的差距形成张力，在它们的并置、对比、撞击中实现悖论式效果；戏拟是一种滑稽性的模仿，戏拟的反讽效果并非来自作品内部，而是源自戏拟作品和被戏拟的对象（通常是传统经典作品）之间的悖逆，如约塞连这个一心逃避作战的反英雄人物也在追问哈姆雷特的问题："死还是不死，这是个问题。"于是，经典的严肃优雅与戏拟的荒谬滑稽两相对比，反讽之意顿时显现。

"20世纪欧美文学史"全真模拟演练（六）答案
（课程代码：28956）

一、单项选择题（每小题1分，合计23分）

1. C

【师探解析】《儿子与情人》《查泰莱夫人的情人》是长篇小说；《狐》是短篇小说，是一篇表现人物潜意识精神活动的非凡之作；短篇小说《菊馨》中英国矿工在英国文学史上第一次作为独立而有尊严的形象出现。

2. A

【师探解析】识记知识点：《给麻风病人的吻》的作者是莫里亚克。

3. D

【师探解析】《阿尔谢尼耶夫的一生》是布宁在国外完成的最重要的作品，也是唯一的长篇小说。《马特维·科热米亚金的一生》《阿尔塔莫诺夫家的事业》《克里姆·萨姆金的一生》都是高尔基的作品。

4. A

【师探解析】伍尔夫一生致力于对维多利亚时代陈腐的文学观念与技巧的挑战。1910年，她发表《论现代小说》一文，尖锐地抨击了当时英国现实主义文学的代表人物威尔斯、高尔斯华绥、本涅特等人，认为他们编织坚实可靠与酷似生活的故事的做法只是模拟了生活表相的真实，主张要表现人物心理的幽暗区域从而达到对生命本质真实的把握。她对创作小说的目的有过一段著名的论断："生活不是一系列对称的车灯，而是一圈光晕，一个半透明的罩子，它包围着我们，从意识开始直到意识终结。表达这种变化多端的、未知的、不受限制的精神（无论它表现出何种反常或复杂性），尽可能少混杂外部的东西，这难道不是小说家的任务吗？"

5. B

【师探解析】威廉·戈尔丁的小说多聚焦于文明面纱掩盖下的人性邪恶，旨在揭示现代人类凶恶的本质，流露出与奥威尔一脉相承的悲观主义色彩。1983年，戈尔丁因"以现实主义的直观手法，叙述了一个当代普遍存在的荒诞神话，以阐明人类生活的本质"而获得诺贝尔文学奖。

6. B

【师探解析】"兔子四部曲"包括《兔子，跑吧!》(1960)、《兔子归来》(1971)、《兔子富了》(1981)、《兔子安息》(1990)。"兔子系列"成为表现20世纪美国风俗的一部史诗，四部小说紧扣时代脉络，历史事件与日常生活琐事紧密结合，描绘了从20世纪50年代到80年代末美国社会的变迁轨迹。其中涉及许多重大事件，如越南战争、登陆月球、能源危机、冷战等，因此，这一系列小说也被称为"表现当代美国社会的生活画卷史"。

7. C

【师探解析】在中文助手龙墨芗的帮助下，赛珍珠翻译出版了70回本古典章回体小说《水浒传》，为之花费了5年心血，这是《水浒传》首部英文全译本，终使之成为在西方发行量最大、流传最广的英译本。

8. B

【师探解析】《微暗的火》以"正文与评注"（或者说"书中书"的形式）的方式结构全篇，谢德的长诗与金波特的赞巴拉幻想在空间行上互相辉映。

9. D

【师探解析】黑色幽默吸收了存在主义文学有关世界荒诞和人生孤独的主题，并在创作中融入欧美传统文化中的幽默感，特别是马克·吐温式的幽默讽刺，用喜剧性的文学风格传递作者对于社会人生的悲剧性看法，在绝望的笑声中缓解胸中深沉的恼怒与悲痛。

10. A

【师探解析】奥威尔敏锐的洞察力、犀利的文笔和深厚的人文关怀，被著名批评家欧文·豪誉为"在过去几十年中英语文学中最伟大的道德力量"，其传记作者杰弗里·迈耶斯也称赞奥威尔"在一个人心浮动、信仰不再的时代写作，为社会正义斗争过，并且相信最根本的，是要拥有个人及政治上的正直品质"。奥威尔终其一生都在追求自由与民主，被称为"一代人的冷峻良心"。

11. D

【师探解析】博尔赫斯短篇小说的艺术特点之一就是大量使用"迷宫"意象，构造"迷宫"主题，反映作家独特的时空观念和哲理思考。

12. D

【师探解析】黑石一雄的第一部长篇小说《群山淡景》(1982)讲述了一个移居英国的日本女性悦子，对第二次世界大战后在长崎生活的一段往事的追怀。

13. A

【师探解析】识记知识点：艾伦·金斯堡在20世纪50年代以《嚎叫》诗集闻名美国，成为"垮掉的一代"的精神领袖。

14. D

【师探解析】第二次世界大战后，法国文学与哲学的互动空前紧密，其中一方面就是萨特、波伏瓦、加缪和莫里斯·梅洛-庞蒂等作为文学家/文学评论家和哲学家的双重身份对文学的影响继续扩大，尤其影响了20世纪50年代的荒诞剧和六七十年代的新小说。萨特在1948年发表的《什么是文学?》里提出"什么是写作"、"为什么写作"和"为谁写作"三个问题，不仅对当时的文学批评，也对文学创作起了导向性作用。

15. B

【师探解析】识记知识点：在20世纪60年代民权运动的鼓舞下，赵建秀、陈耀光、徐忠雄、福田等年轻亚裔男性作家立志为亚裔文学发声，共同编写了第一本亚裔文学选集《唉呀！》，宣告了美国亚裔文学的合法存在。

16. A

【师探解析】识记知识点：《秃头歌女》的作者是尤内斯库。

17. D

【师探解析】康妮是劳伦斯小说《查泰莱夫人的情人》中的女主角。

18. A

【师探解析】尤金·奥尼尔的创作道路大致可以分为三个阶段，其中前期以现实主义为主。他的《天边外》（1918）、《榆树下的欲望》（1924）等作品领导美国戏剧走出了"市侩的埃及"，进入了现实主义阶段。

19. A

【师探解析】托妮·莫里森的《柏油孩子》出版时位居《纽约时报》畅销榜达四个月，作者因此成为第一位荣登《时代周刊》封面的非裔美国女性作家。

20. B

【师探解析】识记知识点：长诗《列宁》的作者是马雅可夫斯基。

21. D

【师探解析】识记知识点：1886年左右，诗人勒内·吉尔发表《言词研究》，诗人马拉美为其写了前言。这部论著试图系统地肯定从波德莱尔以来法国诗歌艺术的新倾向和新成就。

22. C

【师探解析】识记知识点：晚期魔幻现实主义阶段是20世纪七八十年代。

23. A

【师探解析】玛格丽特·德拉布尔的小说《红王妃》的创作契机是作家本人新千年的首尔之行。作品的第一部"古代"讲述18世纪朝鲜李氏王朝洪夫人的幽灵在两百多年后对自己从一个小王妃到屈辱的寡妇、再到位极尊荣的王太后一生的回忆，讲述了"她的故事"，展现红王妃对旅行的渴望，呈现了古老东方封建宫廷中的森严等级、性别压迫、严酷孝道和变态人性，浓缩了历史上女性的幽闭处境。

二、填空题（每空1分，合计5分）

24. 【师探解析】奏鸣曲 25. 【师探解析】象征主义

26. 【师探解析】俄罗斯域外文学 27. 【师探解析】新批评

28. 【师探解析】音乐小说

三、名词解释题（每小题3分，合计12分）

29. 【师探解析】

2001年9月11日，美国纽约发生恐怖袭击，世贸中心双子塔的倒塌意味着美国和美国人从纯真到成熟的转变。美国作家注意到许多美国人在"9·11"事件之后产生出一种强烈的断裂意识，觉得自己生活在一种奇怪的状态之中，双子塔坍塌之前的生活与当下之间出现了一个无法填合的鸿沟。由此出现了一系列表现各种创伤的文学书写——"9·11 文学"。"9·11 文学"不仅仅在表现创伤，也在反思西方大国在世界舞台上扮演的角色是否正当，探索恐怖事件的根本原因。代表作家和作品有唐·德里罗《坠落的人》、菲利普·罗斯《反美阴谋》、约翰·厄普代克《恐怖分子》等。

30. 【师探解析】

"欲望三部曲"是"暴露文学"的代表作家西奥多·德莱塞的代表作，包括《金融家》《巨人》《斯多葛》三部，作者以大胆的笔触写出了一种新的生存哲学和新的生存方式，精心塑造了一个"巨人"弗兰克·考伯伍德的形象，这个人物和巴尔扎克笔下的人物极其相似，都有着强烈的追逐金钱的"情欲"，都丧失了道德感而不择手段向上爬，以至于作者把这个人物形象塑造成了一个芝加哥金融界的怪物。三部曲中每一部都是以考伯伍德成功之后的失败而结束，最后他孤零零一个人在旅馆中死去。

31. 【师探解析】

《人间天堂》是菲茨杰拉德的第一部小说，1920 年正式出版，被一致认为是一块里程碑，标志着"爵士乐时代"的开始。作品主要围绕阿莫瑞·布赖恩在进出普林斯顿大学前后的生活展开描述，写了他的友谊和恋情，写了那个时代的青年人如何调情和社交，写出了一种迥异于他们父母维多利亚时代道德观和清教倾向的新的生活方式。

32. 【师探解析】

电报体风格指的是海明威作品所具有的一种风格，形容他删去了解释、探讨，甚至议论，砍掉了一切花花绿绿的比喻，清除了古老神圣、毫无生气的文章俗套，直到最后，通过疏疏落落、经受了锤炼的文字，眼前豁然开朗，能有所见。

四、简答题（每小题 6 分，合计 30 分）

33. 【师探解析】

《达洛卫夫人》的主人公达洛卫夫人是一位光彩耀人的上流社会中年贵妇。在她一如既往地为丈夫筹备晚宴的一天里，自印度归来的她的昔日情人，她少女时代仰慕的好友，得了炮弹震呆症的战争幸存者赛普蒂默斯，以及伦敦社交圈里形形色色的人物相继穿梭在她的思绪里，引发了她对过往青春岁月的无限怀恋和老年将至的种种恐慌。她突然感到自己内心深处的某些东西正在"每天的腐败、谎言、闲聊中逐渐失去"。她已成长为一位左右逢源、光彩耀人的政治宴会女主人，却为此牺牲了体验生活本质意义的真实权利。曾经达洛卫夫人也是一位如花的少女，对未来有着许多美好的追求，而现在的她只不过是伦敦上流社会的一个装饰品罢了。在这些矛盾的对峙中，达洛卫夫人渴望自由的心与传统的束缚、环境的要求时刻进行着斗争。是坚持抗争还是妥协屈从？在生存与情感的十字路口，达洛卫夫人痛苦、彷徨，当然，最终还是选择妥协。可以说从少女克拉丽莎到达洛卫夫人几十年的生活，就是挣扎与妥协交织进行的人生奏鸣曲。

34. 【师探解析】

首先，存在主义文学的主题就是传达其哲学命题，如存在先于本质，世界与人的处境的荒诞性等；并通过描述恐惧、厌恶、孤独、失落等现代人的主观心理特征，揭示人的荒诞处境，表现"自由选择"的行动。

其次，为了表达哲学思考，作者总是从哲学观念出发，将许多主观心理感受作为哲学命题并完全借助于具体的文学感受来传达。存在主义作家主观上把文学作为哲学读本，所以并不像其他 20 世纪现代主义派别那样醉心于艺术形式的实验。

最后，存在主义文学在形式上接近于传统，比如存在主义小说和戏剧并不回避明确的人物、事件和故事情节，有的作品有清晰的时间顺序等；同时它又兼收并蓄，灵活运用各种现代手法，并力图打破传统的结构形式。

35. 【师探解析】

虹是小说中最重要的意象，它美丽灿烂，横跨天空的两端。在《圣经》中，虹象征洪水后上帝和所有生命的神圣契约。在劳伦斯看来，虹的这端是我们的尘欲世界，那端是天人合一的神圣境界，一个完美的婚姻就像一道虹，可以带领世俗男女跨越混乱的尘世，到达更高的境界，以感受生命的真正源泉和人与万物之间的神圣纽带。

36. 【师探解析】

早期：主要作品有《在网下》（1954）、《逃离巫师》（1956）、《大钟》（1958）、《被砍掉的头》（1961）等，体现出萨特存在主义哲学的鲜明影响，并因富于荒诞意味的喜剧感和独特的象征使用而受到评论界的关注。

第二个阶段：作者主要表达对宗教与政治问题的关注，多采用象征与哥特式手法来描写怪异的故事，重要作品有《独角兽》（1963）、《天使的时光》（1966）、《美与善》（1968）等。

黄金创作时期：主要对道德问题和人类的生存境遇加以探讨，主要作品有《黑王子》（1973）、《神圣的和亵渎的爱情机器》（1974）和《大海，大海》（1978）等。

第四个阶段：主要是 20 世纪八九十年代的创作，包括《修女和战士》（1980）、《绿衣骑士》（1993）和《杰克逊的困境》（1995）等。

37. 【师探解析】

首先，文学创作的后现代倾向是 20 世纪 60 年代的一个显著特点。这一时期的许多艺术家都以实验、挑战文化和社会规范而著称。现代主义逐渐被后现代主义取代，在文学上表现为抵制文学创作的终结性或封闭性，反对区分"高雅"和"低俗"文化，拒绝宏大叙事。比如，这一时期的实验性创作鼓励边缘性的书写形式，拒绝权威，偏好随心所欲，以一种随意的、无结构感的艺术表现一个具有同样特征的世界。

其次，60 年代写作的另一个特点是政治性。比如，黑人艺术运动追求"黑人权利"和种族自豪感，提出"黑人是美丽的"，黑人美学在这一时期被提出。

此外，女性写作在 60 年代得到迅猛发展。比如，贝蒂·弗里丹的《女性的奥秘》。

五、论述题（每小题 10 分，合计 30 分）

38. 【师探解析】

《追忆似水年华》的独特性首先体现在小说仅着眼于无名叙述者"我"一人的命运；其次，以"我"的亲密关系为线索，以时间与空间为脉络，聚焦了一代人的生活；再次，还具有极高的内在互文性。

小说通过重组事件和大幅度虚构人物生活的方式，甚至重构了作者的真实生活使得小说中的世界具有二重性，一方面它忠实反映了现实，书中种种好似确有其事；另一方面它又是完全虚构的，是对现实的艺术升华。书中的人物给自身赋予价值，拥有独立的身份，并非为了小说的内容而戴上面具。作品塑造了形形色色的人物，他们随着情节的发展出现或消失，丰富了作品的内涵。人物的身体、心灵、性格随着时间的流逝而发生变化，令人震惊地立体化，也赋予整部作品深刻的内在统一性。有些人物仅仅是在叙述者的回忆或幻想里生活、离去又回返；有些又会像真人一般生老病死。而且物总是在不断变动，互相呼应：在阿尔贝蒂娜的背后，是吉尔贝蒂，而在她们身上折射的是斯万所爱的奥黛特的影子。

同时《追忆似水年华》的叙述设置非常奇妙，主人公即叙述者无处不在而又仿佛从不存在，因为他无影也无形。"我"既在讲述故事又在躲避读者，这种隐匿反而激起了读者更深的兴趣。普鲁斯特希望透过《追忆似水年华》呈现自己与世界的关系，通过表象来呈现深层现实。

39.【师探解析】

布宁的小说《阿尔谢尼耶夫的一生》的艺术特色基本如下：

第一，作为作家晚年的一部作品，《阿尔谢尼耶夫的一生》的整个叙述，几乎全由主人公阿列克谢在其晚年对自己早年生活的回溯构成。小说开篇就把读者带入回忆录的语境中，但作品中的回忆并不都是主人公对半个世纪前往事的追述，而是"回忆之中有回忆"。这就使作品中往往同时出现三重时间。其一是"叙述时间"，即主人公在半个世纪后对往事进行回忆的时间。其二是"情节演进时间"，即他所回忆的事情发生的时间。由于主人公在"情节演进时间"内也常常回忆往事，于是便出现了第三种时间，可称为"往事发生时间"。整个作品鲜明的回忆录色彩，特别是其中"回忆之中有回忆"的现象及三重时间的出现，显示出和普鲁斯特《追忆似水年华》的相似性。

第二，如同一般自传体小说一样，《阿尔谢尼耶夫的一生》中的"我"既是作品情节的主体，又是故事叙述者。作品中对过往时代的无数场景的回忆，对系列人物的追怀，对众多事件的讲述，以及对这一切的感受与体验的表达，都是从"我"的角度来展开的。但作品并非全是"我"的直接叙述，而是同时插入了其他形式，如"我"的笔记、诗作、沉思、自言自语，还引用了诸多文学作品中的片段。比如早在少年时代，"我"就以稚嫩的诗作抒发了自己对大自然的热爱和初恋的体验。这些所记载的内容和作品讲述的内容融为一体，以至于读者觉得全部作品仿佛就是这些内容的展现。

第三，这部作品中还有对文学名著内容的大量引用。主人公摘引普希金、莱蒙托夫等人的作品内容和《浮士德》中的诗句来倾诉对大自然的依恋和自己的忧伤，联系普希金、莱蒙托夫和托尔斯泰的时代与命运思考自己的前程等。这些涉及面颇宽的引文，使《阿尔谢尼耶夫的一生》不仅具备了现代作品所常有的"互文性"，而且呈现出帕乌斯托夫斯基所说的"诗歌与散文融为一体"的特色，这一特色当然同时也是由作品浓郁的诗意和抒情诗般优美的语言所决定的。

第四，伴随着作品主人公心路历程的呈露，"我"对自然景物、社会现象、命运之谜、人生意义等问题的沉思，常常以探问的形式表现出来，这也是布宁这部小说的特色之一。作品中有很多问句，如："为什么遥远、开阔、深邃、高峻以及陌生、危险的东西……从童年时代起就吸引一个人？"这是童年的"我"对未知世界和未来命运的一种独特追问。和这些问句相映成趣的是作品中的一些议论。这些议论语句显示出警句、铭文般的睿智和精湛，如"生活就是种永恒的等待""我们所爱的一切，所爱的人，就是我们的苦难"等。这些议论从主人公的经历、感受和体验中提炼而出，几乎是诗化了"我"对生活的沉思果实，赋予了这部以浓郁的诗意见长的作品一种哲理色彩。

总之，抒情性与哲理性的统一，诗歌与散文的融汇，自传因素与艺术虚构的共存，个人感受的表达与民族精神风貌勾画的并重，思虑具体问题与探究"永恒主题"的结合，古典语言艺术与现代表现手法的兼用，以及在栩栩如生的生活画面中始终伴有的历史感、命运感和沧桑感，使得《阿尔谢尼耶夫的一生》同时具备了自传体小说、诗化散文、哲理性长诗和史诗等多种文体品格，成为一部在雄浑壮阔的乐声中不乏柔和细腻的抒情旋律的大型交响曲。

40.【师探解析】

《日瓦戈医生》的主人公日瓦戈既是一位医生，又是一位诗人和思想者。小说着重表现了日瓦戈的人道主义观念及其与那个血与火的时代之间的悲剧性精神冲突。日瓦戈童年时代的经历，使他养成了内向的性格和对弱小不幸者的同情，成年以后，日见深厚的文化修养又培养了他的博爱精神。外科医生职业则培养了他对人对事严谨、客观、冷静的态度。他善于独立思考，对任何现象都力求做出自己的判断。在历史发生深刻变动的年代，他仍然把个性的自由发展、保持思想的独立性视为自己最主要的生活目标，而他看待问题的基本出发点则是根深蒂固的人道主义。这样，他就不可避免地和正在以暴力手段改造世界并要求所有人都服从这一目标的时代发生抵牾。但是，这种矛盾既不是政治上的，也不具备经济背景。日瓦戈虽然有自己的政治见解，但缺乏政治兴趣和激情，从未参加过任何有组织的政治活动；他虽然出身于富家，对父亲的大笔遗产却无动于衷，还要岳父和他一样保证不谋求重整家业。他与时代的冲突主要是精神上的。他从作为还俗神父的舅舅那里接受的宗教思想，是接近俄罗斯宗教哲学家费奥多罗夫的"共同事业哲学"的、以博爱为原则的世界观。这种世界观认为，历史的发展应当有利于维护人格自由，保持个性独立，捍卫人的尊严。因此，日瓦戈高度重视个性自由，但又具有"与民同乐"的思想，认为个人应在实际生活中做一些具体的、对他人有益的事情。他以人道主义的眼光看待一切人和事，区分善与恶。他那种童稚般单纯的心灵、超凡脱俗的胸怀，使他无法接受一切形式的暴力。他在人类思想水平、道德水平和价值标准还没有达到认可他的精神追求的高度的时代却"过早地"出现了，他超越了那个时代，结果反而好像落后于时代，这正是他的悲剧。

"20世纪欧美文学史"考前实战冲刺（一）答案
（课程代码：28956）

一、单项选择题（每小题1分，合计23分）

1. A

【师探解析】著名评论家F.R.利维斯在著作《伟大的传统》中曾高度评价《诺斯特罗莫》"是康拉德最重要的著作，也是英语史上最伟大的小说之一"。《诺斯特罗莫》是康拉德的社会政治小说，作家的创作技巧已非常纯熟，作品涉及的问题也更加深入。

2. D

【师探解析】识记知识点：叶芝可谓延续早期浪漫主义传统的英语诗人，也就是他自己所谓的"最后的浪漫主义者"。

3. C

【师探解析】1901年，黑塞的第一部小说《赫尔曼·劳歇尔》出版，小说充满自传色彩和抒情风格，黑塞称之为"美丽的、真挚的但并非容易的青年时代的文献"，"一个给我和我的朋友们的忏悔录"。

4. B

【师探解析】识记知识点："英国移民文学三杰"是奈保尔、拉什迪、黑石一雄。

5. A

【师探解析】识记知识点：《大地三部曲》包括《大地》、《儿子们》和《分家》。

6. C

【师探解析】识记知识点：安吉拉·卡特被加拿大女作家玛格丽特·阿特伍德誉为"童话教母"。

7. A

【师探解析】识记知识点：《一件事先张扬的凶杀案》的作者是马尔克斯。

8. B

【师探解析】意识流文学推翻了传统文学中对时空关系的处理方式，根据再现人物心理真实的需要组建了新的时空秩序。作家们遵循柏格森的"心理时间"原则，在小说的谋篇布局上打破了以物理时间的先后顺序为基础的框架结构，跨越物理空间的界限，用有限的时间展示无限的空间，或在有限的空间内扩展心理时间的表现力，因此，时间、空间往往跳跃、多变，前后两个场景之间缺乏时间、空间上的逻辑联系，时间上常常是过去、现在、未来交叉重叠。

9. A

【师探解析】1925 年，《了不起的盖茨比》出版，被 T. S. 艾略特称为"自亨利·詹姆斯以来美国文学跨出的第一步"，更被后来的美国文学界推选为 20 世纪百部最佳英语小说的前两名，与《尤利西斯》等世界名著一争高下。

10. B

【师探解析】1954 年，威廉·戈尔丁发表第一部小说《蝇王》，奠定了他在英国当代文坛的地位。《蝇王》将故事背景置于一场未来的原子战争中，构想了一个在远离人类文明的背景下关于人性的黑色寓言。

11. A

【师探解析】舍伍德·安德森被威廉·福克纳称赞为"文明一代美国作家之父，开创了即使是我们后人也必将承袭的美国式的写作传统"。他是第一位深刻揭示出美国工业文明造成的"异化"，从哲理高度描写了人与人之间疏离的作家，又是第一位把伟大的现实主义传统引进现代主义思维方式和创作手法的作家。

12. D

【师探解析】识记知识点：绥拉菲莫维奇的《铁流》（1924）、富尔曼诺夫的《恰巴耶夫》（1923）、法捷耶夫的《毁灭》（1927）是较早描写国内战争、歌颂革命英雄人物的三部小说。

13. C

【师探解析】20 世纪 60 年代美国文学的主要特征，首先，文学创作的后现代倾向是 60 年代的一个显著特点。这一时期的许多艺术家都以实验、挑战文化和社会规范而著称。现代主义逐渐被后现代主义取代，在文学上表现为抵制文学创作的终结性或封闭性，反对区分"高雅"和"低俗"文化，拒绝宏大叙事。其次，60 年代写作的另一个特点是政治性。比如，黑人艺术运动追求"黑人权利"和种族自豪感，提出"黑人是美丽的"，黑人美学在这一时期被提出。此外，女性写作在60年代得到迅猛发展。比如，贝蒂·弗里丹的《女性的奥秘》。

14. C

【师探解析】识记知识点：《黑王子》的主人公是布拉德利。

15. A

【师探解析】识记知识点：勒克莱齐奥在后期创作翻译过玛雅文明最著名的预言书《方士秘录》（1976）。

16. A

【师探解析】由于《四个四重奏》的出版，1948年，艾略特"作为现代派的一个披荆斩棘的先驱者"而获得诺贝尔文学奖。

17. C

【师探解析】识记知识点：诗人阿赫玛托娃和曼德尔施塔姆是阿克梅派的双璧。

18. B

【师探解析】1932年，联共（布）中央决定撤销各种文学团体，筹备建立统一的苏联作家协会，"社会主义现实主义"被确立为苏联文学创作和文学批评的基本方法，许多作家遭到批判或惩处，文学创作受到严重束缚。

19. A

【师探解析】从1902年至1912年，美国社会掀起了历时约10年的"揭丑派运动"。揭丑派运动从新闻界开始，涉及文学界并扩展至学术界和政治界。在文学上，它从纪实文学发展到暴露文学，使现实主义在美国得到进一步发展。

20. B

【师探解析】海明威提出的"冰山原则"认为：冰山在海面上移动非常雄伟壮观，是因为只有八分之一露在上面，所以作家应该略去八分之七自己所知道的部分，只写出那八分之一就够了。

21. A

【师探解析】诺贝尔文学奖授奖词称赞巴尔萨斯·略萨的作品："用制图学般的细致入微描绘了权力结构，并对个人的抵制反抗和挫败等形象进行了生动而犀利的刻画。"

22. B

【师探解析】《洛丽塔》的主题思想十分丰富：亨伯特对洛丽塔炽热的情欲体现出欲望主题与性虐儿童主题；洛丽塔作为典型的美国儿童，身上体现出鲜明的商业化、娱乐化印记，其母亲夏洛特则将美国中产阶级女性的肤浅、庸俗、装模作样展现得淋漓尽致，体现出对美国庸俗文化的批判主题。另外，还有对精神分析提出批评的批判主题、艺术与道德相冲突主题、唯我主义主题、发现主题等。

23. A

【师探解析】美国的后现代小说以约翰·巴思、唐纳德·巴塞尔姆、托马斯·品钦、库尔特·冯尼古特等人的实验小说为代表。实验小说构建的是独立于客观真实的"语言现实"，它"不要求读者去破译文本的代码，而是参与语言游戏"，小说文本不再有意义指涉，呈现为平面无深度状态。

二、填空题（每空1分，合计5分）

24. 【师探解析】《人生的枷锁》　　25. 【师探解析】《一九八四》
26. 【师探解析】古米廖夫　　27. 【师探解析】《愚比王》
28. 【师探解析】《村子》

三、名词解释题（每小题3分，合计12分）

29. 【师探解析】

"冰山原则"是海明威提出的一种写作原则。他认为，冰山在海面上移动非常雄伟壮观，是因为只有八分之一露在上面，所以作家应该略去八分之七自己所知道的部分，只写出那八分之一就够了。作家应该有能力要读者感受到所要写的部分，而不是直接写出来。遵循这一原则，便造成了海明威作品的一种特殊效果：清晰性的含混。看起来清清楚楚，但是言近旨远，意在象中。

30. 【师探解析】

指的是十月革命后迁居国外的俄罗斯作家掀起的俄罗斯域外文学的"第一浪潮"，其间出现的作品，在主题选择上偏重于对刚刚过去的革命事件和国内战争进行回顾与评价，或在对于民族历史文化传统的"寻根"中表达对个人命运和民族前途的探测，或在对往昔的回忆中抒发浓郁的乡愁。代表作家和作品有什梅廖夫《朝圣》、列米佐夫《音乐教师》、茨维塔耶娃《离别》等。

31. 【师探解析】

"奥库罗夫三部曲"包括中篇小说《奥库罗夫镇》、长篇小说《马特维·科热米亚金的一生》和《崇高的爱》，是高尔基系统考察和揭示民族文化心理特征的最初成果，是高尔基进行民族文化心态批判的扛鼎之作之一。作家以深邃的艺术洞察力，在对主人公悲惨、忧郁、无为的一生的描述中，透过奥库罗夫人平静无波的生活的表层，展露出它的巨大腐蚀性和毒害性。

32. 【师探解析】

"红字三部曲"是约翰·厄普代克的代表作。霍桑对厄普代克的影响巨大，霍桑的《红字》所表现的灵魂与肉体冲突主题贯穿于厄普代克所有重要作品之中，是他一生创作的一条重要主线。厄普代克依据《红字》创作了"红字三部曲"，包括《整月都是星期日》（1975）、《罗杰教授的版本》（1986）和《S.》（1988）。

四、简答题（每小题6分，合计30分）

33. 【师探解析】

《伪币制造者》的书名极具象征意味，它不仅实指小说中贩卖伪币的犯罪团伙，还扩展至虚伪专横的资产阶级新教家庭和"人人欺蒙的社会"。寄宿学校的创始人雅善斯老人和女婿浮台尔牧师是新教家庭的代表人物，灵魂深陷在虔信中，逐渐失去了对现实的意义、趣味、需要和爱好，他们自认为信仰坚定、德行高尚，终生向他人灌输信仰和德行，逼得别人在他们面前演戏；文学也变成了"伪币"制造厂，以巴萨房为代表的卑鄙文人剽窃他人的思想，趋炎附势，使词语变成"伪币"。小说中各色人物或多或少都在使用"伪币"。纪德认为家庭阻挠个人自由，使人变得虚伪，因而前途是属于私生子……只有私生子是自然的产物。作为私生子的裴奈尔本能地反抗家庭和社会，以真诚对抗虚伪。然而，以裴奈尔为代表的青年人的挣扎和反抗终究是徒劳。人与人之间的虚假关系如同瘟疫般蔓延，家庭、学校、社会、宗教、道德、艺术，一一沦陷，资本主义理性和社会价值贬值为"伪币"，折射出纪德对西方价值观的深刻反思。

34. 【师探解析】

首先，黑色幽默吸收了存在主义文学有关世界荒诞和人生孤独的主题，并在创作中融入欧美传统文化中的幽默感，特别是马克·吐温式的幽默讽刺，用喜剧性的文学风格传递作者对于社会人生的悲剧性看法，在绝望的笑声中缓解胸中深沉的恼怒与悲痛。

其次，黑色幽默对于丑恶生活的批判不是通过合乎逻辑的论证，而是把丑恶生活加以夸张变形，将其不合理加以放大，从而使人们得到某种警示。在对丑恶生活进行讽刺的同时，作家又加入某种喜剧成分，一方面表达了对于这种生活的轻蔑，另一方面表现了对于这种生活的无奈。

35. 【师探解析】

第一，文学退位，戏剧逐步成为表演时仪式性的美学，比如舞台走位与声音视觉效果的综合；

第二，剧场成为批判日常生活意义的空间。如果战前的主流剧场是新型中产阶级用来定位自己主体性及标志自身社会地位的机构，战后荒诞派的发展便是要揭露这样的假象，把中产阶级生活里的机械性和虚无主义，还有巩固其生活所产生的社会矛盾及压迫暴力用戏剧美学的手法展现在舞台上。

36. 【师探解析】

（1）欲望主题与性虐儿童主题。亨伯特对洛丽塔炽热的情欲是作品的主要描写对象，该书引起巨大争议即源于此。

（2）时间主题。亨伯特在洛丽塔身上寻求的是与安娜贝尔逝去的少年恋情，"小仙女"一旦长大就失去了魅力，时间可以轻易摧毁她们的美貌，也可以轻易摧毁她们的青春与爱情。

（3）艺术主题。亨伯特对洛丽塔的追逐可以理解为寓示着艺术家对理想作品的追求，一方激情满溢，一方若即若离。

（4）流亡主题。亨伯特一直在精神上处于流亡状态，他从洛丽塔身上欲寻求的是少年时期刻骨铭心的爱情记忆，其悲剧也证明了流亡者永远不可能在他乡找到故乡。

（5）对美国庸俗文化的批判主题。洛丽塔作为典型的美国儿童，身上体现出鲜明的商业化、娱乐化印记，其母亲夏洛特则将美国中产阶级女性的肤浅、庸俗、装模作样展现得淋漓尽致。

另外，还有对精神分析提出批评的批判主题、艺术与道德相冲突主题、唯我主义主题、发现主题等。

37. 【师探解析】

博尔赫斯在作品中为读者设置了各种晕头转向的"陷阱"：围墙、镜子、回廊、圆形房间、庞大的建筑、对称的雕塑、几何图形、无数的门与阶梯，运用这些材料，博尔赫斯在小说中构造了各式各样的迷宫空间，形成庞大的迷宫象征群。"迷宫"在博尔赫斯的小说中有时是作为一个具体的建筑空间出现，有时则是抽象的象征物，或是谜题、悬案，或是小说、宇宙、时间。比如《通天塔图书馆》中无穷无尽的巨型图书馆是未知宇宙的象征。这反映了博尔赫斯对理性主义的嘲讽：人按自己习惯的思维方式去分析世界，但理性是有局限的，人会因此陷入自以为是的罗网，从而作茧自缚。

五、论述题（每小题10分，合计30分）

38.【师探解析】

通过对母系时代的回溯与女性历史文化传统的钩沉，对打上父权制价值烙印的神话与民间故事的颠覆性想象，拜厄特尝试在重构文本中赋予女性人物以自己的声音，由此使《占有》在当代多元价值语境中获得了明确的女性主义意义：

首先，体现在"用女性血脉历史为线索来组织叙事"，即从远古神话里的女神到维多利亚时代的女性人物直至当代女学者，三个不同时代的多位女性组成祖辈、母辈及女儿辈大致完整的母系家族系列，追溯代代相传的女性历史传统，揭示出源远流长的母系血脉谱系，凸现女性生命的历史流程。女性人物的个体经验集合成女性历史的整体经验，展示女性群体的历史形象，反映出古今女性之生存和命运的共通性、延续性，女性生命在这种独特的历史叙述中滋生出新的意义和价值。

其次，兰蒙特对法国神话中梅卢西娜故事的改写，同样体现出鲜明的性别立场。梅卢西娜原来是生活在诺曼底地区森林中的精灵，善于魅惑迷路的行人并置他们于死地，具有类似于塞壬的邪恶特性。但在改写后的诗歌中，梅卢西娜为了获得人的灵魂而嫁给了凡人、云游骑士雷蒙丁。兰蒙特把她描写成了一位试图摆脱自己半人半蛇的宿命，却又遭受了爱人的背叛并被迫和爱子分离的不幸母亲，表现出对她的巨大同情。兰蒙特改写的格林童话《玻璃棺材》表达的则是女诗人对理想的婚姻关系的构想。在这种关系中，夫妻均不必牺牲婚前分别给他们带来幸福的才能。不愿失去精神独立的兰蒙特似乎希望：女作家在婚后仍然可以从事心爱的写作，而不必为了家庭辛负与牺牲自己的才情。

再次，小说还以当代女学者莫德等人追踪文学秘史这一情节为叙述契机，挖掘出多位维多利亚时代女性人物的日记、书信及未能发表的诗歌等，让女性发出了多元的叙述声音。

39.【师探解析】

小说《百年孤独》的主题意蕴可从以下几个方面阐释：

从整体来看，《百年孤独》模仿《圣经》从旧约的"创世纪"之人类开始到新约的"启示录"之世界末日的写法，完整地影射了哥伦比亚、拉丁美洲乃至整个人类的历史，暗喻人们如果依旧不能摆脱孤独走向团结，注定只能走向毁灭。这正是题目"百年孤独"的深意所在。

当然，《百年孤独》不是泛谈历史，而是提炼出马孔多小镇的历史特征：孤独。这种孤独在于它的封闭：首先是地理位置上的封闭，但最重要的是马孔多人精神领域的封闭。他们太容易放弃自己，在外来文化的潮流中随波逐流，失去自己的根基。对于外来文化的接受，他们又是建立在自己愚昧、封闭的前理解上，以致嫁接出不伦不类的怪胎文化。正因为没有摆脱狭隘与愚昧，也没有真正理解与消化外来文化，所以马孔多人自始至终没能清醒、理智地与外来文化对话，发出自己的声音，找到自己生存的根基。

但是，马孔多封闭与毁灭的原因，绝不仅仅在于外来文化的冲击。外来文化的冲击和随之而来的赤裸裸的暴力、侵略只不过暴露了马孔多文化的内在悲剧而已，造成马孔多文化悲剧处境的内在原因，一是遗忘：他们遗忘了深厚的传统，于是就没有任何能力来抵御内在情欲的冲动和外来文化的冲击，这样每一代人的奋斗和文明成果都被时间和遗忘的洪流淹没，以致下一代都从零开始，在人性脆弱的流沙上重新建筑文明大厦；二是纵欲：《百年孤独》中过多的纵欲描写固然是较媚俗的部分，其实这未尝不见出马尔克斯开出的"药方"：利用原始本能的生命活力来冲击马孔多人的孤独。但这也正是马尔克斯的悖论：欲望可以导向爱情，也可以导向乱伦；可以成为建设性的力量，也可能成为毁灭性的力量。没有规范、信念和传统制约的冲动，只不过加速马孔多的毁灭而已。

最后，《百年孤独》所描述的马孔多的兴衰，是通过布恩迪亚上校一家七代人的命运表达出来的。所以《百年孤独》又是一部地地道道的家族小说。马尔克斯在作品中独特地揭示了一个家族走不出的时间怪圈和历史宿命。这种宿命和孤独，构成这一家族的特色，甚至成为家族成员的性格特征。

40. 【师探解析】

小说《静静的顿河》的艺术成就可以从以下几个方面阐释：

首先，小说结构宏伟、人物众多、内容丰富，既生动地再现了自第一次世界大战到十月革命后的国内战争这一整个历史时代的风云变幻，又深刻地反映了人在历史运动过程中所付出的巨大代价，具有一种悲剧史诗的艺术风格。在这部长篇巨著中，可以看到许多与列夫·托尔斯泰《战争与和平》相类似的东西。这里有庞大而有条不紊的艺术结构，令人眼花缭乱的宏阔的战争场面；对众多人物内心波澜的深入而出色的表现，往往是与人物心境紧密联系的变化万端的大自然景色，以及包括劳作、起居、饮食、节庆、生死、丧嫁、拌嘴斗殴在内的俄罗斯人的日常生活。这一切都使人感到这部小说渗透着一种民族精神，都足以唤起人们对于俄罗斯土地、草原、河流、森林、白桦和小木屋的亲切感。

其次，这部史诗性巨著的贡献并不在于它描绘了一幅无与伦比的风俗画。作品在个人经历与时代变迁、战争风云与家庭生活、爱与恨、笑与泪的交织之中，以冷峻的笔触，活脱脱地再现了20世纪俄罗斯历史上一个剧烈动荡的年代，提供了这个年代哥萨克农民痛苦而悲壮的生活历程的艺术录影，并从这一角度触及历史变革与弘扬人道主义的关系这一重大课题。作家坚持现实主义原则，而且是一种清醒、严格的现实主义，敢于"直书全部的真实"，敢于揭示种种冲突、矛盾、失误和残酷可怕的场面，显示出了一个真正的现实主义作家的非凡胆识。

再次，在葛利高里这一形象的塑造上，作者力避脸谱化、概念化，而是深入主人公的内心世界，致力于完整地揭示出他在颠簸动荡的一生中始终充满着矛盾的心理状态和痛苦的精神斗争，突出了他的独特个性，使这一形象性格鲜明，跃然纸上。然而，作家不可能对他的人物同时做出历史的和道德的评判。在历史的法则和人道主义的标尺之间，肖洛霍夫深思着、沉吟着、探回着，似有百思不得其解之苦，却恰恰以这种矛盾性营造了他的长篇小说的丰富内涵，并使得葛利高里这个动摇不定的人物远比某些立场坚定、始终如一的形象具有更大的艺术魅力。

最后，作品中的其他主要人物形象也刻画得颇为成功。阿克西妮亚、娜塔莉亚、坦丽亚等哥萨克女性形象，珂晒沃依、彼得罗、米琪喀等哥萨克男性形象，均各具个性特征，成为不可替代的"这一个"。小说对具有浓厚乡土气息的哥萨克人的劳动、爱情和日常生活的描写，对优美的顿河草原风光的描绘，对哥萨克人特有的风趣语言的运用，以及作品中那些俯拾即是的熔抒情、写景、沉思于一炉的文字等，都显示出肖洛霍夫杰出的艺术才能。

"20世纪欧美文学史"考前实战冲刺（二）答案
（课程代码：28956）

一、单项选择题（每小题1分，合计23分）

1. C

【师探解析】《法国中尉的女人》中的萨拉是维多利亚时代的叛逆者，一个特立独行、追求自由生活的新女性。她虽然生活在保守的维多利亚时代，身上却洋溢着新时代女性的自主精神。她蔑视维多利亚陈规与道德伪善，追求自由与独立，甚至不惜伪造经历，扮演了一个被社会所抛弃的"堕落"女人。

2. D

【师探解析】辛克莱·路易斯的《大街》以他的故乡为原型，虚构了一个美国中西部小镇"格佛草原"，通过一个嫁到小镇的新娘卡罗尔·肯尼特的眼光对平庸守旧的小镇展开了尖刻的批判，作品思想激进、言辞犀利。

3. D

【师探解析】别雷1914年的长篇小说《彼得堡》属于象征主义。

4. A

【师探解析】弗兰克·诺里斯是"美国自然主义之父"，他自觉将左拉的技巧运用到美国小说创作中。

5. A

【师探解析】冯尼古特的《第五号屠场》是一部反战小说，勾勒了人类生存的地球成为"屠宰场"的黑暗图景。小说以回忆录的方式开始，叙述者冯尼古特是参加过第二次世界大战的老兵，被德军俘虏，关押在德累斯顿战俘营，亲身经历了来自盟军的毁灭性轰炸。

6. C

【师探解析】识记知识点：象征主义的产生可以追溯到19世纪中叶的美国作家爱伦·坡和法国诗人波德莱尔。

7. A

【师探解析】识记知识点：《一个青年艺术家的肖像》的作者是乔伊斯。

8. A

【师探解析】识记知识点：艾夫林·沃的战争三部曲"荣誉之剑"（1965），包括《军旅生涯》（1952）、《军官与绅士》（1955）和《无条件投降》（1961）。

9. B

【师探解析】1954年，老作家爱伦堡发表中篇小说《解冻》，宣告了20世纪俄罗斯文学一个新时代的开始。作品结尾处有一个人物这样说："你看，解冻的时节到了。"这句话象征性地指出了时代变动之际的特点。

10. B

【师探解析】"爱德华时代"的三位作家分别是赫伯特·乔治·威尔斯、阿诺德·本涅特、约翰·高尔斯华绥，其中赫伯特·乔治·威尔斯以科幻小说创作著称。

11. B

【师探解析】"一切在于人，一切为了人！"这句话出自高尔基的作品《底层》。

12. C

【师探解析】1947 年，托马斯·曼发表了后期最重要的长篇小说《浮士德博士》。小说的副标题是"由一位友人讲述的德国作曲家阿德里安·莱弗金的一生"，以虚构的传记形式，记述了莱弗金这个现代浮士德一生的故事。作者称这部作品是自己的"最后一本书"，是"生的忏悔"，是对自己一生中"罪过、负债与责任"的自我反思和自我批判。

13. A

【师探解析】识记知识点：法国后期象征主义诗人瓦莱里的代表作品是《海滨墓园》。

14. B

【师探解析】伍尔夫的"生命三部曲"包括《达洛卫夫人》（原题为《时光》）、《到灯塔去》和《海浪》。

15. A

【师探解析】1961 年，英国戏剧理论家马丁·艾斯林在《荒诞派戏剧》一书中首次使用"荒诞派戏剧"这一术语对此戏剧潮流进行了理论分析与概括，"荒诞派戏剧"的名称正式诞生。

16. C

【师探解析】识记知识点：《儿子与情人》的作者是 D. H. 劳伦斯。

17. B

【师探解析】"一个人可以被毁灭，但是不能给打败"出自海明威小说《老人与海》。

18. A

【师探解析】识记知识点：小说《生命中不能承受之轻》作者是米兰·昆德拉。

19. A

【师探解析】深受肖洛霍夫《人的命运》的启发，一批参加过卫国战争的作家以亲身经历为素材，用逼真的细节描写再现战场真实，表现了普通士兵和下级军官的切身感受，暴露了战争的残酷性，因此形成了"战壕真实派"。

20. A

【师探解析】在理论和批评方面，艾略特是英美新批评派的奠基人。他的《传统与个人才能》（1919）、《批评的功能》（1923）、《诗歌的功能和批评的功能》（1933）等论著，为"新批评"奠定了基础。

21. D

【师探解析】存在主义哲学提出了存在先于本质、存在的荒诞性、人的自由选择的意义等基本命题，反映了西方现代人对存在的困惑，同时还试图赋予处于荒诞世界中的人以崇高的意义。不包含社会制度批判。

22. A

【师探解析】《琼斯皇》是奥尼尔的第一部表现主义作品，该作品描写了西印度群岛上的黑人臣民联合起来造反，皇帝布鲁斯特·琼斯狼狈出逃，最后被打死。全剧共分八幕，头尾两幕是写实的，分别描写暴乱前琼斯的活动及琼斯之死，其余六幕是梦幻的，从而呈现黑人种族心理积淀与现实情绪。

23. A

【师探解析】1976年索尔·贝娄凭借"其作品对于人性的理解和对当代文化的敏锐分析"荣膺诺贝尔文学奖。

二、填空题（每空1分，合计5分）

24.【师探解析】海勒　　　　　　　　25.【师探解析】《我的大学》

26.【师探解析】《小说面面观》　　　27.【师探解析】《热爱生命》

28.【师探解析】《野草在歌唱》

三、名词解释题（每小题3分，合计12分）

29.【师探解析】

未来主义产生于20世纪初的意大利，波及俄国和其他欧洲各国，与法国超现实主义交融，对德国表现主义的产生有直接影响。1909年2月20日，意大利艺术家马里内蒂，未来主义创始人，在法国《费加罗报》上发表《未来主义的创立和宣言》，提出了未来主义的十一条纲领，概括起来有两个方面：反叛一切传统；歌颂工业文明。

30.【师探解析】

20世纪50年代以后，苏联战争题材的创作发生了很大的变化。深受肖洛霍夫《人的命运》的启发，一批参加过卫国战争的作家以亲身经历为素材，用逼真的细节描写再现战场真实，表现了普通士兵和下级军官的切身感受，暴露了战争的残酷性，因此，他们被称为"战壕真实派"。代表作家和作品有邦达列夫的《营请求火力支援》、巴克兰诺夫的《一寸土》、贝科夫的《第三颗信号弹》等。

31.【师探解析】

《印度之行》是福斯特的最后一部长篇小说，通常被公认为作家最杰出的作品，以丰富而含混的象征艺术表现了大英帝国殖民当局在印度的骄横跋扈与仗势欺人，反映了英国殖民政策和印度人民之间难以化解的矛盾。

32.【师探解析】

1901年托马斯·曼出版的长篇小说《布登勃洛克一家》是他的第一部长篇巨著，也是他最有影响力、最受欢迎的一部小说。小说的副标题是"一个家庭的没落"，叙述了1835年到1877年间德国商业城市吕贝克的布登勃洛克家族四代人的兴衰变迁，展现了德国传统社会在19世纪中叶开始走向没落的过程，象征性地表现了作家对西方社会没落的悲观主义认识。

四、简答题（每小题6分，合计30分）

33.【师探解析】

《虹》的主题是布兰文家族三代人的爱情生活。它具有史诗般的格局，首先，通过一家三代人的生活和心灵历程追寻了英国从传统的乡村社会到工业社会的历史变迁，揭示了19世纪后半期巨大而深刻的社会变化；其次，又以英国小说史无前例的热情和深度探讨了有关建立新的两性关系的问题；最后，还对英国社会生活进行了多方面的深刻批判。

34.【师探解析】

黑色幽默吸收了存在主义文学有关世界荒诞和人生孤独的主题，并在创作中融入欧美传统文化中的幽默感，特别是马克·吐温式的幽默讽刺，用喜剧性的文学风格传递作者对于社会与人生的悲剧性看法，在绝望的笑声中缓解胸中深沉的恼怒与悲痛。

黑色幽默对于丑恶生活的批判不是通过合乎逻辑的论证，而是把丑恶生活加以夸张变形，将其不合理加以放大，从而使人们得到某种警示。在对丑恶生活进行讽刺的同时，作家又加入某种喜剧成分，一方面表达了对于这种生活的轻蔑，另一方面表现了对于这种生活的无奈。

35.【师探解析】

《四个四重奏》由《烧毁了的诺顿》《东艾克》《干燥的萨尔维奇斯》《小吉丁》这四首各自独立又紧密相关的长诗组成。这四个部分分别借用与诗人祖先及其本人生活有关的地点，通过对历史事迹、个人经历的追忆，对往昔时光的无望的追怀，思索时间与永恒的关系，表达对现象世界的失望，深思来世和自己的诗歌对现代世界的作用，这些思想在四首诗篇中反复呈现、发展、深化。

36.【师探解析】

意识流作家抛弃了传统写实主义将文学作为历史的副本的基本观念，拒绝外部世界纷繁表相的真实，而自觉将探索的焦点转向对现代人心理真实的挖掘。具体来说，就是表现在机械文明戕害人性，传统价值观失落，战争与暴力摧毁了人们对未来理想的信念的背景下，现代西方人精神上的惶惑孤独、焦虑与恐惧，反映他们日趋严重的与社会、与文明之间的疏离感和无力感。与此同时，在冷若冰霜的商品法则面前，在人性受到严重压抑、人与人之间隔着一道无法逾越的精神壁垒的环境中，意识流作家不仅展示了人物的孤独感和异化感，还从他们身上揭示出某些现代社会中最欠缺、最可贵的东西，即同情、谅解、人道主义和博爱精神。

37.【师探解析】

首先，魔幻现实主义是对拉丁美洲独特现实的深刻反映，尤其是展现了按照拉丁美洲人的思维方式所认定的现实。

其次，多数魔幻现实主义作家不认为自己是在杜撰或者为了魔幻而魔幻，而多是以冷静的态度和毫不辩解的口吻来讲述令人难以置信的故事。

再次，魔幻现实主义作家采用夸张、变形、象征、荒诞和漫画等手法来逼近某种奇特的现实，不是为了求奇求幻，而是为了把现实抽象成某种寓言，再借助读者的想象把寓言还原成某种现实，比如阿斯图里亚斯的《总统先生》和加西亚·马尔克斯的《家长的没落》等，就是通过对专制统治者的夸张变形，塑造了某种荒诞不经的漫画角色，实质上却是对现实的高度提炼和概括。

五、论述题（每小题10分，合计30分）

38.【师探解析】

首先，海明威作品独特的艺术风格与他的思想内蕴是分不开的。读海明威的作品，最强烈的感受就是作品中有活生生的生活体验，体验的强度如此深刻，以至于读者觉得自己也在目击生活和体验生活。他的作品中那些独特的战争、打猎和捕鱼的体验描写，干净利落，结实饱满，若是没有这方面的经历，作家是没有办法凭空虚构出来的。

其次，海明威的作品体现了他所提出的"冰山原则"。他认为，冰山在海面上移动非常雄伟壮观，是因为只有八分之一露在上面，所以作家应该略去八分之七自己所知道的部分，只写出那八分之一就够了。作家应该有能力要读者感受到所要写的部分，而不是直接写出来。遵循这一原则，便造成了海明威作品的一种特殊效果：清晰性的含混。看起来清清楚楚，但是言近旨远,意在象中。这非常像中国古典美学中含蓄之为美的追求。这种清晰的含混使得海明威的作品带有某种象征意味。虽然海明威讨厌人说他在《老人与海》中用了象征,但是不可否认他这部作品确实是受了麦尔维尔《白鲸》的影响,如作品中人和鱼的搏斗暗喻人和大自然的搏斗或者人和人生中对手的搏斗、人和人生中的逆境搏斗等;取消了这层意思,这篇小说的艺术价值会大大降低。这种清晰的含混还体现在海明威作品中的人物对话上。海明威是世界上写人物对白最好的作家之一。因为他笔下的人物对白有很多言外之意,许多的潜台词,最经典的例子应是《白象似的群山》。海明威省略人物对白之外有关人物心理活动和对话语气的任何描写,全靠读者通过上下文猜出来,读进去。

最后,海明威的作品具有电报体风格。英国作家赫·欧·贝兹曾形象地说,海明威初入文坛之前:文坛上盛行的是受亨利·詹姆斯那样复杂曲折文风影响的作品,海明威"是一个拿着板斧的人",他删去了解释、探讨,甚至议论,砍掉了一切花花绿绿的比喻,清除了古老神圣、毫无生气的文章俗套,直到最后,通过疏疏落落、经受了锤炼的文字,眼前豁然开朗,能有所见。

39. 【师探解析】

《城堡》是一部多义的、充满悖谬的作品,在卡夫卡式的陌生化法则之下,这个世界的一切人物、时间、空间都被扭曲,"外部现实"都不动声色地转化成了对"心理真实"的隐喻式表达,甚至整部作品都变成了一个寓言:

当它是一则关于寻找上帝的宗教寓言时,人带着原罪被逐出伊甸园或者作为异乡者被放逐到一个陌生的世界,像K竭尽全力接近城堡一样,竭尽全力地想要接近上帝,却永远无法跨越两个世界之间不可逾越的鸿沟。

当它是一则关于"父子冲突"的寓言时,《城堡》是一则弗洛伊德式的现代神话,城堡是卡夫卡父亲的象征,K接近城堡,其实是卡夫卡在冲突与矛盾中寻求与父亲的和解。

当它是一则犹太民族命运的寓言时,K被冷落、被排斥、无处安身的处境与命运即犹太民族在历史上的处境与命运的缩影。

当它是一则关于权力的寓言时,城堡是卡夫卡时代奥匈帝国的代表,是当时腐朽、专横、暴虐的国家机构的缩影,也是历史上一切统治机构的缩影,K在其中,不过是一个在由层层权力机构组成的社会中寻找合法地位的普通人。

然而对于大部分读者来说,它更是一则关于现代人生存困境的寓言,这种困境既是形而下的,但更多的是形而上的。K流落异乡的孤独与不安、虚弱与恐惧、反抗与寻找是现代人普遍的生存境况;K对于自身处境的陌生感是人类普遍的陌生感;K的命运中体现出的个体有限性之绝望及他对这种绝望所做的抗争是人类普遍的绝望与抗争。

总之,布罗德称《城堡》是"世界的一个缩影",是"一部对每个人都适合的认识自我的作品"。

40. 【师探解析】

《克里姆·萨姆金的一生》具有庞大复杂而又有条不紊的结构,纵横俄国外省和首都、乡村和城市的广阔背景,展现了前后40年间光怪陆离的历史事件和日常生活细节,令人眼花缭乱的社会各阶层人物和色彩斑斓的活动场景。19世纪后期至20世纪初期俄罗斯生活中发生的一系列重大事件,人们精神文化生活中出现的一系列重要现象,都被巧妙地编织进主人公萨姆金的

"灵魂史"中,通过他的眼光和思维而得到了特殊形式的映现。同时,众多真实的历史人物也出现在作品的巨大艺术画幅中。这些历史人物与艺术形象的并存,大量的历史场景与艺术画面的叠合,鲜明的编年史意识与深广的民族历史生活内容,使得这部作品有了一种长河滔滔般的气势和厚重的分量,一种波澜壮阔的史诗风范。

作为"思想小说",在这部作品中,构成作品情节的基本因素的并非人物的行为、人物与人物之间在行动上的冲突,而是人物的意识活动、精神世界,人物与人物之间的思想矛盾、精神冲突。在诸多人物之间的复杂精神纠葛中,小说表现了近半个世纪中俄国社会政治、哲学、宗教、美学、道德伦理等领域的各种思潮、学说、流派的交嬗演变,揭示出那个时代俄国社会思想和精神生活的基本面貌。即便是主人公萨姆金这个贯穿作品始终的人物,读者也很少看见他的行动。这固然是由他缺乏"行动意识"和行动能力的特点所决定的,但更主要的还是作家的艺术构思使然:高尔基所要表现的是主人公"灵魂的历史",且要通过这一灵魂去观照形形色色的社会思潮及其消长变化。作家的这一构思既增加了作品的思想含量和理性色彩,又使得作品中出现了大量的议论和谈话,造成读者一般审美接受上的障碍。

在人物形象刻画上,作家广泛借鉴了西方现代主义文学在心理描写、心理分析方面的某些成功经验,通过人物的梦境、幻觉、联想、潜意识,或以象征、隐喻、荒诞的手法来描写人物的内心分裂、精神危机和意识流程,如作品中多次通过主人公的梦境或幻觉来刻画其内心状态。同时,善于运用对照的方法,在人物与人物的相互比照中显示形象的性格特征,是高尔基在人物塑造方面的一个重要特色。在《克里姆·萨姆金的一生》中,这一常用手法发展为"镜子般的结构原则",即中心主人公萨姆金处在众人当中,好似站在多面镜子中间一样,每个人物(每面"镜子")都把萨姆金性格的某个侧面映照出来,同时又在萨姆金面前显露出自己的某些性格特点。作品中萨姆金的同辈人物,如贵族遗少图罗博叶夫,资产阶级的"浪子"柳托夫等,都如同一面面放置在不同角度的镜子,环绕在萨姆金周围,分别映现出他的某一精神特点,共同参与对这位中心主人公进行"立体摄影"的任务,使他的性格特征充分地、全方位地表现出来。而且作品中诸多人物对萨姆金的评价也具有类似的作用,如图罗博叶夫说萨姆金对一切问题都想"发明第三种答案",这些人物以各自的眼光对萨姆金所做的评价,往往一针见血,颇为深刻地揭示出其性格的某一本质特点;合而观之,则可见出萨姆金性格的多面性。在《克里姆·萨姆金的一生》的庞大艺术形象体系中,众多的人物都是作为独立的社会心理形象而存在的,具有艺术上的不可重复性;这些形象又在总体上构成主人公萨姆金的灵魂史得以展开的广阔背景,有力地烘托出萨姆金作为"这一个"的心理个性。

综上,高尔基的这最后一部长篇小说取得了多方面的艺术成就。

"20世纪欧美文学史"考前实战冲刺(三)答案
(课程代码:28956)

一、单项选择题(每小题1分,合计23分)

1. B

【师探解析】1965年3月,美国作家弗里德曼编辑了12位当代美国作家的作品片段文集,取名《黑色幽默》,"黑色幽默"这一流派因此得名。

2. C

【师探解析】1915年的《虹》和1920年的《恋爱中的女人》这两部小说代表了劳伦斯的最高成就。《恋爱中的妇女》是《虹》的续篇，即姊妹篇，展现出了作者对西方文明深深的失望情绪，以及战争背景之下人们心中的绝望、孤独和破坏等负面情绪。

3. D

【师探解析】1920年，菲茨杰拉德的第一部小说《人间天堂》正式出版，被一致认为是一块里程碑，标志着"爵士乐时代"的开始。

4. A

【师探解析】《荒原狼》是黑塞探索"通往内心之路"的记录，他将个人的困境置于时代的大背景中，对西方文化的弊病和知识分子的精神生活做了深刻的剖析，表现了资本主义社会中知识分子的孤独、彷徨和矛盾。

5. B

【师探解析】识记知识点：纪德1902年出版的《背德者》具有相当大的自传色彩。

6. D

【师探解析】福斯特的《小说面面观》（1927）是他为剑桥大学"克拉克讲座"所写的讲稿，含导言、故事、人物（上）、人物（下）、情节、幻想、预言、模式与节奏、结语九个部分，对当代西方现实主义小说进行评价与鉴赏，被誉为"20世纪世界文坛难得的一部小说评论著作"，其中关于"圆形人物"与"扁平人物"的定义，已成为20世纪文学评论的著名论断。

7. B

【师探解析】识记知识点：小说《第二十二条军规》的作者是海勒。

8. B

【师探解析】识记知识点；加西亚·马尔克斯1962年的短篇小说《格兰德大妈的葬礼》，用戏谑、幽默、夸张的笔法描写了一位专制女家长的没落。

9. B

【师探解析】20世纪，作家们越来越自觉地意识到文学与科学之间的巨大差别，意识到绝对逼真地再现历史是不可能与不必要的。在普遍转向内省的文化与心理背景下，作家们更强调主体对世界的体验、发现与艺术表达，世界呈现为"我"所体验的那个东西，更关注心理的现实，体现出对现实认识的进一步深化。

因此，在对心理真实的深刻挖掘成为一种普遍倾向的背景下，客观事物和外部事物的重要性降低了，除了能被上升到象征的高度以外，显然已让位于展示人物意识活动，或用作意识活动发生过程的背景。

10. D

【师探解析】识记知识点：加缪的小说《局外人》的主角是默尔索。

11. C

【师探解析】识记知识点：小说《西线无战事》的作者是雷马克。

12. C

【师探解析】20世纪30年代，英国诗坛出现了以W.H.奥登为代表的"奥登一代"诗人，他们用诗歌反映社会和政治问题，并积极参加左翼运动，在青年中影响较大。

13. A

【师探解析】福克纳的绝大多数作品都是以虚构的美国南方密西西比河北部的约克纳帕塔法县为人物活动与故事发生的背景，因此这些作品统称为约克纳帕塔法世系。

14. D

【师探解析】识记知识点：魔幻现实主义文学大师的三位作家包括加西亚·马尔克斯、阿斯图里亚斯和鲁尔福。

15. A

【师探解析】从1902年至1912年，美国社会掀起了历时约10年的"揭丑派运动"。揭丑派运动从新闻界开始，涉及文学界并扩展至学术界和政治界。在文学上，它从纪实文学发展到暴露文学，使现实主义在美国得到进一步发展。有一批作家常常到贫民窟的厂矿调查之后再进行创作，他们写的小说被称为"黑幕揭发小说"，其中最著名的作家是厄普顿·辛克莱。1906年，厄普顿·辛克莱参加了对芝加哥屠宰场现状的社会调查，在此基础上写成的长篇小说《屠场》(1906)，成为"黑幕揭发小说"的代表性力作。

16. D

【师探解析】识记知识点：以海明威和菲茨杰拉德为代表的一批美国作家一般被称为"迷惘的一代"。

17. D

【师探解析】1888年，法国诗人艾杜阿·杜夏丹出版小说《月桂树被砍掉了》，首次运用了内心独白的写法。文学史家将该作品的出现作为意识流文学真正的开端。

18. A

【师探解析】"垮掉的一代"是20世纪五六十年代文化反叛、政治反叛和美学挑战在文学上的典型反映。作品表达了一种与社会规范格格不入的感觉及与各种环境疏远的意识。杰克·凯鲁亚克的代表作《在路上》根据作家自己在1947年至1950年间一系列穿越乡间的旅行游记写成。小说描写了20世纪50年代青年人吸毒、纵欲、酗酒等放荡不羁的生活，以此表现人的心灵的躁动不安和颠覆性的社会价值观。

19. D

【师探解析】识记知识点：《金色笔记》的作者是多丽丝·莱辛。

20. A

【师探解析】"兔子系列"四部曲包括《兔子，跑吧!》《兔子归来》《兔子富了》《兔子安息》。其中《兔子，跑吧!》是最重要的代表作之一，真实描绘了美国20世纪五六十年代的中产阶级，从表面上看哈里一再离家出走是对邋遢的妻子和混乱的家庭的不满，事实上，促使他离家的真正原因是存在主义思想所描述的内在的焦虑和恐惧。

21. A

【师探解析】识记知识点：《大街》的作者是辛克莱·路易斯。

22. B

【师探解析】《诉讼》主人公约瑟夫·K 30岁生日的那天早晨，两个陌生人闯入他的卧室，对刚从睡梦中醒来的K宣布他被捕了。这两名看守无法说出他的罪名，也没有任何证据，K依然行动自由，照常去银行上班。为证明自己无罪，K四处奔走，但根本找不到地方受理自己的申诉。后来，K从一个画家那里得知关于无罪判决的形式有三种：第一种是真正宣判无罪，第二种是表面宣判无罪，第三种是无限期延期审判，只有最高法院才有权做出彻底无罪的判决。然而虽然法院的办公室无处不在，但能决定K的案子的审判结果的最高法院仿佛一个无形的存在，让他无法企及。最后，在K 31岁生日的前一天晚上，两名穿着礼服的剑子手突然来到他的房间，将他带到一个荒无人烟的采石场执行了死刑。从社会批判的层面来看，卡夫卡是在通过对肮脏的法庭、可笑的审判、散发着愚蠢官僚气息的小官员的不遗余力地嘲笑来抨击当时奥匈帝国腐朽的司法机构和官僚体系，讽刺荒谬虚伪的权力体制，表达对受其摆布与戕害的弱者的同情。

23. D

【师探解析】识记知识点：普鲁斯特的七卷本意识流小说巨著是《追忆似水年华》。

二、填空题（每空1分，合计5分）

24. 【师探解析】布恩地亚上校一家 25. 【师探解析】《现代喜剧》
26. 【师探解析】《虹》 27. 【师探解析】《印度之行》
28. 【师探解析】萨拉

三、名词解释题（每小题3分，合计12分）

29. 【师探解析】

存在主义文学是第二次世界大战后最有影响力的现代主义文学流派，它形成于存在主义哲学思想的基础上。

存在主义文学的主题就是传达其哲学命题，如存在先于本质、世界与人的处境的荒诞性等；并通过描述恐惧、厌恶、孤独、失落等现代人的主观心理特征，揭示人的荒诞处境，表现"自由选择"的行动。存在主义文学在第二次世界大战前后首先在法国文坛产生，也以法国存在主义文学成就为最高。代表作家有萨特、加缪、波伏娃等。

30. 【师探解析】

表现主义是现代主义文学中的重要流派，产生于20世纪初的德国，盛行于20世纪10年代到20年代中期的德语国家、北欧和美国。1910年和1911年，德国一些年轻的文学家先后创办了两家刊物——《冲击》和《行动》，推动了德国表现主义文学的发展。表现主义的口号："艺术是表现，而不是再现。"表现主义文学家反对把文学看成是自然和印象的再现，认为创作并不只是为了描写或安排现实，而应当解释现实，揭示人的本质和灵魂；由于将创作视为艺术家先于经验的自我表现和潜意识的表达，因而要求完全自由地描写不可见的事物，表现人的主观情绪，展示人的内心世界。代表作家有瑞典剧作家斯特林堡、德国戏剧家格奥尔格·凯泽、奥地利小说家弗兰茨·卡夫卡、美国剧作家尤金·奥尼尔等。

31. 【师探解析】

母亲、父亲相继去世后，弗吉尼亚姐弟迁居伦敦东部的布卢姆斯伯里，家中逐渐聚集了一批才情卓越、具有自由精神的青年知识分子，形成了著名的"布卢姆斯伯里团体"。这个文学艺术团体以弗吉尼亚和她的画家姐姐文尼莎为中心，成员和座上客主要由剑桥大学的精英知识分子组成，包括传记作家利顿·斯特拉奇、小说家E. M. 福斯特、哲学家伯特兰·罗索、作家伦纳德·伍尔夫、诗人T. S. 艾略特、小说家亨利·詹姆斯等，在20世纪西方思想界产生过重要影响。

32.【师探解析】

"兔子四部曲"是约翰·厄普代克的作品,包括《兔子,跑吧!》《兔子归来》《兔子富了》《兔子安息》。其中《兔子,跑吧!》是最重要的代表作之一。"兔子系列"是表现20世纪美国风俗的一部史诗,四部小说紧扣时代脉络,历史事件与日常生活琐事紧密结合,描绘了从20世纪50年代到80年代末美国社会的变迁轨迹。其中涉及许多重大事件,如越南战争、登陆月球、能源危机、冷战等,因此,这一系列小说也被称为"表现当代美国社会的生活画卷史"。

四、简答题(每小题6分,合计30分)

33.【师探解析】

(1)瓦莱里,法国诗人,著有《海滨墓园》。

(2)里尔克,德语文学最为杰出的象征主义诗人,著有《杜伊诺哀歌》《致奥尔费斯的十四行诗》等。

(3)梅特林克,比利时人,著有戏剧《青鸟》。

(4)威廉·叶芝,爱尔兰人,著有《钟楼》《驶向拜占庭》《盘旋的楼梯》等。

(5)艾略特,英国人,著有《四个四重奏》《荒原》。

34.【师探解析】

《荒原》在艺术上实践了艾略特的诗歌理论。很显然,艾略特似乎将前人的许多作品进行了重新组合,许多直接引用使人议论纷纷,完全不同于一般的诗歌创作。他的独创性就表现在这种大胆的引用与组合中。这一点也正好体现了后期象征主义"非人格化"与理智的特征。这些引用还同时达到了"思想知觉化"和"客观对应物"的效果。另外,艾略特大量运用内心独白及戏剧手法,使得这部作品成为象征主义各种艺术技巧的集大成之作,也使得诗歌具有绘画和音乐的特征。

所以自《荒原》后,西方诗歌的面貌发生了根本的变化。艾略特的创作成为象征主义诗歌一个不可企及的丰碑,也给了象征主义一个完美的终结。

35.【师探解析】

《福赛特家史》包括三部小说及两部插曲:《有产业的人》、插曲《一个福尔赛人的暮秋》《骑虎》、插曲《觉醒》《出租》。其中,《有产业的人》是最优秀的作品。

高尔斯华绥本人曾指出:小说的基本主题是表现对财产的占有欲与对艺术的美感之间的对立和冲突,揭露私有财产对人的感情的腐蚀作用。在小说前言中,作家这样写道:"《福赛特家史》的原旨是美对私有世界的扰乱和自由对私有世界的控诉。"小说的主人公之一是作为"财产意识"的化身的索米斯。他是福赛特家族的第四代人、房地产经纪人,身上典型地体现了福赛特家族自私、贪婪、虚伪与暴虐的基本特征。

36.【师探解析】

1954年,老作家爱伦堡发表中篇小说《解冻》,宣告了20世纪俄罗斯文学一个新时代的开始。作品结尾处有一个人物这样说:"你看,解冻的时节到了。"这句话象征性地指出了时代变动之际的特点。"解冻文学"的出现,恢复了文学的"写真实"传统,促使文学的题材、体裁、艺术手法和风格向着多样化的方向发展。解冻文学的代表作家和作品:奥维奇金的特写《区里的日常生活》(1952—1956)及其所代表的"奥维奇金派"的农村题材特写,列昂诺夫的长篇小说《俄罗斯森林》(1953),杜金采夫的长篇小说《不是单靠面包》(1956),帕斯捷尔纳克的长篇小说《日瓦戈医生》（1957）。

37.【师探解析】

小说叙述的是一个叫马孔多的小镇从诞生到消亡一百多年的历史，从小镇在蛮荒之地建立，到人们对科学和实验的崇拜，小镇商业的繁荣，再到内战爆发，小镇在全国开始起着举足轻重的作用。从保守党和自由党的轮流独裁再到保守党的专政，小镇政权几次易手，翻云覆雨。在此过程中，外来文化不断冲击小镇。尤其是美国人来小镇开辟香蕉园，带来经济的畸形繁荣。香蕉工人大罢工，政府和香蕉园主勾结在一起镇压工人，用机枪扫射，杀死工人三千多名，装了近两百节车厢的尸体。毁尸灭迹之后，竟没有人再相信这里曾经发生过大屠杀。之后是长达四年零十一个月又两天的雨季，马孔多成了废墟。最后飓风刮来，把小镇卷走了。至此，一百多年的小镇彻底从地球上消失了。

五、论述题（每小题10分，合计30分）

38.【师探解析】

从整体来看，卡夫卡的作品有着鲜明的精神自传色彩，文学创作之于卡夫卡是"逃离父亲的尝试"，是自我剖析的研究报告，是精神的避难所。他的作品具有明显的想象文学的特征，并非着眼于对客观世界的如实呈现，但对于心理之真实、存在之真实的表现直击人心。

同时，他也并非一个对外界无动于衷的遁世者，更像是一个波德莱尔式的时代观察者和描绘者。19世纪末20世纪初的欧洲处在现代化转型时期，资本主义迅速发展与扩张，政治、经济、社会动荡不安，同时代人的生存困境和精神矛盾在卡夫卡的笔下以冷峻、陌生、无情的方式呈现了出来。

最后，尽管他一生并未加入任何文学团体，始终保持着创作上的独立性和个性，但也不可避免地受到了当时盛行的表现主义运动思潮的影响，作品在主题与艺术手法上都呈现出表现主义文学的风格，他也因此被后世的研究者视为表现主义小说的先驱和重要作家。卡夫卡有一套独特的、将现实"变形"的陌生化法则，即将荒诞和梦幻的笔法与客观而冷峻的语言巧妙地熔为一炉，营造出悖谬而神秘的叙事氛围，人物和情节的寓言性与象征色彩更是使得其文本呈现出复杂的多义性和不确定性。这一风格被后人称为"卡夫卡式"的美学风格。

39.【师探解析】

首先，《喧哗与骚动》以凯蒂为中心，小说的四个部分形成了"四重奏"的对位结构。小说第一章班吉部分的意识流时空错乱，体现出受柏格森影响的全新时间意识。其不以模仿物理时间的流动为目的，而是着重塑造融合了过去、现在和未来多个时刻的心理瞬间，以这样的瞬间去体现出生命的全部意义。小说第二章昆丁部分的意识流包含了福克纳以往的很多诗歌片段，形成了华丽的诗化风格。这是福克纳对乔伊斯偏于写实的意识流最重要的语体革新。前两部分的语言都具有强烈的印象主义色彩，但在节奏上偏于《麦克白》式的紧张，同杰生部分的理性明了形成对位。第三章杰生这部分的语言充满过分的逻辑性，看似理性明了的话语中却隐藏着过度的功利主义所带来的呆板和机械，这又反过来成为对其"理性"的事实反讽。这种反讽使得杰生这部分内容看似写实的叙述，实际上仍处于一种高度形式化的现代主义风格之中。第四章迪尔西部分的全知视角讲述，节奏非常舒缓，同前三部分形成对位。该部分虽然补充了前三部分缺失的某些信息，但是这些信息缺乏前三位讲述者的认可，因而仍旧处于"独语"的状态。处于叙述核心地位的凯蒂，却从没出面说过一句话，她的形象只存在于其他人的述说之中。正如福克纳自己所言:"最高明的办法,不如截取树枝的姿态与阴影,让心灵去创造那棵树。"

其次,《喧哗与骚动》这一文本的精髓在于,其将约瑟夫·康拉德的多角度叙事、陀思妥耶夫斯基人物的内部对话性、乔伊斯的意识流手法等实验技巧,同来自英国浪漫主义和法国象征派的诗歌传统结合起来,在结构与语言层面形成了不以故事为旨归的叙事"姿态"。这种叙事方式体现了现代主义文学的部分本质特征,相比19世纪批判现实主义文学记录历史的宏伟,它更侧重于体验历史的感受,由此衍生出作品意义的不确定性和相对自由的解释空间,以浓墨重彩、具体可见的场面特写景象和语言为基础,同时尽力在有限范围内创造出多元意义。

40.【师探解析】

首先,它的叙述方式变化不一,呈现出多样性的风格。作品似乎有意打破那种经过精心构思的"流畅叙述"的传统,把独特的戏剧性事件和诗意浓郁的抒情性篇幅、简单的词汇组合(如"你的离开,我的结束""这又是我们的风格、我们的方式了")和复杂的感情表现、诗人的奇妙幻想和深沉的哲理思索结合在一起,在"不流畅"的叙述中取得了一种"大智若愚"的独特效果。作品中既有精确的现实主义描绘,又不乏由机缘与选择、欢乐与历险、别离与死亡构成的具有传奇色彩的故事;既有丰富的想象和浪漫的激情,又有无数的旁白与插曲,如同启示性的寓言;既有高雅的语言、优美的文笔,又有故作"平板"之貌、显示出朴野风格的文字。它是一部以诗的语言写出来的小说,体现了作者关于"艺术注目于被情感改动的现实"的一贯观点,显示出他的小说作为"诗人的散文"的艺术面貌和美学特质。

其次,善于通过主人公的梦境与幻觉,运用隐喻与象征来表现人物心理、命运或人物之间的关系,是这部小说的另一大特点。如作品中写日瓦戈一次生病时,曾有很长时间处于谵妄状态,在幻觉中看到一个长着吉尔吉斯人的小眼睛、穿着一件在西伯利亚或乌拉尔常见的那种两面带毛的鹿皮袄的男孩,他认定这个男孩就是他的死神,可是这个孩子又帮他写诗。这幻觉形象象征性地预示了日瓦戈后来的遭遇。

再次,同隐喻与象征手法相得益彰的是作品中意象的运用。小说中多次出现"窗边桌上燃烧着的蜡烛"的意象。小说中反复出现的这一意象,深印在男女主人公的意识中,象征着他俩心心相印的心灵之光。

最后,《日瓦戈医生》中的景色描写也独树一帜,并且同样和作家对于个性的关注相联系。这尤其显示于作品中关于自然景色的"转喻性描写"。作家一方面赋予自然景物以人性,另一方面又把人物的心情投射到自然界,甚至让人物渗透到大自然中去,着意强调人和自然的不可分性。整部小说中的景色描写始终以冷色调为主,较多出现旷野、冰霜、风雪、寒夜、孤星和冷月的画面,既与主人公超凡而忧悒的精神气质相和谐,又呼应了作品大提琴曲般沉郁的抒情格调。

"20世纪欧美文学史"考前实战冲刺(四)答案

(课程代码:28956)

一、单项选择题(每小题1分,合计23分)

1. D

【师探解析】1955年,威廉·戈尔丁的第二部小说《继承者》描写了在一个远离现代文明的孤岛上,居住着智商不高、思维能力低下的低等原始人尼安德特人遭遇智人之后被迫离开生存的小岛的故事,以寓言的形式揭示了人类文明和进步的历史不过是一部血腥史。

2. C

【师探解析】识记知识点：高尔基的"奥库罗夫三部曲"包括《奥库罗夫镇》、《崇高的爱》和《马特维·科热米亚金的一生》。

3. C

【师探解析】识记知识点：《福赛特世家》三部曲的作者是高尔斯华绥。

4. B

【师探解析】识记知识点：阿尔弗雷德·雅里的《愚比王》是对莎士比亚戏剧《麦克白》的戏仿。

5. A

【师探解析】罗伯-格里耶是新小说派最重要的理论家和作家。他的《为了一种新小说》是新小说派的理论基础。

6. C

【师探解析】1910年，伍尔夫发表《论现代小说》一文，尖锐地抨击了当时英国现实主义文学的代表人物威尔斯、高尔斯华绥、本涅特等人，认为他们编织坚实可靠与酷似生活的故事的做法只是模拟了生活表相的真实，主张要表现人物心理的幽暗区域从而达到对生命本质真实的把握。

7. A

【师探解析】《了不起的盖茨比》的主题是幻灭，作品是关于最为典型的美国梦的故事，讲述了一个默默无闻的、出身于美国中西部农村的青年少尉盖茨比的故事。

8. C

【师探解析】1902年的剧本《底层》是高尔基对流浪汉世界"将近20年的观察的总结"，是高尔基全部剧作中的上乘之作；作品中，游方僧鲁卡信奉并宣扬"忍耐"哲学。

9. B

【师探解析】梅列日科夫斯基的论著《论现代俄罗斯文学衰落的原因与若干新流派》（1893）第一次从理论上确认了俄国现代主义是一种艺术潮流，他认为未来俄罗斯文学的基本要素是神秘的内容、象征的手法和艺术感染力的扩张。

10. D

【师探解析】波兰作家亨里克·显克维奇是20世纪欧美现实主义文学的代表作家之一，他的《你往何处去？》《十字军骑士》，通过对古代侠义精神的颂扬，表现对异族侵略者不屈的斗争精神。

11. C

【师探解析】1920年至1938年是茨威格的创作高峰期：在此期间，他完成了人物传记《三大师》，包括《巴尔扎克传》、《狄更斯传》和《陀思妥耶夫斯基传》。

12. C

【师探解析】剧本《底层》（1902）是高尔基对流浪汉世界"将近20年的观察的总结"，是高尔基全部剧作中的上乘之作；作品中，游方僧鲁卡信奉并宣扬"忍耐"哲学。

13. D

【师探解析】识记知识点：俄国象征主义是白银时代最先出现的文学新流派。

14. C

【师探解析】《城堡》是一部多义的、充满悖谬的作品，在卡夫卡式的陌生化法则之下，这个世界的一切人物、时间、空间都被扭曲，"外部现实"都不动声色地转化成了对"心理真实"的隐喻式表达，甚至整部作品都变成了一个寓言：当它是一则关于权力的寓言时，城堡是卡夫卡时代奥匈帝国的代表，是当时腐朽、专横、暴虐的国家机构的缩影，也是历史上一切统治机构的缩影，K 在其中不过是一个在由层层权力机构组成的社会中寻找合法地位的普通人。

15. C

【师探解析】西方现代主义文学的共同特征：在思想上，现代主义文学具有反理性的总体特征。在形象塑造上，人物是逐渐非人化的。西方现代文明带来了物质方面的巨大进步，但是物消磨、压倒、吞噬和支配了人，现代主义文学反映了人被异化也就是非人化的处境。在艺术形式上，注重表现形式。现代主义是有机形式论的，是表现而非再现的，是想象而非写实的，是创新而非传统的。总体上来说，现代主义文学的风格是具有悲观主义色彩的。

16. A

【师探解析】《尤利西斯》和《奥德修纪》在结构和人物设置上存在对应关系，比如"尤利西斯"是"奥德修斯"的拉丁文拼写名称。

17. C

【师探解析】1920 年，菲茨杰拉德的第一部小说《人间天堂》正式出版，被一致认为是一座里程碑，标志着"爵士乐时代"的开始。他另有《爵士乐时代的故事》《了不起的盖茨比》《夜色温柔》等著作。

18. A

【师探解析】未来主义产生于 20 世纪初的意大利，波及俄国和其他欧洲各国，与法国超现实主义交融，对德国表现主义的产生有直接影响。1909 年 2 月 20 日，意大利艺术家马里内蒂在法国《费加罗报》上发表《未来主义的创立和宣言》，提出了未来主义的十一条纲领，概括起来有两个方面：反叛一切传统，歌颂工业文明。

19. A

【师探解析】曼斯菲尔德深受俄国作家契诃夫的创作风格影响。其作品不以情节曲折见长，注重从看似平凡的小处发掘人物情绪的幽微变化，尤其着力捕捉孩童与女性的内心悸动，表现人物在对自我及人生的发现中获得的心灵成长。她的文笔简洁流畅，风格冷峻而富于诗意，代表了英国现代主义文学在短篇小说领域的主要成就。

20. C

【师探解析】识记知识点：小说《飘》的作者是玛格丽特·米切尔。

21. B

【师探解析】"阿克梅"一词来自希腊文，意为"顶峰"。"阿克梅派"诗人追求艺术表现的明朗化和清晰度，主张恢复词的原始意义，认为最高的"自我价值"在尘世，显示出与象征派对立的艺术观。古米廖夫是这一派理论的主要阐释者，著有《象征主义的遗产和阿克梅主义》（1911）。

22. D

【师探解析】识记知识点：赫伯特·乔治·威尔斯、阿诺德·本涅特、约翰·高尔斯华绥三人被称为"爱德华时代的作家"。

23. A

【师探解析】"迷惘的一代"一语出自侨居巴黎的美国女作家格特鲁德·斯泰因,她曾评价海明威等人:"你们都是迷惘的一代。"海明威将这句话题写在其第一部长篇小说《太阳照常升起》的扉页上,随着这部小说的出版和流传,"迷惘的一代"便成为当时涌现出的一批青年作家的共同称号。

二、填空题（每空1分，合计5分）

24. 【师探解析】《喜福会》
25. 【师探解析】《麦田里的守望者》
26. 【师探解析】《百年孤独》
27. 【师探解析】斯蒂芬·代达勒斯
28. 【师探解析】《伪币制造者》

三、名词解释题（每小题3分，合计12分）

29. 【师探解析】

福克纳一生创作了19部长篇小说和70多篇中、短篇小说。其中绝大多数是以作家虚构出来的美国南方密西西比河北部约克纳帕塔法县作为人物活动与故事发生的背景的,所以他的这些作品被总称为"约克纳帕塔法世系"。

30. 【师探解析】

俄国象征主义是白银时代最先出现的文学新流派。俄国象征主义者把哲学家和诗人弗·索洛维约夫尊为"精神导师",他们强调艺术的宗教底蕴,坚信艺术具有改造尘世生活的作用。梅列日科夫斯基的诗集《象征》是俄国象征派诗歌出现的标志之一,其他代表作家和作品有巴尔蒙特的诗集《燃烧的大厦》、索洛古勃的长篇小说《卑下的魔鬼》、别雷的长篇小说《彼得堡》等。

31. 【师探解析】

"阿克梅"一词来自希腊文,意为"顶峰"。"阿克梅派"诗人追求艺术表现的明朗化和清晰度,主张恢复词的原始意义,认为最高的"自我价值"在尘世,显示出与象征派对立的艺术观。古米廖夫是这一派理论的主要阐释者,著有《象征主义的遗产和阿克梅主义》。诗人阿赫玛托娃和曼德尔施塔姆是阿克梅派的双璧。阿赫玛托娃的《黄昏》、《念珠》和《白色的鸟群》,曼德尔施塔姆的《岩石》（1913）等诗集,代表了这一派别的诗歌成就。

32. 【师探解析】

它是一场影响广阔的艺术运动,其前驱是达达主义。1920年,安德烈·布勒东和菲利普·苏波发表了第一部"纯粹的"超现实主义作品《磁场》；1924年11月,布勒东发表的《第一次超现实主义宣言》为这个运动下了定义；1969年10月4日,法国《世界报》发表了超现实主义最后一个宣言《第四章》,宣告了团体的最终解散。超现实主义就是精神自动性的记录,因为它的思想和艺术特征都与精神自动性密切相关,而所谓精神自动性主要是指人不受理性控制的精神活动状态：在内容上,精神自动性主要表现为潜意识；在形式上,精神自动性努力追求潜意识的结构,摆脱理性束缚,打破传统规则,做无常法,随心所欲；在创作中,超现实主义常常使用无意识写作和集体游戏这两种方法。

四、简答题（每小题 6 分，合计 30 分）

33. 【师探解析】

小说《啊，拓荒者!》讲述了女主人公亚历山德拉开拓边疆并自我成长的故事，清晰地展露了女性意识。亚历山德拉具有披荆斩棘、积极进取的开拓精神，仿佛从希腊神话中走出来的女英雄，冷静睿智，富有远见，她的父亲、弟弟们，甚至恋人卡尔与她相比都黯然失色。

34. 【师探解析】

小说《布登勃洛克一家》在社会层面描写了 19 世纪中叶以后依靠诚信经营、注重声誉、不牟暴利的自由资本主义经营者逐渐被追逐暴利、不守道德约束的资本主义暴发户排挤，无法适应残酷的竞争而逐渐退出历史舞台的现实，也掀开了覆盖在布登勃洛克家族成员间的温情脉脉的亲情面纱，揭示出当时典型的以金钱为主导的家庭关系，以布登勃洛克家族的命运辐射出当时德国社会广阔而丰富的生活图景，呈现出时代变迁中政治、经济、社会、伦理及人的内在精神种种的变化。除了对现实作如实的描绘之外，在这部小说中，托马斯·曼还意图表现生活与艺术之间互相矛盾的关系，使得布登勃洛克家族衰亡的悲剧具有了一层叔本华式的悲观主义情调。

35. 【师探解析】

《时间机器》是乔治·威尔斯第一部成功的科学幻想小说，另有《莫洛医生的岛屿》《隐身人》《最先登上月球的人》等。在科学幻想小说中，他通过离奇怪诞的情节，预言了科技发展与滥用将会造成的可怕后果，对现代社会的弊病进行了辛辣的讽刺。

36. 【师探解析】

十月革命后迁居国外的俄罗斯作家掀起了俄罗斯域外文学的"第一浪潮"，其间出现的作品，在主题选择上偏重于对刚刚过去的革命事件和国内战争进行回顾与评价，或在对于民族历史文化传统的"寻根"中表达对个人命运和民族前途的探测，或在对往昔的回忆中抒发浓郁的乡愁。

37. 【师探解析】

成就：贝娄因卓越的文学成就被誉为"福克纳、海明威和菲茨杰拉德的文学继承人"；1976年凭借"其作品对于人性的理解和对当代文化的敏锐分析"荣膺诺贝尔文学奖。

特色：纵观贝娄辉煌的创作生涯，他的小说题材广泛，包罗万象。作品常以芝加哥、纽约等大城市为背景，着力表现它们混乱肮脏、藏污纳垢、糟糕至极的现状，并将其视作当代都市文明的一个缩影来批判。作品中的主人公大多是反英雄式的犹太知识分子，他们怀有高尚的理想、人文主义的关怀、知识分子的信仰、善良诚实的本性，但在当代社会中频频碰壁，并由此陷入混乱、迷茫、困苦的精神境况。小说基调往往较为暗淡，但结尾总蕴含着一丝光亮，或许暗示着作者对复苏社会的道德价值和人文主义依然抱有期望。同时，贝娄的创作继承了欧洲文学传统，深受福楼拜、狄更斯、陀思妥耶夫斯基、卡夫卡等人的影响，他一方面注重现实主义的细节描写，反映社会现实和人类命运；另一方面又对叙述技巧进行革新，充分运用意识流手法描摹人物的内心世界和精神状态，这使得贝娄的作品既具有现代特色，又扎根于业已形成并在当代小说发展中不断被修订的种种趋势、动向和认识中。

五、论述题（每小题 10 分，合计 30 分）

38. 【师探解析】

首先，意识流文学推翻了传统文学中对时空关系的处理方式，根据再现人物心理真实的需要组建了新的时空秩序。作家们遵循柏格森的"心理时间"原则，在小说的谋篇布局上打破了以物理时间的先后顺序为基础的框架结构，跨越物理空间的界限，用有限的时间展示无限的空间，或在有限的空间内扩展心理时间的表现力，因此，时间、空间往往跳跃、多变，前后两个场景之间缺乏时间、空间上的逻辑联系，时间上常常是过去、现在、未来交叉重叠。作家往往以当时正在进行的活动或某种感觉、印象为中心，通过触发物的引发，追踪人物意识活动循环往复并向四面八方发散的流程，从而使小说具有了一种复杂的立体结构。

其次，意识流小说频繁调整、转换叙事视角，使多位人物的意识杂然并陈，透过不同人物的眼光和思维的"滤镜"看待世界，突出被感受、被再现的图景中所包含的观察者的主观干预，同时也体现出每一个主观角度的局限性。

再次，意识流文学中人物的意识活动具有鲜明的流动性、非逻辑性与纷乱无序性。作家们自觉遵从人类意识活动的规律而退出小说，让小说里的人物越过小说家这位无所不知的叙述者与评论者，直接地、不受阻碍地向读者展示他（她）的全部精神世界，努力将主观世界的原初状态原原本本地呈现在读者面前，拒绝理性与逻辑的过滤、编排与整理，让读者直接深入角色的灵魂内部。因此，作家们常常表现人物的内心独白、自由联想、回忆、梦境与幻觉。

最后，意识流作家也常常采取象征、暗示、比喻等艺术手段，表现人物微妙的感受，以及由某一事件触发而产生的独特印象，并使作品产生浓郁的诗意。

39. 【师探解析】

首先，在人物设置上：乔伊斯喜欢用内涵丰富、角色多元的人物和自己创作的小说中的人物形成类比，选择尤利西斯的故事做小说的类比物也是出于这个原因。"尤利西斯"是"奥德修斯"的拉丁文拼写名称。荷马史诗里，尤利西斯是莱耳忒斯的儿子，同时他也是忒勒马科斯的父亲、佩内洛普的丈夫、卡吕普索的情人、围攻特洛伊城的希腊战士们的战友、伊塔刻的国王。他在战争和归途中受过许多磨难，但他每次都靠机智勇敢渡过了难关。并且《奥德修纪》中尤利西斯是一位现代意义上的主人公，而不是传统意义上靠武力取胜的英雄。阿喀琉斯、埃阿斯等武夫都是依靠自己的膂力，尤利西斯则是一个依靠智慧和言语力量取胜的人。他知道发动特洛伊战争的官方借口是捏造的，其实只是为了获取新的原料和市场。因此，尤利西斯曾试图躲避征兵，拒绝充当一个热衷军事和武力的英雄，即摆脱《伊利亚特》中英雄主义的主流价值观。在乔伊斯看来，《奥德修纪》教导了人们如何以平常人而非战士的身份去赢得最终的胜利。乔伊斯创作《尤利西斯》期间，正是令人战栗的战争阴影笼罩着世界局势之时，乔伊斯看清并利用了《奥德修纪》的反战元素，尝试着破除当时一代人所崇拜的战争神话。这就是为什么《尤利西斯》是一部和平的现代史诗——与尤利西斯相似，乔伊斯把《尤利西斯》主人公布卢姆塑造为一个依靠智慧和言语获胜的英雄，而非热衷武力行动的英雄。

其次，在结构设置上：乔伊斯原计划《尤利西斯》每章都有一个荷马史诗式的标题，对《奥德修纪》的指涉也遍布整部小说，比如奈斯托化身为小学校长，独眼巨人以民族主义者的面目出现，喀耳刻以妓院老板娘的身份出现，最后一章的莫莉暗示着佩内洛普，等等。诸如此类的许多影射，使人感到《尤利西斯》似乎是和荷马开的一个玩笑。

总之，乔伊斯在《尤利西斯》和《荷马史诗》等一系列经典的情节之间人为地建立一种平行关系，除了作为结构框架之外，神话方法背后隐藏的是乔伊斯独特的世界观。他认为每个人的生活实际上是对许多普世情节——离别、漂泊、背叛和回归的重复。由于无论人们如何设法操纵现实，现实终究只能以若干形态出现。如同轮盘赌的转盘，反反复复转出来的总是那些数字。按这种观点来看的话，意想不到的偶然巧合其实才是必然结果。在《尤利西斯》里，乔伊斯就刻意揭示了这种现在和过去之间的巧合。

40. 【师探解析】

首先，劳伦斯的主要作品有① 1911 年第一部长篇小说《白孔雀》：以英格兰中部农村为背景，讲述了两对青年男女的爱情故事，田园生活与工业文明的对立主题已在小说中有所展现；② 1913 年《儿子与情人》：小说围绕煤矿工人毛瑞尔一家的痛苦，通过主人公保罗的成长过程反映深刻的社会问题和心理问题；③ 1915 年的《虹》和 1920 年的《恋爱中的女人》：一般认为，这两部小说代表了劳伦斯的最高成就，其中，《恋爱中的女人》是《虹》的续篇，展现出了作者对西方文明深深的失望情绪及战争背景之下人们心中的绝望、孤独和破坏等负面情绪；④ 第一次世界大战以后，《袋鼠》《羽蛇》等：富有异域色彩，充满对领袖原则、原始宗教的浓厚兴趣，反映了对西方民主制度的失望情绪；⑤ 1928 年劳伦斯自费出版、1960 年正式出版的《查泰莱夫人的情人》：以充满象征的笔调倡导恢复真爱、恢复自然本能，从而挽救西方业已堕落的文明；⑥ 另有短篇小说《菊馨》《英国，我的英国》《马贩子的女儿》等。

其次，劳伦斯的小说创作拥有两大基本主题。① 劳伦斯的创作首先表达了对工业化现实的不满和憎恶。19 世纪中期以后，英国工业发展进程加快，实现了全国规模的工业化，连劳伦斯的家乡小镇也发生了变化。劳伦斯生来热爱自然，热爱英格兰乡村，为田园式古老英国的消失而叹息。这种工业化的英国和田园式的英国，在劳伦斯的全部创作之中几乎都处于对立冲突的地位。② 对两性关系的探索是劳伦斯创作的另一个重要主题。他认为遭到压抑的欲望与本能并非罪恶，压抑行为本身才是罪恶的。他反对对性做任何建立在恐惧基础上的压抑，无论这种压抑是宗教的、道德的还是社会的。他认为哲学中的精神至上、宗教里的禁欲主义、传统道德的偏见都鼓吹压抑人的自然力量，他提倡建立一种新的、健康和谐的两性关系以摆脱现代工业化社会对人的压抑。